KB119136

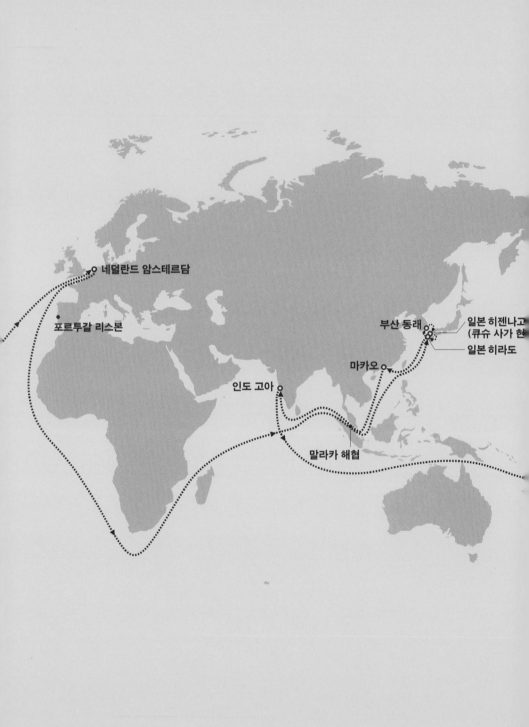

네덜란드 암스테르담

포르투갈 리스본

부산 동래

일본 히젠나고
(큐슈 사가 현
일본 히라도

마카오

인도 고아

말라카 해협

미들버그 섬(에우아 섬)

혼 곶

세뇨리따
꼬레아

나남
nanam

나남창작선 138

세뇨리따 꼬레아

2017년 3월 28일 발행
2017년 3월 28일 1쇄

지은이   유하령
발행자   趙相浩
발행처   (주) 나남
주소   10881 경기도 파주시 회동길 193
전화   (031) 955-4601 (代)
FAX   (031) 955-4555
등록   제 1-71호 (1979.5.12)
홈페이지   http://www.nanam.net
전자우편   post@nanam.net

ISBN 978-89-300-0638-5
ISBN 978-89-300-0572-2(세트)

나남창작선 138

세뇨리따 꼬레아

유하령 장편소설

나남
nanam

들어가며

임진왜란을 계기로 조선에서 10만 명 정도의 포로가 일본으로 끌려갔다.

조선 포로 10만 명 중 얼마나 많은 사람들이 나가사키의 노예시장에서 팔렸는지 기록은 없다. 다만 당시 일본에서 활동한 포르투갈 선교사들의 보고서에 따르면, 조선 포로들의 노예화로 마카오, 인도 고아 등 포르투갈 상관商館의 매매노예 값이 폭락했다는 기록이 있다.

단, 한 건, 일본 학계에 보고된 조선 포로 여인의 기록이 있다. 임진년에 끌려가 나가사키에서 부려지다가 마카오에 노예로 팔려가 6년의 고초를 겪은 뒤에 나가사키로 돌아와 일본인에게 출가했다는 짧은 기록이다.

기록과 문자는 포로와 노예의 것이 아니다. 왕과 사대부의 것

4

이다. 왕과 사대부는 백성의 근심과 고통을 해결하기 위해 절절한 기록들을 남겼지만, 정작 전쟁을 당해서는 자신들의 안위가 먼저였다. 관념觀念이란 그런 것이다.

삶의 진리, 전쟁의 진리는 '수신제가치국평천하'에 있지 않다. 적과 대치하면서 생과 사를 넘나들었던 수많은 포로들, 노예가 된 포로들, 쓰러져 간 의병義兵들 속에 있다. 이들은 붓 없이 삶에서 죽음으로 건너갔다. 붓이 진리를 말하려면 이들의 위치로 닻을 내렸어야 했다.

여기 두 여자가 있다.

1592년 임진년 4월 동래성東萊城 전투에서 사로잡혀 히젠나고야 성肥前名護屋城으로 끌려간 기생 엄니 수향과 기생 딸 정현.

수향은 히젠나고야 성에서 탈출하다 잡혀 노예로 팔렸다. 포르투갈인의 노예로 마카오, 인도 고아를 거쳐 리스본으로 끌려가다가 다시 네덜란드 배에 잡혀 네덜란드 영해로 끌려갔다. 혼곳 너머 미들버그 섬이었다(현재의 남태평양 에우아 섬). 그 뒤, 암스테르담의 여인숙에 끌려가 튤립 투기꾼들의 도박과 향락의 자극제로 부려졌다. 보석보다 비쌌던 튤립이 하룻밤 사이 폭락하자 수향은 빵 열 갯값에 포르투갈 설탕상인에게 팔려 다시 히라도平戶島로 돌아오게 되었다. 히라도에서 딸 정현과 극적으로 만나 동래로 돌아오니 25년 만의 귀향이다.

딸 정현은 수향과 달리 사랑을 놓지 않았다. '기생의 사랑은 죽음 같은 단 한 번의 사랑'이라는 수향의 말을 거역하고, 괴물 이근을 사랑하고 수향과 헤어진다. 아들을 낳지만 닌자 사부로에게 빼앗긴다.

예술과 문화, 에로스의 최전선에 있었던 기생 정현. 13년 만에 돌아간 고향은 절개와 정절로 서로를 옭아매고 열녀와 화냥년의 사투가 벌어지는 전쟁터였다. 유교적 질서는 전쟁의 참상을 부정하고 가부장의 체제만을 복구하려고 혈안이었다. 현실도, 사랑도, 사람도 부정되는 조선에서 돌아온 포로, 기생이었던 포로, 정현이 있을 곳은 없었다.

다시 엄니와 아들을 찾아 나가사키로 가다 류큐 해상에서 풍랑을 만나 죽게 되었으나 포르투갈 상선의 선장에게 구해진다. '추방'당한 기생 정현이 '세뇨리따 꼬레아'가 된 사연이다.

'세뇨리따 꼬레아'는 포르투갈인들과 네덜란드인들의 해상 전투, 선상 반란, 포르투갈인들의 숫처녀 사들이기, 사무라이들의 이직, 마카오의 중국인들과 해적 겸 선원들, 인도 고아의 고급 향신료와 향락문화 같은 새로운 표준이 없으면 받아들이고 판단할 수 없는 수많은 일을 겪는다.

대항해 시대에 범선帆船에 실려 바다로 나갈 수밖에 없었던 조선 포로의 숙명이었다.

이 세계 저 세계로 끌려다녔던 '세뇨리따 꼬레아'는 사랑을 놓지 않았다. 사랑의 생멸生滅에 자신을 맡겼다. 사랑의 빛을 탐험했다. 죽음에 맞서 사랑을 지킨 자, 사랑이 떠오르고 지는 상처를 간직한 자, 오직 사랑하는 자만이 가혹한 세상을 견딜 수 있다고 깨닫는다.

집필기간 2년 동안 사료와 논문, 연구서를 안내해 준 남편 한명기 교수에게 감사한다. 2015년 여름 오사카 고서점에서 《商人 カルレッティ》를 찾아 건네던 장면을 잊지 못한다. 뭔가 물건을 찾았다 생각할 때 작은 눈을 똥그랗게 뜨며 큰 몸을 바짝 경직하는 남편의 촉觸이 틀리지 않았음을 입증했다. 《세뇨리따 꼬레아》 후반부는 그때 잉태됐다.

예겸과 아무르라이에게 감사한다. 관습에 저항하고 튕겨 나가고 모색하는 이들이 내게는 선생이었다. 이들과 보조를 맞추기 위해 새로운 표준과 윤리의 구조를 생각하게 되었고 오늘의 내가 되었다.

《세뇨리따 꼬레아》를 반겨 주신 나남의 조상호 회장님과 도움말을 준 나남 여러분들께 감사드린다.

이제 《세뇨리따 꼬레아》가 나를 떠나 어떤 모습으로 살아가게 될지 자못 흥미롭다.

2017년 삼일절
유하령

세뇨리따 꼬레아

차례

조선 포로, 노예 25년

들숨과 날숨이 희미하게 이어진다. 엄니의 얼굴에 귀를 가까이 대고 옅어지는 숨결을 느낀다. 부연 하늘을 올려다본다. 제 무게를 못 이긴 하늘이 뚝뚝 눈송이를 덜어내고 있다. 얼기설기 기운 움막의 천장에서 눈송이가 내려와 엄니의 얼굴에 앉는다. 엄니가 눈을 반짝 치뜨고 눈이 오는구나 하며 까르르 웃을 듯해 숨을 죽이고 바라본다.

엄니가 눈을 좋아한다는 것은 동래東萊로 다시 돌아온 뒤에 알았다. 아니, 엄니는 눈을 좋아했다기보다 눈을 통해 히젠나고야 성肥前名護屋城의 벚꽃과 히라도 성平戶城의 하얀 설탕을 떠올릴 수 있어서 좋아했을지도 모른다.

우리는 1592년 임진년 4월 동래에서 왜놈들에게 잡혀 히젠나고야 성으로 끌려갔다. 엄니는 끌려간 지 25년 만에야 조선으로 돌아온 것이다.

"눈이 꼭 벚꽃처럼 날리네."

엄니는 눈을 맞으며 계집애처럼 발그레해져 시를 지었다.

시다래 자쿠라
당신과 나 사이
날리는 벚꽃.

'시다래 자쿠라'라니! 엄니는 정신이 오락가락하는 중에도 정확한 왜식 발음을 잊지 않고 있었다. 왜놈한테 끌려갔던 5년. 그리고 또 20년을 마카오로, 고아로, 혼 곳 너머의 섬 미들버그로 끌려다녔다. 이후 동래로 돌아온 것이다.

엄니의 당신이 누구였을까. 나는 모른다. 엄니는 말하지 않았다. 나는 묻지 않았다. 짐작만 할 뿐이다. 이것이 우리 세계의 방식이다. 바로 기생이라고 불리는 여자들.

엄니와 나는 동래부 소속 관기였다. 엄니는 1586년 한양에서 파견하는 관리를 따라 동래로 내려와 눌러앉은 기생이다. 엄니는 동래부의 예기藝妓들 중에서도 기량이 뛰어났다. 동래 관아에서는 엄니에게 관기官妓 교육을 맡겼다. 나는 15세에 내 또래들과 함께 동래 관아에 들어가 기생 교육을 받기 시작했다. 엄니는 새끼기생들을 엄격하게 대했다. 대죽을 찰싹찰싹 내리치며 깎고 다듬었다.

그러나 1592년, 우리가 완벽한 기생이 되기도 전에 왜놈들이 쳐들어왔고 동래성은 파괴되었다. 군과 민이 합심하여 저항했지만 왜놈들에게 몰살당했다. 살아남은 자들은 왜놈의 배로 끌려갔다.

온기가 사라진 엄니의 얼굴에 눈이 무겁게 쌓인다. 눈에 덮인 엄니는 윤곽만 도드라진다. 완고한 주검으로 변하는 엄니를 바라보고 있으니 29년 전 관기들을 교육시키던 엄니가 떠오른다.

"눈은 지그시 떠야 하느니라. 눈동자를 또렷이 하되 눈꺼풀에 힘을 주지 말라는 뜻이야! 노리개로 이용당하다가 버려지고 싶은 게냐? 윗니로 혀를 살짝 물고 입을 다물어야 코도 오뚝해 보이고 입술도 꽃잎 같아지니라. 그렇게 입을 벌리고 천하게 웃지 말라니까! 웃음을 주고 몸을 주어야 하는 너희들이야말로 양반 부녀자들보다 더 귀해 보여야 하느니라."

엄니는 우리들에게 정중동靜中動의 고혹적인 태도를 강조하고
또 강조했다. 쇠귀에 경 읽기였다. 막 끌려와 관기 교육을 받기
시작한 계집아이들에게는 차라리 소리나 춤, 문장과 시를 배우는
것이 쉬웠다. 정중동의 고혹적인 태도라니! 숱한 체험이 쌓인 뒤
에나 나오는 것을.

기생으로서 첫 경험도, 크고 작은 배신도 겪어 보지 않은 여자
애들에게 이런 태도 교육은 감조차 잡을 수 없는 곤혹스럽고도 두
려운 것이었다. 그러나 기생은 그래야 했다, 엄니 말대로. 사내들
이 기생에게 원하는 것은 시서화詩書畵를 논하는 것이 아니었으니
까. 그들이 기생에게 원하는 것은 삶을 희롱하는 것이었고 삶을
위로하는 것이었다.

1598년 8월 히데요시가 후시미 성伏見城에서 병사했다는 소문이
히젠나고야 성에까지 돌았다. 10월, 히젠나고야 성은 원인 모를
대화재에 휩싸였다. 조선 포로들은 그 혼란이 호기라고 생각했
다. 왜장의 배를 훔쳤고 많은 조선 사람들이 배에 몸을 실었다.
엄니는 함께 가자고 했다. 바다만 건너면 대마도였고, 이어서 부
산이었다. 나는 이근李根을 돌봐야 했으므로 탈출할 수 없었다.

"사랑이라고? 기생이 사랑을 하다니, 당키나 한 말이냐? 그래,
어디 한번 보자꾸나. 보여줘 봐. 네 사랑이란 것을 말이다. 괴
물이 불쌍해서 돌보려고 남겠다면 너를 이해하겠다만, 사랑이라

니? 기생은 말이다, 기생의 사랑은 말이다, 죽음으로써 완성되는 것이야. 내가 너를 잘못 가르쳤던 게로구나."

"엄니, 혼자 가소. 난 괴물 이근을 사랑하오. 그 괴물의 육신이 내 몸 같아서 외면할 수 없소. 나는 그 육신을 내 몸처럼 사랑하오. 그 육신에 들어 있는 운명에 웃을 수 있는 대담한 혼을 사랑한단 말이오. 죽지 않아도 기생의 사랑은 완성될 수 있단 말이오."

엄니의 질타에 대한 대답이 아니었다. 포로로 끌려가 겪은 죽음에 대한 짓눌린 저항이었다. 이근을 사랑해야만 살 것 같았다.

배는 떠났고 엄니는 나 때문에 배를 놓쳤다. 그리고 포로들이 급조한 뗏목에 올랐다.

뗏목에 오르기 전까지 엄니는 포기하지 않고 내 뺨을 어루만지며 어르고 달랬다.

"넌 타고난 기생이야. 이 매끈하고 하얀 얼굴에 가녀린 어깨 하며…. 전쟁만 일어나지 않았다면, 전쟁만 아니었다면 넌 동래 최고의 예기가 될 수 있었어. 동래가 무어야. 언젠가 한양으로 올라가면 널 데리고 한양 사대부들의 혼을 쏙 빼놓으려고 했지. 그래서 더 널 엄하게 가르쳤는데 고작 괴물의 품으로 기어 들어가? 정현아, 가자. 나랑 같이 동래로 가자고."

나는 뺨을 만지는 엄니의 손을 치우며 말했다.

"이미 끝난 얘기잖소. 엄니 먼저 가 있으소. 나도 곧 따라갈 테니."

엄니가 내 가슴을 움켜쥐며 소리쳤다.

"언제까지 이 가슴이 사대부들의 손에 쏙 들어가는 크기로 있을 것 같으냐? 언제까지 네 잘록한 허리가, 네 꽃잎이 도톰하고 싱싱하게 유지될 것 같으냐? 정현아, 지금 나랑 가자. 안 그러면 넌 왜놈 땅에서 죽게 될 거야!"

내 가슴을 움켜쥔 엄니의 손을 쳐버렸다. 그리고 돌아보지 않고 달아났다. 이근에게로.

엄니가 떠나고 나서야, 이근도 떠나고 나서야 깨달았다. 엄니가 있어서 내가 살 수 있었다는 것을. 이제 나는 눈 쌓인 엄니에게 묻는다.

"엄니, 동래로 돌아와 죽었으니 동래 관기 수향으로 죽은 것이오?"

1592년 4월 동래성 전투에서 살아남은 엄니와 나는 초혼招魂을 하게 해달라고 왜놈들에게 부탁했다. 송 부사宋府使의 주검이 우리 앞에 있었다. 피 묻고 다 찢어진 옷을 입은 우리를 왜놈들은 다짜고짜 끌어내려고만 했다. 왜장이 막았다.

"그래. 초혼을 해보거라."

왜놈들을 향해 던지느라 기왓장이 다 없어진 동헌 지붕으로 엄니가 올라갔다. 엄니는 송 부사의 붉은 관복을 잡고 북쪽을 향해 동래부사 송상현宋象賢을 길게 세 번 외쳤다. 또 이어서 동래 관기 금섬金蟾을 세 번 소리쳐 불렀다.

나는 금섬의 시신을 송 부사의 시신 옆에 옮겨다 놓았다. 금섬의 붉은 저고리 고름을 뜯어 송 부사 관복의 앞섶에 접어 넣었다. 왜장이 물었다.

"죽은 여자는 누구인가?"

"송 부사가 사랑하던 기생이외다."

왜장의 눈길이 금섬의 죽은 얼굴에 머물렀다.

"송 부사와 금섬을 함께 장사葬事치르게 해주시오."

지붕에서 내려온 엄니가 왜장에게 요구했다.

번쩍, 왜장의 칼이 엄니의 찢어진 저고리 고름을 잘라 냈다. 칼 끝이 드러난 가슴을 파고들었다. 엄니는 왜장을 쏘아보았다. 파고든 칼끝에서 피가 흘렀다. 칼이 더 나아가면 바로 심장에 닿을 터였다.

"송 부사는 용감한 적장이었다. 장수에게 걸맞은 장사를 치르게 하라. 그리고 이 두 여자는 데려가 새 옷을 입혀라."

칼을 거둔 왜장이 부하들에게 지시했다.

이근은 1597년 정유년 전쟁 때 잡혀 왔다. 한 왜장이 히데요시 가 베푸는 주연에 나무우리를 가져다 놓았다. 나무우리 안에는 온 몸에 털이 덮인 검은 물체가 앉아 있었다. 불려나가 노래와 춤을 추면서도 우리 안의 검은 물체에게 자꾸 시선이 갔다. 왜장이 내 게 명령했다.

"우리 안의 괴물 이근에게 술을 한 잔 올려라."

'괴물 이근'이라 했다. 사람이란 말이었다. 조선에서 잡혀 온 사 람이라 했다. 가득 채운 술잔을 우리 안으로 건넸다. 털이 덮인 얼굴이었다. 몸도 검은 털로 덮인 곱사등이였다. 단숨에 술잔을 비우고 빈 술잔을 내게 건넸다.

"한 잔 더 올릴까요?"

조선에서 왔다는 털북숭이 곱사등이 괴물이 내게는 반갑기만 했다.

"한 잔뿐이겠소. 몇 잔 따라 주시구려."

다시 술잔을 가득 채워 건넸다. 털 덮인 손이 술잔을 잡은 내 손을 감쌌다. 따듯하고 부드러운 손바닥. 일을 하지 않는 손이었다. 우리 안 어둠 속에서 눈이 빛났다. 다시 단숨에 술잔을 비웠다.

갈증은 어디에서 오는가? 잡혀 온 두려움인가? 자신의 비극적인 삶에 대한 조사弔詞인가? 내가 어둠 속 빛나는 눈을 응시하자 그가 천천히 시를 읊었다.

세상살이 큰 꿈과 같아
홀연히 앞마루에 누웠다가
깨어나 뜰 앞을 보니
한 마리 새가 날아와
꽃 사이에서 울고 있구나. …

표정을 읽을 수는 없었지만 목소리는 밤 부엉이 소리보다 웅숭 깊었고 부드러웠다. 대금의 소리였다. 히데요시가 무릎을 쳤다.

"괴물이 시를 읊는구나. 요사스럽다. 또 무슨 재주가 있는 거냐?"

왜장이 대답했다.

"놈이 부는 피리소리는 다케다 신겐이 반했던 피리소리보다 더 뛰어납니다."

"그래? 다케다 신겐은 적군의 피리소리에 반해서 명을 재촉했지. 이놈은 누구의 명을 재촉했던 것이냐?"

다시 왜장이 대답했다.

"놈의 피리소리에 병사들이 고향을 잊고 시름을 잊었지요. 놈은 조선 사대부 집안 자제입니다. 사서오경을 줄줄 외웁니다."

"그래? 유식한 괴물이로구나. 놈이 부는 피리소리가 병사들을 위로했다고? 불어 보아라."

이근은 다시 술잔을 비운 다음 피리를 잡았다. 그가 피리에 입을 대자, 안개의 입자 같은 낮고 부드러운 소리의 포말이 뭉게뭉게 피어올랐다. 소리의 다발은 히데요시, 왜장들, 게이샤들, 그리고 엄니와 내가 앉은 자리까지 흘렀고 채워졌다.

곡조는 이내 은근하고 단단하게 힘을 내기 시작했다. 성안 곳곳을 걸었고 이곳저곳을 구석구석 살폈다. 소리와 곡조에 괴물로 태어난 서러움 따윈 없었다. 포로들이나 왜놈들이나 귀는 같았고 소리는 공평했다. 단단하고 맑은 소리는 저마다의 가슴속에 숨어 있는 비원悲怨을 끌어내 쓰다듬고 위로했다. 곡조가 빨라지자 소리는 성벽을 넘었고 해안가를 따라 걸었고 뛰었고 굴렀다. 검은 바다를 넘으면 대마도였고 또 부산이었다.

떠나온 지 5년. 소리를 따라 가슴바닥에서 굵은 서러움이 올라왔다. 순간 뚝, 피리소리가 멎었다. 히데요시가 무릎을 쳤다.

"대단한 소리로구나. 죽은 다케다 신겐도 홀릴 소리로구나. 또 그만 불어야 할 때를 아니 괴물이지만 영리하기 이를 데 없구나."

히데요시는 꿈에서 깬 사람처럼 머리를 흔들었다.

'괴물 이근.' 비범한 혼을 괴물의 육신에 담고 태어난 사람. 돌처럼 날아와 육신을 두들겨 부수는 운명의 장난에 싱긋 웃고 있었다. 호방한 혼을 가진 남자였다. 기생보다 더한 운명의 돌을 맞아야 하는 몸으로 태어났건만 강한 정신으로 왜놈들을 감동시켰다. 괴물의 육신 안에 천만 가지 혼도 다 담아내고 위로하는 능력을 가진 남자였다. 진정 위로를 받아야 할 장애를 갖고 태어났건만 오히려 위로만을 주고 있었다.

다시 볼 수 없는 그 담대함에 사로잡혔다. 기생의 육신이란 날아오는 운명의 돌에 맞거나 고작 피하는 것일 뿐.

괴물 이근을 섬기면 날아오는 운명의 돌을 솜뭉치로 만드는 능력을 배울 수 있을 것 같았다.

전쟁은 1598년 8월 히데요시가 죽자 종결되었다. 이때 이근이 조선으로 돌려보내졌다. 왜놈들은 이근을 괴물 이상의 신령한 존재로 여기고 두려워했다. 이근을 죽이면 화가 미칠까 두려워 조선으로 돌려보낸 것이다.

한바탕 꿈속의 어릿광대 놀음이 이와 같을까. 히데요시가 죽자 왜장들도 히데요시를 원망하느라 수군댔다.

'조롱박에서 튀어나온 망아지가 어이없는 광기를 부려 나라가 거덜 났다.'

한때는 스스로 태양왕이라 칭하는 히데요시에게 복종하던 그들이 히데요시를 조롱박에서 튀어나온 망아지라고 칭했다. 애초에 히데요시가 명분으로 내세웠던 '조선을 복속하고 명으로 진출한다'

는 허황된 꿈은 히데요시의 사망과 함께 없었던 일이 된 것이다.

히젠나고야 성에 집결했던 왜장들은 1598년 12월 각자의 영지로 돌아갔다. 이근도 그때 조선으로 돌려보내진 것이다.

"동래성은 몰살당했다는데 무슨 재주로 살아남았나?"

부산 바닷가에 들어찬 왜선으로 옮겨졌을 때였다. 조선 노인이 엄니와 나를 보며 물은 말이었다. 행색으로 보아 양반집 노인이었다. 포로인 조선 남자들이 엄니와 나를 멸시의 눈으로 흘깃거렸다. 동래성 전투에서 살아남은 기생이라니 틀림없이 첩자라는 눈빛이었다. 그들의 눈빛은 칼날보다 잔인했다.

나는 급히 하늘을 올려다보았다. 저들의 눈빛처럼 내가 죽을 때를 놓친 걸까? 솔개 한 마리가 원을 그리고는 빈 하늘로 날아갔다. 싸우다 죽은 남자들이, 끌려가는 배의 뱃전에서 바다로 뛰어드는 여자들이 다그쳤다.

"왜, 죽지 않고 끌려왔나? 왜, 적장을 끌어안고 바다로 뛰어들지 않았나?"

나는 그저 멀어져 가는 솔개를 좇으며 중얼거렸다.

"수많은 꽃들이 속곳을 뒤집어쓰고 몸을 던지는구나. 슬프고도 슬픈 산야야. 험하고도 험한 바다야. 꽃들의 죽음이 살아남은 이들의 명예로구나. 부풀어 오르고 종래는 다시 썩을 산야의 흉터로구나. 무능을 이기는 것은 죽음뿐이구나."

조선 포로들을 싣고 히젠나고야 성으로 향한 배에서 나는 다시 솔개를 보았다. 솔개는 우리 머리 위를 선회하더니 뭍으로 향했다. 엄니가 멀어지는 솔개를 보며 장탄식을 했다. 목 메인 딱한 소리가 피울음이 되어 바다 위를 길게 흘렀다.

"가련하다 인생 육肉은 왜놈 땅으로 끌려가네. 넋이로구나 신神이로구나 혼이로구나. 저승 같은 왜놈 땅이 황천길보다 가깝더냐. 심난협해를 건너가는구나. 본 적 없는 길이로세. 솔개야, 넋이야, 혼이야, 신이야. 금쪽같은 이내 몸이 머나먼 길 가고 마네. 저승 문이 문이라면 열고 닫고 하련마는, 왜놈 땅이 북망산천이라 하느님 전 등장等狀 가세. 황천길도 땅일진대 가련하고 처량한 이내 몸이 어느 날에 먼 길 돌아 고향 땅에 올까보나. 솔개야, 넋이야, 혼이야, 신이야. 인간세상 다시 찾아올 날이 올까보나. 당실 위에 두고 가는 넋을 만나 가련하다 인생 고뇌. 솔개야, 넋이야, 혼이야, 신이야."

엄니의 오열처창하고 애원처창한 소리에 끌려가는 배 안의 포로들이 모두 통곡했다. 곡소리가 바다를 메우고 하늘을 메웠다.

"이 꽃들은 무슨 꽃이냐. 사쿠라도 튤립도 아니구나. 요도淀야, 네가 말해 보아라."

히데요시가 귀애하는 측실側室 요도에게 물었다. 뺨에 젖살이 그대로인 요도가 말했다.

"조선의 꽃은 진달래, 철쭉, 영산홍이니 영산홍 같습니다."

우하하하. 히데요시가 크게 웃었다.

"요도, 네가 언제 조선의 꽃에 대해서도 공부를 했단 말이냐.

조선 기생들을 네게 주겠다."

　토요토미 히데요시 앞에 끌려가 조선 기생의 기예를 보여 줄 때였다. 히데요시의 측실 요도는 겉보기에는 매우 평범한 여자다. 유약한 귀부인 풍의 조용조용한 거동은 히데요시에 의해 성이 함락된 아사이 나가마사의 딸이며, 오다 노부나가의 조카딸인가를 의심하게 만들었다.

　야심도 자부심도 원대한 꿈도 가지고 있지 않은 평범한 여자. 요도는 그렇게 보였다. 첫아들을 잃고 두 번째 임신을 한 상태라고 했다.

　"너희들은 성이 함락될 때 무엇을 했느냐?"

　요도가 엄니와 내게 물었다.

　"군사들을 도왔지요."

　엄니가 말했다.

　"그래? 죽음을 도왔던 게로구나. 나도 두 번의 함락을 겪었다. 첫 번째 성이 함락될 때는 아버지께 히데요시에게 항복하고 목숨을 구하자고 청했지. 두 번째 성이 함락될 때는 어머니의 자결을 막으려고 했다가 여동생 둘의 목숨만을 구했지. 나는 두 번의 함락에서 아버지와 어머니를 잃었다. 전쟁이란 부질없는 남자들의 불장난. 여자들은 주검을 거두고 울거나 산목숨을 붙잡고 울 뿐이지."

　요도는 예사롭지 않은 말을 자분자분 읊었다. 눈물 한 방울 흘리지 않으면서.

　성이 함락되는 두 번의 전쟁을 치른 와중에 터득한 생존방식이

24

란 이런 것일까. 아니면 불운의 틈바구니에서 자라난 우울감이 단단하고 무딘 가면을 여자의 성격에 씌운 것일까. 파괴를 겪어 본 자만이 파괴된 인간을 알 수 있다.

요도는 엄니와 내게 슬픈 노래를 불러 보라 했다. 히젠나고야 성까지 오면서 뱃전에서 불렀던 노래를 살짝 바꿔 불렀다.

심난협해를 건너가는구나. 본 적 없는 길이로세.
솔개야, 넋이야, 혼이야, 신이야.
금쪽같은 이내 몸이 머나먼 길 가고 마네.
저승 문이 문이라면 열고 닫고 하련마는.
등장等狀가세. 등장가세. 하느님 전 등장가세.
황천길도 땅일진대 가련하고 처량한 이내 몸.
어느 날에 먼 길 돌아 고향 땅에 갈까 보나.
솔개야, 넋이야, 혼이야, 신이야.

엄니와 나는 절로 눈물을 흘렸지만 요도는 울지 않았다.

"돌아갈 곳이 있는 사람들은 울기라도 할 수 있지. 갈 곳이 없는 사람들은 어찌해야 하는지 아는가?"

요도는 혼자 묻고 스스로 대답했다.

"자신을 다 주고 또 다 지워야 하지. 몸도 마음도 다 주고 다 지워야 한다는 말이야."

요도의 그 말은 내게는 어딘지 엄니의 말과 많이 닮아 있었다.

"줄 때는 말이지 수줍게 줘야 해. 기생은 언제나 첫사랑을 하는

거야. 가슴에 손을 대보아라. 거기 뛰는 게 무엇이냐. 그 심장이
너희들을 삼키도록 매번 그렇게 다 줘야 하는 거야. 아무것도 남
기지 말거라. 조금이라도 덜 주거나 남기려고 생각하는 순간, 너
희는 수치를 모르는 천한 계집으로 떨어지게 되는 거야."

다 주어야 비로소 격을 유지하는 생들. 그렇게 살아가는 여자
들. 죽어야 사는 방법을 요도는 터득했고, 엄니도 그렇게 말했지
만 나는 동의할 수 없었다.

이근이 조선으로 돌려보내진 뒤 이근의 아기를 낳았다. 아기는
이근처럼 털이 덮이지도 등이 굽지도 않았다. 꼿꼿했고 매끈했
다. 그러나 붉은 입술과 깊은 눈빛은 이근이었다.

이근의 털에 덮인 따뜻한 근육이, 부드럽게 굽은 등뼈가 내 살
과 뼈들을 녹여내고 자신의 방을 만들었다. 그 방에 담대한 혼과
호방한 대금 소리를 불어넣었다. 나는 대금 소리에 온몸을 떨며
이근의 위로를 받아들였다. 아기는 그 증거였다. 운명의 돌을 솜
뭉치로 만드는 이근의 호방함과 담대함의 증거.

아기를 사부로에게 빼앗겼다. 닌자^{忍者} 사부로. 칼의 마음을 가
진 자. 그믐밤 어둠 속에서만 산을 내려와 움직이는 자. 번주^{藩主}
에게도 쇼군에게도 속하지 않은 자. 그런 자이기에 나를 보호했던
거지.

사라진 사부로. 내게 가장 소중한 아기를 빼앗아 숨어 버린 까
닭이 무엇인가. 숨어 버린 사부로는 찾을 수 없다. 그가 사는 공
간은 움직인다. 나는 한 번도 산속 그의 집을 홀로 찾아가지 못했

26

다. 언제나 새로운 장소의 다른 집이었다.

왜놈에게 끌려온 지 10년이 되었고, 엄니도 잃고 이근도 잃고 아기도 잃었다. 다시 운명이 돌처럼 날아와 성치 않은 육신을 부서뜨리고 있었다.

"눈을 떠라."

목소리가 속삭였다. 이근의 목소리인가? 그런 것도 같았다.

"눈을 떠라. 끌려올 때 그때처럼 눈을 떠라. 엄니를 찾아라. 엄니를 찾으면 살아갈 이유를 찾을 것이다."

타는 듯한 심장을 손에 들고 달음박질해야 하는 여자들. 또다시 달음박질을 해야 했다.

사부로가 아이를 데려간 것은 내가 순간에 충실하지 못한 탓일까? 내가 작은 것을 소홀히 한 탓일까? 이근의 목소리가 들렸다.

"맞서려고 하지 마라. 운명에게 즐거움을 주어라. 그래야 운명도 네게 저항하지 못할 것이다."

돌처럼 날아와 박히는 운명에게 즐거움을 주라니. 온몸에 돌을 맞아 피투성이가 되더라도 날아오는 돌을 보며 웃으라는 것이다. 달음박질을 하며 날아오는 운명에게 눈을 맞추며 웃는 자. 그런 자가 되어야 했다.

아이를 날아오는 운명에게 맡기고 1605년 사명당을 따라 동래로 돌아왔다. 귀환포로들 중에는 대마도에서 마음을 바꿔 다시 일본 본토로 돌아가는 이들이 속출했다. 끌려가 13년 동안 살던 히젠나고야, 나가사키, 가고시마 등으로 다시 가는 것이다. 조선으로 돌아가 봤자 살길이 막막하고 돌아간 포로들은 구박받고 학대당한다는 소문이 사실로 드러났기 때문이다.

나는 귀환 배에 올랐다. 동래로 돌아가 엄니를 찾아야 했다. 내게는 엄니가 있어야 했다. 엄니 없이 나는 아무것도 아니었다.

그러나 동래에 엄니는 없었다. 나는 다시 왜놈의 땅으로 갔다. 이미 동래나 한양이나 내가 살 수 있는 곳이 아니었다. 나가사키는 가지도 못하고 류큐 앞바다까지 끌려갔다. 바다에 빠져 죽게 됐다가 포르투갈 선장의 배에 건져졌다.

히라도로 갔지만 잃어버린 아들도 엄니도 찾지 못했다. 마카오로, 엄니가 끌려갔다는 고아로 9년을 떠돌았다. 아들은 닌자 사부로가 오사카로 데리고 갔고, 엄니는 혼 곳 너머의 섬 미들버그로 잡혀갔다는 선교사들의 증언을 들었다. 거포ᄐ砲를 요도 도노에게 팔려는 선장을 따라 10년 만에 오사카로 가게 됐지만 전투 중에 아들은 만나지 못하고 닌자 사부로의 마지막만 지켰다. 그리고 이듬해 히라도에서 거짓말같이 엄니를 다시 만난 것이다.

죽은 사람이 돌아온 것인가. 아니면 엄니의 탈을 쓴 귀신인가. 어떻게 히라도로 다시 돌아올 수 있었을까. 반갑기보다 놀라움이 먼저였다. 분명히 엄니가 맞았다. 항아리처럼 오목한 히라도 항구의 양인 선원들 틈을 서성이는 늙은 여자. 처음에는 하얀색이었을 누렇고 낡은 튜브드레스를 입은 늙고 마른 여자가 내 앞에 있었다. 가슴골까지 드러난 살갗은 추위로 검푸르게 보였다.

히젠나고야 성에서 헤어진 후 19년 동안 찾아다닌 엄니가 맞았다. 미들버그, 이름도 생소한 섬. 그 먼 곳에서 어떻게 히라도로 돌아온 것일까. 다시 네덜란드인의 종이 된 것인가? 값을 치러야 하나?

아, 여자를 덥석 안았다.

"엄니, 엄니, 살아 계셨소!"

주위를 둘러봤다. 다가오는 자는 없었다. 얼싸안고 눈물 흘리자 엄니는 까르르 웃었다.

"울긴 왜 울어. 이렇게 만났으니 내가 고향으로 돌아가 죽을 복은 있나 보다."

드레스 자락을 툭툭 걷어차며 까르르 웃었다. 아, 큰 바위만 같았던 예전의 그 여자가 아니었다.

"그래요 엄니, 돌아갑시다. 엄니, 내게 업히시오."

엄니는 달려오는 파도에 속절없이 무너지는 모래집처럼 까르르 웃어 댔다.

"엄니, 엄니. 동래로 갑시다. 죽어도 거기서 죽어야지요."

엄니는 내게 업혀서도 계집아이처럼 까르르 웃어 댔다.

추위로 검푸르게 언 마른 어깨에 솜저고리를 걸쳐 주며 눈물을 삼켰다. 무너진 것인가? 단단하고 꼿꼿했던 정신은 무너져 버린 건가? 나는 등으로 전해지는 깔끄러운 늙은 혼魂의 감촉을 추슬렀다. 새로 구해 입은 무명 치마저고리 속 마른 몸은 싸르락 싸르락 소리를 냈다.

1617년 쇄환刷還을 하러 온 조선 사신들을 따라 나는 엄니를 업고 배에 올랐다. 끌려온 지 25년 만의 귀향이었다.

　"이 안에 아기가 들어 있어. 계집아이야. 이 꽃이 활짝 피면 나올 거야. 앙, 앙. 흙을 뚫고 나올 거야."

　단단한 줄기의 붉은 꽃 한 송이였다. 꽃잎은 닫힌 종 모양이었다. 종이 열리면 꽃 속에서 계집아이가 나오려나? 온전치 못한 정신의 엄니가 설화說話 같은 이야기를 읊었다. 사부로에게 빼앗긴 아이가 떠올랐다.

　"엄니, 아기 꽃은 어디서 나셨소?"

　"아기 꽃이 아니고 튤립이야, 이 꽃 이름이. 내가 낳았지. 암스테르담에 팔려 갔을 때 거기서 낳아 왔어. 암스테르담이 어딘 줄은 알아?"

　"엄니, 거기가 어디요?"

　"아주, 아주 멀지. 배가 바다 밑으로 떨어졌다 하늘로 올라갔다 하기를 한 달 하고도 열흘을 계속해야 하고, 두 번의 보름달이 떠오르고 나면 닿는 곳이야. 나가사키 노예시장 같은 튤립시장이 열리는 곳. 거기 끌려갔던 거야. 튤립은 아주, 아주 비쌌어. 금은보화를 바구니에 가득 담아야 살 수 있었지. 튤립상인들은 서로 비싸게 팔겠다고 악을 썼어. 그런데 어느 날 빵 한 덩잇값으로 떨어졌지. 노옛값처럼 말이야. 뚝 하고 말이야."

　엄니는 뚝, 이라 말하며 내 등을 탁 쳤다. 후드득 눈물이 흘렀다. 엄니는 내게 업히면서도 튤립 꽃이 핀 화분을 허리춤에 끼었다. 튤립과 노예. 튤립과 엄니. 튤립과 아이가 된 엄니.

꽃이 피면 우리는 태어나고 꽃이 지면 우리는 죽는다.

우린 고향, 동래로 25년 만에 돌아왔고 아무도 기억하지 않는 포로와 노예의 삶을 엄니는 튤립의 생이라고 이름 지었다. 내게는 더도 덜도 아닌 여자들의 수난이었고 꽃의 순환이었다.

아이가 된 엄니가 들려준 이야기는 기원 설화였다. 조선 포로 여자 노예의 기원 설화. 암스테르담에서는 누구나 튤립 투기꾼이 었고, 누구나 엄니를 동양 순종 진품인지 감별하고 싶어 했다. 꽃 한 송이가 한 바구니의 보석보다 비쌌던 광란의 시간 동안 엄니는 그 도시 여인숙에서 '동양의 튤립'이라고 불렸다 했다. 애초에 튤 립이 여행을 시작한 곳은 중국과 티베트였다나. 그것이 중요한가.

순종 튤립, 변종 튤립 가리지 않고 값이 치솟자 네덜란드의 농 부, 노동자, 해안 간척지의 날품팔이, 심지어 직조공, 목수, 대 장장이 같은 장인 계급까지 투기꾼으로 변신해서 돈을 벌고자 광 분했다. 이들은 흰색 린넨 모자를 쓴 자기네 여자들과 머리를 땋 아서 투구처럼 올린 자기네 여자들이 지키는 가난한 집을 떠나 튤 립 거래소인 선술집과 여인숙으로 몰려들었다. 이들은 장시간의 노동과 알량한 저축을 튤립 도박으로 보상받고자 했다. 또 튤립의 기원과 같은 동양 순종 여자를 통해 튤립 도박에 대한 기대와 성공 을 미리 맛보고자 했다. 엄니는 튤립 경매에 미친 투기꾼들을 흥 분시킬 자극제였다.

여인숙 주인은 맥주와 동양 순종 여자를 제공하며 최상품 튤립을 손에 넣을 운을 시험하라고 분위기를 띄웠다. 농부, 상인, 대장장이, 인쇄업자, 근위병, 성직자, 교사…. 이들은 튤립 구근을 최음제로 파는 약제상, 이발소와 빵집, 잡화상을 지나 막다른 골목의 여인숙까지 진창을 뚫고 진흙이 잔뜩 묻은 구두를 신은 채 들어섰다. 엄니의 방은 이들이 구두에 묻혀 온 진흙으로 다져졌다.

엄니는 날마다 무너져 떨어지는 육신과 정신을 추스르기에 너무 오래 여인숙에 붙잡혀 있었다. 붕락崩落의 시간 동안 엄니는 기생 정신과 예술적 감각, 기예와 재주들을 모두 잊어버렸다.

황금보다 보석보다 비쌌던 튤립값이 거짓말같이 폭락했다. 튤립 도박의 꿈이 공포로 바뀌자 튤립 투기꾼들은 쥐 떼처럼 사라졌다. 암스테르담 여인숙 주인은 당장 먹을 빵이 없어 어제까지 황금보다 비쌌던 튤립의 구근을 볶아 먹었다.

여인숙에서는 더는 엄니가 필요하지 않았다. 항구에 정박한 포르투갈 배의 상인에게 빵 열 덩어릿값에 엄니를 팔았다. 엄니는 늪지대 거리마다 구정물과 섞여 곤죽이 돼 썩어 가는 튤립들 중에 아직 썩지 않은 한 송이를 찾아냈다. 엄니는 진창을 빠져나와 포르투갈 배에 올랐다. 한 송이 튤립 화분이 엄니 손에 들려 있었다.

나는 믿기로 했다. 왜놈들에게 끌려갈 당시 그들의 광기狂氣와 광란狂亂에 맞서 환각과 환상을 불러와 생을 이어 갔던 우리 아니었나. 조선 포로 여자 노예의 설화는 거기서부터 시작했다.

포르투갈 노예상인에게 팔려 포르투갈 식민지였던 인도 고아의 노예로, 또 리스본으로 끌려가다 네덜란드 군함에 나포돼 미들버그 섬으로, 그리고 네덜란드 암스테르담 튤립 투기꾼들의 하룻밤 노리개로, 다시 일본으로 끌려와 히라도 설탕 무역상의 주방 할멈으로.

무너지고 무너져 꼿꼿했던 조선 관기 수향은 어른이 아닌 아이로 작아진 것이다.

"엄니, 꽃 속에 든 계집아이가 누구요?"
"응? 이 계집아이는 계집아이이지."
맞다. 계집아이는 계집아이인 거다. 우린 돌아온 것이고, 튤립이 피고 지는 순환에 따라 태어났고 죽었다.
엄니의 환각과 환상. 나의 환각과 환상. 그것은 다른 환幻이었고 다른 길이었지만 같은 꽃의 길이었다.
별의 자리에서 시궁창까지 곤두박질치는 튤립의 환상. 바람에 날리는 거미줄의 실 같은 넋들이, 죽은 혼들이 천 갈래 만 갈래로 흩날려 꽃으로 피어난다.

1617년 동래로 돌아온 엄니와 나는 황 부사에 의해 양산 금정산 산막으로 쫓겨났다. 산막에는 엄니가 사랑했던 단 한 사람, 박홍렬 대감이 17년 동안 기거하고 계셨다. 의병을 일으키고 왜놈들과 무수히 전투를 치렀던 박홍렬 대감. 전쟁이 끝난 뒤 금정산 산막으로 숨어든 지 17년이라 했다. 산막에서 엄니는 박 대감과 꿈같

은 2년을 보냈지만, 잠깐잠깐만 기억이 돌아올 뿐이었다. 벚꽃이
설탕가루처럼 날리는 날 엄니는 빨간 혀를 빼고 '달다, 달다'를 읊었
고, 눈이 설탕가루처럼 날리는 날 엄니는 빨간 혀로 눈을 받아먹
으며 '달다, 달다'를 읊었다. 박 대감은 그러는 엄니를 바라봤다. 신
선 같은 흰 수염과 흰 눈썹이 눈물에 젖어 반짝였다.

　설탕 무역상이 주방에서 내준 설탕 자루는 묵직했다. 아이가 된
엄니는 설탕가루를 안개처럼 뿌렸다. 내리는 설탕을 핥기 위해 혀
를 길게 내밀었다. 오종종하게 주름 잡힌 얼굴에 혀만 빨겠다. 빨
간 꽃으로 피어나길 기다리는 단단한 꽃봉오리처럼 엄니의 혀는
'달다 달다'를 노래했다. 주름진 입술을 벌리고 드러나는 엄니의
빨간 혀가 다리 사이 갈라진 틈으로 드러나는 빨간 꽃잎을 떠올리
게 했다. 칼날이 가슴을 베고 지나갔다.

　엄니는 기생인 우리들에게 여름이면 담장의 꽃을 달여 꽃물을
만들게 했다.
　"기생은 꽃잎에서 쑥향과 꽃향기가 끊이지 않아야 하느니라."
　쑥물로 뒷물을 하고 꽃물로 가시게 했다.
　"기생은 쑥물처럼 은은하고 꽃물처럼 향기로워야 하느니라."
　기생이 그래야 한다고 했지만 엄니가 그런 여자였다. 버려지고
폐기되는 것이 운명인 기생의 삶을, 불운으로 확정된 길을 쑥물과
꽃물로 지연시키고 곱게 걷도록 추슬렀던 여자.
　"기생은 곱고 향기로워야 하느니라."
　엄니는 부적 같은 말들을 입에 달고 살았지. 그러나 이 여리고

수동적인 아름다움은 얼마나 무너지기 쉬운 것인가. 강한 힘에 의해 벌려지고 파괴된다. 아니, 추하게 파괴되기 위해 더욱 곱고 향기로워야 하는 것이지.

엄니는 일찍부터 깨달은 것이다. 가장 추한 그곳을 꽃잎의 아름다움으로 무장해야 하는 까닭을.

그러나 엄니는 추함만이 존재하는 세상이 벼락처럼 땅을 덮치리라곤 상상도 못했던 거지. 전쟁의 세상에서 조선의 남자들은 자기들의 소유인 아름다움을, 꽃잎을, 파괴하던 힘을 증명해 보지도 못하고 왜놈들에게 빼앗겼다.

추함만이 존재하는 아수라의 세상에서 아름다움은 빛을 잃었다. 더는 아름다울 필요가 없는 암흑의 세상.

아름다움을 탐닉하던 미美의 전사들은 짝꿍인 추醜가 해일처럼 덮쳐 온 거대한 추의 아수라에 의해 파괴되는 것을 보았다.

우린 거대한 추의 아수라 집단에게 잡혀갔고, 조선 기생의 방식은 통하지 않았다. 나가사키의 중국인 유녀들이나 게이샤들은 자기들의 복색에 자부심을 가졌다. 허리를 졸라맨 긴 속옷 위에 나른하게 끌리는 겉옷, 햇볕 가리개용 부채를 든 당인 유녀들. 아니면 기모노 깃 위로 가는 목을 길게 빼고 통 좁은 치맛단으로 종종걸음 치는 게이샤들. 그들의 소속감은 확실했다.

조선에서 끌려간 포로 여자들은 어디에 소속돼야 하나. 서양드레스건 기모노건 당옷이건 명령하는 대로 입어야 한다. 우리들을 보호해 줄 조선의 추함은 부재했다.

조선 관리들이 봉사를 받기 위해 줄을 섰고, 멀리서 가르침을 받으려는 기생들의 방문이 끊이지 않던 기생 수향. 이 미美의 전사는 날아오는 운명의 돌을 웃으며 마주보지 못했다.

엄니는 내리는 눈 속에 묻힌다. '달다'를 외던 여자의 빨간 혀는 더는 개화하지 못하고 눈 속에 얼어 있다. 갈라진 틈의 꽃잎 또한 온기도 향기도 잃고 급격히 얼어 가겠지. 여자는 더는 아름다움으로 무장할 필요도 탐닉할 필요도 없다. 불쌍한 엄니. 아이가 된 엄니. 주검에 쌓인 눈을 털어 낸다. 한때는 여자였고 엄니였던 언 시신이 소멸을 향해 걸음을 뗀다.

절에서 구한 삼베와 지게를 가져온다.
"혼자서 염을 할 수 있겠소?"
중이 물었다. 나는 그의 눈을 들여다보았다. 퀴퀴한 눈동자에서 동요와 의혹이 일렁였다.
"엄니의 마지막 길을 보살피는 것이 제가 할 일입니다."
산막에서부터 엄니를 싣고 왔던 조랑말을 중에게 넘겼다. 중과나 사이에 건네받은 삼베를 부려 놓았다. 한 무더기의 어둠이 이미 부패하기 시작한 중의 눈동자를 막아섰다.
"부다. 부다. 부다…. 내가 고향으로 돌아가 죽을 복은 있나 부다. 데비 띠 다 부다. 다 월가."
엄니는 뜻 모를 소리를 중간중간 섞었다. 고아에서 선교사들이 증언했던 대로 혼 곳을 지나 있다는 섬, 미들버그 원주민들의 말이 아닐까 추측할 뿐이었다.

"엄니, 이제 편히 쉬시오. 다 잊고 편히 가시오. 엄니, 훨훨 편히 갈 수 있지요? 엄니, 이렇게 편히 가려고 돌아오지 않았소."

엄니의 언 몸을 삼베로 감싼다. 오래전 마전해 놓아 삭은 피륙 냄새가 눈 쌓인 움막에 들어찬다.

겨울의 부패는 산 자들의 것이다. 산 자들은 거푸집 같은 육신에 넋을 가두어 놓고 생을 잇느라 용을 쓰고 썩어 가지만, 죽은 자들은 겨울 동안 썩지 않는다. 죽은 자는 육신의 문을 활짝 열고 넋을 먼 하늘로 날려 보냈기에 얼어 있을 수 있다. 넋이 벚꽃처럼, 설탕가루처럼 훨훨 날아가 흩어지니 육신이 가볍고 자유롭다.

이제 봄이 되면 얼었던 엄니의 빨간 혀도, 오밀조밀하게 붙어 있던 내장기관도, 꽃잎도 녹진하게 풀어지겠지. 땅 것들에게 살을 내줄 것이다.

"엄니, 엄니는 죽으면 뭐가 되고 싶소?"

"뽀얀 이내가 되고 싶어. 해질녘이면 산등성이나 들판 어귀에서 뽀얗게 꽃들을 감쌀 거야."

"벚꽃처럼 설탕가루처럼 훨훨 날아다니면서 말이지요?"

"응. 벚꽃처럼 설탕처럼 훨훨."

받쳐 놓은 지게에 엄니의 시신을 얹는다. 시신은 가뿐하다. 지게를 지고 일어난다. 눈이 쌓여 하얀 세상에 또 눈이 내려 쌓이고 있다. 가늠할 수 있는 것은 산의 높이와 들의 낮음이다. 하얀 산을 향해 나아간다. 어깨에 눈을 진 사내가 다가와 가로막는다.

"누구요? 비키시오."

사내는 눈썹도 머리도 흰 눈을 지고 있다. 뺨은 홍조로 매끈하고 입에서는 젊은 숨이 김을 뿜는다. 청년이었다.

"이보게, 청년. 늙은 여인들이 눈 산에 묻힐 수 있는 복을 빼앗지 마시오."

막아선 청년이 내 어깨에 걸린 새끼줄을 풀러 대신 지고 일어난다. 지게를 진 청년이 눈밭으로 성큼성큼 나아간다. 청년을 따라 하얀 들을 쫓아간다.

한동안 젖을 빨던 입술을, 얼굴을 잊지 못해 무너진 가슴을 움켜잡아야 했던 때가 있었다. 이제는 아무런 아픔 없이 20년 전 젖을 빨던 그 아기를 떠올린다. 이제는 청년이 되었을 그 아이.

아비 이근을 닮아 사서오경을 다 외웠을 것이고, 전 군의 심금을 울리던 피리소리까지 그대로 빼닮았을 거라 상상했던 그 아이. 젖을 빨던 그 아기는 매끈한 피부에 곧은 등을 가지고 있었다.

"헌걸찬 모습이로구나. 지게가 작기만 하구나. 네 이름이 무엇이냐."

청년이 뒤도 돌아보지 않고 대답한다.

"이름이 중요하오?"

"이름이 무엇이든 그 이름을 불러 보고 싶구나."

"아들, 아들이라고 불러 주시구려."

나는 놀라 걸음을 멈춘다. 따듯한 숨이 섞인 아들이라는 말을 해보고 싶은 사람은 바로 나였다.

아득한 숨결 속에 흘리는 그 말을 사무치게 들려주고 싶었던 때가 있었다. 네 귀에 한 번도 들리지 않았던 말. 한때는 나도 피를 토하듯 뱉어 내고 싶었던 말. 그 말을 소리쳤다.

"아들아! 아들아!"

앞서나간 청년은 하얗게 사라졌다. 홀로 남겨진 나는 그러려니 끄덕인다.

"그래, 너와 나는 그래야 하는지도 모르지. 우리라는 말로 묶이기에는 20년의 세월이 가로놓여 있으니까. 가렴. 가려무나."

지게에서 엄니의 시신을 내려놓는다. 이제 튤립은 엄니와 함께 죽는다. 순환하지 않는다. 순환은 풀려 곧은 선이 되고, 그 끝에 튤립도 엄니도 묻힌다. 튤립과 엄니는 서로를 마주보던 눈으로 마음속 깊은 곳까지 닿지 못해 슬퍼하던 눈으로 서로를 바라보며 미소를 짓는다. 이제 편안하다고. 튤립은 눈을 감기 전에 엄니에게 말한다. 시궁창에 버려졌던 자신을, 한때는 별이었던 자신을 구해 줘서 고맙다고.

"그러니 부디 엄니, 저세상에 가서도 서로를 불쌍히 여깁시다. 엄니가 튤립을 구해 암스테르담을 떠나던 때를 잊지 마시오. 엄니가 사랑했던 꽃을 저버리지 마시오. 그리고 엄니에게 아직 가 닿지 못하는 이 낡은 넋을 위해 깊은 숨을 한 번 쉬어 주시구려. 온 세상이 백지처럼 하얀 오늘은 죽기에 좋은 날이오. 엄니 말대로 죽을 복은 타고나셨소. 하늘도 땅도 구분이 되지 않는 백지 같은 공간이구려. 엄니가 떠나기에 가장 아름다운 공간이구려. 이제 돌아보지 마오. 어서 가시오."

서서히 땅이 움직인다. 나는 엄니의 언 몸을 꼭 끌어안는다. 땅
이 돈다, 맷돌보다 빨리.

엄니를 안은 나는 튕겨 나간다. 과거의 시간 속으로. 늘 하늘은
저기에 있었고 땅이 움직였던 거다.

귀향, 다시 정절의 세계로

칠흑의 바다. 배가 히젠나고야의 바다를 떠날 때 나는 보았다. 검은 바다 밑에서 꾸역꾸역 올라오는 귀신들을. 놈들은 조선으로 떠나는 배를 붙잡았다. 칠흑의 바닷물을 뚝뚝 흘리며 이물과 고물을 붙잡고 늘어졌고 배 안으로까지 올라와 휘젓고 다녔다. 코 없는 귀신들이었고 목 없는 귀신들이었다. 코와 머리를 왜놈들에게 잘린 조선 귀신들. 그들이 히젠나고야의 검고 깊은 앞바다에서 조선으로 가는 길목을 지키고 있었다.

바닷속에 웅크린 그들이 너울을 일으키고 풍랑을 만들어 배를 흔들었다. 혼을 빼놓았고 깎아지른 파도의 꼭대기로 배를 끌고 올라가 거품처럼 부숴 버렸다.

막 항해를 시작한 왜놈 배들은 어김없이 귀신들에게 걸려들었다. 조선 귀신들은 물안개를 이루고 뽀드득 뽀드득 부서진 잔해를 씹어 먹었다.

"여보게들! 이 배는 조선 배여. 자네들과 같은 조선 사람들이 탄 배란 말이여."

귀신을 볼 줄 아는 남자가 뱃전에서 소리쳤다. 검은 귀신들이 달려와 소리친 남자를 끌고 바닷속으로 뛰어들려고 했다. 기우뚱 빠지려는 남자를 배 안의 사람들이 붙잡았다.

히젠나고야 앞바다에서 왜놈의 배를 노리던 조선 귀신들은 애초의 목적은 이미 잊었다. 자신들의 코와 머리를 잘라간 왜놈들에게 복수하기 위해 바다를 건너왔건만 칠흑의 바다가 좋아하는 파괴에 길들여졌다. 검은 바다가 시키는 대로 배를 향해 호령했다. 부수고 호통치며 바다 밑으로 생령들을 끌고 들어가는 미친 파괴자들이 되었다.

백 마리 쥐를 풀었다. 쥐 떼가 까르륵거리며 조선 귀신들을 쫓았다. 귀신들은 검은 몸을 쥐 떼에게 먹히면서 도망갔다. 쥐 떼는 귀신들을 쫓아 바다로 뛰어들었다. 사방에서 소나기 소리가 났다. 쥐 떼는 귀신들의 검은 몸을 깨물고 까르륵거렸다. 검은 바다는 온통 쥐 떼가 웃는 소리로 가득 찼다.

바다가 순해지자 조선으로 가는 배들은 서둘러 대마도로 향했다. 대마도의 바다는 얕고 맑다. 가고 오는 배들을 정박시켜 생계를 꾸려가야 하는 섬에 어울리는 바다.

대마도 사람들의 미간은 조선과 일본의 눈치를 살피느라 벌어졌다. 얼굴색은 주식인 고구마처럼 노랬다.

사명대사를 따라나선 조선 포로들 2천 명은 해안가에 내려 그들이 삶아 온 고구마를 먹었다. 반나절만 가면 부산이다. 끌려올 때는 삶과 죽음의 갈림길에서 죽음의 문턱을 밟았고, 왜놈 땅에서 노역에 시달렸다. 겨우 목숨만 부지했다. 질긴 목숨이 죽음의 문턱에 걸친 발을 돌려세웠지만 살아서 조선 땅으로 돌아가게 되리라 믿은 목숨들이 몇이나 될까. 그러나 지금 몸이 이곳에 있다. 대마도. 반나절만 가면 조선 땅이다.

부산진 앞바다. 해초를 말리는 짠 냄새가 진동하는 곳. 끌려올 때는 동래성도 부산진성도 모두 파괴되어 남아 있지 않았다. 땅은 피에 젖어 질척였고, 바다 또한 자결하는 이들과 칼탕을 당하는 이들로 붉게 물들었다. 왜놈들은 어린 것들을 어미, 아비로부터

44

떼어내 바다로 던졌다. 피바다에 빠진 어린 것들의 자지러지는 소리가 잡혀가는 어미, 아비의 고막을 채웠다.

하늘은 눈을 감고 귀를 막았다. 바람을 보내 울지도 않았고, 비를 뿌려 눈물을 보태지도 않았다. 막막한 구름을 드리우고 그저 동에서 서로 낮의 문을 서서히 닫았다. 왜놈들에게 벼락도 내리지 않았고 소나기도 퍼붓지 않았고 먹구름도 몰고 오지 않았다.

구름 한 점 없는 1592년 맑은 4월. 죽음 앞에서, 죽임 앞에서 하늘은 숨죽였고 밤의 어둠 속으로 얼굴을 감췄다. 그러나 돌아왔구나. 질긴 목숨들이로세. 1592년 임진년에 끌려간 사람들은 13년 만이고, 1597년 정유년에 끌려간 사람들은 8년 만이다.

선악은 인간의 일이고, 천명은 하늘의 법이라더니 전쟁으로 망가진 인간의 운명은 어디에 의지할까.

맑디맑은 하늘이, 바다가 원망스럽구나. 백사장에 몸을 말리는 해초야. 무심한 네가 원망스럽구나. 아니, 하늘아, 바다야, 해초야, 눈이 멀 만큼 그리웠다. 사무칠 만큼 반가워 서럽구나.

눈을 돌리니 절영도가 있다. 금정산金井山 줄기가 달려 내려와 바다의 포효에 멈춘 곳. 그곳에 낯익은 절벽, 절영도가 긴장과 서글픔으로 몸을 가누지 못하는 돌아온 포로들을 반긴다.

부산포구의 산야가 히젠나고야의 산야와 닮았던가. 끌려갔던 포로들은 답을 알고 있다. 그러나 그 답을 안다는 것이 수치라는 것을 배우게 될 것이다.

미역을 뒤집어쓴 여인이 달려오고 있었다.

"생령들이로세. 생령들이로세. 돌아오는구나. 돌아왔구나."

여인이 굿거리장단에 맞춰 양손에 미역을 흔들었다. 앞선 여인을 따라온 세 명의 여인들도 미역을 흔들어 댔다. 뭍 쪽에 모여 있던 사람들도 모래사장으로 달려 내려오기 시작했다.

돌아온 포로들은 떨리는 발걸음을 내딛지 못하고 주저앉았다. 응어리진 탄식이, 기쁜 오열이, 벅찬 슬픔이 두서없이 포로들의 몸을 흔들었다. 미역을 든 여인들이 주저앉은 포로들 앞으로 나섰다. 목매달아 조르는 듯한 소리가 이어졌다.

"살던 집도 부서지고 처자식도 흩어졌네. 한번 가면 못 오는 길 왜놈의 땅. 북망산보다 먼 길이라 새왕산보다 먼 길이라. 못 오는 줄 알았건만 십 년 전에 하직한 길. 바다 건너 돌아왔네.

사령인가 생령인가. 여보시오 여보시오 이네 얼굴 보여 보소. 심산 험로 심해 험로 넘어지고 자빠지고 주리고 헐벗었던 길. 하직했던 고향 길 바다 건너 돌아왔네. 가자 서라. 가자 서라. 고향 땅으로 가자 서라. 생령들은 앞서 가고 사령들은 따라 가오.

애헤 애헤애야 애헤헤 애헤애 애헤야.

지화자 좋네. 좋을시구나."

꺾고 감고 애원하듯 떠는 소리에 뭍으로 올라온 2천여 명의 포로들은 그제야 막힌 숨이 터지듯 통곡을 터뜨렸다.

애원처창哀怨悽愴 구슬픈 소리가 또 다른 소리들을 불러왔다.

"동래 사람 있소? 남원 사람 계시오? 진주 사람 어디 계시오?"

포로들이 돌아온다는 소식을 듣고 기다리던 피붙이들이 자기 가족을 찾는 애끓는 소리였다. 대답 없는 이름을 불러 대던 눈길들은 허공에서 흩어졌다. 한 가족이라도 얼싸안고 뒹굴었다면, 통곡하며 구르고 울부짖으며 찢어져 산 아픔을 달래 주었다면 돌아온 포로들에게 위로가 됐을까?

부르는 이름에 대답하는 자가 없어 텅 빈 통곡의 해일海溢이 휩쓸고 지나간 자리. 달려왔던 미역여인들은 홀연히 사라졌다. 이들은 다만 바다거품이었단 말인가.

꿈인지 생시인지 그리던 뭍에 올라 넋이 나간 포로들. 그들을 기다리고 있는 것은 입국절차였다. 뭍에는 동래부 아전들이 나와 있었다. 그들은 포로들을 줄 세우고 물었다.

"어디 사람이요?"

"언제 잡혔소?"

"친족들은 어찌 됐소?"

"고향으로 갈 거요?"

"거기 아전에게 서찰을 써주겠소."

그리고는 5일분 양식이 든 주머니를 포로들에게 나눠 주었다. 절차에 따르던 포로들 중 한 명이 불평을 했다.

"5일분 양식이라니? 5일분 양식이 떨어지면 그 뒤 우리는 어쩌란 말이오."

"오늘은 동래 관아 마당에서 쉬었다가 내일 고향으로 가시오.

그곳 아전에게 써준 서찰을 보여 주고 일거리를 찾으시오."

또 다른 아전이 떡을 나눠 주며 포로들을 재촉했다. 나를 본 아전이 놀란 표정으로 내게 물었다.

"자네 수향 아닌가?"

머뭇거렸다. 날 보고 수향이라니? 그럼 엄니는 동래에 없단 말인가? 끌려간 지 13년이 지났는데 내가 엄니로 보인다면 엄니가 동래에 없다는 것이 확실했다. 무너지는 기대를 다잡으며 말했다.

"전 수향의 수양딸 정현이오. 엄니가 히젠나고야 성에서 다른 포로들과 조선으로 간다고 탈출한 지 7년째요. 엄니가 동래에 있으리라 믿었는데, 엄니를 못 보셨소?"

"수향은 돌아오지 않았네. 돌아왔다면 관아로 와서 일거리를 찾았겠지. 자네도 알다시피 기생들이 농사를 짓겠나? 품을 팔겠나?"

아전이 혀를 차며 덧붙였다.

"동래 관아로 가보게. 거기 가서 일거리를 찾아 봐."

엄니가 동래에 없다는 아전의 말을 믿을 수 없었다. 엄니는 조선으로 분명히 돌아왔을 것이다. 엄니가 단지 동래에 없을 뿐일 수도 있다. 박홍렬 대감을 찾아 한양으로 갔을지도 모를 일이었다. 엄니는 전쟁 전에 늘 언젠가는 박홍렬 대감을 찾아 한양으로 가겠다고 말하지 않았나. 실망하긴 이르다. 수소문이 먼저였다.

관아에 가서 일거리를 찾아보라고 한 아전의 뒤통수를 노려봤다. 그는 돌아온 포로는 더는 관기는 할 수 없고 허드렛일이 맞는다고 멋대로 한정짓고 있었다.

포로들은 아전들이 이끄는 대로 동래부로 향했다. 사명대사와 사대부 출신의 몇몇 포로들이 함께 풀려난 식솔을 이끌고 앞장섰다. 이들은 왕에게 고할 상소문을 가슴에 품고 돌아온 것이다.

사대부들은 포로생활 내내 탈출을 꿈꿨다. 왜놈들도 유교윤리와 도덕을 읊는 사대부들의 태도를 높이 샀다. 포로가 된 사대부들의 시와 글을 받으려고 종이와 먹을 가지고 찾아왔다. 사대부들은 끌려올 때 자결한 어머니와 아내의 꿈에 시달렸다. 깨어 있을 때는 그들을 기리는 데에 시간을 썼다. 정절貞節을 지키기 위해 자결한 이들의 제사를 지냈고, 생일을 챙겼다. 또 조선에 계시는 아버지의 생일상을 차리고 통곡했고, 조상들의 제사도 모두 챙기며 곡을 했다.

사대부들은 끌려가서도 본분을 잊지 않은 것이다. 무엇보다 끌려가 잃어버린 절개 때문에 가장 고통스러워했다. 상실감에 왜놈의 노역을 하는 포로들을 바라보며 울었다. 조선으로 돌아갈 날을 기다리며 같은 처지의 사대부들을 만나서 시름을 달랬다.

사대부들이 유교의 도덕을 받들 수 있었던 것은 함께 끌려간 종들 덕분이었다. 이들은 왜인 집안에 배속돼 노역을 하면서도 조선 주인을 위해 나무를 했고, 제사상과 생일상을 차렸다. 사대부들은 끌려가 비록 절개를 잃었지만 그들의 신분에 맞게 고상하게 행동할 수 있었다.

이제 돌아온 사대부들은 강건하고 거룩해 보인다. 오로지 왜국의 정세를 주상 전하께 알려 훗날을 경계하겠다는 의지로 포로생활을 다잡았다는 듯한 순교자의 표정이다.

그들 뒤로 이어지는 포로 행렬의 분위기는 사뭇 다르다. 돌아온 세계가 낯설어 좌우를 둘러본다. 변함없는 산야 때문이 아니라 반겨 주는 이 없는 사람들 때문에 낯설다는 것을 예민하게 감지한 포로들은 후회의 한숨을 내쉰다.

왜 왔던가. 차라리 왜놈의 종이 더 편하지 않았을까. 나라의 은덕인 닷새분의 식량을 손에 쥐며 이들은 배신감을 느꼈을까. 십수 년, 또는 몇 년의 간난고초艱難枯草에 대한 닷새분의 식량 은덕을 이들은 수모라고 여겼을까.

앞장선 사대부를 포함하여 그들을 따르는 포로들은 이제 수모를 넘어 수치심을 배우게 될 것이다, 사는 동안 내내. 비록 지금은 앞장선 모습에서 숭고함까지 보이지만 사대부들이 가장 먼저 실망하고 무너질 것을 나는 안다.

이들은 끌려가서도 왜인들의 관심을 양분으로 섭취했다. 이제 이들은 적국에서 삼강오륜을 지키려 했던 고초를 왕과 대신들이 마땅히 알아주리라 착각하고 있다. 왕과 대신들이 자신들을 그들 대신 끌려가 벌 받은 희생자들이라 여겨 위로와 관심을 보내 줄 줄 알고 있는 것이다.

왕과 대신들에게 포로는 나라의 치욕을 확인시켜 주는 존재들이다. 왕과 대신들에게 특히 사대부 포로들은 끌려갔던 것을 스스로 속죄해야 하는 존재들이다. 왜놈에게 끌려갔다 온 것이 벼슬은 아니더라도 죄가 될 줄 몰랐다면 이제 그것이 죄이고 수치라는 것을 찬찬히 배우게 되리라.

나는 일찍이 기생의 삶에서 배웠다. 존재하지만 존재하지 않아야 하는 비공식적인 삶을 어떻게 살아 내야 하는지.

돌아온 포로의 삶 또한 그럴 것이다. 이제 우리들은 돌아온 포로, '쇄환인刷還人'이라 불리며, 이마에 찍힌 낙인을 하루에 한 번씩 더듬게 되리라. 전쟁의 부산물인 쇄환인. 이것은 전쟁의 찌꺼기이다. 되도록 빨리 썩어 거름이 돼야 하는 법.

왕과 대신들은 포로들을 외면함으로써 가르칠 것이다. 쇄환인의 삶에 저항하거나 복종하거나 모두 너희들은 존재하되 존재하지 않는 존재들이라고.

"우리가 쓿은 쌀 속의 뉘여? 왜들 뻔히 쳐다만 보고 있어?"

쇄환인 무리 중 하나가 소리쳤다.

포로로 끌려간 피붙이들의 소식을 알아보려 다가오는 자들을 제외하면 길가에 구경 나온 사람들은 넋이 빠진 듯이 멍하니 쇄환인들을 쳐다보고 있었다. 쇄환인 포로들은 길가에 나와 빤히 쳐다만 보는 이들에게 화가 났다기보다 아전들의 형식적인 태도에 당황하고 상처받았다.

쇄환인 무리들의 발걸음이 흐트러지는 가운데 무리 중 하나가 자조 섞인 비웃음을 흘리고 말했다.

"그럼, 사람들이 환영이라도 하고 나라에서 살 집이라도 마련해 줄 줄 알았던가? 전쟁 끝난 지 6년인데 저들 얼굴을 살펴봐. 포로였던 우리보다 더 고생스러워 보이지 않아? 아전들에게 받은 식량 주머니라도 나눠 줘야 되겠구먼."

그 말에 무리들은 부랑아와 거지꼴의 애들이 태반인 길가의 사람들을 살폈다. 식량주머니를 잡은 손에 힘을 줬다. 아니 목을 졸라 대는 섬뜩한 소리 때문에 잡고 있던 주머니에 힘을 준 것인지도 모른다.

끄억끄억. 동래부로 가는 저물녘의 산길에 때아닌 괴괴한 소리가 이어졌다. 모두들 주위를 둘러봤다. 다시 날카롭게 목젖을 조여 대는 소리가 이어졌다. 장대가 늘어서 있었다. 까마귀 두 마리가 낮게 날아 늘어선 장대에 가 앉았다.

소리의 진원은 그곳이었다. 까마귀의 네 발가락이 누르고 있는 것은 머리통, 여자의 작은 머리통이었다. 옆으로 늘어선 장대에 꽂힌 것도 모두 여자들의 머리통이었다. 돌아온 포로들을 향해 소리를 낸 것이 머리통들일까? 까마귀 소리는 아니었다. 무리들 중 한 명이 늘어선 장대를 가리키며 물었다.

"저게 무슨 일이오?"

무리 중 하나가 대답했다.

"앞의 아전이 그러는데 전쟁 중에 왜놈과 간통한 여자들을 찾아내 효수梟首한 것이랍니다."

"아니, 전쟁은 6년 전에 끝났는데, 이제 와서 왜놈과 간통한 여자를 찾아내어 효수한다니요?"

또 다른 이가 이해할 수 없다는 듯이 반문했다.

놀라 걸음이 얼어붙은 것은 나를 비롯한 몇 명의 여자들이었다. 쇄환 포로들 중에 여자는 몇 명 되지 않았다. 포로가 된 조선 여자들은 왜놈 땅에서 왜놈의 여자로 아이를 낳고 눌러살고 있거나, 조선 남자 포로들과 인연을 맺고 눌러사는 이들이 대부분이었다.

고향으로 돌아온 소수의 여자들. 이 여자들은 자신들의 혈육이나 남편을 찾기 전에 자기들의 정절을 고향 사람들에게 증명해야 하는 입장이란 말인가? 돌아온 여자들에게는 또 한 번의 입국 절차가 기다리고 있었던 거였다. 정절을 증명하지 못하면 저 효수된 여자들처럼 끌려가 머리를 잘릴지도 모른다. 무리 중에 섞여 있던 몇몇 여자들이 효수된 머리들을 쳐다보다가 고개를 떨어뜨렸다.

나는 상상한다. 이들 중에 한 명이라도 허리를 꼿꼿이 펴며 소리칠 수 있다면.

"어쩌라고! 네놈들이 나라를 잘 지켰으면 우리 여자들이 왜놈들에게 끌려가 모진 고초를 당했겠냐?"

이런 절규⋯. 그러나 애초에 이런 절규는 토해 낼 수도, 발설할 수도 없는 곳이 내 고향이고 내 나라다.

신불사이군臣不事二君 여불사이부女不事二夫. 신하는 두 임금을 섬길 수 없고 여자는 두 남편을 섬길 수 없다. 이것이 조선의 도덕이요, 법도다. 예외가 있다면 나 같은 기생이다. 기생은 수청 대상에게 일회성 절개를 지킨다. 기녀불사일랑妓女不事一郞. 기생은 한 남자만을 섬기지 않는다. 이것은 조선 도덕 윤리의 뒷골목인 기생의 법칙이다. 그러나 이 전쟁은 기생의 법칙마저 뒤집었다.

전쟁 중 조선의 여자들은 모두 왜놈에게 대항해서 죽음을 무릅쓰고 저항했어야 했다. 왜놈이 손을 만졌다면 손을 잘라 자신의 정절을 증명해야 했다. 왜놈과 마주친 것만으로도 더럽혀진 것이기 때문에 자신의 정절을 증명하기 위해 나무에 목을 매달거나 강물에 몸을 던져야 했다.

몸이 난도질을 당하더라도 왜놈에게 능욕당하기 전에 저항하다 죽었다면 정절을 지킨 것이고, 저항했지만 강간을 당한 뒤에 자살했다면 정절을 지키지 못한 것이다. 더럽혀져 죽었으면 열녀烈女가 되지 못했고 더럽혀지기 전에 죽었으면 열녀가 됐다.

기생 또한 왜놈의 수청을 들지 않아야 조선 남자에게 절개를 지키는 것이었다. 기생은 기회를 틈타 왜놈을 끌어안고 강물로 뛰어들어 나라에 대한 절개를 증명해야 했다.

여자들의 목숨을 나라가 요구하고 있었다. 조선 여자들의 목숨을 빼앗는 것은 왜놈들이 아니라 최종적으로 조선이었다. 피를 뿌려 열녀가 됨으로써 전투에서 죽어 가는 조선 남자들에게 한때의 만족과 자부심을 선사한다. 열녀의 존재는 그런 의미였다.

이것이 내가 동래성 전투 이후 왜놈들에게 끌려가기 전에 겪으며 깨달은 바였다.

포로로 잡힌 여자들은 나라가 여자들한테 요구한 정절의 방식과 기생에게까지 요구한 절개의 방식(왜놈을 죽음으로 유인하라)을 따르지 않은 것이다. 그래서 끌려가면서도 살아 있었고 돌아올 수 있었다. 살아 있다는 것이 바로 정절을 지키지 않았다는 등식이 성립되는 이 역설逆說은 포로이면 모두 적용된다. 그래서 돌아온 포로들은 남은 힘을 다해 이 역설에 반감을 표시하고 저항해야 한다. 여자나 남자나 사대부나 양인이나 따질 것 없이 포로이면 모두 절개와 열녀의 도덕에 어긋나는 사람들이니까.

무리들을 살폈다. 누가 이 상황이 잘못된 것이라고 지적하고 반감을 드러낼 수 있을까? 무리들의 앞까지 나아갔다. 앞에 선 사대부들까지 살폈다. 뒤에 선 자들은 무기력해 보였고, 앞에 선 자들은 자신들은 선택받은 자들이라고 착각하고 있었다. 결국 입을 열지 않는 부류들은 행동도 하지 않는다. 내가 나섰다.

"저게 관아에서 한 일입니까?"

나는 장대에 꽂힌 머리들을 가리키며 관복 입은 자에게 물었다. 묻고 나니 그자였다. 떡을 나눠 주며 관아에 가서 허드렛일이나 알아보라고 한 아전. 그자가 강하게 고개를 저었다.

"아니오. 관에서 한 일이 아니오. 우리도 저 머리들 때문에 곤란하다오. 저 장대를 철거해 버리면 또 다른 곳에 여자들을 효수해서 장대를 설치해 놓는다오. 관에서는 차라리 내버려 두고 철거하지 않는 것이 또 다른 여자들의 죽음을 막는 거라 여겨 일단은 암암리에 조사만 하고 있소."

"암암리에 조사만 하다니요? 누구들인 줄 알면서 안 잡는 것은 아니고요?"

돌아온 우리들의 머리도 언제 잘릴지 모르는 상황이었다. 내 말에 아전이 성을 내며 언성을 높였다.

"이보시오! 지금 동래부가 얼마나 힘든 줄 아시오? 부사나리를 비롯해 아전들이 업무에 치여 퇴청도 못한 지 오래요. 그런데도 인력이 모자라 발을 동동 구르고 있소. 버려진 농지를 살려야 하는데 농사지을 사람은 없지. 비변사備邊司와 사간원司諫院에서는 임진년 이후 효자, 충신, 열녀 사례를 다양하게 채집해 올리라고 재촉하지. 이대로 가다간 우리 아전들이 모두 책임을 지고 곤장을 맞아야 할 판이란 말이오."

웬일인지 제 풀에 성을 누그러뜨리며 아전은 다시 설명조로 말했다. 그리고는 자기에게도 동정심은 있다는 듯 내게 바짝 다가와 나직하지만 분명하게 말했다.

"비밀결사조직이 있는 듯하오. 지금 그 조직을 누구도 없앨 수 없을 거요. 분위기, 분위기가 만만치 않소. 충효와 정절이 온 나라를 흥분시키고 있단 말이오. 전쟁 때 겪은 충효와 정절에 대한 사례를 포상한다니까 너도나도 없는 사례를 지어내 보고하고 있단 말이오. 관에서는 참인지 거짓인지 판별할 분위기가 아니오. 무조건 많은 사례를 원하는 비변사와 사간원에 신청하는 대로 보고할 수밖에 없는 실정이오. 살고 싶으면 말조심, 몸조심하고 가만히 있으시오."

살고 싶으면 말조심, 몸조심하고 가만히 있으라. 아전의 동정 어린 답이었다. 각별히 말조심과 몸조심을 해야 할 쇄환인 여자들이 내 곁에 모여들었다. 모두 8명이었다. 과연 가만히 있는다고 이 8명의 목숨이 온전할 것일까? 여자들은 모두 그렇게 생각하지 않는 듯했다. 비밀결사조직의 세력이 어디까지 뻗치고 있는지도 알 수 없었다. 확실한 것은 저 머리들, 효수된 여자들이 8명의 미래일 수 있다는 것이다. 내가 말했다.

"나는 동래사람인데 동래에 남을 것이오. 이곳에서 찾을 사람도 있고 살 방도도 찾을 참이오. 다들 갈 곳은 정하셨소?"

줄곧 내 옆에서 걸었던 양주 여자가 모두를 둘러보며 자기소개를 했다.

"난 양주 사람인데 정유년에 전라도로 식구들과 함께 피란 왔다가 부모형제들과 함께 왜놈에게 잡혔다오. 부모형제들은 도망치다 살해되고 나만 살아남았다오. 지금 같아서는 고향을 어찌 찾아가겠소. 가다가 화적 떼에게 잡히든가 비밀결사에게 잡히든가, 바로 명줄이 끊기겠소. 혈육의 소식을 알 길이 없고 갈 곳이 없는 이들은 여기서 함께 살 방도를 찾는 것이 좋을 듯하오."

"양주 언니 말이 맞소. 나는 광주 사람이오. 고향으로 돌아가봤자 일가친척이 남아 있을지도 알 수 없소. 양주 언니, 동래 언니 따라 나도 여기서 살길을 찾을 거요."

호리호리하고 긴 얼굴의 광주 여자가 두려움에 떨리는 목소리로 빠르게 말을 받았다. 이어 5명의 여자들도 돌아가며 자신을 소개했다.

"우선은 동래부로 가서 살 방도를 찾아보고 다들 의견을 모아봅시다."

내가 덧붙여 말했다. 8명이 함께 산다는 것은 한몫에 효수되는 구렁텅이로 떨어질 수도 있고, 함께 목숨을 구할 수도 있다. 여자들 한 명 한 명의 뜻이 중요했다. 한 명이 뜻을 저버리고 행동하면 나머지도 전염된다.

엄니는 그런 좀벌레를 잘 골라냈다. 엄니 없이 내가 뭘 할 수 있을까. 엄니를 찾아야 한다. 엄니는 차갑게 웃었었지. 이근의 대담한 혼을 사랑한다고 내가 말했을 때였다. 나는 처음으로 엄니에게 반발했다. 내 마음을 꺼내서 보여주고 싶었다.

"이근을 꼽추라고, 온몸이 털로 덮였다고 왜놈들은 괴물이라고 비웃지만, 그는 강한 정신을 가진 진정한 대장부요."

엄니는 내가 구제할 수 없는 행동이라도 했다는 듯이 하늘을 보고 한숨을 지었고, 땅을 보고 관세음보살을 외웠다. 그리고 내게 물었다.

"그게 네 사랑이냐? 그 대담한 혼은 너를 사랑하더냐? 강한 정신을 가진 진정한 대장부가 기생인 너를 진심으로 사랑한다고 말하더냐? 너를 정실부인으로 여겨 준다고 하더냐?"

내가 주저하며 덧붙였다.

"엄니, 사랑이라는 것은 다 주는 것이라면서요. 다 주고 죽는 것이 기생의 사랑이라면서요."

엄니가 주문처럼 다시 관세음보살을 외웠다.

"내가 말한 것은 기생의 사랑이야. 난 양반의 사랑도 평민의 사랑도 말하지 않았어. 다만 기생의 사랑을 말했던 것이야. 넌 기생이야. 기생이 양반의 사랑을 넘봤다가는 사무치게 후회만 하게 될 거야, 이것아!"

나도 소리쳤다.

"엄니! 사랑에 어찌 기생의 사랑이 다르고 양반의 사랑이 다르오? 그런 사랑이라면 애초에 하지도 않았소!"

엄니가 고개를 절레절레 흔들었다. 엄니가 나와 지체하는 동안 배는 떠났다. 엄니는 포로들이 급조한 뗏목을 탈 수밖에 없었다. 엄니는 죽었을까? 그래서 동래 사람들은 엄니를 보지 못한 것일까? 아니다. 엄니는 죽지 않았다. 엄니는 살아 있다. 이근이 한양에 살아 있듯이.

여자들이 서로 바짝 붙어 섰다. 8명의 부정不貞한 여자들은 동래부까지 옹기종기 붙어서 걸어갔다. 동래부 관아로 들어섰다.

앞서 당도한 쇄환인들이 이미 마당에 자리 잡고 앉아 나눠 준 국밥을 먹고 있었다. 마당에는 기름진 국밥 냄새로 가득 찼다. 각자의 바가지에 가득 받은 국밥만큼의 넉넉한 한때.

이 한 바가지의 국밥을 먹는 한때를 누리는 것만으로도 쇄환인들의 얼굴에 흡족함이 번진다. 여기저기서 웃음소리가 들린다. 고깃국 한 그릇에 마음이 풀리고 기쁨을 누리는 무리들. 정절과 절개의 가치에 어긋난 이들이 무지한 것인가? 다만 한 그릇의 돼지국밥에 넉넉함을 느끼고 잠시 시름을 잊는 이들이 몽매한 것인가?

왜놈의 땅에 끌려가서도 땅에 의지해 농사를 짓고 삶을 이어 온 쇄환인들, 이들은 안다. 복잡 미묘한 하늘의 진리는 문자를 다루는 나라님과 사대부, 선비들의 것이라는 점을. 또 이 고귀한 분들이 절개라는 이름으로 점유했다고 착각하는 것들이 산 것들이 아니라 죽은 것들이라는 점을. 또 왜적의 침입을 맞아 끝내 산 것들까지 죽음에 이르게 했다는 것도. 그리하여 죽음의 낯짝을 다시 세우고 다시 절개를 강요하는 것도 이분들이라는 것을 안다.

땅을 상대로 산 것들을 다루어 온 대다수의 쇄환인들은 몸으로 안다. 하늘의 신묘함이란 땅의 생명력이 받쳐 주지 않으면 헛되고 헛된 공_空의 세계라는 것을.

고귀한 분들은 절개라는 죽음을 다뤘고 땅을 일구는 쇄환인들은 삶이라는 생명을 다뤘다. 죽음은 미래에 있기에 두렵고 신묘하고 무한하다. 생명은 현재에 있기에 단순하고 분명하고 유한하다. 죽음은 늘 생명을 지배하지만 드러나지 않는다. 지배자는 죽음처럼 배후에 있으며 정절과 절개라는 죽음의 가치를 휘두른다. 대다수의 쇄환인들은 몸으로 이미 알고 있다.

국밥 바가지를 다 비운 쇄환인들의 얼굴에 허무의 그림자가 깃든다. 잠깐의 죽음, 잠의 기운이 이들을 찾아왔다. 잠잘 자리를 만드는 쇄환인들 머리 위로 새로 지은 동헌 지붕이 낯설게 다가왔다.

12년 전 그날의 전투에서 관아는 폐허가 됐었다. 서까래만 남은 지붕 위에 올라가 엄니는 서쪽을 향해 송상현 부사의 이름을 길게 세 번 외쳤고, 송 부사가 사랑한 금섬의 이름도 연이어 세 번 외쳤다. 전투에서 살아남은 우리는 제정신이 아니었다. 이미 죽음에게 넋을 빼앗긴 상태였고 전투에서 싸우다 죽은 자들과 더불어 저승길에서 헤매고 있었다.

엄니는 그럼에도 왜장에게 동래부사 송상현, 그 위대한 장수에게 마땅한 장사를 치르게 해달라고 요구했었지. 그때 엄니는 죽음의 경계까지 뛰어넘은 또 다른 엄니가 돼 있었다. 왜장의 칼이 파고든 젖가슴에서 피가 흘러도 닦으려고 하지 않았다. 무자비한 전투의 광기가 엄니의 몸을 뒤흔들어 마력을 만들어 냈다. 나는 그저 공포에 질린 허깨비가 됐고 엄니의 행동을 따라할 뿐이었다.

엄니는 송 부사와 금섬의 주검을 함께 묻었다. 평시라면 있을 수 없는 일이었다. 나는 승리감에 몸을 떨었다. 금섬의 주검과 함께 나는 묻혔고, 저승의 길에서 걸어 나온 것이다. 그리고 죽음의 그림자를 떼어 놓았다. 엄니 또한 송 부사와 금섬의 주검을 함께 묻으면서 나와 같은 심정이었을 것이다.

그러나 지금은 확신할 수 없다. 엄니는 이근에 대한 내 사랑을 인정하지 않았다. 엄니는 기생의 사랑은 죽음으로써만 완성되는 것이라 말했다.

송 부사와 금섬의 사랑은 죽음으로 완성됐고, 나와 이근의 사랑은 각자의 삶으로 흩어졌다. 살아 있지만 산 것이 아니어야 하는 기생의 삶. 삶의 사랑이 아닌 죽음의 사랑. 이것이 완벽을 추구하는 엄니의 소신이었다.

그러나 나는 기생의 사랑이 죽음으로만 완성되는 것이 아니라는 것을, 기생의 사랑도 삶 속에서 계속되고 또 각자의 생은 계속될 수 있다는 것을 엄니를 찾아내서 증명하고 싶은 것이다.

이근에게 아무것도 바라지 않았다. 지금도 마찬가지다. 그 순간만큼은 완전했던 사랑을 이근이 잊지 않았으면 하는 것. 그리고 그 사랑을 부정하지 않는 것. 그것만을 바란다. 그 사랑의 시간이 있었기에 사부로에게 아기를 빼앗겼어도 견딘 것이다.

"엄니, 어디 계시오? 엄니, 내가 동래로 돌아왔소. 엄니를 찾아 돌아왔단 말이오. 엄니는 동래로 돌아오지 못한 것이오?"

나는 12년 전, 그날의 사신死神에 홀린 여자처럼 중얼거린다.

국밥을 다 먹은 여자들이 긴장을 늦추고 모여 앉아 있었다. 장
대에 꽂힌 효수된 여자 머리들이 이 여자들을 두려움에 떨게 했지
만, 이들 또한 다른 쇄환인들과 마찬가지로 생명력을 강하게 단련
시켜 온 터였다. 8명의 여자들이 흩어지지 않는다면 정절과 절개
가 목숨을 가져가는 사회에서도 살아남는 묘수는 있을 터였다.

동래는 예로부터 대마도를 상대로 상업을 해온 곳이다. 두모포
에 왜관 관사가 새로 지어진다고 했다. 상주하는 왜인들 숫자도 5
백 명은 넘을 것이다. 왜인들이 좋아하는 두부를 만들어 팔거나
채소를 다듬어 팔더라도 8명이 살아갈 길을 열 수 있다. 그러다
보면 각자가 살아갈 길 또한 마련되겠지. 함께 거주할 장소를 구
하는 것이 우선이었다.

내가 여자들에게 다가가는데 떡을 나눠 주던 아전이 한 남자와
서두르며 다가왔다. 남자는 아전보다 머리 하나는 더 커보였다.
아전이 내게 말했다.

"정현이, 8명이 어디서 모여 살 생각이오? 여기 박 선달에게 말
했더니 방을 내줄 수 있다고 하오."

여자들이 일제히 박 선달이라는 큰 키에 얼굴이 미끈한 남자를
주시했다.

"얼마나 고생이 많았소들. 우리 집에 빈방이 꽤 되오. 앞날 걱
정은 접어 두고 와서 편히 쉬도록 하시오."

양손을 맞잡고 조심스레 반기는 예의 바른 태도의 남자에게 여

자들이 대응을 못하고 머뭇거렸다. 남자는 여자들을 차례차례 공손한 눈빛으로 바라보았다.

포로로 왜놈들의 인간 이하의 대접과 조선 남자 포로들의 거친 태도에만 익숙해 왔다. 고향에 오자마자 효수된 여자들의 목 때문에 극도로 긴장했다. 예의를 갖춘 남자의 행동은 여자들을 어리둥절하게 만들었다. 기가 죽어 남자를 곁눈으로 살피게 만들었다. 급기야 눈물보를 찔린 여자들이 주르르 눈물을 터트렸다. 친절하고 상냥한 손길에 감격한 동냥 거지의 반응이 이와 같을까.

전쟁 전 동래에는 저런 유형의 남자는 없었다. 저렇게 매끈하고 예의 바른 남자라니. 불현듯 사부로가 떠올라 소름이 돋았다. 내 아들을 데리고 사라진 닌자 사부로. 여자인 듯 미색인 사부로를 처음 만났을 때의 내가 지금 이 여자들과 같았지. 사부로에겐 어떤 의구심도 일지 않게 만드는 마술적인 힘이 있었다.

여자들이 눈물을 닦으며 나를 바라봤다.

'어서 동의한다고 말해 주세요.'

여자들이 무언無言으로 나를 재촉했다. 걸려들었다. 박 선달에게 여자들은 여지없이 홀렸다. 내가 할 수 있는 것은 이 홀림이 나를 포함한 이 여자들의 운명을 어디까지 끌고 갈지 지켜보는 것뿐인가.

여자들을 살피다가 박 선달의 눈빛을 살폈다. 부드럽고 깊은 눈빛. 순간 날카롭게 변한다. 저런 눈빛에 여자들은 쉽게 넘어간다. 사람을 쉽게 해칠 수도 있는 저 눈빛에.

동헌의 지붕을 올려다봤다. 나는 어떤 기운이 스치는 듯해 흠칫했다. 엄니란 말인가. 그 기운에게 물었다.

"엄니, 12년 전 죽음의 신이 다시 나타난 것이오? 부드럽고 깊은 그러나 잔혹한 사신이 여기 우리 앞에 와 있는 것이오?"

사부로는 나를 숨겨 줬고 보호해 줬고 그리고 내 아들을 빼앗아 사라졌다. 닌자 사부로. 박 선달에게서 사부로가 보인다.

내 동의를 구하던 여자들이 기다리다 못해 박 선달을 따라나섰다. 운명은 언제나 끌리는 쪽의 길을 선택하는 법이다. 나도 여자들을 뒤따라간다. 돌아보니 홀가분한 표정의 아전이 어서 가라고 손을 흔들었다.

골짜기를 두 번 넘고 갈라지는 길마다 세 번을 왼편 길을 선택해야 했다. 호롱불을 밝힌 널찍한 초가집이었다. 마당으로 들어서니 방문들이 급히 열렸다. 우리 8명의 여자들이 도착한다는 것을 알고 있기라도 한 듯이.

열 명이 넘는 여자들이 마당으로 뛰어나와 막 당도한 우리들의 손을 잡았다. 그 중 키가 큰 여인네가 앞장서서 말했다.

"잘 오셨소. 얼마나 고생들이 많으셨소. 여기 있는 우리들도 모두 전쟁으로 피해를 보고 모여 사는 이들이라오. 오는 도중에 효수된 여자들 머리 때문에 얼마나 충격을 받으셨소? 오늘은 푹 쉬시고 내일 아침 서로 통성명을 하지요."

동래 관아서부터 박 선달을 따라 산길을 돌고 돌아 찾아왔다. 쇄환인 여자들 8명은 귀신에 홀린 듯 아무 말도 못하고 멀뚱히 서로를 바라볼 뿐이었다. 꿈인가? 생시인가? 내일 아침 눈을 뜨면 사라질 꿈이 아닌가? 믿을 수 없는 행운이었다. 열 명의 여자들이 부지런히 움직여 마련한 잠자리에 8명의 여자들은 몸을 뉘었다.

깊은 물속에서 갑자기 떠오르듯 눈이 떠졌다. 꿈도 없는 깊은 잠에서 번쩍 들어 올려진 듯했다. 밖은 이미 동이 터 있었다. 사 각거리며 옷깃 스치는 소리, 나직한 조선 말, 연이은 맷돌 돌리는 소리, 쿵덕이며 방아 찧는 소리가 뭉클한 감정에 빠져들게 했다. 의심할 바 없는 고향의 소리다.

똑같은 방앗소리지만 포로들을 야금야금 밑바닥에서부터 삭아 허물어지게 만드는 소리가 아니다. 무뚝뚝하거나 상냥한 왜놈의 말소리가 아니다. 깨어날 때마다 소리에 짓눌려 종잇장처럼 납작 해진 정신으로 연명해야 했던 12년, 물고기의 부레처럼 싱싱하게 부풀어 오른다. 수면 위로 번쩍 떠오르듯 잠에서 깬 데에는 까닭 이 있었다.

곡식 빻는 냄새, 채소 삶는 냄새가 밝은 빛처럼 들어와 몸을 적 신다. 12년 동안, 날마다 겪었던 여명의 두려움을 내려놓고 고향 의 아침에 푹 젖는다. 이것이 비록 순간의 안식일지라도. 으레 안 식은 순간의 충일감이니까. 순간의 찬란한 충일감을 맛보려고 평 생의 굴욕을 견디는 것이 생이 아닐까.

마당으로 나가자 일행인 옆방의 4명의 여자들도 마당으로 나왔 다. 어느새 마루와 마당이 18명의 여자들로 북적였다. 쇄환인 여 자들은 아침 장만을 하는 열 명의 여자들 덕분에 시름을 내려놓을 수 있었다.

이 열 명의 여자들이 누구이기에 은신처 같은 이곳에 모여 살고 있을까? 쇄환인 여자들은 그 점이 궁금했다. 아침을 먹은 뒤 둘러 앉자 양주 여자가 물었다.

"언제부터 이렇게 여자들만 모여 살고 있는가요? 댁들도 비밀결사가 두려운 분들인가요?"

처음에 우리를 맞았던 키 큰 여자가 인자한 웃음을 짓고는 말했다.

"네, 저희도 여자들을 효수하는 비밀결사가 두려워 이곳에 은신해 있는 거랍니다. 저희들은 명나라 군인이나 장사치, 침술사인 정인情人들을 따라 명나라로 가지 못한 여자들, 가야 하는 여자들, 갈 여자들 열 명입니다."

쇄환인 여자들이 명군이라는 말에 어리둥절해 하자 키 큰 여자가 명군이 조선에 어떻게 들어오게 됐는지 자세하게 설명했다.

임진년 전쟁 때 조정에서는 왜군을 막을 군사를 명나라에 요청했단다. 왜군이 한양을 지나 평양성까지 치고 올라가고 함경도 최북단 온성까지 침략하자 명나라는 파병을 결정했단다. 전쟁 초기 많이 파병됐을 때는 명군 10만 명 정도가 조선에 주둔했다. 7년 전쟁 동안 명군은 초기에만 전투를 했지 계속 주둔만 하면서 협상에 치중했는데, 이들의 군수물자는 조선 조정에서 모두 부담했다. 자연히 7년 주둔 기간 동안 조정의 부담은 조선 백성들에게 민폐로 이어졌다.

"민간에서는 왜놈은 얼레빗, 명군은 참빗이라며 명군의 약탈을 왜놈보다 끔찍하게 여겼어요."

여자가 말했다.

그 명군과 사랑에 빠진 여자들. 명군을 따라 조선으로 들어온 명나라 장사치나 침술사 같은 명나라 사람들과 사랑에 빠진 여자들. 열 명의 여자들은 정인인 명나라 사람들이 돌아갈 때 따라가지 못한 이들이었다.

여자들은 명군이 떠나자 '명군과 관계한 화냥년들'이라며 공개적으로 지탄을 받았다. 조정에서는 한양성 십 리 밖에 이들의 거주지를 제한해 놓고 성으로 들어오지 못하게 했다.

이들은 박 선달에게 어떤 도움을 받고 있을까? 쇄환인 여자들의 관심사였다. 키 큰 여인이 말을 받았다.

"박 선달이요? 원래는 명군을 따라다니면서 간단한 통역을 하고 사례를 받는 청년이었지요. 그래서 저희와도 친해졌고요. 요새는 왜관 주변에서 왜놈 말을 통역해 주고 구전을 받는다고 하더라고요. 바쁜지 통 이곳에 나타나질 않았어요. 우리도 부탁할 게 많은데요. 그러다 어제 갑자기 나타나 쇄환인 여자들 8명을 받아 줄 수 있냐고 묻는 거예요. 우린 좋다고 했지요. 동병상련이라고, 댁들이나 우리나 정절을 잃은 화냥년 취급을 당하니 서로 서러움을 보듬어야 하지 않겠어요. 여기 은신처도 실은 박 선달이 구해 준 거지요. 5년 전, 명군이 철수할 때 갈 수 있으면 따라가려고 했지요. 그런데 단속이 너무 심했어요. 우리 중에 몇몇은 의주까지 갔다가 조선 관리들의 단속에 걸려 되돌아왔지요. 명군들 중에는 따

라나선 조선 여자들을 버리고 간 자들도 있고, 관원에게 은을 주
고 조선 여자들을 데리고 간 자들도 있고, 조선 여자들을 따라 다
시 조선으로 돌아온 자들도 있답니다."

"그럼 여기서는 언제까지 사실 생각입니까?"

내가 물었다.

"가야지요."

작고 단단해 보이는 여자가 단호하게 말했다.

"우선, 우린 정인들이 데리러 오길 기다리고 있답니다."

아! 쇄환인 여자 중 한 명이 한숨을 터트렸다. 모두들 한숨을
터트린 여자를 바라봤다. 눈물이 넘치려 하고 있었다. 이 한숨의
뜻을 열 명의 여자들이 이해할 수 있을까?

열 명의 여자들과 쇄환인 여자들 사이에는 다른 색깔의 황폐한
과거가 흐르고 있다. 고통의 풍경은 희미한 색조일수록 쉽게 그려
지는 법.

포로였던 여자들의 내면은 쉽게 그려지지 않는다. 황폐하고 참
혹한 시공은 이미 재가 되어 흩어져 버렸다.

한숨을 짓던 여자를 바라봤다. 눈물은 전염됐다. 동료 쇄환인
여자들이 붉은 눈자위로 먼 곳을 바라보고 있었다. 왜놈에게 배정
됐고, 왜놈의 사정에 따라 운과 불운이 교차되는 삶이었다. 포로
여자들은 꿈도 꿀 수 없었던 낭만적인 한마디.

'정인이 데리러 오기를 기다린다.'

이 한마디에 참혹했던 포로의 기억이 표면으로 떠올라 요동치

고 있었다.

쇄환인 여자들을 바라보며 나는 고개를 가로저었다.

"상처를 헤집는다고 현실이 나아지겠어요? 우리가 겪었던 참혹은 우리들의 지옥일 뿐. 고향 사람인 이들이 애통해 한다고 나아지는 것이 있겠어요? 유린되기 전의 우리의 일상도 과거이고, 끌려가 겪은 참혹도 과거일 뿐입니다."

동료 쇄환인 여자가 고개를 떨어뜨렸다. 흐느낌이, 뜨거운 눈물이 여자의 앞섶을 적셨다.

밤톨같이 단단해 보이는 여자도 쇄환인 여자들을 따라 울먹이며 다시 말문을 열었다.

"5년 전, 의주까지 갔다가 다시 한양으로 돌아오니 명군의 여자들이라고 성 안으로 못 들어가게 하더라고요. 관에서는 우리한테 한양 10리 밖에 모여 살라고 마을을 정해 줬어요. 명군이 주둔할 때 우리를 대하던 태도와 명군이 돌아가고 나서 우리를 대하는 태도가 완전히 달라졌지요. 거기서 어떻게 살겠어요. 동네 어귀에서는 옆 마을 애들이 기다렸다가 우리 애들에게 돌팔매질을 하질 않나. 바느질감을 구하려고 해도 화냥질한 여자들이라고 더럽다면서 일거리를 주질 않는 경우도 있고. 아이 딸린 여자들이야 다른 곳에 가면 더 살기 힘드니까 그냥 그 마을에 살 수밖에 없지만 홀몸인 여자들이야 그 마을에 살면서 죄인 취급을 당할 까닭이 없지 않겠어요."

여자들 열 명은 명군을 따라가는 것이 불가능한 현실에서 은신처로 도피한 것이다.

18명의 여자들은 서로의 고통을 들여다봤고 서로 공감했다. 그리고 공통점을 찾았다. 박 선달을 기다린다는 소일거리. 정에 주리고 이성의 살가운 관심에 주린 여자들은 하루에 두세 번은 박 선달을 언급했다.

"박 선달님이 고향에 선을 대서 가족들이 살아 있는지 알아봐 준대요. 저 혼자 거기까지 가다가 변이라도 당하기보다 여기서 기다리는 편이 낫지 않겠어요."

박 선달에게 고향 소식을 맡긴 쇄환인 여자의 말에 다른 쇄환인 여자들은 너도나도 박 선달에게 고향 소식을 알아봐 달라고 해야겠다고 나섰다. 그러자 명나라 의원醫員인 정인을 기다린다는 여자가 말했다.

"다들 박 선달에게 부탁하세요. 빠트림 없이 잘 알아볼 거예요. 제 남편은 명나라에서 의원을 했고, 군대를 따라 조선으로 와 군의관 역할을 하다가 조선에 남은 명나라 사람이지요. 지금 대구에서 조선 사람들 병을 고쳐 주고 돈을 벌고 있답니다. 박 선달이 제 남편이 곧 올 거라고 전해 주더군요."

여자들에게 박 선달은 밖의 세계와 연결된 유일하고도 믿음직한 배달부였다. 또 여자 목을 따러 다니는 비밀결사조직으로부터 여자들을 지키는 유일한 보호자이기도 했다.

은신처 여자들은 날이 갈수록 박 선달에게 점점 더 의지했다. 박 선달이 전달해 주는 소식은 정황상 매우 그럴듯해 보였다. 전라도, 충청도 등 편지로 알아볼 수 없는 곳이면 사람을 사서 여자들이 원하는 부모형제의 소식을 모두 알아봐 주었다.

하지만 박 선달이 가져온 소식이 늘 정확한 것만은 아니었다. 그래도 여자들이 먼저 박 선달을 변호했다. 박 선달이 가져온 소식이 틀렸더라도 그것은 고의가 아니었으며 사정상 그렇게 파악할 만한 까닭이 있었던 거였다고. 상처로 얼룩진 여자들은 자신을 낮춘다, 한없이.

각 고을마다 포상이 이어지고 있었다. 나라를 위해, 부모를 위해, 남편을 위해 정절을 지키고 목숨을 바친 부녀자들의 사례를 경쟁적으로 칭송하고 있었다. 삼강오륜三綱五倫을 떠받치는 도덕과 윤리는 목숨을 바친 열녀들에게서 나오고 있었다. 집집마다 경쟁적으로 열녀들을 만들어 관아에 보고했다. 비변사에서는 이 사례들을 모아 새로운 삼강행실도三綱行實圖를 펴낸다고 했다.

여기저기 열녀비가 세워졌다. 사실인지 거짓인지는 중요하지 않았다. 가가호호 가장 약한 부녀자들을 앞세우면서 조정이 도덕과 윤리를 다시 세우는 데에 힘을 보탰다. 그 결과, 없는 열녀도 만들어졌고 만들어진 열녀는 움직일 수 없는 사실이 됐다.

열녀 이야기는 본받고 실천하지 않으면 안 되는 구속이 됐다. 부녀자들이 자신의 손가락과 넓적다리 살을 잘라 병든 부모와 남편에게 바치는 것은 가장 기본적인 도덕적 실천이 됐다. 정절을 지키기 위해 목숨을 버리는 것은 보편적 윤리가 됐다.

부녀자들의 목숨은 부모와 남편의 것이고, 부모와 남편의 목숨은 나라 것이다. 부모와 남편은 나라에 종속돼 있지만 부녀자들은 부모와 남편, 그 위의 나라에 종속돼 있었다. 부녀자들은 삼중의 촘촘한 그물에 갇힌 물고기였다.

이 상황을 목숨을 위협하는 그물로, 구속으로 여기는 부녀자들이 없다는 것이 이상했다. 그냥 이런 풍토에 익숙해지고 있다는 증거였다. 정절貞節이라는 풍토병風土病에 병들어 스스로 판단할 수 없는 지경에 이른 것이다.

은신처 여자들이 나다니기에 상황은 더욱 나빠졌다. 생필품 구입 또한 박 선달에게 맡기는 횟수가 늘어났다. 박 선달은 조선 사람이었지만 태도는 조선 사람 같지 않았다. 그렇다고 왜인이나 중국인 같지도 않았다. 왜인처럼 차갑지도 중국인처럼 눙치지도 않았다. 무엇보다 변함없이 부드러웠다. 그는 어쩌면 닌자 사부로와는 다른 부류의 인간일지 모른다.

큰 키에 얼굴이 매끈한 남자 박 선달이 양손을 맞잡고 조심스레 반기는 예의 바른 태도로 친절하고 상냥하게 다가온다. 애타게 기다리던 소식을 차근차근 알려 준다. 자기 일처럼 애통해하고 또는 기뻐한다.

이것이 설사 어설픈 마술魔術이었다 하더라도 얼룩이 많은 여자들은 쉽게 반응하고 쉽게 홀린다. 박 선달의 놀라운 점은 여자들 한 명 한 명의 입장에서 정말 여자들을 위해 아파했다는 것이다. 남자들에게 일방적으로 강요, 명령, 협박, 매질을 당하던 여자들에게 박 선달의 태도는 받아 보지 못한 배려였다. 여자들은 박 선달에게 무장해제가 됐다.

여자들은 얼룩을 지우고 가리기 위해 시도할 수 있는 것들을 모두 시도했다. 박 선달은 영악하게도 은신처 입구에 서 있는 키 큰 소나무처럼 여자들의 이런 행동들을 모두 파악했다. 박 선달은 여자들을 돌본다는 명목으로 어떤 이득을 취한 것일까? 여자들을 곤경에 빠뜨리려고 했다면 이보다 더 좋은 환경이 없을 터였다.

전쟁으로 인구는 줄었고 경작지는 황폐해졌다. 농사짓는 땅이 전쟁 전보다 삼분의 일로 줄어들었다. 진휼청에서 나눠 주는 국밥을 얻기 위해 아침이면 동래 관아 앞에 줄 선 이들이 끝이 없었다. 그래도 장에 나가면 쌀을 팔았고 명나라 비단을 살 수 있었다. 값은 은銀으로 치렀다. 은은 전쟁 중에 명군에게서 나왔고 또 왜군에게서 나왔다. 은이 유통되는 곳에 약삭빠른 자들이 모여들었고 잇속을 챙겼다.

이들은 전쟁 중에 쌓은 부로 관아에 선을 대서 대규모 경작권을 사들였다. 농토를 잃은 유민들을 종으로 거둬들였다. 종이 된 농민들은 전쟁으로 황무지가 된 농지를 개간했다. 비옥한 대토지 소유의 기반은 전쟁이 가져다주었다. 전쟁으로 토지를 잃은 유민들이 만들어 주었다.

권세가와 토호들, 부민과 관료들 모두 황무지 점령이나 토지 경작권 매수에서 유리한 입장에 서 있었다. 전쟁의 피해는 굼뜬 백성들에게 고스란히 돌아갔다.

은신처의 여자들은 명군이 준 은을 조금씩 가지고 있었기 때문에 당장 먹을거리를 해결할 정도는 되었다. 쇄환인 여자들도 은을 조금씩 가지고 있었다. 왜국에서 포로가 은덩어리를 가지는 것은 불법이었지만 포로들은 갖은 수단을 써서라도 수중의 것을 은으로 바꿨다. 포로 여자들이 얻을 수 있는 것은 고작해야 은 알갱이나 은 조각이었지만 말이다. 그러나 은신처 여자들 모두 이 얼마 안 되는 허리춤의 은만을 믿고 있을 수는 없었다.

여자들이 텃밭을 일군 땅 일부를 갈아엎고 꽃을 심었다. 박 선달의 제안으로 시작된 일이다. 내가 꽃씨를 보여 주며 이것을 심어 팔 수 있냐고 물어보고 나서였다.

백합, 해바라기, 국화. 모두 히데요시의 측실 요도가 좋아하던 꽃들이다. 히젠나고야 성에서 몰래 그 꽃들의 씨앗을 숨겨 놓았었다. 해만 바라봐서 꽃말이 해바라기라는 꽃은 포르투갈 사람들이 히데요시를 위해 선물로 내놓은 것이라 했다. 꽃은 식용이 아니라 관상용이다. 바로 은이 고여 있는 곳. 그곳에서 꽃을 소비하게 되리라.

꽃들이 망울을 터트리자 박 선달이 말했다.

"잔치가 벌어지는 누각이나 대청마루에 놓으면 좋겠습니다."

꽃을 가져간 박 선달이 양식을 지고 왔다. 은 조각도 같이 가지고 왔다. 세도가들이 꽃을 좋아한다고 했다. 꽃을 더 가져오라고 한다고 했다. 백합, 해바라기, 국화의 이국적인 조합에 특별히 관심을 보인다고 했다. 꽃 재배지를 더 늘렸다. 18명의 여자들은 꽃 재배에 매달렸다.

정절의 전쟁, 욕망의 전쟁

1

하늘이 점점 땅과 거리를 두고 있었다. 땅은 열기를 뿜어 하늘에게 매달렸지만 하늘은 이미 땅에게서 마음이 떠났다. 초연하게 높아졌고 청아한 얼굴을 드러내며 도도한 바람을 일으켜 감히 매달릴 수 없는 기운을 내뿜었다.

해바라기만이 포기하지 않았다. 하늘을 올려다보았고 해를 향해 줄기찬 생명의 노래를 불렀다. 해바라기의 해를 향한 몰두에는 사람이 따라갈 수 없는 강인함이 있다. 그 강인한 자연의 몰두에 박 선달과 여자들을 비교하는 것이 해바라기에 대한 모독일지도 모른다. 그러나 몰두의 방식만큼은 해바라기를 닮아 있었다. 비록 그 몰두가 자연의 섭리처럼 영원하지 않고 이른 종말을 가져올지라도.

은신처 18명의 여자들이 가장 편안했던 한때. 이때가 그런 때였다. 목숨의 위협을 잠시 잊고 꽃을 키우는 일에 모두 합심했다. 이곳에서는 피해의식으로 웅크릴 필요가 없었다. 자신이 갖고 있는 장점들이 발휘됐다. 바느질 솜씨가 좋은 여자가 여자들의 작업복을 지었다. 하얀 면포의 앞치마와 해를 가리는 하얀 모자.

박 선달은 꽃밭에 하얀 목화송이들이 흩날리는 것 같다고 말했다. 여자들의 앞치마를 노랗고 붉고 푸른 꽃술들이 물들였다. 눈밝고 꼼꼼한 여자가 꽃술들만 따로 모았다. 자연 염료였고 자연 화장품이었다.

꽃은 꽃대로 박 선달이 가져갔고, 꽃가루는 따로 모아 말렸다.

수분이 많은 꽃잎을 건드리지 않고 꽃가루를 모으는 일은 매우 집중해야 하는 일이다. 전담한 4명의 여자가 두 조로 짝을 지어 꽃가루를 분류했다. 노랑 가루와 붉은 가루를 분류해서 연지와 곤지로 구분해 팔았다. 장이 설 때마다 내놓기 바쁘게 팔렸다. 우리만의 세상에서 너무나 순조롭게 지나간 여름이었다. 가을 또한 순조롭게 지나가고 있었다.

약간의 마찰은 있었다. 18명 모두가 마음에 좌절과 상처를 입은 여자들이었다. 아픈 과거로 인한 신경증 증세를 보인다거나 갑자기 앓아눕기도 했다. 생리적 주기나 변화가 똑같지 않은 것이 다행이었다. 몇몇이 예민할 때 여럿은 너그럽고 안정을 찾았고, 몇몇이 우울할 때 여럿은 보듬고 위로가 돼주었다. 상처뿐인 경험이 서로를 이해하는 자산이 되었다.

다 잘되어 가는 상태. 이 부족함 없는 상태가 아무래도 꿈만 같았다. 불안했다. 저 밖의 세계는 여자들을 마른 수건 짜듯이 옥죄는데 여기 은신처 여자들만 편안하다는 것이 이상하게 불안했다. 박 선달 때문일까? 아무래도 박 선달 때문이었다. 그 성격이 납득이 가지 않았다. 넉 달 동안 한결같이 부드럽다니 …….

내가 아는 남자들은 변덕을 무기인 양 휘두르는 자들이었다. 여자들을 자신들보다 열등한 존재로 취급해야만 안정을 얻는 사람들. 물론 동래성 전투의 부사 송상현 장군이나 왜놈들에게 괴물로 오인되었던 이근과 같은 남자는 다르지만 말이다.

세도가들이 술자리에서 쏟아 내는 기생 품평은 대부분 자신들이 갖추지 못한 심성을 심지어 기생에게 바라는 바였다. 그들이 어제 한 말과 오늘 한 말은 일관성이 없었다. 또 어제의 친구와 한 약속과 오늘의 친구와 한 약속이 딴판이었다.

가끔 가다 과거시험과 관련 없는 인생을 꿰뚫은 말들도 알고 보면 그들의 아내나 여종에게서 얻어들은 말이었다. 노동할 필요도 직업을 가질 필요도 없는 양반 남자들. 그들은 삶에서도 멀찍이 물러나 있다.

왜인 남자도 변덕을 부리기는 마찬가지였다. 여자와 한 약속은 파기될 구실을 찾기만 한다면 언제든지 깨질 수 있는 거였다.

그 일반적인 남자의 범주에서 벗어난 박 선달. 땅에서 솟은 것처럼 현실적이지 않은 박 선달이 실은 불편했다. 많은 접대와 응대를 통해서 기른 성격이 아닌 다음에야 저렇게 한결같이 18명 여자들의 부탁을 자기 일도 제쳐 두고 다 들어 줄 수 있을까. 다른 남자들 같으면 어림없는 일이었다. 골백번도 더 변덕을 부리거나 귀찮아서 달아났을 터였다. 그는 내 기준에서 정상이 아니었다. 내가 접했던 남자들과는 유형이 달라도 너무 달랐다.

그러나 내가 접했던 조선 남자들은 전쟁 전의 남자들이다. 그럼 전쟁 뒤의 분위기에서 박 선달 같은 남자가 나올 수 있다는 것일까. 그것은 더 의심스러웠다. 사지를 자른 여자들을 정절의 궤짝 속에 가둬 놓는 분위기이지 않은가. 박 선달은 분명히 튀어나온 돌이었다. 여자들이 언젠가는 걸려 넘어질 ….

내게 한 가지 믿는 바는 있었다. 18명 여자들의 상처였다. 박 선달의 돌봄이 속임수였고 그것이 여자들의 목숨을 위협했던 것으로 드러난다면 정말, 그런 일이 벌어진다면 상처로 단련된 삶의 칼들이 정을 줬던 자, 박 선달을 베어 내고 말리라.

　동래에 없는 엄니를 찾으려면 도움이 필요했다. 박 선달에게 부탁했다. 한양에 지인이라고는 이근이 전부였다. 이근에게 쓴 편지 배달을 부탁했다. 이근이 내 편지를 달가워할지는 모를 일이었지만 이 방법밖에 없었다. 이근은 내게 분명히 말했다. 나는 너를 돌볼 능력이 없다고.

　이근은 내가 아이를 낳은 것을 모를 것이다. 자기 아이가 왜국에서 닌자의 손에서 자라고 있다는 것도 모를 것이다. 이근의 생각을 모르기에 아이가 있다고 알리고 싶지 않았다. 아이 이야기는 뺐다.

　살아서 다시 동래로 돌아왔다는 것. 엄니를 찾아왔는데 엄니가 동래에 없다는 것. 엄니는 늘 죽기 전에 한양의 박홍렬 대감을 찾아간다고 했으니 한양에서 엄니를 수소문해 봐달라는 것만 썼다.

　히젠나고야에서 왜놈들이 조선으로 이근을 돌려보낸 것이 6년 전 일이다. 6년 만의 소식에 이근은 기뻐할까. 내 편지가 이근의 본가에 전해지고 그의 손에 제대로 들어간다면 이근은 어떤 기분이 들까. 어떤 답장을 보내올까. 다 잊었다고 생각한 웅숭깊은 그의 눈. 그 눈빛이 생생히 떠오른다. 엄니에게 '기생은 살아서 사랑을 하면 안 되냐'고 소리쳤었다.

　그는 히젠나고야에서 특별한 상황에 놓여 있었다. 괴물로 오인

받아 끌려왔고 우리에 갇혀 있었다. 보호자가 절실하게 필요할 때였다. 그런데도 대담하게 처신했다. 위로를 받아야 했으나 오히려 위로를 주었다. 그러나 여긴 히젠나고야가 아니라 조선이다. 우리의 사랑은 히젠나고야에서 끝났다. 이근은 그 점에 대해 히젠나고야에서 내게 명확히 말했었지.

아마도 그는 자신에게 날아오는 운명의 장난에 맞서기도 힘겨운 사람이 아니었을까. 온몸을 덮은 털이 그의 두려움을 감춰 줬는지도 모른다.

"나는 너를 돌볼 능력이 없다. 우리가 언제 헤어질지 모르지만 네게 이것만은 말해 줄 수 있다. 너의 운명은 어디 있느냐?"

그가 물었다.

"제 삶 속에 있지요."

"아니다. 우리의 운명은 호흡지간呼吸之間에 있다. 숨을 마시고 뱉는 그 순간에 운명은 결정된다. 마시고 뱉는 육신의 행위에 주의를 기울여라. 그 순간에 충실해라. 운명은 작은 것에서 결정된다. 맞서려고 하지 마라. 운명에게 즐거움을 주어라. 그러면 운명이란 것도 네게 저항하지 못할 것이다."

그와 나누었던 선문답禪問答이, 그의 대담한 태도가 두려움의 발로라는 것을 암시하는지도 모르겠다. 이제 이근과 나는 조선에 있다. 이근은 한양에, 나는 동래에.

히젠나고야에서의 사랑은 히젠나고야에서 끝난 것이다. 이근이 답장을 보내올까. 확신할 수 없다.

여전히 해바라기는 해를 향해 돌고 여자들은 박 선달을 향해 도는 날이 계속되었다. 한 날 꽃가루를 모으던 두 조 중 한 조의 것이 상태가 엉망이었다. 그 둘을 불러 놓고 보니 둘 다 태도가 매우 불만스럽고 긴장돼 보였다. 눈이 밝고 손가락이 집게처럼 길고 꼼꼼한 여자들이었다. 그러나 지금은 건드리면 화르르 터져 버릴 듯했다.

엄니가 떠올랐다. 엄니는 한 말의 쌀이 썩어 버리는 것도 한 톨의 쌀이 썩기 시작하면서부터라고 곧잘 말했다. 엄니의 통솔력은 바로 썩어 가는 한 톨의 쌀을 골라내는 데에 있었다. 그동안 너무 순조로웠던 것일까. 내가 둘에게 말했다.

"작은 마찰들은 있었어도 그동안 모두 합심해서 잘 지냈네. 꽃을 키우듯 말이지."

둘은 아무 대꾸도 않고 불만스러운 듯 고개를 숙였다. 한 명은 쇄환인 여자 양주 사람 이련이었고, 한 명은 은신처에 먼저 있던 여자 을지였다. 은신처 여자들이 서로를 이해하는 마음은 서로를 측은하게 여기는 심중에서 나왔다. 그래서 서로를 보듬을 수 있었다. 그런 마음이 상해서 서로에게 억울하고 원통하고 화가 일어났다면 그냥 넘어갈 일이 아니었다. 갑자기 쇄환인 여자 이련이 못 참겠다는 듯이 고개를 번쩍 들었다.

"정현 언니, 우리가 왜놈들에게 끌려가 얼마나 괴롭힘을 당했소. 왜놈이라면 정말 이가 갈리오. 그런데 조선 땅에서 왜놈과 살을 붙이고 내통하던 여자가 우리 중에 있다면 어쩔 것이오?"

이건 또 무슨 말인가. 왜놈과 살을 붙이고 내통한 여자라니?

쇄환인 여자들에게 왜놈은 한마디로 규정하기 어려운 존재들이다. 조선 땅에서 왜군들에게 잡혀서 끌려갈 때 잔악하게 굴었던 왜군들은 분명히 나쁜 놈들이다. 왜국으로 끌려가서 강제노동을 당할 때는 악한 왜인들도 경험했고 선한 왜인들도 경험했다. 왜국에 있는 왜인들이 모두 다 악하고 잔인하다고는 생각하지 않는다.

그러나 조선 땅에서 왜놈과 내통한 여자가 은신처에 있다면 그 여자를 미워하고 내쫓고 싶은 마음이 드는 것은 자연스러우리라. 쇄환인 여자들에게 조선 땅에서 부딪쳤던 왜놈들은 자신들을 잔인하게 끌고 간 원수들이었다.

'왜놈과 내통했다'는 이련의 말에 소란이 일었다. 쇄환인 여자들이 수군대며 모여들었다. 그들 중 하나가 신경질적으로 물었다.

"누가 첩자라는 거야?"

완전히 비약을 한 물음이었다. 내통이라는 말이 바로 첩자라는 말로 비약했다. 그러자 은신처에 먼저 있던 여자들도 일손을 놓고 몰려들었다. 그들은 이련과 을지를 번갈아 보았고, 이련이 을지를 비난하는 상황인 것을 알아차렸다.

"첩자라니? 왜 그런 험악한 의심을 한단 말이오?"

은신처에 먼저 있던 여자 중 하나가 언성을 높였다. 졸지에 쇄환인 여자들과 은신처에 먼저 있던 여자들이 나뉘어 섰다. 그동안의 합심이 모두 물거품이 됐다. '누가 첩자라는 거야' 하며 신경질적으로 물은 쇄환인 여자에게 내가 서둘러 설명했다.

"이련의 말은 내통했다고만 했지 첩자라고는 안 했네."

그리고 이련에게 물었다.

"왜놈과 살을 붙이고 내통하던 여자가 우리 중에 있다면 어쩔 것이라니? 자세히 좀 말해 보게."

이련이 머뭇거렸다. 붉은 얼굴을 쳐들고 먼 산 바라기를 했다. 꽃가루를 함께 따던 을지는 입술을 깨물고 고개를 숙였다. 얼굴이 분함으로 가득했다. 은신처에 먼저 있던 여자 중 한 명이 바라만 보고 있다가 나섰다.

"여기 을지의 근본은 우리가 다 아는 바요. 이련이 그대는 대체 어디서 을지에 대한 중상모략을 전해 들었단 말이오?"

을지를 변호하고 나선 여자가 이련을 탓했다. 그리고 나를 향해 말했다.

"정현 언니, 을지는 항왜인抗倭人의 처였다오. 나라에서 항왜인 들에게 서북지방 방비를 맡겼소. 항왜인들이 급히 서북지방으로 옮겨 가는 통에 가족들이 따라가지 못하고 뿔뿔이 흩어졌다오. 을 지는 항왜인 남편을 기다리고 있소. 서북지방에서 소식이 오기만 을 기다리고 있다오. 우리가 을지의 출신을 증명할 수 있소."

아, 놀랄 수밖에 없었다. 항왜인의 처도 이곳에 있었다니⋯.

항왜인이라면 왜군에서 조선군으로 투항한 왜인들이었다. 항 왜인은 첩자가 아니다. 첩자로 오인받는 위험을 무릅쓰고 적에게 투항한 자들이다. 그만큼 자신이 속한 왜군 집단을 혐오해 조선군 에 들어간 자들이다. 그러나 조선 사람들은 이들도 곱게 보지 않 았다. 투항한 왜군, 항왜인도 조선을 침략한 왜놈들과 같은 군에 있었고 원수인 왜놈들과 같은 나라 사람인 것이다.

나는 물어볼 수밖에 없었다.

"그럼 어째서 처음부터 당신네들 열 명이 모두 명나라 정인들을 둔 여자들이라고 하고 모두 명나라로 가기를 기다리고 있다고 한 것이오?"

"정현 언니, 지금도 보시오. 항왜인의 처라는 것이 밝혀지니 뭐라고 하오? 바로 첩자라고 말하지 않소? 명군을 정인으로 둔 우리들이 화냥년 취급을 당하며 목숨의 위협을 받는데, 항왜인을 남편으로 뒀다는 것이 밝혀진 여자들은 어떻겠소? 바로 저잣거리에서 조선 사람들 아무한테나 목이 베어질 것 아니겠소. 우리 명군의 여자들보다 항왜인의 여자는 더 사람 취급을 못 받는다오."

을지를 변호하고 나선 여자가 항왜인 여자들의 처지를 설명하고는 길게 한숨을 쉬었다. 고개 숙인 을지의 얼굴에서 눈물이 흐르고 있었다. 이련은 은신처에 먼저 있던 여자의 설명에도 을지에 대한 의문이 풀리지 않은 듯 찡그린 인상을 풀지 않고 있었다.

내가 이련에게 물었다.

"이련이, 아직도 의문이 풀리지 않는가? 그런데 을지가 왜인과 내통했다는 말은 누구한테 전해 들은 것인가?"

"정현 언니, 그건 말해 줄 수 없소. 그렇지만 정보를 준 사람은 항왜인이라는 말은 하지 않았소. 왜놈이라고만 했지."

이련의 대답에 여자들이 갸웃거렸다. 정보를 준 사람을 말하지 못하겠다니. 그런 말을 한 이련을 믿지 못하겠다는 표정들이었다. 이련은 대답을 잘못한 것이다. 누구한테 전해 들었는지 드러내지 못하겠다면 처음부터 크게 떠벌리지 말아야 했다. 양식을 갉아먹는 좀벌레는 이련이란 말인가.

우선은 이련이 변명할 기회를 더 줘야 했다.

"그럼 여기 동료들이 증명해 주는 을지의 이야기도 못 믿겠다는 것인가? 남편이 항왜인이어서 그런 오해가 생겼다는데…."

"정현 언니, 만약에 여자들 중에 정말 왜놈과 내통했던 여자가 있다면, 은신처의 안전을 위해서도 비밀결사조직이 찾아내기 전에 쫓아내야 하지 않겠소?"

"이련이 자꾸 왜놈과 내통했다고 말하는데 정확한 증거가 없는데 무고했다는 것이 밝혀지면 자네가 쫓겨나야 할지도 몰라."

내 말에 이련은 고개를 숙인 을지를 노려보았다. 분한 모양이었다. 을지를 고발하려다 여자들 모두를 적으로 두는 결과를 만든 것을 이제야 깨달은 모양이었다. 그러나 나는 아직 밝히지 못했다. 이련이 을지를 쫓아내고 싶어 하는 진짜 이유가 무엇인지.

이련에게 다시 물어볼 수밖에 없었다.

"그럼 이련이 자네는 과거에 항왜인과 정을 통한 것까지 죄를 물어야 한다는 말인가?"

이련이 고개를 세차게 가로저었다.

"모르겠소. 항왜인이란 말을 나는 오늘 처음 들었소. 왜놈을 배반했던 왜놈이라면 또 배반하지 않겠소? 한번 배반한 놈들은 계속 배반하니 말이오. 또 조선을 배반하겠지요. 그리고 그놈과 정을 통한 조선 여자도 그놈들을 닮아 배반을 떡 먹듯이 할 것이고요."

아, 이련은 을지의 존재를 부정하고 싶은 거였다.

둘러선 여자들을 돌아봤다. 여자들이 고개를 절레절레 흔들었다. 어느 틈에 정절이라는 풍토병이 담을 넘어 은신처까지 위협하고 있었던 것일까. 정절의 칼을 들이대며 동료를 분류하려 하는 쇄환인 여자, 이련은 누구에게 들었는지 대답하지 않았지만 모두는 최초의 발화자가 여자들 중 한 명이라고 의심했다.

과거의 정절, 과거 왜인과의 통정에 죗값을 매기려 하고 있었다. 그렇다면 단죄하는 이들은 오점이 없어야 한다. 없나? 그럴 리 없다. 단죄자들의 오점이 더 확연히 감지되는 것이 문제다. 어쩌면 자신의 행위를 은폐하려고 더 단죄하려고 드는지도 모른다. 죗값을 매기려는 행위가 여자들을 효수梟首하고 다니는 비밀결사 조직과 닮아 있어서 소름끼쳤다.

우선은 이련과 을지를 떼어 놓았다. 이 둘이 더 깊은 골을 만들지 않는다면 시간을 두고 따져 보자는 것이 여자들 생각이었다. 하지만 사건을 거론하는 자와 거론하지 않는 자, 입을 여는 자와 입을 다무는 자로 분위기가 변하고 있었다.

입을 열고 거론하는 자들은 을지를 변호했다. 입을 다문 자들은 을지를 변호하지 않음으로써 을지에게 과거에 죄가 있음을 주장하는 것이다. 단죄의 양상은 중첩돼 있었다. 과거의 죄는 표면상의 죄였다.

현재의 죄는? 박 선달과 가깝다는 것. 죄의 핵심에는 박 선달이 있었다. 물론 모든 여자들과 박 선달은 가까웠다. 하지만 이 두 여자, 고발자인 쇄환인 여자 이련과 피고발자인 항왜인의 처 을지는 박 선달과 특히 가까웠다. 고발자인 이련의 외출이 그즈음 잦았다. 이련은 이곳 동래에 연고가 없다. 특별히 누군가를 만나려고 외출했다면 그것은 특이한 일이었다. 여자들이 외출이 잦았던 이련의 행동에도 의심을 품고 그 점을 거론했다.

박 선달이 끼어들었다. 이련을 불러냈던 사람은 자신이라고. 박 선달의 말이 여자들 사이에서 돌아다녔다. 곱씹어졌고 몇몇 여자들에게는 용납되었고 몇몇 여자들에게는 거부당했다.

박 선달의 말을 못 믿는 여자들은 박 선달이 이련을 따로 그리고 자주 만났다는 말은 핑계에 불과하다는 거였다. 박 선달은 쇄환인 여자들이 오기 전부터 을지와 가까웠으며 항왜인 남편이 데리러 오지 않는다면 을지는 자연스럽게 박 선달과 살림을 차렸을 것이라는 주장이었다. 박 선달이 변호한 이련 또한 오해를 받고 있는지도 몰랐다.

아예 이련파와 을지파로 나뉘어 점점 골이 깊어졌다. 항왜인 남편이 있다는 여자가 박 선달과 놀아나는 게 웬 말이냐, 행실이 더럽다. 을지를 비난하는 이련파의 목소리였다. 요체는 다시 정절이었다. 풍토병이 맞았다. 남의 애정은 놀아나는 것이고, 자신이 박 선달을 좋아하는 것은 순수한 애정이었다.

비밀결사에게 걸려 목이 날아가기 전에 여자들은 이미 서로의 목을 조르고 있었다. 나라가 만든 정절의 궤짝에 을지를 집어넣게 되면 자신의 손발도 잘릴 것이라는 자명한 결과를 예측하지 못했다. 어리석었다.

끝내는 비밀결사에게 걸려 죽고 말 것이라는 두려움. 어리석음이 이 두려움을 몇 배로 자라게 했다. 박 선달을 향한 몰두는 점점 가속도가 붙어 가는 두려움의 발로였다. 어리석음은 인간의 숙명이기에 이 생기를 향한 몰두를 부정하지 못한다 하더라도 어설픈 독점욕과 복수심이 고개를 들고 모든 상황을 주도하게 해서는 안 되었다.

독점의 대상은 당연하게도 박 선달이었고 복수의 대상은 여자들 서로서로였다. 어설픔에서 벗어나려면 서로의 목을 조른 손을 먼저 놓아야만 했다. 그것은 충분히 가능한 일이었다.

그런 중에 한 남자가 은신처로 찾아왔다. 대구에서 돈을 벌고 있다는 명나라 파병 의원이었다. 명나라 의원은 새로 효수된 여자 머리가 전시되고 있는 길목을 거쳐 자신의 정인인 여자를 찾으러 온 것이다.

남자가 도착한 것은 이른 아침이었다. 그는 매우 당황했다. 효수된 여자는 처음 봤다고 했다. 기역 자로 된 널찍한 초가 마당에 들어서자마자 옥단이를 크게 소리쳐 불렀다. 마침 아침을 먹은 여자들이 꽃밭에 나갈 준비를 하던 참이었다. 다섯 개의 방이 경쟁하듯 문이 열렸다.

의원의 여자와 함께 명나라로 가겠다는 지원자가 있었다. 바로 이련이었다. 모두들 놀랐다. 정작 의원과 의원의 여자 옥단이는 흔쾌히 함께 가자고 했다. 의원은 명나라 남경은 물자도 풍부하고 여자들이 살기에 편하다며 또 따라나설 사람이 있다면 데려가겠다고 했다.

옥단이와 명나라 의원이 떠나기 전날 저녁, 피투성이가 된 박 선달이 마당으로 쫓기듯이 들어왔다. 여자들이 놀라 소리쳤다. 누구에게 맞았는지 터지고 찢긴 박 선달의 몸을 마침 떠나기 전의 의원이 치료해 주었다. 자리에 누운 박 선달이 찢어진 입술을 천천히 놀려서 말을 겨우 만들어 냈다.

"오늘, 비밀결사 놈들이 들이닥칠 겁니다. 장소를 대라고 놈들이 죽도록 팼지만 말 안 했어요. 그렇지만 여기로 올 때 미행당했을지도 모릅니다. 한 명만 내놓으래요. 그래야 봐주겠대요. 왜놈과 내통했던 여자를 뽑아서 내놓으래요. 아니면 차례로 데려다 효수하겠대요."

여자 18명과 남자 두 명. 20명이나 되는 인원이 어디로 간단 말인가. 게다가 박 선달이 누운 들것을 여자들이 운반해야 했다. 들것에 누운 박 선달이 안가를 안다고 했다. 산을 세 번 넘고 골짜기로 깊이 들어가야 했다.

산중의 어둠은 부지런히 골짜기를 삼키고 산등성이를 물들였다. 어디선가 소쩍새가 울다 날아갔다. 저녁 안개가 비를 몰고 왔고 소쩍새가 비를 피했다. 20명의 발걸음이 빨라졌다. 검은 안개가 어둠에 묻힌 앞산에서 몰려와 발걸음을 재촉하는 사람들 사이를 파고들었다. 앞에 가는 들것과 뒤에 따라가는 여자들의 간격이 점차 길어졌다. 들것 좌우로 여자들 10명이 함께 들었다. 그 뒤로 의원과 의원의 여자 옥단이, 그리고 7명의 여자가 따라갔다.

소쩍새가 울며 날아갔다. 간격을 두고 세 번 울었다. 소스라쳐 뒤에 오는 여자들을 확인했다. 5명. 두 명이 사라졌다.

검은 안개 속에서 소쩍새가 다시 한 번 울었다. 간자들의 신호였다. 나는 안개 속 오던 길로 다시 뛰어들었다.

사라진 여자 둘은 이련과 을지였다. 파닥거리는 생명의 몸부림 소리가 어디서 들리는지 방향을 가늠해 보았다. 닌자 사부로는 내게 가르쳐 주지 않았지만, 소리 없이 움직이는 방법을 따라 배웠다. 또 새소리를 신호로 사용하는 초보적인 교신 방법쯤은 알아차릴 수 있었다.

이련이 을지를 고발한 뒤부터 이련은 다른 작업을 했다. 해바라기 씨를 가마솥에 볶아 장에 내놓는 일을 했다. 이련의 옷과 몸에는 해바라기 씨 볶는 냄새가 배어 있다. 냄새를 찾아 움직였다.

숲의 끝에 검은 낭떠러지가 입을 벌리고 있었다. 시커먼 어둠이 시작되는 바로 앞. 숲의 끝에서 고소한 냄새가 바람을 타고 날아왔다. 공격자에게서 나는 걸까? 희생자에게서 나는 걸까? 나무에 여자를 묶은 또 다른 여자가 숲으로 달아나고 있었다. 고소한 냄새는 공격자에게서 나는 거였다.

재빨리 다가가 이련의 허리를 꺾었다. 이련의 몸에 힘이 들어가고 격렬하게 발버둥을 치려는 찰라 정수리를 가격했다. 이련의 입에서 피식, 기운 빠져나가는 소리가 새어 나왔다. 을지가 묶여 있는 나무로 이련을 끌고 갔다. 을지의 입에서 재갈을 빼내 이련의 입에 물리고는 을지가 묶였던 나무에 이련을 묶어 놓았다.

그러자 바로 숲 저쪽에서 이쪽을 향해 사람의 움직임이 느껴졌다. 간발의 차이였다. 몸을 추스르지 못하는 을지를 끌고 낭떠러지 아래쪽으로 몸을 숨겼다. 간자들을 피하기에는 낭떠러지 쪽이 쉬웠다. 간자들의 발소리. 칼을 빼내는 소리. 이어서 뿌드득, 뼈와 살이 잘려 나가는 소리. 액체가 쏟아져 바닥으로 흐르는 소리가 어떤 주저함도 없이 착착 이어졌다. 간자들의 발소리가 멀어질 때까지 숨죽인 채로 기다렸다.

달도 없는 그믐밤에 깊은 산의 형세를 손바닥 꿰듯 알고 있는 자들이라면 동래 사람들이었다. 또 나무에 묶인 자가 이련인지 을지인지 구분을 못하는 것을 보면 청부업자들이었다.

그들은 이련의 목만 가져갔다. 피에 젖은 풀 더미가 어둠 속에서 무겁게 빛나고 있었다. 을지가 울컥 구역질을 했다. 예고된 재앙이었다. 부조리와 불가능이 전부인 세상에서 사랑에 눈뜬다는 것은 자신을 죽음으로 밀어붙이는 일과 같다. 과거에 전쟁을 겪었고 이미 극한의 두려움을 느껴 봤다고 해서 현재의 두려움이 상쇄되지는 않는다. 감각이란 현재적 체험이니까.

두려움이 키운 사랑에 눈이 먼 이련과 을지. 이련의 뜻대로 을지를 죽게 내버려 둘 수는 없었다. 을지를 비밀결사에게 팔아넘긴 이련을 용서할 수 없어서가 아니었다. 이련의 올가미에 본인 이련이 묶인 것은 어설픈 독점욕과 복수심이 낳은 결과였다.

어리석음은 인간의 숙명이지만 어설픔은 인간의 가능성이다. 이련은 그 가능성의 문을 닫았다. 그저 정절이라는 풍토병에 걸린 저잣거리의 사람들처럼 자신도 똑같은 병자가 되는 길을 택했다. 그것이 편한 길이었을까? 병자들에게 자신을 맡긴 것이 … . 그 결과 자신의 머리까지 맡기게 된 것이 아닌가.

엄니라면 애초에 이 사태를 인정하지 않았을 것이다. 부조리와 불가능이 판치는 현실의 삶에서 사랑이 존재할 리 없다고 단호하게 말했겠지. 엄니는 차라리 박 선달에게 은을 주고 여자들과 따로 만나도록 순번을 정해 관리했을지도 모른다. 뛰어난 통솔력이 있었던 엄니. 성애를 능란하게 관리할 줄 알았던 엄니. 그러나 나는 여자들의 이 감정을 사랑이라 부르겠다.

사랑의 감정을 느끼고 체험하는 여자들 스스로 자신을 죽이거나 살리거나 자유롭게 선택할 권리가 있다. 어설픔을 수정해 나가며 인간으로서의 품위를 키워 나가는 것도 버리는 것도 각자의 몫이다. 비록 은신처의 여자들이 홍수의 거센 물살에 잘게 쪼개진 자갈돌과 같아서 행동도 생각도 고만고만한 모양새라 하더라도 하류에 이르면 조약돌마다 각자의 개성이 드러날 것이다.

인간의 품위는 그렇게 등급이 매겨지는 것 아닌가. 우리는 이미 전쟁을 통해 인간의 바닥에 무엇이 있는지 많이 보았다. 전쟁도 사랑도 자기 자신이 누구인지 어떤 인간인지 깨닫게 되는 거센 물살인 것이다.

안가에 도착한 이들 중 누구도 산중에서 있었던 사건에 대해서 자세히 묻지 않았다. 이련의 부재에 대해서도 묻지 않았다. 이들은 을지의 옷에 묻은 피를 보고 사태를 짐작했다. 그리고는 명나라 의원을 따라간다고 자원했다.

두려움과 신경증에 들뜬 여자들은 자신들의 목을 겨누는 칼날의 서늘함을 상상하자 얼어붙었다. 이미 피를 본 여자들은 입을 닫았고 아무도 원망하지 않았다. 자신들에게 허용되는 것은 다만 달아날 시간이 있다는 것뿐임을 알아챘다. 멀리멀리 달아나는 것이 인간으로서의 품위를 잃지 않는 방법일 수도 있었다. 명나라 의원을 따라나선 여자들은 모두 본래부터 은신처에 있던 여자들이었다. 명군인 정인들이 데리러 오기를 기다리던 여자들. 그리고 항왜인의 처 을지도 자원했다.

다음 날 아침, 떠날 짐을 꾸리는 여자들은 어제까지의 여자들이 아니었다. 발그레하던 낯빛을 가진 설렘에 들뜬 여자들은 하루 사이 십 년은 늙어 보였다. 박 선달을 통해 활력을 얻었던 심장들은 온기를 잃은 것이 틀림없었다. 이제 여자들은 생존만을 걱정하는 난민難民으로 자기 자신을 받아들이고 있었다.

을지를 포함한 여자들은 본래의 정인들을 찾아 북쪽으로 길을 잡았다. 을지는 국경까지 갈 동안 정인을 다시 만나지 못하면 명나라 의원을 따라 국경을 넘을 것이고 남경에 정착할 것이라고 했다. 미투리를 몇 켤레씩 꿴 보퉁이를 머리에 인 여자들이 줄을 지어 산을 넘었다.

멀리서 보니 여자들의 머리에 얹힌 보퉁이가 화관花冠 같았다. 화냥년이라는 운명의 화관 같은 보퉁이들이 산을 넘는 여자들의 머리 위에 무겁게 얹혀 있었다. 아침 햇살에 보퉁이에 꿰어 놓은 미투리가 화관구슬처럼 반짝였다.

2

18명의 여자들 중 8명만 남은 은신처. 해바라기 씨 볶은 냄새와 비릿한 피의 냄새가 번갈아 가며 코끝에 스쳤다. 울컥울컥 쏟아져 흐르던 이련의 체액 소리도 가끔 환청처럼 들렸다.

앓아누웠던 박 선달은 몸을 추스르고도 은신처에 계속 머물렀다. 8명의 쇄환인 여자들이 박 선달을 붙들었다. 10명의 여자들이 썰물처럼 빠져나간 자리에 그나마 박 선달이 있어 주길 원했다.

동래 관아로 가는 길목에 이련의 머리가 걸렸다. 여자들은 그것이 이련의 머리인지 알고 있었지만 누구도 입 밖에 내지 않았다. 이련의 잘린 머리는 여자들에게 경고하고 있었다. 어설픈 독점욕과 복수심은 자신뿐 아니라 모두를 죽음으로 몰아넣을 수 있다는 것을.

은신처에 남은 8명의 쇄환인 여자들은 양주 여자 이련의 죽음으로 깨닫게 된 진리를 소중히 여겼다.

가장 많이 변한 것은 박 선달이었다. 매끈하고 맨송맨송했던 얼굴은 검고 거칠어졌다. 이련의 죽음에 자신도 막중한 책임이 있다는 것을 잘 알고 있는 듯했다. 함께 은신처에 기거하게 되니 전보다 더 여자들에게 관심을 기울였지만 어딘지 어색하고 초조해 보였다. 여자들은 박 선달이 이련 때문에 죄책감을 느껴 그런다고 넘겨짚었다. 박 선달은 부러 허허거리며 '누님, 누님' 부르며 어깨를 주물러 준다거나 버선발을 주물러 주며 환심을 사려 했다. 그럴수록 박 선달에게서 이련의 피 냄새가 맡아졌다.

"누님, 은銀을 벌고 싶지요? 경상도의 은을 주무르는 자들이 색다른 주연酒宴을 바랍니다. 누님은 히젠나고야 성에서 왜놈들의 주연을 많이 봤으니 이자들이 원하는 주연을 꾸밀 수 있을 텐데요. 어때요? 누님들 8명이 조선에서는 찾아볼 수 없는 색다른 공연을 꾸미는 겁니다."

박 선달이 새로운 사업을 제안했다. 은신처 여자들에게는 새로운 일거리가 필요한 상황이었다. 겨울이 다가오고 있었다. 얼어붙은 빈 들판으로 밥을 벌 수 없었고, 겨울의 눈꽃으로 은을 만들 수도 없었다.

춤과 노래. 재밌는 볼거리를 구성한 주연의 순서를 정하고 8명의 쇄환인 여자들을 연습시켰다. 마치 엄니가 된 기분이었다. 박 선달은 곱고 화려한 명주 옷감을 가져오랴, 풍각쟁이를 데려오랴 다시 이전처럼 활달해졌다.

권세가와 토호들, 신흥 부자들인 주연의 주인들은 히젠나고야 성에서 배운 간단한 서양식 마술인 새와 종이꽃을 사라지게 하는 속임수를 매우 재밌어했다. 포르투갈 사람들에게 배운 양춤을 쇄환인 여자들에게 가르쳐 군무群舞를 추게 했다. 기분이 좋아진 술자리의 주인들은 약속했던 은의 두 배 이상을 주었다. 성공적이었다. 겨울 동안 모은 은으로 쇄환인 여자들이 2년 정도는 너끈히 함께 살 양식을 마련할 수 있을 듯했다.

공연을 핑계로 쇄환인 여자들과 박 선달이 다시 가까워졌다. 떠난 여자들과 이련의 사건이 희미해지고 있었다. 주연에서 만나는 부자들이나 토호들이나 관료들은 여자들에게 반복해서 말했다.

"이제 마음 놓고 연회 준비를 해라. 우리가 도와주마. 너희 목숨은 우리가 지켜 준다. 우리가 누구냐. 비밀결사조직도 우리를 두려워할 거야. 걱정 말아라."

생명의 위협에서 벗어난 안도감이 여자들의 얼굴에 윤기를 돌게 했다. 박 선달도 그들의 말을 믿지 않으면 누구 말을 믿을 것이냐며 그들을 두둔했다.

혼자 짐을 짊어진 듯 심각한 표정의 달獺을 제외하면 쇄환인 여자들의 얼굴도 이제 반들반들 윤기가 돌았다. '달'이 진짜 이름이 아닌 줄은 알고 있었다.

"달이라니, 초승달이에요? 보름달이에요?"

"그런 달이 아니라 물가에 사는 수달의 달獺이에요."

여자들의 물음에 달은 하늘의 달이 아니라 족제비 종류인 달이라고 자신의 이름을 소개했다. 설명할 수 없는 어떤 연유가 있으려니 했다. 쇄환인 여자들 8명에게도 설명할 수 없는 연유 하나 정도는 모두 있었다.

'달'은 제 스스로 붙인 이름과 달리 야생에서 자란 티가 없었다. 오히려 어려서부터 문자를 접한 이들이 쓰는 교양 있는 용어를 많이 사용했다. 어떤 가문에 대한 정보, 예법에 맞는 태도 같은 양반집 규수가 접했을 법한 정보를 많이 가지고 있었다. 그런 점에서 '달'은 수달이 아니라 밤하늘의 달같이 비밀스럽고 우아한 뭔가가 있었다.

어둠 속 초승달 같은 우아함이 달의 매력이었다. 달은 동작이

기민하고 유연해서 무리들 중에서도 마술이나 양춤을 빨리 익혔다. 다른 여자들과 달리 살갗이 하얗고 신비해 보이는 달이 주연 이후 잠자리 시중을 제안받는 횟수가 가장 많은 것도 당연했다. 달은 모두 거절했다.

은을 벌 기회는 다른 여자들에게 돌아갔다. 달이 계속해서 거부하자 여자들은 달 덕분에 은을 벌 수 있었으면서도 달을 냉랭하게 대하기 시작했다. 결국 정절의 문제였다.

현재의 오염, 더럽혀짐을 스스로 선택할 것이냐, 말 것이냐였다. 과거의 더럽혀짐은 이미 나라가 판단해 준 것이라고 해도 현재의 더럽혀짐은 선택의 문제였다.

술자리의 세도가들 입장에서는 쇄환인 여자들은 모두 더럽혀진 여자들이기 때문에 자기들이 한 번 더 더럽히거나 더럽혀지기를 제안한다고 해서 문제될 것이 없다고 간주했다. 그러나 쇄환인 여자들 입장에서 보면 더럽혀짐, 곧 오염을 선택한다는 것은 양인 신분의 포기를 뜻했고 평생 가난과 생명의 위협을 뜻했다.

자유는 있다. 현재적 오염을 선택할 자유와 오염됐다는 정의 자체를 거부할 자유.

달을 뺀 은신처 여자들은 자유를 선택했다. 오염된 여자라는 죄인의 삶 대신 현재적인 오염을 선택했다. 또 오염됐다는 정의 자체를 거부할 자유도 있었다.

여자들이 자유스러워 할수록 달은 더욱 구속받는 듯이 보였다. 자유는 어디에서 오는가. 벌어들인 은이 가져온다. 은이 죽음과 가난과 상실의 위협에서 쇄환인 여자들을 자유롭게 해줄 수 있었

다. 또한 자유는 은을 벌기 위한 하룻밤의 잠자리 수청을 수락하
건 거부하건 모두 자신의 뜻에 따른다. 수락과 거부가 동일한 무
게로 받아들여진다면 말이다.

그러나 현실을 사는 인간이란 하늘을 올려다보듯이 우월한 가
치를 차지한 자들을 두려워하고 숭배한다. 정절이 우월한 가치인
사회에서는 정절을 차지한 자들이 두려운 자들이며 고귀함을 선
점한 자들이다. 그런 점에서 달의 행동은 영악했다. 달의 애매한
입장 때문에 처음에는 우월하고 우아해 보였다.

여자들은 달을 은신처의 결속을 해치는 골칫덩이로 파악하기
시작했다. 박 선달은 오히려 느긋해졌다. 여자들 사이의 긴장감
을 다시 즐기는 듯 보였다. 공연 연습을 하는 여자들 사이에서 짐
짓 해맑게 장난을 걸었다.

박 선달은 알고 보면 무모할 정도로 자기만의 길을 가는 사람이
었다. 여린 살점들의 피 맛, 잊을 수 없는 인육의 맛을 그리워하
는 맹수처럼 그는 그의 길을 재정비했고 목표물을 찾았다. 박 선
달은 모래를 손아귀 가득 쥐었다. 자신의 의지와는 다르게 손가락
사이로 흘려보냈다. 아마도 국경을 향해 떠난 여자들 때문에 상실
감에 휘둘렸을 것이다. 그래서 초조해했고 중심을 잃고 휘청거렸
고 안간힘을 썼겠지.

사업이 뜻대로 잘 되자 어느 정도 안정을 찾았던 것이다. 달을
고른 것은 박 선달의 숙명이 그렇게 하기를 시킨 것이 아니었을
까. 나는 이런 말로 위안을 얻는다.

달이 박 선달과 가장 가까워졌다는 것은 그동안의 달의 모습과는 상반된 것이었다. 달은 정절과 오염을 기민하게 왕래하고 있었던 것이다. 달과 박 선달의 감정은 급류를 탔다. 떠오르고 모인 감정이 사랑이라는 모습으로 빛나다가 서서히 묽어지며 사라지는 것, 자연의 순환처럼 자연스럽고도 일상적인 사랑, 이들의 사랑은 이런 것이 아니었다. 그렇다고 엄니가 말하던 사랑, 비현실적인 죽음의 사랑은 더더욱 아니었다.

제 속에서 피어오르는 광포한 감정의 돌덩이를 최고 속력으로 서로의 가슴에 던지는 듯이 보였다. 파국을 예감한 예민한 생물이 생을 붙잡기 위해 몸부림을 치는 행동, 그들의 사랑은 그렇게 보였다.

보름밤 아래의 사건이 달의 정체를 알 수 있는 열쇠였는지도 모른다. 그러나 그때는 여자들도 나도 그 광경에만 정신이 팔렸었다. 2월이었고 밤의 추위는 살갗을 얼릴 정도였다. 예법이니 도리니 하는 단어들을 쓰던 우아한 달이 박 선달과 환한 보름달 아래서 벌거벗고 마주보고 서 있었다. 오히려 여자들이 놀라 나무 뒤로 몸을 숨겼다. 박 선달과 달은 서로 세 걸음 정도 떨어져 있었다. 달의 손에만 싸리나무 가지가 들려 있었다. 박 선달과 달이 중얼거리는 말은 잘 들리지 않았다. 중얼거린 뒤, 서로에게 공격을 가했다. 달은 나뭇가지를 야무지게 휘둘렀고 박 선달은 주위가 울리도록 손바닥으로 후려쳤다.

여자들은 처음에는 호기심에 나무 뒤에 숨어서 보았다. 나중에는 계속되는 그들의 서로를 향한 공격에 아연해서 입을 다물지 못하고 그 자리에 얼어붙었다.

얼마나 지났을까. 달의 하얗게 빛나던 나신이 검붉게 보였고, 박 선달의 몸이 붉은 줄로 칭칭 감긴 것처럼 보였다. 이들의 벗은 몸에서 벌겋게 열기가 피어오르자 이들의 목소리도 높아졌다. 그때 들었다. 이를 갈면서 소름끼치도록 섬뜩하게 내지르는 소리.

"죽여줘."

들은 것은 그 한마디였다. 누구의 목소리였을까. 달뜬 쉰소리.

달의 소리인지 박 선달의 소리인지 구분이 가지 않았다. 그 말이 신호였다. 이들은 서로에게 달려들어 목을 휘감았다. 서로의 어깨에 이를 박았고 달라붙어 으르렁거리듯 서로에게 매달렸다. 엉겨 붙은 나신에서 푸른빛이 돌기 시작했고, 놀랍게도 한 덩이의 순도 높은 푸른 불꽃으로 보였다. 검은 숲, 검은 하늘, 땅조차도 녹일 듯한 푸른 불꽃이었다.

불꽃 주변의 밤공기가 붉게 타올랐다. 검은 하늘은 서쪽으로 얼굴을 돌리고 소리를 내며 타오르는 불꽃을 외면했다. 죽이고 싶은 행위가 아니라 죽게 만들고 싶은 행위처럼 보였다. 바닥 모를 어둠을 휘저어 어떤 실체를 손에 넣으려는 행위. 미쳤다라기보다 미치려고 발버둥치는 광기狂氣. 광기를 쫓아가 붙들려고 몸부림치는 광경이었다.

지켜보던 여자들이 몸을 부르르 떨었다. 벌겋게 상기된 얼굴을 매만지며 돌아섰다. 여자 중 하나가 혀를 차며 뇌까렸다.

"쯧쯧, 미치려면 곱게 미치고, 죽으려면 곱게 죽을 것이지."

여자들은 더는 언급하지 않았다. 비록 자신들이 본 광경이 이련의 잘린 목이 다시 몸에 붙고 땅에 뿌리를 내리고 달로 살아나는 것, 그런 광경을 본 것처럼 섬뜩했다고 하더라도 침묵했다. 그것은 달의 미친 사랑에 자신들도 어느 정도 책임감과 공모 의식이 깔려 있기 때문이었다. 저것을 사랑이라 부를 수 있을까.

엄니라면 내게 화를 냈으려니.

"저게 사랑이라고? 저런 싸구려 정욕이 사랑이라고?"

그러나 나는 이들의 행위를 사랑이라 부르겠다. 달과 박 선달. 이들은 앙상하게 지친 맹수였다. 서로에게 사나운 운명의 이빨을 드러내는 양보할 수 없는 사랑의 적수였다. 이들은 사랑의 운명을 시험하기 위해 영혼의 산을 넘어 온 사랑의 혼령들이었다.

박 선달이 달과 살 집을 지을 것이라고 여자들이 말했다. 박 선달 또한 이 사업으로 은을 넉넉히 벌고 있었다. 여자들은 여전히 박 선달을 좋아하지만 대체로 박 선달이 자신들에게 베푸는 친절과 배려, 관심 정도에 만족하기로 한 듯했다.

이련과 을지 사건 때의 복수심은 없었다. 여자들이 달에게 느꼈던 반감에 견주면 순조로운 타협이었다. 여자들은 은銀을 선택한 것이다.

삼월 삼짇날, 산에는 진달래가 피었고, 개울에는 개구리 알이 흘러 다녔다. 산으로 들로 나가 진달래꽃을 따다 화전花煎이라도 부쳐 먹고 싶을 정도로 날은 밝고 천지에 온기가 풍부했다. 삼월 삼짇날은 서쪽 땅 끝 곤륜산崑崙山 꼭대기에 산다는 영생불사의 여신 서왕모의 생일 잔칫날이라던가. 곤륜산 요지瑤池 연못가에 모인 신들이 잔치를 즐긴다는 삼월 삼짇날. 은신처 여자들도 오늘만큼은 진달래꽃을 따러 가서 봄볕을 쬐자는 계획을 세웠다.

한 남자가 찾아와 이 분위기를 깬 것은 늦은 아침이었다. 밤새 술독을 이고 산을 넘어오며 술독을 다 비우기라도 한 행색이었다. 산에서 굴렀는지 옷이 젖은 흙으로 온통 도배가 돼 있었다. 고주망태는 다짜고짜 마당으로 뛰어들어 이름을 부르며 땅을 치며 울기 시작했다.

"호연아! 호연아!"

게게 풀린 눈과는 달리 기세 좋게 소리치며 앞산이 떠나가라 울었다.

"호연아! 호연아!"

대체 호연이 누구란 말인가. 남자의 통곡에 놀라 모두 달려 나와 남자를 에워쌌다.

"여기 호연이란 사람은 없어요. 누굴 찾아온 거예요?"

여자들 중 한 명이 물었다.

"호연이 왜 없어! 내가 다 알고 왔는데! 내놓으라고, 우리 호연이! 호연아! 호연아! 여기 있는 거 다 알고 왔어! 나오라고! 어서 나와! 호연아! 호연아 ….."

남자의 다그침이 포악하게 이어졌다. 앞산이 남자의 소리를 메

아리로 돌려주고 있었다. 둘러선 여자들이 어찌할 바를 몰라 하는데 달의 방문이 왈칵 열렸다. 남자가 소란을 떠는 동안에도 달만이 방에 남아 있었다는 것도 여자들은 알아차리지 못했다.

"왜 왔어! 난 죽은 사람이잖아! 아버님이 내가 왜놈들 앞에서 자결했다고 관아에 보고했다며! 그래서 집 앞에 열녀문이 세워질 거라며! 그런데 왜 찾아왔어! 난 죽은 거잖아! 여기 온 까닭이 뭐야! 살아 있는 날 이제라도 죽이려고 찾아온 거야? 아버님이 죽이고 오래? 아니면 당신도 비밀결사 놈들하고 한패야? 왜놈 땅에서 죽을 고생을 하다 8년 만에 남편이라고, 고향이라고 찾아왔더니! 안 죽고 살아온 것이 죄가 되네. 이럴 줄 몰랐지! 이럴 줄은 몰랐지! 어서, 죽이고 가!"

달이 사력을 다해 소리쳤다. 마치 오랫동안 외워 둔 사설을 읊는 사당패 같았다.

달이 꺼이꺼이 울며 문지방을 넘었고 짚신까지 꿰어 신은 다음 마당의 남자에게 다가갔다. 남자는 계속 울고 있었다. 달이 소리치는 중에도 남자의 흐느낌이 점점 커졌다.

여자들은 난감해져서 박 선달을 찾았다. 새로 지은 별채에 가보았다. 그는 없었다. 달이 있으니 박 선달이 어디선가 나타날 것이라고 여자들은 생각했다. 박 선달은 나타나지 않았다. 늘 여자들이 있는 곳에 있던 그였지만 정작 필요로 할 때에 그는 없었다.

"도망가서 살자. 호연아, 난 정말 네가 죽은 줄 알았어. 정말이야. 왜놈들이 끌고 갔을 때 죽은 줄 알았어. 살아 돌아올 줄은 몰랐다고."

"살아 돌아올 줄은 몰랐다니! 그럼 지금이라도 죽으라는 소리네. 난 못 죽어! 내가 어떻게 살아 있었는데!"

남자가 달의 다리를 붙잡고 매달렸다.

"그래! 내가 죽을죄를 지었다! 우리 지금이라도 그냥 멀리 멀리 도망가서 살자! 부모님 상관하지 말고! 내가 널 업고 도망갈게! 자, 업혀! 업히라고!"

남자가 비칠거리며 달에게 등을 보였다. 달의 팔을 잡아끌었다. 달이 뿌리쳤다. 술에 쩐 남자가 힘없이 나동그라졌다.

"그래! 날 죽여라. 아니, 우리 같이 죽자! 가문에 먹칠하고 부모님 낯에 구정물 끼얹지 말고 우리 같이 죽자고!"

나동그라진 남자가 달을 보며 함께 죽자고 덤볐다. 사지를 버둥거리며 고래고래 소리쳤다. 갑자기 고개를 툭 떨어뜨렸다. 정신을 놓은 건가? 여자들은 놀라 남자를 흔들었다. 달이 말했다.

"이기지도 못하는 술을 많이 마셔서 그럴 거예요. 잠시 방에 눕혀 놓으면 정신이 돌아올 거예요. 전쟁 전부터 저랬어요."

술기운에 찾아와 소란을 부린 남자. 술이 깨면 어떻게 나올까. 도망가자더니 같이 죽자고 하는 것을 보면 달을 책임지지도 못할 위인이었다. 남자의 집에서는 이미 며느리인 달이 전쟁 중에 죽은 열녀라고 관아에 보고했고, 집 앞에 열녀문이 세워질 거라는 것이다. 최악의 경우 달은 시부모를 위해 뒤늦은 자결을 해야 할지도 모른다.

꽁꽁 싸매 놓은 보따리 같은 달의 내력이 드러났는데 박 선달은 사라지고 없다. 여자들은 열녀에 대한 거짓 보고와 포상의 실상을 직접 보게 된 것이다.

달은 여자들에게 가족들이 왜놈들에게 모두 몰살당하고 자신만
살아 끌려갔었다고 했다. 여자들은 달이 연고가 없는 고향에 돌아
왔다는 것을 이상하게 생각했었다. 갑자기 들이닥쳐 소란을 일으
키고 쓰러진 달의 남편 덕분에 앞뒤가 맞지 않았던 달의 행동들을
조금이라도 납득하게 됐다. 여전히 의문은 남는다. 달은 언제 자
신이 열녀로 만들어진 것을 알았을까?

누가 이 사실을 달에게 알려 준 것일까? 박 선달이란 말인가?
그렇다면 박 선달은 그 사실을 알고서 달과 가까워진 것일까? 또
달은 왜, 같은 쇄환인 여자들에게 자신의 상황을 알릴 생각을 하
지 않았던 것일까? 의문은 이어졌고 이에 대해 달이 답해야 했다.

"제가 여러분들과 의논한다고 무슨 수가 나오겠어요? 이건 개인
적인 문제라고요. 이런의 사건 때 모두 느꼈잖아요. 우린 한 명씩
차례차례 비밀결사 놈들에게 당할 운명이었죠. 그걸 우리가 뭉쳐
서 공동으로 대처한다고 이겨낼 수 있는 일이었나요? 달아나는 것
밖에 없잖아요. 실제로 열 명의 여자들은 달아났고요."

"그럼, 이제 우리들도 여기서 도망가야 살 수 있는 건가?"

여자들 중 한 명이 흔들리는 눈빛으로 여자들을 바라봤다.

"무슨 말들이야? 그때와는 다르지. 지금 우리에게는 뒷배가 있
잖아. 대감님들과 아전들이 계속 말했잖아. 우리를 지켜 준다고.
비밀결사 따위도 그들에게 복종할 거라고."

여자들 중 또 하나가 지금의 위협을 믿을 수 없다는 듯이 빠르게

말했다.

"그래, 달, 네가 잘못한 거야. 열녀로 죽은 것으로 돼 있다는 사실을 우리들한테 알리고, 우리가 먼저 대감들과 아전들에게 부탁하고 대처했다면 지금처럼 또 불안하지는 않았을 거잖아."

세 번째 발언은 달을 향한 묵은 원망을 실은 타박이었다.

여자들 중 또 다른 이가 거들었다.

"박 선달은 대체 어디로 간 거야? 대감들과 아전들에게 빨리 도움을 청하려면 박 선달이 있어야 하잖아."

여자가 박 선달을 거론하자 모두들 고개를 끄덕였다.

"소란이 일 때 박 선달이 알아본다고 나갔어요. 떡보아전에게 가서 알아본다고."

달의 말이었다. 여자들의 눈빛이 갑자기 날카로워졌다. 솔직해지자. 여자들을 이곳에 함께 기거하게 한 가장 큰 힘은 박 선달이다. 쇄환인 여자들은 박 선달 덕분에 흩어지지 않고 함께 일을 도모했다. 여자들은 박 선달의 관심을 즐기면서 은을 모았다. 여자들의 양손에는 나란히 은과 박 선달의 관심이 놓여 있다.

그러나 달의 양손에는 남편과 박 선달이 놓여 있었다. 그것이 여자들을 날카롭게 만들었다. 여자들은 숨을 골랐다. 원망하고 분열할 것인가. 그러기에는 이런 사건의 충격이 더 컸다. 여자들은 깨달은 것이다. 달이 원망의 대상이 아니라는 것을.

"자, 우선 이 남자부터 어떡할 건지 의논해 보자고요."

굳어진 분위기를 헤집고 한 여자가 말했다. 마침 여자들 사이에 시신처럼 놓인 남자가 몸을 뒤챘다. 모두들 달을 쳐다봤다. 달이 울기 시작했다.

"불쌍한 사람이에요. 이러지도 저러지도 못하고 여기까지 찾아왔잖아요. 그냥 돌아가게 하더라도 절대로 나쁜 짓은 하지 않을 사람이에요. 그냥 돌려보내자고요. 제가 조용히 돌아가도록 설득할게요. 약속할게요."

달은 제 뺨에 흐르는 눈물을 힘주어 닦으며 말을 이었다.

"박 선달이 혹시라도 비밀결사 패거리들에게 이 일이 알려졌는지 알아본다고 했으니, 남편을 보내 놓고 박 선달을 기다려 보자고요."

여자들은 한숨만 내쉬었다. 불만스럽더라도 우선은 받아들여야 할 터였다. 달이 차오르는 눈물을 삼키느라 목을 길게 뺐고 입을 앙다물었다. 여자들은 쓰러져 있는 남자의 얼굴이 눈물로 번질거리는 것은 알아보지 못했다. 다 듣고 있었던 것이다. 남자가 부스스 일어나 앉았다.

술이 깬 남자는 다시 울기만 했다. 달에게 미안하다는 말만 되풀이했다. 달이 살아 있다는 사실은 자기만 알고 있다고 했다.

몇 달 전, 장이 섰을 때 죽은 처와 비슷하게 생긴 여자를 보고 따라왔고, 여러 날에 걸쳐 멀리서 살펴본즉 자신의 처인 호연이 맞다는 것을 알아냈다는 것이다.

남자는 어처구니없게도 달에게 여기 말고 멀리 가서 살라고 말했다. 네가 여기 사는 것을 아니 자기도 모르게 또 찾아올지도 모른다, 그러니 자기가 모르는 곳으로 가서 살아 달라고 부탁했다. 달은 알겠다고 했다. 달은 빠른 시일 안에 어디로든 떠나 살겠다고 약속하며 우는 남자를 달랬다.

달의 남편이 떠나자 박 선달이 해쓱한 모습으로 돌아왔다. 마치 달의 남편이 떠나길 기다리고 있었다는 듯이.

땅거미 때문에 박 선달이 더욱 해쓱해 보이는지도 몰랐다. 여자들이 어둠이 들어찬 마루에서 다가오는 박 선달을 근심스럽게 내려다보았다.

"누님들, 놀라지 마세요. 열녀를 발굴하고 비변사에 열녀로 등재시키는 일을 어디서 해온 줄 압니까? 바로 비밀결사 놈들이랍니다."

마루로 올라온 박 선달이 털썩 주저앉으며 한 말이었다. 여자들은 아연해 굳은 얼굴로 서로를 쳐다보기만 했다.

"떡보아전이 그렇게 말한 것이오? 다른 대감과 아전들은 만나보았소? 우리를 도와준다고 큰소리쳤던 사람들 말이오. 비밀결사 놈들이 열녀 등재에 관련됐다는 것은 누구한테 들었소?"

비밀결사가 열녀를 발굴하고 비변사에 올리다니 너무나 비약이 심한 이야기라 믿을 수 없었다. 다그치듯 물었다. 박 선달은 그러는 나를 빤히 쳐다봤다. 어둠 속에서 하얀 얼굴을 절레절레 흔들면서 한숨을 푹 쉬었다.

"누님, 그건 말하지 않아도 유추가 되지 않소? 비변사나 동래 관아에 관련된 자가 아니면 어찌 열녀 등재에 관한 일에까지 가담하겠소. 또 누님들이 술자리에서 만나고 수청을 들었던 영감님들이 비밀결사에 속한 자들이 아니라고 자신할 수 있겠소?"

박 선달의 주장에 비밀결사 놈들에게 맞았다며 피투성이가 돼 뛰어들던 그의 모습이 갑자기 떠올랐다. 여자들은 그날 박 선달을 들것에 실어 산을 넘었다.

그날 비밀결사가 원한 목숨은 을지였다. 이련이 을지를 끌고 가 나무에 묶은 것은 이련이 비밀결사와 관련이 있었다는 뜻이었다. 그즈음에 여자들이 밖으로 자주 나다닌 이련을 의심하자 박 선달은 자신이 이련과 밖에서 만난 것이라고 이련을 변호했었다.

오롯이 나타나는 선명한 그림을 주시하듯 나는 박 선달에게서 눈을 떼지 않았다. 박 선달이 다시 말을 이었다.

"이제 선택은 누님들과 제가 최대한 빨리 이곳을 떠나 안전한 곳으로 이주하는 것입니다."

박 선달의 말을 자르고 여자 둘이 같이 외쳤다.

"그게 어딘데요?"

박 선달이 미소를 지었다. 여유를 찾은 부드러운 미소였다.

"절영도 왜관입니다. 관리들의 허락을 받아야 들어갈 수 있는 곳이지만 지금 누님들에게 안전한 곳은 그곳밖에 없어요. 특히 달 누님은 이미 효수 명부에 올라갔을 거예요. 서류상 죽은 열녀인데 살아 있는 것을 알았다면 효수할 핑계가 좋지 않겠어요? 제가 잘 아는 왜인을 만나고 왔습니다. 알다시피 왜관 안으로는 조선 관리들이 함부로 들어갈 수 없습니다. 우리가 관리들에게 들키지 않고 왜관 안으로 들어가기만 하면 왜인들이 누님들을 보호해 준다고 했어요. 왜관의 왜인들은 조선에 올 때 여자를 동반할 수 없어 모두 남자들뿐이라 해먹는 것도 변변치 않고 외롭습니다. 누님들이

가서 음식도 해주고 외로움도 달래 주면 지금보다 은을 많이 벌 수 있을 것 같습니다."

박 선달은 말을 끝내고 여자들을 둘러보았다.

한숨을 쉬는 여자들. 미소를 짓는 여자도 있었다. 얼음 같은 미소는 누가 지었나. 달이었다. 한숨의 뜻은? 왜놈들의 손아귀에 다시 들어간다는 것은 죽기보다 싫은 일이다. 그러나 우선 피난처로 왜관을 선택하겠다는 뜻일 터.

"새벽에 떠나도록 하지요. 전부 남장을 하고요. 절영도로 건너갈 배를 대주겠다고 왜인이 약속했어요."

박 선달이 말을 마치고는 여자들을 차례차례 둘러봤다. 여자들은 박 선달과 눈이 마주칠 때마다 고개를 끄덕였다.

"이 집에서도 마지막이니 그동안 아끼고 모셔 두기만 했던 차를 내왔어요."

부엌으로 나갔던 달이 따뜻한 차를 담은 사발과 잔을 하나 가지고 왔다. 모두가 보는 데에서 달은 사발의 차를 잔에 따랐다. 서늘한 밤공기에 구수하고 따뜻한 차 향기가 섞였다.

박 선달에게 권했다. 그리고 말했다.

"찾아도 찻잔이 하나밖에 보이지 않더라고요. 우리들은 그냥 한 모금씩 마십시다."

여자들은 달이 하라는 대로 사발을 돌려 가며 차를 마셨다. 다 마신 빈 찻잔을 내려놓은 박 선달이 가져갈 짐은 최소한의 소지품과 은 정도만 챙기는 것이 좋을 것 같다고 말했다. 그리고는 하품을 했고 잠시라도 눈을 붙이겠다며 방으로 갔다. 차를 다 마신 여자들은 그대로 앉아 있었다. 봄날의 밤바람이 마루를 지나갔다. 진달래 꽃잎이 마루로 날아들어 와 앉았다.

"아, 오늘이 삼월 삼짇날이라고 화전을 부쳐 먹겠다고 했었는데 … 이런 일이 … ."

여자 중 하나가 혼잣말을 하더니 흑, 숨을 토했다.

다른 이가 '쉿' 하고 입술에 손을 갖다 댔다.

모두는 꼼짝하지 않았다. 숨을 죽이고 무엇인가를 기다렸다. 박 선달의 방에서 꺽꺽 어렵게 숨을 토하는 소리가 들렸다. 여자들은 더더욱 움직이지 않았다. 소리에만 귀를 기울이고 있었다. 거친 숨소리가 이어지더니 더는 들리지 않았다.

여자들은 서로를 쳐다보고만 앉아 있었다. 일어나지 못했다. 달이 먼저 일어섰다. 내가 말했다.

"찻잔에 담아 두었던 독은 본래 닌자들이 사용하는 것이라오. 무색무취하고 고통 없이 숨을 끊는다더니 맞는가 보이."

부엌에서 독이 든 찻잔을 가져온 것은 달이었다. 애초에 은신처에 들어올 때 쇄환인 여자들과 약속한 것이 있었다. 모두의 목숨을 해칠 배신자가 나오면 찻잔의 독을 사용하기로.

달이 찻잔을 가지고 마루로 올라왔을 때 여자들은 알아챘다. 그것이 누구에게 갈 것인지를.

여자들은 모두 왜국에 끌려갔던 쇄환인들이다. 왜놈들을 다양하게 경험했다. 박 선달은 그 점을 간과했다. 왜놈들이 조선 여자들을 왜관에 호락호락 들이지 않을 것은 너무도 뻔했다. 왜놈들은 규율을 철저히 지킨다. 규율이냐 목숨이냐, 오랜 전국시대 전쟁이 놈들을 그렇게 만들었다. 규율을 어기고 조선 여자들을 대거 왜관 안으로 들인다는 것은 있을 수 없는 일이었다.

박 선달은 무모하게 서둘렀던 것이다. 석연치 않게 생각한 여자들은 마침 달이 눈에 익은 찻잔을 가져오자 모든 것을 알아챘다. 꼬리가 길면 밟히는 법. 박 선달은 열 명의 여자들을 놓치고 또다시 여자들을 놓칠까 초조했던 것이다. 어설픈 극본이 자신의 목숨을 앗아가는 죽음의 주문이 된 것이다.

"남편이 가면서 말하더군요. 박 선달을 믿지 말라고. 자기가 비밀결사 패거리들과 박 선달이 어울리는 것을 봤대요. 내가 비밀결사 놈들 얼굴을 어떻게 아냐니까, 열녀 채집 건으로 아버지를 수차례 찾아온 사람들 얼굴을 안다는 거예요. 그들이 비밀결사를 하는 이들이라는 거죠."

낮고 빠르게 말하는 달의 목소리가 떨리고 있었다.

박 선달이 여자들을 왜놈들에게 데려간다고 말했을 때 달은 싸늘하게 웃었다. 일어서서 부엌으로 나갔다. 사랑에도, 선악 구분에도 분명한 여자였다. 모두의 목숨을 위해 미친 사랑을 버렸다. 박 선달의 적수는 분명 달이었다.

여자들이 방문을 열자 호롱불 아래 박 선달은 자는 듯 누워 있었다. 한 여자가 이불을 덮어 주고 손을 가지런히 놓아 주었다.

그때 죽은 줄 알았던 박 선달이 눈을 번쩍 떴다. 핏빛 눈알이 튀어나올 듯 때구루루 굴려지며 여자들을 둘러보았다. 여자들이 소스라치며 뒤로 물러났다. 닌자의 독약이 효과가 없었던 것일까. 박 선달이 울컥울컥 뭔가를 토할 듯이 몸을 뒤채며 상체를 일으켰다. 여자들이 신음 소리도 못 내고 벌벌 떨며 뒤로 물러났다. 박 선달이 물러나는 여자 중 한 여자의 팔을 붙잡고는 다시 쓰러졌다.

그 바람에 여자가 박 선달 위로 넘어졌다. 박 선달이 잡고 넘어진 여자는 달이었다. 순식간에 일어난 일이었다. 물러났던 우리가 다가가 달을 박 선달에게서 떼어 놓으려고 했을 때 박 선달 입에서는 피가 솟구치고 있었다. 박 선달은 피가 솟구치는 중에도 뭔가를 말하려 했다. '사'라고 발음하고 울컥 피가 솟구치고 '랑'이라고 발음하고 피가 솟구쳤다. 그리고는 바닥에 머리를 떨어뜨렸다. 달의 얼굴은 박 선달의 피로 범벅이었다. 우리는 달의 손목에 달라붙은 박 선달의 손아귀를 뜯어냈다.

꽤 넓은 방이었다. 덩그마니 중앙에 펴 놓은 이불이 피로 흥건했고, 박 선달은 이불 옆 바닥에 눈을 뜬 채 대 자로 널브러져 있었다.

흑 흑, 누군가 숨을 토해 내는 것인지 흐느낌인지 분간이 안 되는 소리를 토했다.

"흐흐흐흐 … ."

달의 입에서도 괴괴한 소리가 흘러나왔다. 되는 대로 이불깃을 뜯어 달의 얼굴에 덮인 피를 닦았다.

"사랑이라고 했죠. 맞죠. 들었죠. 사랑이라고 하는 거 들었어요?"

달이 미친 듯이 중얼거렸다. 달의 뺨을 한 차례 때렸다.

"정신 차려. 어서 여길 떠야 돼. 비밀결사 놈들이 언제 들이닥칠지 모르잖아."

박 선달의 손발이 검은빛으로 빠르게 변했다. 호롱불의 기름을 이불 위에 쏟았다. 호롱불을 그 위에 올려놓았다. 여자들이 부들부들 떨면서 방을 빠져나왔다.

부엌에 들어가 남은 찻잎을 솥에 부었다. 사발에 가득 담아 마루로 가지고 나왔다. 여자들이 불길이 일렁이는 행랑채를 보며 멍하니 있었다.

"자, 남은 차들 마시고 어서 여기를 뜨세."

재촉하는 나를 바라보던 여자들이 차를 돌려 가며 마셨다.

여자들은 박 선달이 권한 대로 남장을 했다. 최소한의 소지품과 은 정도만 챙겨 어둠 속 산을 넘었다. 되도록 멀리 달아나야 했다. 쇄환인이라는 저주를 숨길 수 있는 곳을 찾아서 뿔뿔이 흩어져야 했다. 산을 넘으며 보니 은신처가 불길에 휩싸여 어둠을 밝히고 있었다.

운명에 돌을 던지는 자들

어둠에 싸인 산을 넘었다. 초승달만이 지켜보고 있었다. 산 하나를 넘고 둘을 넘고 셋을 넘자 하늘이 묽어지기 시작했다. 지난밤의 일이 악몽 중의 한 고비로 여겨졌다. 검은 들판도 세 번을 지났고, 산에 올라 검은 들판보다 더 검푸른 바다도 세 번을 확인했다. 악몽 속에서 미끄러지고 달리며 본 것들인 듯했다.

네 번째 산에 오르자 더는 바다를 볼 수 없었다. 풍광이 완전히 변했다. 악몽에서 깬 듯했다. 산과 산이 어깨를 겯고 산맥을 이뤘고, 약간의 논과 밭을 허락하고 있었다. 내륙으로 들어선 것이다. 정상에 서서 새벽안개가 묽어지는 것을 지켜봤다. 동이 트기 시작했다.

흩어진 쇄환인 여자들 중 누군가 마음을 바꿔 따라오는 것은 아닌가, 기다렸다. 짙은 안개에 묻힌 불탄 자리를 떠올렸다. 안개가 묽어지며 드러나는 잿더미. 흩어진 여자들도 산맥 어딘가에 기대 앉아 서로를 기다리고 있을지 모르겠다. 함께 모여 있는 것이 오히려 위험하다는 그동안의 경험 때문에 흩어지기로 의견을 모았다. 비밀결사에게 주목을 받았던 것도 여자들이 은신처에 집단적으로 모여 있었기 때문이다.

우리가 달아난 것을 파악하려면 적어도 이틀 정도는 걸릴 것이다. 박 선달과의 연락이 취해지지 않으면 박 선달을 찾을 것이고 그러다 여자들이 달아난 것을 알게 될 것이다.

여자들을 모두 비밀결사에게 팔아넘기려 했던 박 선달. 피범벅이 된 얼굴, 천장을 향해 부릅뜬 눈, 팔을 대 자로 뻗친 박 선달이 떠오른다. 그는 피를 쏟으면서도 사랑이라는 단어를 발음하려고 했다. 죽음의 소용돌이로 빨려 들어가며 달을 잡아끌고 들어가려고 몸부림쳤다. 박 선달의 손아귀에서 피범벅이 된 달의 손목을 잡아 뜯지 않았다면 달은 소용돌이 속으로 훌쩍 몸을 날렸을 것이다.

치가 떨린다. 박 선달과 달이 전생에 어떤 인연이었는지 알 바 아니다. 못다 한 갈망의 포로이거나 광기에 휩싸인 한 덩이의 불꽃이거나 알 바 아니다. 우린 그 식인귀食人鬼로부터 달을 떼어 놓아야 했다.

"사랑이라고 했죠. 맞죠. 들었죠. 사랑이라고 하는 거 들었어요?"

달이 그런 식으로 확인하지 않았어도 여자들도 그리고 나도 알고 있었다. 그 순간 박 선달을 따라 죽음 속으로 몸을 날리고 싶은 충동은 모두에게 있었다. 퍼붓고 탕진시키는 미친 사랑 속으로 영원히 빠져들고 싶은 충동. 그렇게 벌벌 떨면서도, 그 한 줄기 유혹을, 여자들은 서로 잘라 버렸다.

애초부터 그를 믿지 않았던 것은 나뿐만이 아닐지 모른다. 여자들 모두가 그를 사랑했지만 믿지 않았다. 이 말이 성립되나? 된다.

엄니라면 '그런 게 사랑이라고?' 반문하겠지. 그렇다. 사랑이다. 그를 사랑하며 여자들은 자신들이 누구인지 깨닫게 되었다. 누구를 원망해야 하는지 깨닫게 되었다.

인육 맛에 길들여진 맹수, 박 선달. 그가 희생자들의 여린 목을 물어뜯고 머릿수를 세며 승리의 미소를 지었더라도, 희생자들은 마지막 순간에 자신들의 날카로운 발톱을 알아보았다. 그리고 맹수의 매끈한 목에 걸린 목걸이를 뜯어 버렸다. 희생자들의 머리를 구슬처럼 꿰어 만든 맹수의 목걸이. 자부심의 원천이었던 맹수의 목걸이를 알아본 것이고 틈을 주지 않고 목걸이를 뜯어 버렸던 것이다. 맹수의 목은 찢어졌고 쓰러졌다.

여자들은 자기 자신을 돌아볼 수 있었다. 사태를 그르치지 않고 모두를 지켜 낸 자신을 말이다. 그리고 비로소 자신을 믿고 사랑하게 되었다. 같은 사랑을 행한 달과 깊은 우정을 느꼈다. 믿음과 유대, 이것이 사랑의 결실이다. 자신을 알아봤고 자신을 믿게 된 여자들의 손에 쥐어진 사랑의 결실이 바로 서로에 대한 믿음과 유대였던 것이다.

믿음과 유대를 맛본 여자들은 비록 혼자라도 꿋꿋이 헤쳐 나가리라. 쇄환인 여자요, 화냥년이라는 멍에의 삶을 말이다.

밭에서 작업을 하던 여자들 사이를 일없이 배회하던 박 선달. 여자들은 박 선달이 곁에 있기만 해도 까르르 웃어 댔다. 매끈하고 선량해 보이는 얼굴. 깊고 검은 심연과 같은 눈빛. 간간이 날카롭게 반짝였지. 그의 목소리는 또 어땠나. 젖은 비단을 터는 소리 같았고, 때로는 자갈에 떨어지는 빗소리와 같았지. 은신처의 여자들을 설레게 하고 안타깝게 하고 음식을 만들게 하고 기다리게 한 그는 선물과 같은 존재였다.

그를 통해서 여자들은 과거의 상처를 치유했고, 더 나은 자신이 되려고 했다. 박 선달을 만나기 전에는 전쟁이라는 운명에 순종하는 여자들이었다면 박 선달을 사랑하고부터는 여자들은 전쟁이라는 운명과 맞서려고 했다.

매혹의 식인귀食人鬼, 박 선달. 그는 하늘만 바라보는 부류였다. 생명을 품고 가꾸는 땅의 사람들에게는 관심이 없는 부류. 절개와 정절을 다루는 죽음의 지배자들을 위해 봉사하는 부류. 죽음처럼 배후에 있는 지배자를 위해 얼마든지 망나니의 칼을 휘두르는 부류. 은신처를 나서면 그는 선량한 가면을 벗어던졌던 것이다. 그리고 비밀결사조직에게 달려가 누구부터 효수할까를 의논했던 거였다.

은신처 여자들을 팔아넘기려 했던 그를 어떻게 잊을 수 있을까? 잊을 수 없다. 그를 잊는다는 것은 스스로를 속이는 일일 뿐이다. 그래도 여자들은 박 선달을 미워하지 않는다. 박 선달과 함께한 시간은 생을 낭비한 것이 아니라 그를 통해 사랑의 방식을 배운 것이다. 박 선달이라는 맹수를 통해 얻은 믿음과 유대라는 사랑의 결실이 소중하다면 박 선달과의 사랑의 과정도 소중하게 생각해야 한다. 여자들은 박 선달과의 사랑의 한때를 잊지 못하리라. 살아가면서 한때를 떠올릴 것이며 미소 짓게 되겠지.

낮과 밤이 한 번도 낮이기를 그만두지 않고 밤이기를 그만두지 않듯이 이제 쇄환인 여자들은 어디에 있든 사랑하기를 그만두지 않으리라. 그 사랑이 무슨 색깔이든 계속해서 사랑의 빛을 탐험할 것이고 사랑의 생멸을 체험할 것이다. 그것이 전쟁 중에 죽음을 무수히 전시함으로써 세상에 사랑 따윈 없다는 것을 공표한 자들에게 대항할 수 있는 일이다.

죽음에 맞서 사랑을 지킨 자, 사랑이 떠오르고 지는 상처를 간직한 자, 다시 사랑하는 자만이 이 가혹한 세상에서 견딜 힘을 얻을 수 있는 것이다.

안개가 지평선까지 밀려난다. 밤의 기운을 모두 거둬들여 지평선 너머로 사라진다. 어느 틈에 동쪽에서 둥실 떠오른 해가 숲을 어루만지고 들판을 흔들어 깨운다. 해의 부드러운 활기가 밤의 죽음을 잊으라고 재촉한다. 장작불이 피어오르듯 햇살이 퍼진다.

'그래, 훌륭하구나. 믿음직하구나.'

햇살 속에서 엄니의 치하의 말이 들리는 듯하다. 기생을 양반가 규수처럼 가르쳤던 엄니. 가여운 처지의 여자아이들을 데려다 가장 극적인 방법으로 현실을 부정하게 했던 엄니. 엄니에게 삶은 완전한 백희百戱였다. 전쟁만 일어나지 않았다면…. 전쟁으로 엄니의 연극 무대는 파괴됐다.

엄니는 마지막 무대, 산산이 부서진 마지막 무대에서 혼신을 다해 완벽한 연기를 했다. 송 부사와 금섬의 죽음으로 완성되는 사랑의 무대. 엄니는 스스로 감독까지 완벽하게 했던 거였다. 엄니가 추구하는 것은 죽음으로 완성되는 사랑이었으니까.

결국 엄니는 사랑을 믿지 않은 것이다. 엄니는 기생의 사랑을 죽어야 이뤄지는 죽음의 사랑이라고 했다. 정절이 최고선인 사회에서 기생의 사랑이란 예외적인 것이어야 하기에….

엄니는 기생의 사랑을 특별하고 환상적이면서도 비현실적으로 묘사했었지. 엄니는 본질을 알면서도 우리를 속인 것이다. 아니, 무엇보다 자신을 속였다.

세상이 아무리 죽음을 숨기듯 사랑을 숨기려 하고 죽음을 고귀하고 거룩하게 만들듯 사랑 또한 그렇게 만들려고 할지라도 엄니는 속이지 말아야 했다.

엄니가 기생인 수양딸들에게 삶이 무엇인지 가르쳐 주려 했다면 먼저 현실의 사랑이 무엇인지 가르쳐 주었어야 했다. 용광로처럼 자신을 휩쓰는 사랑도, 잔잔한 들꽃의 움직임 같은 조용한 사랑도 사람이라면 누구나 겪을 수 있는 삶의 경험이라는 것을 알려 줬어야 했다. 기생도 사람이기에 비껴갈 수 없다는 것을 가르쳐 줬어야 했다.

양반들의 노리개인 기생이라고 해서, 쇄환된 여자들이라고 해서 누구도 사랑할 수 없는 것이 아니라 누구라도 사랑할 수 있다는 것을 인정해야 했다. 겪고 깨닫고 떠나보내고 또 꿋꿋이 살아가야 하는 사랑에 대해서 ….

엄니는 기생의 사랑을 부정하고 현실도 부정했다. 무엇보다 자기 자신을 부정한 것이다. 가슴이 아려 온다. 송 부사와 금섬의 시신을 함께 장사지내게 해달라고 왜장에게 요구했던 엄니. 마력을 지닌 무녀처럼 늠름했던 엄니는 환상의 갑옷으로 자신을 무장하고 있었던 것이다. 엄니는 도대체 어디에서 이 가혹한 현실의 삶을 헤쳐 나가고 있는 것인가.

한양, 한양으로 가자. 이근은 내게 답장을 보내지 않았다. 그러나 엄니가 동래에 없다면 찾아볼 곳은 한양뿐이다. 엄니는 본래 한양 기생이었다. 동래부에 파견된 박홍렬 대감을 따라 동래에 왔다가 아예 눌러앉게 되었다고 했다. 동래부에서는 한양 기생인 엄니를 눈여겨보고 관기들을 훈련시키는 머리기생으로 발탁했다.

"내가 늘 너희 곁에 있을 줄 아느냐? 언제 한양으로 올라갈지 모른단 말이다. 그러니 잘 배워 두란 말이다."

전쟁 전 엄니는 이렇게 말했었지. 또 이런 말도 했었다.

"내가 죽으면 말이다, 한양의 박흥렬 대감에게 연락하거라. 수향이 죽었다고. 아니지, 죽기 전에 한양으로 올라가야겠다. 박 대감을 마지막으로 한 번이라도 보고 죽어야겠지."

수양딸들인 동래 기생들은 박흥렬 대감이 누군지 아무도 몰랐다. 그 대감과 엄니가 무슨 관계인지도 알 수 없었다.

문이 열려 있었다. 들여다보니 행랑채가 보였다. 기와지붕도 흙벽도 군데군데 허물어진 행랑채였다. 서성였다. 이근에게 내가 왔다는 전갈을 전할 심부름꾼이 있는지 살폈다. 아무도 보이지 않았다. 행랑채의 상태를 보니 전쟁 때 입은 피해를 복구할 수도 없이 처지가 곤궁해진 듯했다. 종들도 모두 흩어졌단 말인가. 행랑채를 지나 뜰로 들어가 보았다.

긴 툇마루에 사람들이 조용히 앉아 있었다. 내가 다가가도 관심을 보이지 않았다. 서로 모르는 사람들 같았다. 차례를 기다리는 손님들 같았다. 둘러보니 집터는 넓었다. 멀리 안채로 들어가는 문이 보였다. 그렇다면 내가 서 있는 곳이 사랑채 앞이었다.

방문이 열렸다. 한 남자가 나왔다. 방안이 보였다. 책상 앞에 앉은 이가 있었다. 아, 이근일까. 검은 갓. 흰 수염에 흰 저고리.

흰 털로 덮인 손등. 바위 같은 둥근 몸집. 아, 이근이었다.

울컥 8년의 세월이 한꺼번에 쏟아지는 듯해 비틀거렸다. 괴물이라 불리던 검은 터럭이 하얗게 세어 버렸다. 그러나 내 눈앞에 있는 저 이를 어찌 잊을 수 있었을까. 방 안 책상 앞의 이근이 밖에 선 나를 봤다. 눈을 떼지 못한다. 한 남자가 방으로 들어갔다. 방문이 닫혔다.

툇마루에 앉은 사람들이 나를 바라봤다. 기색이 이상하다 여겼는지 나이 지긋한 여자가 내게 말했다.

"여기 좀 앉아요. 색시는 내가 온 다음에 왔으니 내가 들어갔다 나오면 들어가면 돼요. 색시도 이 집 도련님이 사주명리를 잘 보는 걸 알고 왔나 봐요? 이 집 도련님이 꼽추에 털보지만, 머리가 비상하거든요. 다섯 살에 《대학》, 《논어》, 《맹자》를 뗐다고 하더라고요. 전쟁 때 왜놈들한테 끌려갔다 오고서 충격 때문인지 앞날을 훤히 꿰뚫게 됐대요. 그 뒤로 용한 점쟁이라고 한양에 자자하게 소문이 나서 할 수 없이 사람들 사주명리를 봐주고 있다고 해요."

아, 전쟁으로 집안이 완전히 쇄락한 것이다. 대대로 조정의 고관高官을 배출한 가문이라 했다. 자손이 귀한 집안인데 이근 대에서 자손이 이근 단 한 명이라고 했다. 비록 조정에 나가거나 과거에 응시하지 못하더라도 숨은 유학자로 이름을 날린다면 그것으로 부모님은 위안을 얻을 것이라 했다. 대대로 내려온 전답이 있기에 넉넉하다 했다. 이 모든 것이 전쟁으로 무너졌다.

예전에는 화려한 대갓집이었을 벽이 허물어진 기와집을 바라본다. 이근이 묵는 사랑채만 온전하다. 안채, 행랑채는 망가진 대로 놔둔 채 간신히 사랑채만 수리해 놓은 모양이다.

이근의 말에 따르면 그는 정유재란 전에 외가인 전라도에 가 있었다. 전쟁이 나면서 외가 사람들과 서해의 한 섬으로 피란 가려 했는데 서해 바다에서 붙잡혔다 했다. 이근과 외가 친척을 붙잡은 왜장이 이근을 보았다. 그의 모습에 놀란 왜장이 잔인한 장난을 쳤다.

"너희 나라가 명나라까지 가는 길을 빌려주지 않아 괴물인 너도 고생이 많다. 어떻게 하면 너희 나라 왕이 명나라로 가는 길을 빌려줄 것 같으냐? 묘수를 내면 붙잡힌 네 일가를 모두 풀어 주겠다."

이근을 괴물로 여긴 왜장이 어떤 대답도 못할 것이라 기대하며 말한 것이다. 이근이 껄껄 웃으며 대답했다.

"너희가 정말 명나라로 가고 싶었던 것이면 서해를 거쳐 절강絶江으로 가면 되지 왜, 굳이 조선으로 온 것이냐? 명나라로 간다는 것은 조선을 침략하기 위한 구실에 지나지 않은 것이다!"

이근의 응수에 왜장은 말문이 막혔다. 왜장은 부끄러워 얼굴을 못 들었고 이근의 외가 사람들을 모두 풀어 주었다.

1598년 12월 히젠나고야 성에 집결했던 왜장들은 각자의 영지로 돌아갔다. 그때 이근은 조선으로 돌려보내졌다.

"무슨 수를 써서라도 조선으로 함께 돌아가자."

이근에게서 이런 말을 내가 원했을까. 아니다. 이근은 누군가의 보살핌을 받아야 할 사람이었다.

"나는 너를 돌볼 능력이 없다."

이 말을 그가 하지 않았더라도 나는 알고 있었다. 조선으로 함께 탈출해 그를 보살피겠다고 나선다면 그에게 오히려 짐이 될 수도 있다는 것을 잘 알고 있었다. 그를 태운 배가 히젠나고야 앞바다에서 수평선 너머로 사라졌을 때 깨달았다.

왜놈들이 내게서 이근을 빼앗은 것이다. 이근을 빼앗겼다는 것은 왜놈 땅에서 사랑 없이 견뎌야 한다는 뜻이었다. 아이가 생겼다는 것을 알았다. 이런 행운이 내게 주어졌다는 것이 꿈만 같았다. 이근의 아이였다. 사내아이든 계집아이든 이근처럼 대범하고 영특할 것이었다. 그 행운 덕분에 그 참혹한 왜놈의 땅에서 살아갈 힘을 얻었다.

닌자 사부로. 사부로는 조선 핏줄이다. 그의 아버지가 조선인이었다. 왜구의 침략으로 잡혀가 닌자 가문 아래에서 살았다. 그 가문이 이가伊賀(현재 이가 시)의 닌자 가문이었다. 사부로의 아버지는 아들 셋을 모두 닌자들에게 맡겼다고 한다. 셋째 아들 사부로, 그가 나를 숨겨 주었다.

히데요시가 죽고 전국이 불안한 때에 요도는 오사카 성으로 돌아갔다. 나는 히젠나고야 성주의 포로가 되었다. 요도가 성주에게 넘긴 것이다. 히젠나고야 성주에게 넘겨진 조선 포로들은 도망치기 시작했다. 엄니가 도망친 것은 이미 몇 달 전이었다.

새 생명이 있어 견딜 수 있었다. 그것도 8년 전 일이다. 사부로가 데려간 아이는 5월생이니 이제 두 달만 지나면 8살이 될 것이다. 사부로가 그 아이를 잘 키우고 있을 것이라는 믿음은 있다. 아기의 또렷한 눈망울, 우렁찬 울음소리가 들리는 듯하다.

지금 이근을 만나러 저 방으로 들어가더라도 아이 얘기는 하지 않을 것이다. 아이는 이미 이근과 나의 아이가 아닌 것이다.

"네가 올 줄 알고 있었다."
"아…."

나는 말을 잇지 못했다. 한동안 이근을 바라만 보았다. 내가 아는 이근이 아니었다. 나는 사람 이근을 찾아왔는데 앞의 앉은 이근은 왜놈들이 손가락질하던 괴물도 아니고 사람은 더더욱 아니었다. 신령스런 존재 같았다. 낯설었다. 그러면서도 무서웠다.

히젠나고야에서 왜놈들이 이근을 괴물 이상의 신령한 존재로 여기고 두려워했었다. 그때는 그러는 왜놈들이 어리석어 보였다. 왜놈들이 이근을 죽이지 않은 까닭은 혹시라도 화가 미칠까 봐 두려웠기 때문이었다.

의문이 들었다. 왜 무서워 보일까. 괴물 같은 모습이었는데도 나는 이근을 사랑했었다. 그러나 지금은 히젠나고야에 있을 때보다 하얗게 늙었다. 그러나 섬뜩했다. 그때 이근이 갖고 있었던 정감은 어디로 갔을까. 그가 지금 갖고 있는 감정이 있다면 날카롭게 벼린 원한 같은 것이리라.

내가 더듬더듬 울먹였다.

"어떻게 된 거예요? 왜 이렇게 변하신 건가요?"
"난 조선으로 돌아오는 바다에서 빠졌었네. 그때 한번 죽었던 게야. 바닷속을 헤매던 왜놈들에게 죽은 억울한 조선 혼들이 내게 달라붙었지. 난 살아 있지만 혼자 사는 게 아니네. 내 몸이 억울한 혼들의 집이 된 게야. 이 억울한 자들이 시시각각 날 들쑤시지. 자기들의 원한을 갚아 달라고 말일세. 나는 이자들을 위로하고 가라앉히느라 온 힘을 다 쏟아붓는다네. 내 몸에 달라붙은 이 불쌍한 자들을 모두 하늘로 올려 보내는 것이 내 임무일세."

아, 보통 인간과 달리 곱사등이에 털보 괴물로 태어난 가혹함도 모자라 억울한 혼들을 짊어진 채로 살아가야 하다니 이 무슨 운명이란 말인가.

무릎걸음으로 다가앉았다. 그가 나를 막았다. 그러는 그를 바라봤다. 숨을 가쁘게 쉬고 있었다. 한 사람의 숨소리가 아니었다. 수십 혼이 제각기 내는 거친 소리였다. 한 맺힌 혼들이 내지르는 숨소리. 그는 혹독한 운명을 겪느라 온 힘을 다 쏟고 있었다. 입술을 깨물고 얼굴을 돌렸다.

"네 엄니를 조선에서 찾지 마라. 네 엄니는 조선에 없다."

목소리가 이근이 아니었다. 깜짝 놀라 숨을 토하며 그를 바라봤다.

눈물 때문에 하얀 귀신 같은 이근이 일그러져 보였다. 그는 내 편지를 받아 읽었던 것이다. 내 편지를 전해 받았다는 것이 반가웠다. '엄니는 조선에 없다.' 내가 찾아온 답을 이근 속의 다른 혼이 주고 있는 것이었다. 그리고 또 말했다.

"아이는 잘 크고 있다."

아, 그는 확실히 현생의 사람이 아니었다. 땅에서 떠도는 혼들을 하늘로 올려 보내는 역할을 너무도 충실히 수행하고 있었다.

"정현아, 너는 아직 겪어야 할 일들이 너무나 많다. 십 년 뒤, 너는 다시 조선에 돌아오게 된다. 그때 아들을 만나게 되면 아버지의 집에 들러 책을 가져가라고 전해라."

그를 쳐다볼 수 없었다. 서러운 감정을 주체할 수 없었다. 그는 점점 죽음에 가까이 가고 있었다. 모습으로 보아 그의 생명은 얼마 남지 않았다. 그러나 내가 할 수 있는 일은 단 한 가지이다. 그가 해야 할 일을 할 수 있도록 그를 만나러 온 사람들에게 그를 양보하는 일.

물러나왔다. 툇마루에 사람들이 줄지어 앉아 있었다. 의지할 곳을 찾아온 사람들. 그는 목숨을 바쳐 그들을 위로할 것이다.

하늘을 올려다보았다. 까마귀 한 마리가 까악까악 소리치며 급히 날아갔다. 뒤이어 솔개가 쉬익 소리를 내며 까마귀를 쫓았다. 바람이 휙 불어 구름을 걷어 냈다. 솔개의 앞발에 걸린 까마귀가 분명히 보였다. 하늘이 원망스러웠다. 일부러 바람을 일으켜 까마귀와 같은 내 처지를 확인시키려 하는가. 눈을 감았다.

두 명의 여인이 안채에서 나왔다. 한 명은 늙었고 한 명은 젊었다. 그들이 나를 불러 세웠다. 안채로 나를 안내했다. 벽은 무너져 있었고 쪽마루가 군데군데 뜯겨 나갔다. 늙은 여인이 성한 자리를 골라 앉으라고 권했다. 그리고 말했다.

"전쟁 때 왜놈들에게 끌려간 아들이 우리는 죽었다고 생각했었소. 유학자 집안에 태어난 아들이 몸은 병신이지만 어려서부터 총명했었소. 병신으로 태어나 집안에 누를 끼치는 것이 안타까웠는데 이제는 사람들 사주명리까지 봐주며 가문에 부끄러운 일을 하고 있소. 그래도 사주팔자 봐주는 것으로 소문이 나 집안사람들을 먹여 살리니 병신이 온전한 사람보다 할 일이 많은 세상이오. 어미로서 아들이 오래 사는 것은 바라지 않는다오. 그저 내가 죽기 전에 대를 잇는 것을 보기만 바라고 있다오."

고개를 드니 훤히 드러난 서까래 위로 솔개가 일없이 빙글 돌고 있었다. 까마귀를 먹은 그 솔개였다.

늙은 여인이 말하는 중에 젊은 여인은 나를 줄곧 살폈다. 나는 그제야 젊은 여인이 만삭이라는 것을 알아챘다. 늙은 여인이 다시 말했다.

"어디로 갈 건가? 갈 데는 있소?"

당황했다. 나를 어떻게 알고 이들은 나를 안채로 들였을까. 이들을 따라 들어오는 것이 아니었다. 늙은 여인에게 말했다.

"저는 엄니를 찾아 조선으로 돌아왔습니다. 아직 엄니를 찾지 못했습니다."

젊은 여인이 입술을 깨물었다. 늙은 여인이 그러는 젊은 여인을 보며 혀를 찼다. 그리고 말을 이었다.

"조선에서 못 찾는 것이라면 조선에는 없다는 것이겠지. 그럼 다시 왜나라로 갈 참이오?"

"네?"

나는 놀라 되물었다. 늙은 여인의 의도를 알 수 없었다. 아니, 의도가 너무 선명해 갑자기 칼에 찔린 듯 소스라쳤다. 늙은 여인은 왜나라가 어떤 곳인 줄은 알고 말하는 것인가?

늙은 여인은 내게 묻는 것이 아니었다. 마치 왜나라가 옆 마을이라도 된다는 듯이 다시 그곳으로 가라고 강요하고 있었다. 전쟁이 사람들을 황폐하게 만들고 사람들은 폐허가 된 세상에서 서로를 황폐하게 만들고 있었다.

이 말을 들으려고 동래에서 한양까지 그 먼 길을 찾아온 것이 아니다. 이번에는 내가 입술을 꼭 깨물었다. 늙은 여인이 나를 보며 한숨을 길게 내쉬었다.

"내 말을 섭섭하게 듣지 마시오. 끌려갔다 돌아온 여자들에게는 차라리 여기보다는 왜놈들 땅이 더 살기에 좋을지도 모르오. 본디 우리 조선 사람들은 전쟁을 모르고 몇백 년을 살아왔소. 도道와 덕德을 숭상하고 삼강오륜三綱五倫을 지키며 조용히 마음 수양을 하며 살았던 것이오. 그런데 극악무모한 왜구에게 짓밟혀 강산과 인명이 도륙된 것이지. 이제 어서 다시 예전의 평화로움을 회복해야 하오. 우리 여인들도 솔선해서 지아비를 받들고 덕성과 윤리로 집안을 도와야 하오."

늙은 여인은 나를 보고 말하는 것이 아니라 만삭의 젊은 여인을 보고 말했다. 무엇이 이 늙은 여인을 이토록 강하게 만든 것일까. 전쟁인가? 사람인가? 도와 덕인가?

이 책임감으로 똘똘 뭉친 늙은 여인은 자신이 얼마나 잔인한지, 자신이 얼마나 거대한 착각에 휘말려 있는지 알려고도 하지 않는 듯했다. 이 늙은 여인은 왜놈 땅에서 이리저리 팔려 다니거나 끌려다니거나 도망 다녀야 했던 포로의 삶이 어떤 것인지 생각해 본 일이 있을까?

　전쟁 후의 복구와 재건에 포로였던 여자들은 어디에도 설 자리가 없다는 뜻이었다. 포로였던 여자들은 고향에 살 자격이 아예 없다는 말이었다.

　늙은 여인은 내 답을 원하는 것이 아니었다. 내게 자신의 생각을 똑똑히 드러내고 그런 식으로 만삭의 여인에게 가르치는 것이 중요해 보였다.

　내가 자리에서 일어서자 늙은 여인도 일어섰다. 문까지 배웅을 받았다. 늙은 여인은 집에 들였던 박물장수라도 배웅하듯 선선하고 거리낌 없어 보였다.

　"전쟁이 끝난 지 8년이 지났는데도 한양은 복구가 되려면 아직 멀었다오. 낮에도 도적 떼가 출몰하고 있소. 며느리가 몸을 풀어야 하는데 걱정이 이만저만이 아니오."

　마지막 인사로 절을 하는 둥 마는 둥 하고 돌아섰다. 머리를 얻어맞은 듯 멍했다. 늙은 여인의 말에서 왜놈에게 끌려갈 때 느꼈던 공포보다 더한 공포가 느껴졌다.

　이 늙은 여인에게는 기생이며 쇄환인 여자는 수레바퀴에 으깨지는 벌레일 뿐인 것이다. 거대한 수레바퀴가 나를 향해 돌진해 오는 듯하다. 거대한 수레바퀴가 된 이 늙은 여인. 벌레가 된 사람들이 불쌍하지도 않은가?

　하늘이 살기殺氣를 발하면 별들이 숨는다더니 전쟁이 끝난 지 8년이 지났는데도 한양 성곽은 곳곳이 파괴된 채 그대로였다. 마을

134

마다 밥 짓는 냄새를 맡기 어려웠고 인적을 찾기 어려웠다. 운종가雲從街 시전市廛에만 사람들이 있었다. 지나가던 나졸들이 밥집 앞에 모여 있는 거지 떼를 쫓았다. 거지들이 밥집에서 나눠 준 주먹밥을 허겁지겁 입에 넣으며 흩어졌다.

포목점 앞에서 젊은 남녀가 다투고 있었다. 남자가 붉은 비단을 가리키며 여자를 잡아끌고 여자는 거꾸로 남자를 상점 밖으로 잡아끌고 있었다. 이 한 쌍은 달과 달의 남편과 너무도 흡사하게 닮았다. 한참을 바라봤다.

"주인마님이 아시면 어쩌려고 비단을 사겠다는 거야. 해 입지도 못할 비단을 사서 뭣하게."

"왜, 해 입지 못해. 비단옷을 지어서 숨겨 놓고 나하고 몰래 나갈 때 입으면 되지."

비단을 사지 않겠다는 여자와 여자에게 비단옷을 입히고 싶은 남자의 실랑이었다. 대화로 봐서 양반집 종들인가?

거절을 하는 여자 앞으로 바람이 불었다. 진열해 놓은 비단이 나부껴 여자를 감쌌다. 남자는 비단 옷감을 휘감은 여자를 눈이 부신 듯 바라봤다. 바람이 다시 비단을 여자에게서 빼앗아 제자리로 돌려놓았다. 바람이 내게도 달려왔다. 모래를 실은 봄바람이었다. 사르르 소리를 내며 얼굴을 때렸다. 모래알이 눈에 들어갔다. 눈물이 자연스레 흘렀다.

이근의 말이 귀에서 울렸다.

"네 엄니를 조선에서 찾지 마라. 네 엄니는 조선에 없다. 아이는 잘 크고 있다."

박 선달의 목소리도 울렸다.

"누님, 은銀을 벌고 싶지요? 경상도의 은을 주무르는 자들이 색다른 주연酒宴을 바랍니다."

여자들을 잡아먹는 맹수였던 박 선달. 박 선달의 목소리와 이근의 목소리가 섞여 무슨 말인지 분간이 되지 않게 웅웅 울렸다.

"난 조선으로 돌아오는 바다에서 빠졌었네. 그때 한번 죽었던 게야. 정현아, 너는 아직 겪어야 할 일들이 너무나 많다. 십 년 뒤, 너는 다시 조선에 돌아오게 된다. 그때 아들을 만나게 되면 아버지의 집에 들러 책을 가져가라고 전해야 한다."

누구의 목소리도 아니고 모래 섞인 바람의 소리였다. 아리고도 서글픈 소리.

허공을 걷듯 휘청거리며 걸었다. 허전하고 헛된 발걸음이 시전 안을 헤매게 했다. 포목집 앞에서 놓친 여자와 남자를 찾아 두리번거렸다. 어디로 간 것일까. 달 부부를 닮은 남녀. 놓친 여자와 남자를 찾던 나는 돌아선다.

모래바람에 어른거리는 모습들이 거미줄처럼 흩어진다. 얇게 늘어진 거미줄들이 다시 바람에 날아간다. 과거에 얽매인 현재가 모래바람과 함께 멀리 날아간다. 시전을 빠져나온 나는 뿌연 모래 가득한 한양의 하늘을 올려다보며 탄식했다. 중얼거렸다.

"그래, 가자. 다시 왜놈의 땅으로 가자. 가서 엄니를 찾고 아들도 찾자."

세뇨리따 꼬레아

개개의 인간은 비겁하고 인간 세상은 무자비하다. 하늘은 인간에게 무심하고 인간은 늘 변명과 임기응변으로 하늘의 자비 없음에 맞섰다. 바다는 이 모든 것을 무無로 돌려놓을 능력을 가지고 있다. 그래서 자신의 무지를 깨달은 자들만이 바다로 나가 새 하늘을 찾는다.

바다는 무지한 자들에게나 깨달은 자들에게나 모두에게 공평하다. 다만 거대한 파괴로 자연의 힘을 깨닫게 할 뿐. 바다는 또한 인간과 땅의 일에 대해서는 철저히 무심하다.

바다가 삼킨 것은 나의 알량한 은덩이도 아니요, 돛대 하나에 의지한 나룻배도 아니요, 사공 둘과 바다로 나갈 수밖에 없었던 사연 많은 목숨들도 아니었다. 그것은 섬 인종들의 약탈과 방화, 총진격과 살육, 그에 맞서 싸웠던 의병들의 피에 젖은 저항, 결사항전이었다. 바다는 이 모든 것을 삼키고 홀로 살아남았다.

바다가 인간에게 깨닫게 하는 바는 무엇인가. 무한한 복종이나 투항投降이 아니다. 바다의 의지와 심성을 깨달은 자, 바다와 맞설 능력을 가진 자, 바다의 거지 떼와 해적들을 단번에 수장시킬 자, 자신을 이해하는 자를 원한다. 바다는 그런 자를 잉태하고 길러 낸다.

바닷길을 잘못 든 것은 해풍 때문이 아니라 서해를 누비는 왜놈과 명나라 놈들로 구성된 해적 때문이었다. 사공은 수장될 각오로 여울을 향해 돌진했고 해적선은 포기하고 돌아갔다. 돛을 거두고 구사일생으로 여울을 벗어났지만 나가사키로 가는 길을 멀리 벗어나 있었다.

더 내려가면 유구국琉球國이라고 했다. 유구국는 왜놈들이 '류큐'라고 부르며 사츠마薩摩가 영향권 안에 두고 있는 나라다. 중개 무역이 경제활동의 대부분을 차지하는 나라.

"류큐는 말이야, 진주알처럼 생겼어."

사부로는 지도를 펴놓고 말했었다. 아기를 데리고 사라지기 전이었다. 덜컥 겁이 났다.

"류큐로 갈 거야? 나와 아기를 버리고? 내 아이가 세 살이 될 때까지는 날 도와주기로 했잖아."

"걱정마. 아기는 무슨 일이 있어도 돌볼 테니."

그때 사부로는 이미 떠나기로 결정한 것이다. 그러나 아기만 데리고 떠날 줄은 꿈에도 생각하지 못했다.

사부로는 류큐로 가지 않았다. 나가사키에서 사부로의 흔적을 찾아 헤맸을 때 내가 내린 결론은 교토다. 사부로는 교토로 향했다. 요도의 새로운 명령에 복종하기로 결정한 것이다. 아니, 요도가 사부로를 놓아줄 리 없었다. 요도는 사부로가 목숨이 다할 때까지 부려먹을 것이었다.

나는 '사부로, 사부로'를 목 놓아 불렀다. 나와 내 새끼를 떼어놓은 것을 용서할 수 없었다. 머리를 풀어헤치고 신발도 없이 나가사키 거리를 헤집고 다녔다. 사라진 사부로. 내 새끼를 빼앗아간 사부로. 새삼스럽게 사부로가 더욱 원망스러워진다.

나를 이해한다 해놓고, 나를 도와준다 해놓고 하루아침에 감쪽

같이 사라진 사부로. 배신의 귀재. 은을 준다면 누구에게나 복종하는 살인청부업자. 더러운 족속. 닌자 사부로는 그런 인간이었다. 그런 인간으로 길러진 것이다.

사공은 먹구름이 몰려오는 하늘을 가리켰다. 곧 태풍이 온다 했다. 류큐로 가서 태풍이 멎는 가을까지 기다려야 한다고 했다. 사공의 말을 믿어야 하나?

"봄에 태풍이 오다니요? 저건 비구름이 아닙니까? 떠날 때 계획대로 나가사키로 갑시다."

내 말에 사공이 한사코 고개를 가로저었다.

"장담 못하오. 봄에도 태풍이 분 경우는 아주 많소. 류큐 해역에서 태풍을 맞으면 우린 고기밥이오. 해적 놈들에게서 도망친 보람이 없잖소."

해안가로 접근하자 멀리 뭍에서 손을 흔드는 자가 있었다. 사공둘이 마주 손을 흔들었다. 해안가에 서 있는 자. 정구지 단을 엎어 놓은 것 같은 바지를 입고 있었다. 서양인이었다. 심상치 않은 일이 벌어지고 있었다.

나가사키를 목적지로 말하고 사공과 계약한 것이었지만, 사공들은 애초부터 류큐로 향하고 있었던 거였나? 그게 아니라면 왜, 노예상인 복장의 서양인이 뭍에서 배를 기다리고 있는 걸까? 조선 사공인 이들은 서양인에게 승객들을 팔아 버릴 계획을 처음부터 세우고 있었던 거였나? 의문이 한꺼번에 몰아쳤다.

배 안을 둘러봤다. 나가사키로 가겠다고 계약한 사람이 나 말고 세 명이었는데 이들도 놀란 눈으로 서양인을 바라보고 있었다. 분명했다. 처음부터 계획적으로 류큐로 데려와 노예상인에게 넘기려 한 것이다. 류큐에서 말라카는 먼 거리가 아니었다. 말라카라면 노예노동이 필요한 곳이다. 탈출 기회는 단 한 번뿐일 터.

사공 두 명이 먼저 내릴 채비를 했다. 배에 타고 있던 세 명의 남자가 재빨리 움직였다. 노를 들어 사공들을 후려쳤고 순식간에 바닷속으로 빠뜨렸다. 사공 둘이 뱃전을 잡고 올라오려고 안간힘을 썼다. 남자들이 노로 그들의 손을 내리치고 물속으로 밀어 넣었다.

얼마나 빨리 노를 저어야 멀리 달아날 수 있을까. 남자 셋은 전력을 다해 노를 저었다. 어찌 된 일인지 따라오는 서양인의 배는 보이지 않았다. 그래도 바다 한가운데까지 달아나고 나서야 주위를 둘러보았다.

내려앉은 먹구름이 비를 뿌리기 시작했다. 굵은 빗방울이었다. 바다가 어두워졌다. 파도가 갑자기 높아졌다. 파도가 삽시간에 치솟아 검은 하늘까지 달려 올라가 맞닿았다고 생각한 순간, 돛이 꺾이고 배가 뒤집혔다. 다시 뭍으로 돌아갈 기회를 엿볼 수도 없었다. 몸을 배에 묶을 기회도, 다른 세 사람들을 돌아볼 여지도 없었다. 몸이 파도의 꼭대기에서 검은 하늘로 던져져 산산조각이 나는 것 같았다.

엄니, 이근, 사부로, 박 선달…. 그들의 얼굴이 다 합쳐져 귀신의 형상으로 나를 향해 달려드는 듯했다.

검은 파도였다. 검은 파도는 바다에서 떨어지려고 거대한 몸부림을 계속했다. 검은 하늘을 향해 날아오르려 용틀임을 계속했다. 검은 파도는 아마도 억겁의 시간 동안 검은 하늘로 날아오르려 몸부림을 쳤을 게다. 그러다 제 풀에 제 몸을 천 갈래 만 갈래 날카로운 갈퀴로 만들어 바닥모를 낭떠러지로 곤두박질쳤을 터였다.

파도의 갈퀴는 내 몸을 바닷속으로 끌고 들어갔다. 숨을 참을 수 없었고, 바닷물을 걷잡을 수 없이 많이 먹었다. 정신이 흐려지는 데도 바닷물을 먹고 있었다.

"그곳은 말이야, 진주알처럼 생겼어. 푸른 바다에 탐스런 진주가 줄지어 있는 거야."

내 귀에 숨을 불어넣는 당신에게 물었다.

"당신이 사는 곳은 어느 진주예요?"

당신은 내 젖가슴에 얼굴을 묻으며 대답했다.

"제일 위쪽이야. 조선에서 제일 가까운 곳."

포르투갈 노예상인이라고 하더이다.
왜놈들이 부산진에서 붉은 서양인에게 우리들을 넘겼어요.
사천왕이 살아 돌아왔다면 저럴까.
한 손으로는 조선 남자들을 두세 명씩 끌고,
한 손으로는 조선 여자들을 대여섯 명씩 끌어 배에 부렸지요.
끊임없이 빌었어요.
배가 꺼지고 갈라져 파묻혀 고기밥이나 되기를요.
끊임없이 빌었어요.
푸른 파도를 향해서도 검은 파도를 향해서도요.

풍랑의 꼭대기에 배를 끌어올려 삼켜 달라고요.

당신이었나요?

비바람을 일으키고 부서지는 배 위에서

살겠다고 뛰어내리는 자들을 사라지게 만들고

포르투갈 노예상인을 부서진 돛대에 박아 버린 게요.

이곳을 류큐라고 한다지요.

당신이 말한 대로 조선에서 가장 가까운 진주알에 닿았어요.

저는 당신을 부릅니다 목 놓아 부릅니다.

왜 오지 않나요?

푸른 바다 위 진주알 같은 섬, 이 섬.

바다 밑에서 저는 오지 않는 당신을 기다립니다.

밑으로, 밑으로 떨어져 내리던 나는 노래 부르는 여자를 돌아보았다. 여자의 노래가 나를 불러 세웠다. 풀어헤친 해초를 몸에 휘휘 감으며 여자는 노래를 불렀다. 해초는 온 바닷속의 슬픔을 모두 끌어 모은 듯 천천히 여자의 몸을 향해 팔을 다시 구부렸다.

엄니인가? 여자에게 홀려 바라보았다. 여자가 구슬프게 나를 바라보았다. 여자의 머리에서 뻗쳐진 해초는 노래에 반한 나를 잡아끌어 바닷속 깊은 곳으로 끌고 들어갔다.

"아, 엄니, 엄니. 나를 놓아 주시오. 나는 이곳에 묻히고 싶지 않소. 내가 가야 할 곳은 나가사키란 말이오. 왜놈 땅. 그곳에 내 아이가 있소. 엄니를 찾으러 동래로 갔다가 이렇게 빈손으로 다시 왜놈 땅으로 가고 있단 말이오. 아, 엄니, 엄니. 나를 놓아 주시오. 나는 꼭 내 아이를 찾겠소. 그 뒤에 날 데려가시오."

"저는 당신의 엄니가 아니에요. 전 오래전부터 여기서 조선 사람들을 기다리고 있었답니다. 이곳 귀신들은 제 노래를 못 알아들어요. 저는 제 노래를 알아듣는 조선 사람들에게 제 노래를 들려 드리고 싶어요. 제 노래를 들어 주세요. 당신의 귀를 제게 빌려 주세요. 어서 와 제 가슴에 뺨을 대세요. 제가 어떻게 포로로 잡혀 이곳 류큐 앞바다에 빠져 죽어 노래를 부르게 됐는지 들려 드릴게요. 영원히."

아, 엄니가 아니다.

"아, 당신은 엄니가 아니오?"

그래 엄니라면 나를 류큐 앞바다의 귀신으로 살게 하지는 않겠지….

갑자기 온갖 노랫소리가 들려 왔다. 구슬프고 아리고 애끊는 노래들이 저마다의 소리로 바닷속을 채우기 시작했다. 장대한 소음이었다. 귀를 멀게 하고도 남을 굉음.

어디서 들려오는 노랫소리인가. 끌려가는 밑을 내려다보았다. 해초들이 바다 밑을 채우고 노랫소리에 따라 팔을 흔들며 올라오고 있었다. 귀신들의 얼굴도 해초들 사이로 감춰졌다 드러났다 했다. 검은 귀신, 하얀 귀신, 약간 검은 귀신, 서양 귀신, 인도 귀신, 말라카 귀신, 중국 귀신, 왜놈 귀신, 류큐 귀신….

아, 아, 이들의 풀어헤친 머리카락이 나를 잡아끌었다. 이들의 집. 이끼 낀 배의 밑바닥. 바다의 밑바닥. 다시는 살아 나올 수 없는 곳으로 나를 잡아끌었다.

류큐의 바다 밑은 배들의 묘지였고, 인종의 전시장이었다. 예부터 말라카 해협을 건너온 인도 상인, 이슬람 상인, 말라카 해협 아래의 섬나라 상인들은 류큐에 와서 교역했다. 명나라의 도자기와 비단, 왜국의 은銀을 자기들이 가져온 후추와 향신료, 설탕과 교환했다. 바다는 보낼 배와 남길 배를 선별했고 바다의 의중을 오해한 상인들은 어김없이 배와 함께 바다의 유혹에 넘어 갔다.

서양인들이 총과 대포로 아시아의 상인들과 배를 제압한 것은 고작 백 년도 안 된다. 포르투갈 노예상인들이 울부짖는 조선 노예들을 사슬에 꿰어 선창 밑에 선적해 류큐 앞바다를 지나간 것도 겨우 십 년 전쯤의 일이다. 노예선은 이곳에서 좌초됐다. 차라리 잘된 일일까. 살아서 팔려간 조선 노예들은 어디서 어떤 한스런 일을 당하고 있단 말이냐.

해초를 머리에 인 조선 여자귀신이 말했다.

"조선 노예들은 모두 죽었어요. 조선인들은 모두 귀신이 되었다고요. 여길 보세요. 명나라 배, 왜국 배, 포르투갈 배, 네덜란드 배. 이제 귀신들은 서양인들 배를 골라 바닷속으로 끌어들이지요. 포르투갈 놈들이나 네덜란드 놈들이 아무리 총과 대포로 공격해도 귀신들을 죽일 수는 없지요. 우리 조선 귀신들은 왜국 배도 좋아해요. 이봐요, 우리를 노예로 넘겨 버린 왜놈들과 그들의 배를 바닷속으로 끌어들이자고요. 저희랑 바다가 되자고요. 바다가 돼서 영원히 깨닫지 못하는 인간들에게 바다를 깨닫게 하자고요. 하늘도 낳고 땅도 낳은 바다. 하늘도 땅도 삼켜 버릴 수 있는 바다. 이 바다의 전령이 되자고요."

바다는 파괴자였으며 죽음의 전령이었다. 류큐 바닷속에는 귀신이 너무 많았다. 그들의 노랫소리는 하늘을 흔들었고, 땅을 갈랐고, 선원들의 귀를 멀게 하고, 눈멀게 했다. 그러나 나는 선원도 아니요, 노예선에 묶여 앞날을 두려워해야 하는 노예도 아니다. 나가사키로 가겠다는 나의 의지를 류큐 앞바다의 귀신들이 꺾을 수 있을까.

위를 올려다보았다. 한줄기 빛이 해초들을 뚫고 내려오고 있었다. 나는 이 서글프고 아름다운 귀신을 뿌리쳤다. 다리를 휘감는 해초의 느낌이 선명했다. 빛을 향해서, 빛을 향해서. 위로, 위로. 올라갔다.

수면에 닿자 온몸에 가득 찬 바닷물이 검은 하늘을 향해 뿜어졌다. 하아, 가쁜 숨을 내쉬었다. 허우적거리며 다시 바닷속으로 꺼져 들어가나 보다 했는데 부서진 배의 나무둥치가 잡혔다. 귀신들은 계속해서 해초를 흔들며 노래를 불러 댔다.

멍한 정신에 보드라운 손가락의 감촉이 느껴졌다. 여린 순의 쌉싸래한 향내가 흐릿한 감각을 비집고 들어왔다. 어린 아이의 손가락이 내 뺨을 토닥였다. 고사리 같은 손이 내 입에 뒤웅박을 갖다 댔다. 샘물이 찰랑이며 입술을 적셨다.

나는 짠물이 아니라는 것에 새삼 놀라워 겨우 눈을 뜨고 아이를 바라봤다. 아, 사내아이였다. 내 아가가 온 것이다.

"아가, 아가, 내 아가. 네가 이 험한 데를 어찌 왔누."

"엄니, 엄니. 이 약수 먹고 정신 차리시오, 엄니."

난 아이의 모습을 놓치지 않으려고 흐려지는 눈을 부릅떴다. 말도 또렷이 잘하는 아이였다. 색동같이 예쁜 동자였다. 비에 촉촉이 젖은 아이가 조심스레 뒤웅박을 기울였다. 달고 시원한 약물. 바가지의 약숫물은 딱 한 모금이었다. 더 마시고 싶어 숨을 들이켰다. 눈을 크게 떴다. 아이도 바가지도 사라지고 없다.

다시 막힌 숨을 한껏 들이켜고 눈을 뜨니 들어온 것은 하늘, 잿빛의 하늘이었다. 비를 쏟고 있었다. 차디찬 비였다. 약숫물 대신 거센 비가 얼굴을 때렸다. 그냥 귀신들에게 끌려 류큐 앞바다의 고기밥이 돼서 귀신들과 어울리면 될 것을 무엇 때문에 다시 살아 올라왔단 말인가.

하늘이 괴성을 지르더니 거기에 맞는 우박 같은 비를 다시 쏟았다. 바다도 다시 야수의 괴성을 지르며 하늘로 달려 올라갔다.

"그래, 다시 바닷속 깊숙이 날 끌어 잡아넣어라, 하늘아! 바다야! 바다귀신들아!"

나는 목구멍이 터져라 소리쳤다. 발바닥이 부서져라 굴렀다. 풍랑 속에서 소리쳤다. '내 새끼, 아가! 아가! 아가'를 불렀고, '엄니! 엄니'를 불렀고, '사부로! 사부로'를 불렀고, 이근과 박 선달을 소리쳐 불렀다. 바다가 답이라도 했단 말인가.

풍랑 속에서 검은 구름 같은 물체가 다가오고 있었다. 소리쳐 부른 인연들이 귀신 형상으로 떼로 몰려오나 보다 했다. 남은 힘을 다해 그것을 바라봤다. 검은 물체였다. 돛을 모두 거둔 서양인의 범선帆船이 아닌가. 나가사키 앞바다에 떠 있던 서양인들의 배.

나와는 아무런 관계도 없을 것 같았던 배가 너무도 낯설게 내게 다가오고 있었다.

팔에 힘이 빠졌다. 나무둥치를 놓쳤다. 허우적거렸다. 이제는 정말 류큐 앞바다의 귀신이 되는구나 생각하는 순간 배 위에서 내게 손가락질하는 색동바지를 입은 서양인들이 어렴풋이 보였다.

"꼬레아? 꼬레아? 꼬레아 뮬레르? 꼬레아 세뇨리따?"

누군가 떠들어 대며 내 뺨을 계속 쳤다. 누구일까. 아이의 보드라운 손이 아니었다. 구역질을 계속 시키는 거친 손길도 느껴졌다. 화가 난다. 아니, 힘들다. 류큐 바다의 귀신이 되는 기회를, 죽을 수 있는 기회를 누가 빼앗았단 말인가.

이제 내 앞에 기다리고 있는 것은 서양인의 노예가 되는 것인가? 살아서 포로나 노예 신세를 면하지 못한다면 죽는 것이 백번 낫다. 흐릿한 시야에는 얼굴이 붉으락푸르락 화가 나 보이는 서양인의 얼굴이 한가득 들어왔다. 그는 내게 뭐라고 계속 지껄이고 있었다.

"꼬레아? 꼬레아? 꼬레아 뮬레르? 세뇨리따?"

꼬레아라면 들어 본 적이 있다. 조선 사람들을 왜놈들은 고려인이라고 했고, 나가사키의 서양인들은 조선 사람들을 꼬레아라고 불렀다. 그렇다면 이 서양인이 두툼한 손바닥으로 내 뺨을 치며 조선 사람이냐고 묻고 있는 것이었다. 꼬레아 뮬레르는 뭔가. 또 세뇨리따는 뭔가. 정신이 점점 또렷해지기 시작했다.

살펴보니 배 바닥에 누워 있었다. 내려다보는 사람은 둘이었다. 나가사키에서 볼 수 있었던 서양인들이었다. 한 명은 조끼에 어릿광대 같은 색동바지를 입은 붉은 피부의 서양인이었고, 한 명은 하오리를 입었다. 하오리를 입은 자는 피부나 생김새로 보아 반은 왜인이고 반은 서양인인 혼혈인이었다. 이들이 나를 건져 올렸다. 멀리 서양인의 범선도 시야에 들어왔다.

하오리를 입은 혼혈인에게 나는 나가사키로 가야 한다고 더듬더듬 말했다.

"소오 … 나가사키. 나가사키니 이가나게레바 나라나이長崎に 行かなければ ならない!"

탈진해 헐떡이면서도 의심이 들기 시작했다. 풍랑이 일기 전 뭍에서 사공들을 기다리던 노예상인 같았던 서양인과 지금 나를 구해 준 서양인이 같은 사람인가. 자세히 살폈다. 알 수 없었다. 둘은 그러는 나를 살폈다. 그리고는 바다 멀리까지 훑어보고 있었다. 남자들을 찾는 건가.

치마저고리 위에 덧입었던 긴 두루마기도 파도에 벗겨져 없어졌고 저고리 고름도 뜯겨 나갔고 치마도 찢어져 속곳이 다 드러나 있었다. 이런 꼴인데도 어떻게 멀리서도 꼬레아인 줄 알아봤을까.

사공 둘에 승객 넷. 배는 김포나루에서 출발하지 않았다. 사공은 한강 북쪽 행주외리幸州外里의 옛 토성에 접한 나루를 지목했다. 김포나루에 비하면 인적이 드문 곳이었다. 출발지부터 의심스러웠던 것이다. 행주외리 서원마을 동쪽 강변고개에서 만난 사공은 토성을 가리키며 저곳이 12년 전 권율 장군이 왜놈들 3만 명을 물리친 곳이라 자랑스레 말했다. 토성을 바라봤다. 봄볕에 파

룻하게 보였다. 12년 전의 전투가 있었던 흔적은 파릇한 싹들에 잠시 가려졌을 뿐이다.

사공은 내게 은 한 줌만 받겠다고 했다. 다른 승객인 남자들 셋에게는 얼마를 받는지 묻지 않았다. 상관없었다. 어차피 사공들 마음대로일 테니까. 조선을 떠나기로 마음먹은 내게는 나가사키가 어서 가야 할 뭍이었고, 조선 땅이 오히려 낯설고 참기 힘든 곳이 돼버렸다.

봄이었으니 남풍을 따라 사공 둘이 닷새면 충분할 거리였다. 도중에 갑자기 해적선으로 둔갑할 소지가 있는 서양인 상선이나 명나라 배들이 지나다니는 길목을 피해 섬에 숨었다가 가더라도 닷새면 충분할 것이었다.

조선 사공들이 조선인들을 서양인에게 팔아먹을 것이라고는 상상도 하지 못한 것이 실수였단 말인가? 승객이었던 남자들 셋과 긴말을 섞지 않았다. 그들이 누구의 밀명을 받은 간자인지 밀수를 하는 상인인지는 내게 중요치 않았다. 그들 또한 내 얼굴을 찬찬히 뜯어보더니 더는 말을 시키지 않았다. 서로를 심중으로 짐작하고 외면한 편안한 상대들이었던 것이다.

그런데 사공 둘은 류큐 앞바다에서 남자 셋에게 죽임을 당했고, 남자 셋은 파도에 휩쓸려 사라졌다. 순식간이었다. 어째서 여자인 나만 살아남았나. 입술을 더듬었다. 아들이 내 입술에 갖다 댄 뒤웅박의 느낌이 생생했고 약숫물 향기가 입속에 남아 있었다.

때마침 범선에서 밧줄사다리가 내려왔다. 붉은 피부의 서양인이 나를 보며 말했다.

"나가사키 이르. 나가사키 이르."

나가사키로 간다는 뜻인 듯했다. 하오리를 입은 혼혈인이 노를 저으며 내게 말했다.

"소노 후네와 나가사키니 유꾸데이따その船は 長崎に 行っていた."

범선은 나가사키로 가고 있었다는 뜻이다. 나는 나가사키라는 말에 부르르 떨렸다. 힘을 다해 매무새를 고쳤다. 애초에 목적지인 나가사키로 간다는 이들의 말에 잘라도 다시 돋아나는 싹처럼 눈물이 솟았다.

서양인이 먼저 밧줄사다리를 타고 올라가 내 손을 잡아 올렸다. 범선 갑판에는 여러 명의 선원들이 분주히 움직이며 나를 주시했다. 바닷속에서 본 귀신들이 모두 살아서 배 위에서 움직이는 걸까. 어리둥절했다. 살갗의 색깔이 다 달랐다. 검은색, 갈색, 하얀색, 붉은색, 노란색. 두툼한 조끼와 저고리, 우스꽝스런 바지를 갖추어 입은 자들. 처음에는 색동바지였을 썩은 정구지 단을 엎어 놓은 바지만 입은 자들. 복장도 다 달랐다. 하오리를 입은 왜인과 왜인 혼혈인이 여러 명 보인다는 것이 그나마 위안이었다.

그들 중 대포 옆에 서 있던 선원이 다가와 내 어깨에 모포를 둘러 주며 말했다.

"조선 남자들 세 명은 다 죽었는데 넌 참 운도 좋아. 이 풍랑에 살아나다니."

조선말이었다. 선원을 바라봤다. 조선인인가? 아니다. 갈색 피부였고 코는 높은데 뺨과 눈매가 편편하다. 누런색 면포로 된 이국적인 복장이다. 말로만 듣던 인도인일까. 조선 피가 섞인 혼혈

152

인인 걸까. 그가 사부로로 보였다가 천천히 흐려졌다. 눈앞이 검게 칠해지면서 풀썩, 갑판 바닥에 쓰러졌다.

매콤한 냄새에 깨어났다. 컴컴한 실내였고 사람들이 누운 나를 내려다보고 있었다. 어둠에 익숙해지자 얼굴들이 보였다. 기모노를 입은 서양 여자, 피부가 숯처럼 검고 몸매가 유선형이며 큰 여자. 얼굴이 감노랗고 찰떡처럼 매끈한 인도 여자는 귀에 목에 금붙이를 주렁주렁 차고 있었다. 또 코가 낮고 얼굴이 납작한 중국 여자도 나를 내려다보고 있었다.

서양인들의 범선에 이렇게 여러 인종의 여자들까지 타고 있다니. 노예라고 하기에는 행색이 모두 말쑥했다.

이들을 헤치고 남자의 팔이 내 얼굴을 향해 불쑥 다가왔다. 다시 자극적이고 매콤한 냄새가 났고 정신이 또렷해졌다.

"이제 정신이 들어? 몸이 얼음장이래서 향신료로 만든 약재 가루를 입술에 묻혀 놨어. 좀 있으면 몸이 더워질 거야."

목소리의 주인은 둘러앉은 여자들에게 비키라는 듯이 손짓했다. 여자들이 모래더미 씻겨 나가듯 물러났다. 목소리의 주인 얼굴이 다가왔다. 조선말을 할 줄 아는 검은 사부로. 갑판에서 보았던 혼혈인이었다. 그가 말했다.

"너를 구한 사람은 이 배의 선장이야. 선장은 포르투갈 사람이야. 선장이 찾는 놈들은 너랑 같이 조선에서 배를 타고 온 세 명의 남자야. 그놈들을 조선 사공에게 넘겨받기로 하고 섬에서 기다렸던 것이야. 선장이 잘못 판단한 거지. 파도가 높으니 멀리 가지 못하고 바로 잡힐 줄 알았던 거지. 너만 살았어. 순식간에 사공 둘까지 다섯 놈들이 다 죽은 거야. 아마 선장은 너도 그놈들과 한 패라고 여기는 듯해. 좀 있다 선장이 와서 물으면 잘 대답해야 할 거야. 선장을 화나게 하면 넌 두 가지 중 하나를 선택해야 해. 다시 바다로 던져지거나 총알이 머리에 박히거나. 선장은 놈들이 죽어서 이미 화가 나 있지만 말이야. 하하."

상상 밖의 세상에 내쳐졌다. 나가사키로 간다는 서양인의 범선에 구해져 알 수 없는 기대감까지 생겼는데, 이건 또 무슨 기구한 일이란 말인가. 몸이 더워지기는커녕 구역질이 나왔다. 여우를 피하니까 호랑이가 온다더니 아마도 호랑이 아가리로 제 발로 걸어 들어온 듯했다.

빈정거리며 유창하고도 발랄하게 조선말을 내뱉는 갈색 사부로. 어디서 조선말을 배웠기에 저렇게 얄밉도록 잘한단 말인가. 이 갈색 혼혈인의 내력이 무엇인지는 지금 나로서는 상상조차 할 수 없다. 바닷속은 귀신이 된 여러 인종의 전시장이었고, 바다 위에 뜬 서양인의 배 안은 산 사람들의 인종 집합소라는 것만은 알겠다.

살아서 무간지옥無間地獄을 경험하는 신세가 내 신세란 말인가. 험난하구나. 탄식이 절로 나온다. 몸이 떨리며 과거의 자락들이 두서없이 떠올랐다.

기생 수향. 엄니의 이름이 불쑥 올라왔다. 그 엄니가 속속곳만 입은 어린 무릎들을 싸리나무 가지로 찰싹찰싹 때려 가며 기생 수업을 시켰지. 고운 옷에 맛난 음식. 배는 곯지 않았으나 내 삶은 그때부터 파란으로 걸어 들어온 것이다.

동래부에 딸린 기생이 아니었으면, 황해도나 평안도의 기생이었으면 왜놈들에게 포로로 잡힐 일도 없었을까. 기생이 아니었으면 히젠나고야 성에서 괴물 이근을 사랑할 일도 없었고, 쇄환인으로 돌아와 한양까지 가서 그의 집을 찾을 일도 없었다.

그럼 내가 고작 이근 모친의 냉대 때문에 다시 조선을 떠나기로 결정한 것인가.

아니지. 내게는 아들이 있다. 내 피붙이. 내 아들. 내 새끼. 아, 그 아이를 생각하자. 팔자나 운명, 신세타령을 하기에는 살아 있고 살아간다는 것에 강력한 기대가 있다, 나는.

또 엄니를 찾아야 하잖나. 나 같은 엄니. 엄니 같은 나….

여자들이 우르르 다시 다가오더니 떨고 있는 내 몸을 문질러 대기 시작했다. 아마 정신을 잃었을 때부터 여자들이 내 몸을 두드리고 주물러서 깨어나게 했을지도 모른다. 이제부터 이들이 지옥을 함께 걸어가야 할 길동무들인가. 나는 여자들을 바라봤다. 나를 바라보는 눈빛들이 덤덤하다. 악의는 없어 보인다. 길동무들이 맞는 듯하다.

기침이 났다. 갈색 사부로가 입술에 묻혔다는 향신료가 기침을 더 나게 했다.

"야, 삼키라고. 후추, 계피, 정향들이야. 모두 사람 몸에 좋은 것들이란 말이야."

갑자기 여자들이 한꺼번에 물러났다. 붉은 서양인의 얼굴이 불쑥 끼어들었다. 나를 건져 올린 자다. 작은 배에서 화가 난 얼굴로 내 등을 쳐대던 자. 이자가 이 배의 선장이란 말인가? 가까이서 서양인을 본 것은 처음이었다.

조선으로 돌아오기 전 사부로를 찾아 헤매고 다닐 때 나가사키 거리에서 서양인들을 보았다. 배에서 내린 서양인들에게는 썩은 냄새가 났다. 배 안에 저장된 식수가 썩은 물이고 그들이 먹는 소금에 절인 고기가 썩은 까닭이다.

멀찌감치 떨어져서 지나가는 그들을 보았다. 붉으락푸르락 더러운 피부에 추한 행색. 구정물 색깔의 저고리와 조끼, 다 떨어진 어릿광대 바지. 신분이 낮은 하급 유녀들이 그들을 상대했다.

대단한 점은 대포와 총을 가졌다는 것뿐이었다. 그들은 학살자들이고 파괴자들이라고 했다. 순례 중인 인도 양민의 배를 총과 대포로 공격해 금은보화와 향신료를 탈취했다. 배와 함께 양민들을 불태웠다고 했다. 그들의 장기는 공격과 탈취, 학살과 점령이라고 했다.

서양인에 대한 흉흉한 소문은 한도 끝도 없었다. 선교사들이 그들을 교화시키려 했다. 그들은 아랑곳하지 않고 조선인들을 노예로 사들여 끌고 갔다. 목적지는 인도 고아라고도 했고, 말라카 또는 노예를 필요로 하는 남쪽의 어느 섬이라고도 했다. 그들의 왕이 그들에게 대포와 총을 나눠 주며 해적행위를 하도록 허가했다.

그들의 왕은 동시에 선교사도 파견했다.

내가 아는 바는 이 정도다. 나는 이런 서양인에게 건져졌으면서도 나가사키로 간다는 말에 희망을 떠올리고 있는 것이다.

선장이란 자가 팔뚝만 한 쇠붙이를 만지작거리며 말을 했다. 갈색 사부로가 바로 조선말로 통역을 했다.

"너는 이제부터 포르투갈인과 네덜란드 놈들을 구별해야 해. 포르투갈인은 위대해. 네덜란드 놈들은 적이며 악당이야. 나는 포르투갈인이야. 이 배는 포르투갈 배야. 너는 포르투갈 선장인 나의 포로야. 우리는 네덜란드 놈들과 네덜란드 배를 상대로 싸워. 바다에서 네덜란드 배는 적의 배야. 물건은 빼앗고 배와 네덜란드 놈들은 불태우고 모두 죽여야 해. 이것이 나의 법이야. 이제 묻겠어. 너와 세 명의 남자들이 네덜란드인들에게 넘기려 했던 조선 향신료 씨앗과 지도를 내놔."

내게 조선 향신료 씨앗과 지도를 내놓으라니?

이 황당하기 이를 데 없는 포르투갈 선장과 선장의 말을 통역하는 갈색 사부로를 번갈아 보았다. 갈색 사부로가 말했다.

"너, 선장 손에 든 거 보이지. 그게 총이야. 지금 바로 말하지 않으면 네 머리통이 날아갈 수도 있어. 뜸들이지 말고 빨리 말해."

이상하게 마음이 착 가라앉았다.

재촉하는 이들에게서 틈새가 보였다. 이들의 행동이며 눈빛이며 말소리에서는 대포와 총만 믿고 무력만을 행사해 온 무법과 야만의 냄새가 흥건했다. 으레 이런 자들은 무력을 휘두르면서도 학문과 예술로 단련된 자들을 두려워하며 숭배하기 마련이다. 자기들이 갖지 못한 세상의 권력은 바로 이 학문과 예술을 다루는 자들에게서 나온다는 것을 알고 있기 때문이다. 갈색 사부로를 바라보며 내가 말했다.

"난 그 남자들과 아무 상관없어. 나가사키까지 실어다 준다는 사공에게 배 삯을 줬을 뿐이야. 나는 14년 전에 조선 동래에서 왜놈들에게 끌려가서 히젠나고야 성에 잡혀 있다가 작년에 조선으로 돌려보내졌어. 나는 기생이며 예술가야. 히젠나고야 성에서는 히데요시와 왜장들을 위해서 공연을 했었어."

"잠깐만. 선장에게 네 말을 전하고 나면 말해."

갈색 사부로가 계속 말하려는 나를 저지했다. 선장에게 내 말을 통역하는 갈색 사부로의 말에서 히젠나고야와 히데요시란 단어만 알아들었다. 갈색 사부로가 내게 얼굴을 돌렸다.

"그런데 왜, 나가사키로 다시 가느냐고 선장이 묻는데?"

"함께 잡혀갔던 엄니가 조선 동래에 돌아가 있는 줄 알았는데 가보니 없었어. 엄니는 아직도 왜나라에 잡혀 있어. 엄니를 찾고 내 아이를 찾으려고 다시 나가사키로 가는 거야."

내 말을 전하는 갈색 사부로의 말을 듣는 선장의 얼굴이 야릇하게 변했다. 비웃음인가, 호감인가. 선장이 내 눈을 쏘아보았다. 덕분에 나도 그의 눈을 들여다볼 수 있었다.

사납고 야만적인 이면에 호색적인 우수憂愁가 있었다. 배 안에 이국의 여자들을 모아 놓은 까닭이 있을 것이다. 무엇보다 그에게는 썩은 물비린내와 썩은 고기냄새는 나지 않았다. 가까운 기착지에서 신선한 식수와 고기를 공급받고 있을 터였다. 아마도 배의 크기로 보아 이 배는 중국의 바다와 왜국의 바다만을 왕복하는 중개상선이지 않을까. 그렇다면 얼마 전에 네덜란드 배와 전투를 해서 이겼고, 그 배의 네덜란드인들에게서 조선 향신료와 지도 정보를 들었다는 것인가. 또 네덜란드 배와 네덜란드인들은 불태우고 죽였다는 말인가. 총 앞에서 숨 가쁘게 상상력이 달려가고 있었다.

내가 말했다.

"뭘 잘못 아나 본데 조선에는 향신료 따위는 없어. 나도 나가사키에서 후추나 설탕, 계피를 맛보아서 알아. 조선에는 그런 게 나지 않아. 포르투갈 사람이라면 이미 알고 있을 터인데?"

갈색 사부로가 선장에게 내 말은 전하지도 않고 말했다.

"인삼! 선장이 말하는 조선 향신료란 인삼이야. 나가사키에서도 귀하게 거래되고 있어. 아, 물론 포르투갈로 보낼 것들은 아니야. 서양인들은 인삼을 좋아하지 않아. 그저 마카오나 나가사키에서 거래할 것들이지."

선장이 총을 허리띠에 꽂았다. 그리고 갈색 사부로에게 말했다. 그의 말 중에 '기생'이라는 단어가 들렸다.

"기생이 뭐하는 예술가냐고 선장이 물었어. 게이샤하고 같은 신분이냐고 묻는데."

"조선 기생은 시도 짓고 글도 써. 악기도 여럿 다룰 줄 알고. 물론 춤도 추지."

선장이 갑자기 버러지 소리를 내며 웃었다. 그리고 갈색 사부로에게 밖을 손짓하며 뭐라고 말했다. 갈색 사부로가 바로 나를 보며 말했다.

"너한테 중국 붓과 종이를 가져다 줘보라는데, 네 글을 보고 선장이 너의 가치를 판단할 거야. 내 말 잘 들어. 넌 이 기회를 잘 활용해야 할 걸."

선장이 여자들에게 지시했다. 여자들이 나를 부축하더니 일으켜 앉혔다.

나는 떨리는 손마디를 주물렀다. 지금 정신을 차린 사람에게 붓을 잡으라고 하다니. 내가 쓰는 붓글씨가 제 맘에 들지 않으면 바로 나를 바다에 던져 버리겠다는 것인가. 엉뚱하고 변덕스런 위인이었다. 사납고 야만적이며 호색적인 우수가 있으며 엉뚱하고 변덕스럽다. 변덕이 가장 다루기 위협적인 요소다.

그때 밖에서 선원들이 뛰어 들어왔다. 그들이 소리쳤다.

"네덜란드 나비우! 네덜란드 나비우!"

선장이 허리에 꽂았던 총을 다시 뽑아 들었다. 선원들을 따라 뛰어 나갔다. 갈색 사부로도 선장을 따라 뛰어 나가며 소리쳤다.

"네덜란드 배가 나타났어! 우리 나와바리로 들어온 네덜란드 놈들은 다 우리 밥이야!"

선실을 울리는 소리만으로도 갑판에서 무슨 일이 일어나고 있는지 다 그려졌다.

대포가 몇 개인지는 알 수 없지만 덜덜거리며 대포를 끌어다 포탄을 발사하는 소리가 끊임없이 울렸다. 그 소리는 천지가 진동하는 소리였고 선실이 부서져 나갈 듯한 굉음이었다.

동래부로 왜놈들이 쳐들어오던 14년 전 그날이 떠올랐다. 그때는 왜놈들을 막겠다는 일념으로 동래부의 남녀노소가 죽기로 싸웠다. 여자들은 지붕에 올라가 기왓장을 깨서 왜놈들 머리를 향해 떨어뜨렸다. 그런데 이 전투는 무엇인가. 해적들의 아귀다툼일 뿐이다. 남의 바다에서 자행하는 밀수와 불법, 약탈과 파괴, 학살이 난무하는 광기의 닭싸움이 아니면 또 무엇이란 말인가.

여자들은 제각기 엎드려 모두 다른 방식으로 기도인지 주문인지를 외우고 있었다. 이것 또한 소음이었다. 검은 피부의 여자가 멍하니 앉아 있는 내 머리를 바닥으로 눌렀다. 귀를 막고 엎드리라는 시늉을 했다. 여자가 나를 보며 계속 중얼거렸다.

"그랑 마에스트로 파블로 돈 까를로스. 그랑 마에스트로 파블로 돈 까를로스. 그랑 마에스트로 파블로 돈 까를로스……."

똑같은 말을 계속 반복했다. 따라하란 말인가. 나는 넘겨짚고 여자를 따라 말했다.

"그랑 마에스트로 파블로 돈 까를로스."

여자가 끄덕였다. 각자 중얼거리던 여자들이 서로 쳐다보더니 검은 피부의 여자를 따라 외웠다.

"그랑 마에스트로 파블로 돈 까를로스. 그랑 마에스트로 파블로 돈 까를로스. 그랑 마에스트로 파블로 돈 까를로스……."

어느새 대포소리는 그쳤고 갑판을 뛰어다니는 발소리들만 어지러웠다. 시간이 흐르자 갈색 사부로가 뛰어 들어왔다. 여자들에게 손짓했다.

"갑판으로 나와. 선장이 나오래. 네덜란드 놈들은 우리 상대가 안 돼. 빨리 나와서 네덜란드 배가 가라앉는 걸 구경하라고."

여자들이 계속 '그랑 마에스트로 파블로 돈 까를로스'를 외우며 갑판으로 나갔다. 갈색 사부로가 내게 물었다.

"그랑 마에스트로 파블로 돈 까를로스가 무슨 말인 줄은 알아?" 나는 고개를 저었다. 갈색 사부로가 말했다.

"파블로 돈 까를로스는 선장 이름이야. 그랑 마에스트로는 대장 님이란 뜻이야. 하하. 이 여자들은 선장을 신처럼 모시지."

전투가 속전속결로 끝난 것도 얼떨떨한데 포르투갈 배가 이겼 다는 것이고, 노예 처지의 여자들은 포르투갈 선장을 신처럼 모신 다니. 어디서부터 어디까지가 현실 세계인지 믿을 수 없었다.

여기가 저승인 것일까. 아니면 이미 나는 죽었는데 꿈을 꾸고 있거나. 상상하지 못했던 밑도 끝도 없는 이상한 세계로 던져진 두려움 가득한 기분. 내가 느끼는 것은 그것이었다.

갑판에 나가니 이들이 누군지 명확해졌다. 이들은 바다의 양아 치, 바다의 거지 떼, 바로 해적들이었다. 바다 저쪽에서는 이 배 와 같은 크기의 배가 불타고 있었다. 바람 방향이 바뀌자 검은 연 기가 이쪽으로 가득 불었다. 매캐한 연기 속에 갑판 선두에 늘어 선 대포들이 보였다. 바로 포탄이 나올 듯해 보였다.

갑판 가득 전리품戰利品들이 뒹굴었다. 양들도 이리저리 달아나 고 있었다. 사로잡힌 노예들도 있었다. 남자 노예들은 인도나 루 손이나 말라카 같은 남쪽 나라 사람들 같았다. 여자 노예들도 마찬가지였다.

바닥에 뒹구는 네덜란드인들의 머리 때문에 갑판 위는 승리의 흥청거림과 살육의 긴장감이 기름처럼 번들거리고 있었다. 전투를 치른 것은 선장의 정예부대 포르투갈인들인 듯했다. 대포 주변에서 총과 칼을 들고 자랑스레 설치며 떠드는 이들은 모두 붉으락푸르락한 모습에 어릿광대 바지를 입은 포르투갈인들이었다.

하오리를 입은 혼혈인들과 왜인들이 그들 주변에서 갑판을 정리하며 시중을 들고 있었다.

선장은 계속 버러지 소리를 내며 버글버글 웃었고, 포르투갈인들은 화답하듯 구더기 모아 놓은 소리를 내며 웃었다. 선장이 대포 위로 올라가 큰 소리로 말했다. 포르투갈인들이 '와와' 함성을 질렀다. 혼혈인들과 왜인들도 따라서 소리를 높였다.

선장이 전리품인 여자 노예들을 포르투갈인들에게 나눠 주기 시작했다. 그중 한 여자가 갑자기 바닥에 쓰러졌다. 사지를 뒤틀며 떨었다. 입에서는 거품이 흘렀다. 선장이 여자를 가리키며 인도인 선원에게 뭐라고 지시하는데 여자가 벌떡 일어났다. 느닷없이 돌처럼 굴러 내게 달려왔다. 비켜서며 피했는데 여자에게 팔을 잡혔다. 여자가 나를 가리키며 자기네 나라말로 뭐라고 떠들어 댔다. 옆에 있던 인도인 선원이 선장에게 통역하는 듯했다.

나는 팔을 빼려고 힘을 주었으나 여자의 힘이 어찌나 센지 고스란히 잡혔다. 선장이 여자의 뺨을 때렸다. 여자가 바닥에 나동그라졌다.

선장이 다시 뭐라고 지시하자 인도인 선원이 여자를 들어다 네 덜란드인들의 머리를 담아 놓은 통 속에 던졌다. 그러는 동안 갑판의 눈들이 전부 나를 주시하고 있었다. 여자는 분명히 나를 모함하고 위험에 빠트리는 말을 했을 것이다. 선장은 여자의 말을 무시한 듯하다. 왜일까.

갈색 혼혈인들이 술통과 바구니를 가져왔다. 바구니 안에는 구운 고기가 들었다. 선장 주변에 있던 선장의 여자들이 무언가를 불기 시작했다. 쇠붙이로 된 나팔이었다. 나팔처럼 소리가 날카롭고 맑다. 또 명쾌하고 씩씩한 소리를 낸다. 울림통이 크고 길기 때문인 듯하다. 선장이 오랜 시간 연습시킨 게 틀림없다.

쇠나팔 소리에 분위기는 고조됐다. 모두들 발을 구르며 소리쳤다. 전투와 학살의 공로를 즐기며 웃고 떠들고 먹고 마시는 자들은 포르투갈인들이었다. 배당받은 여자 노예들의 입에 술을 붓는 자들도 있었다. 와중에 선장의 여자들이 쇠나팔 불기를 멈추고 선장의 이름을 외쳤다.

"그랑 마에스트로 파블로 돈 까를로스! 그랑 마에스트로 파블로 돈 까를로스!"

선장이 갑자기 손을 들며 저지했다. 잠잠해지며 모두들 선장을 바라봤다. 선장이 검지를 펴서 나를 가리켰다. 모두는 고개를 돌려 나를 바라봤다. 선장은 길게 말했다. 비록 네덜란드 배에서 빼앗은 여자 노예가 나에 대해 모함한 듯하지만 선장은 신경 쓰지 않는 듯했다. 갈색 사부로가 내 옆으로 와서 말했다.

"선장이 운 좋게 네덜란드 배를 두 번 만났고 크게 이긴 것은 네 덕분이래. 너를 건지고 나서 운이 트인 거래. 너는 해신海神이 보내 준 여자래. 아닌 게 아니라 이렇게 연달아 네덜란드 배를 만나서 크게 이긴 적은 없었어. 아, 선장이 네 이름이 뭐내. 이건 특별 대접이야. 여자 포로나 여자 노예한테 이름을 묻고 이름을 불러 준 적은 없어."

어리둥절하고 어지럽기는 마찬가지였다. 온갖 지옥을 경험하는 중에 홀연 이름을 말하라니. 내 이름이 뭐였더라…. 생각나지 않았다. 정현이란 이름이 아니라 '할매!' 할매라고 말이 튀어나왔다. 그래, 어서 할매가 되고 싶은지도 모르겠다. 현명한 여자. 어떤 시련에도 담담히 대처하는 현명하게 나이 든 여자!

"할매? 그게 네 이름이야?"

갈색 사부로는 가볍게 돌아서서 큰 소리로 '할매!'라고 말했다. 선장이 '할매!'라고 따라 하더니 인상을 찡그렸다. 그리고는 선원들을 향해 뭐라고 떠들었다. 뮬레르, 세뇨리따, 꼬레아라는 말이 들렸다. 선원들은 일제히 와, 웃고는 박수를 쳤다. 선장이 나를 보며 말했다.

"세뇨리따 꼬레아!"

갈색 사부로가 나를 바라봤다.

"잘 들어. 이제부터 네 이름은 '세뇨리따 꼬레아'야."

히라도, 나가사키로

마음속에 깊은 우물을 들어앉히고 그 우물에 하늘을 띄워 관조觀照하는 자. 그런 자가 있는가 하면 마음속에 바다를 키우고 세상이라는 배를 띄워 풍랑과 맞서는 자도 있다. 비록 풍랑과 맞서다 목숨을 잃었더라도 이들의 기개는 다시 마음속에 바다를 키우는 자들에게 이어지고 되살아난다. 관조하는 자는 바다의 풍랑을 잊은 자이다. 종국에는 바다를 잊고 바다도 그를 잊는다.

바다의 풍랑에 떠밀려 알 수 없는 세계와 맞닥뜨린 나는 무엇에 의지해야 할까. 운명에 맞서지 마라. 날아오는 운명을 보고 웃어라. 10년 전 이근의 가르침은 지금도 유효한 걸까. 그것은 다만 일반적인 가르침일 뿐일까. 이근이 거론한 운명이란 기생의 운명이었고, 포로의 운명이었으며, 피로인被擄人의 운명이었다.

운명 밖의 세상에 내쳐진 삶이란 운명 없는 삶이다. 운명에 대한 두려움조차 느낄 수 없는 처지인 것이다.

포르투갈인 선장의 손아귀에 떨어진 내가 두려움조차 느낄 처지가 못 되는 것은 이들의 세계를 전혀 모르기 때문이다. 나는 이들의 세계를 모르고 이들이 조선인을 얼마나 알고 있는지조차 모른다. 내 처지가 네덜란드인들의 머리를 담아 놓은 통 속에 던져진 여자 노예의 신세와 전혀 다른 것일까. 앞으로도 다를 것일까. 내가 아는 것은 모른다는 것이다.

내 운명이 전혀 알 수 없는 포르투갈인 선장의 손아귀에 놓여 있다. 먼저 포르투갈인 선장을 알아야 하고 이 배와 선원들을 알아야 한다. 그리고 그의 손아귀에 놓인 내 운명과 운명에 대한 두려움을 찾아오는 것이 순서였다.

배는 나가사키로 향했다. 바다는 여전히 거칠었다. 50명의 선원이 탄 해적선이며 무역선에다가 대포를 실은 전투선이기도 한 이 아담한 범선이 받아들일 정도로만 거칠었다. 나가사키까지는 이틀이 걸렸다. 선장은 볼 수 없었다. 갈색 사부로가 내게 와서 선장의 지시를 전달했다.

선장의 외국인인 여자들과 함께 머물라고 했다. 여자들은 갈색 주머니를 하나씩 가지고 있었다. 많지 않은 양의 빵과 고기를 배급받았는데 갈색 주머니에서 흰 가루를 꺼내 빵에 찍어 먹거나 고기에 찍어 먹었다. 여자들은 갈색 주머니를 매우 조심해서 다뤘다. 조금 덜어 놓은 가루를 한 알갱이도 남기지 않았다.

설탕인가? 나가사키에서 본 적이 있는 설탕인 듯했다. 나가사키 상점 진열장 안의 빵과 과자에는 하얀색의 설탕가루가 입혀져 있었다.

여자들 중 하나가 내 손을 잡더니 바닥에 흰 가루를 조금 쥐여 주었다. 혀를 꺼내 가루를 핥는 시늉을 했다. 나더러 그렇게 하라는 뜻이었다. 손바닥의 가루를 핥았다. 달았다. 흰 가루는 바삭 소리를 내며 이 사이에서 부서졌고 녹아 버렸다.

소름이 돋았다. 이 여자들이나 나나 선장의 손아귀에서 설탕가루처럼 부서지고 녹아 버릴 것이었다. 갈색 사부로가 여자들 것과 같은 갈색 주머니를 내게 가져왔다.

"설탕주머니야. 이건 네가 선장의 여자란 뜻이야. 또 배 위에서는 이 갈색 주머니가 특권을 뜻하니까. 잘 지니고 있어."

선장의 여자라. 목숨을 구해 주고 소유물로 만들다니 잔인하고도 남는 장사였다. 버글버글 웃는 선장의 얼굴이 그려져 역겨움이 밀려왔다.

"나는 엄연히 조선 양인이야. 목숨을 구해 주고 노예로 삼다니 해적이나 할 짓이야. 너희 선장이 날 구해 줬다고 날 소유할 수는 없어. 나가사키에 가면 날 풀어 줘야 할 걸. 아니면 나가사키 성주에게 가서 고할 거야. 이미 말했던 것처럼 나는 조선에서 히젠 나고야 성까지 잡혀갔다가 풀려난 포로라고. 성주의 허락을 받고 조선으로 돌아갔었다고."

"그건 이 배가 뭍에 닿으면 선장과 성주가 해결해야 할 일이지. 이봐! 세뇨리따 꼬레아. 지금 나한테 소리쳐 봤자 아무 소용없다니까. 어서 설탕주머니나 받아."

기운이 빠졌다. 시종일관 장난기 어린 검은 사부로. 이자의 발랄함은 어디에서 오는가.

"이봐, 세뇨리따 꼬레아. 이 여자들을 보라고. 이 여자들은 선장의 종이지만 모두 자기 나라에서는 귀족이었어. 자기 나라 글을 잘 쓰고 한두 개 외국어도 다 할 줄 알아. 악기도 몇 개씩 다루지. 모두 나름대로 기품이 있어. 선장은 능력 있는 사업가야. 이 여자들을 잘 활용할 줄 알아. 또 선장은 나가사키에서 꼬레아 여자들에 대한 소문도 듣고 있었어. 포로로 잡혀 온 조선 여자들 중에는 양반 여자들이 많고 그 여자들은 품위가 있어 인기가 있다는 것을 말이야. 네가 선장에게 예술가라고 말했잖아. 선장은 널 유용하게 쓸 거라고. 너도 선장을 유용하게 써봐. 엄니를 찾고 아들을 찾아야 한다며. 아마 선장의 종이라는 것이 도움이 될 걸."

갈색 사부로의 내력이 뭔지 궁금해졌다. 이 배의 누구보다도 갈색 사부로를 먼저 알아야 하는 것인가? 내가 물었다.

"넌 어떻게 조선말을 배우게 된 거니?"

"궁금해? 어머니가 조선인이었어. 너, 인도 고아가 어디인 줄 알아? 응? 물론, 모르겠지. 마카오는?"

혼자 자문자답하며 사람을 갖고 노는 자였다. 나는 고개를 가로저었다. 갑자기 나도 이자와 똑같이 굴고 싶었다.

"그러는 넌 어머니 나라라는 조선을 얼마나 아는데? 너에게 조선말을 가르쳐 준 어머니는 어디에 계셔?"

갈색 사부로가 아무렇지도 않게 대답했다.

"우리 어머니는 인도 고아에서 죽었어. 고아는 포르투갈 땅이야. 포르투갈 왕이 다스리지. 아버지는 인도인이었어. 어머니는 자신을 조선의 제주도 해녀라고 했어. 진주조개를 따러 바다로 나왔다가 왜구한테 잡혔는데 그 왜구 배가 중국 도자기와 비단을 실은 포르투갈 배를 공격한 거야. 30년 전쯤의 일이야. 그때만 해도 포르투갈인들과 네덜란드인들이 이 바다를 차지하고 서로 싸우기 전이었어. 포르투갈 배는 당연하게도 총과 대포로 무장하지 않았겠어? 그런데 먼저 공격한 왜구의 배도 무장을 하고 있었대. 어머니의 말에 따르면 그때 바다를 울리던 대포 소리가 바다의 귀신들을 화나게 하고 잠자는 용왕님을 깨우고 화나게 했다는 거야."

갈색 사부로는 내게 많은 정보를 주려 하고 있었다. 미안한 마음이 들었다. 다시 물었다.

"그럼 넌 고아에서 선장에게 고용된 거야?"

"들어 봐. 어머니가 포르투갈 배에 구해질 때의 이야기를 빼놓을 수 없어. 물론 포르투갈 배가 이겼지. 어차피 왜구들이 가지고 있던 무기들도 모두 포르투갈인들이 전해 준 거잖아. 그런데 포르투갈인들 눈에 바다에 빠진 왜구들 중에 뭔가를 붙잡고 헤엄치다가 쉬었다가 다시 헤엄치는 사람이 보였대. 포르투갈인들이 보기에 마치 물개 같더래. 그래서 건졌대. 건지고 보니 인어인지 여자인지 알 수 없었는데 여자가 손에 쥔 작은 주머니에서 뭔가를 내놓더래. 자세히 보니 진주조개였대. 포르투갈인들은 자신을 제주도 해녀라고 소개한 이 여자를 잘 보살핀 거야. 고아로 데려갔어. 거기서 인도 여자들을 데려다 이 여자처럼 해녀로 교육시키려 했는데 인도 관습상 여자들이 바닷물에 들어가 일하는 경우는 없었대. 그래서 포르투갈인들은 인도 태생과 아프리카 태생의 남자들을 이 여자에게 데려갔대. 그 남자들이 이 여자처럼 깊은 바다에 들어가 진귀한 보석들을 따올 수 있게 되자 고아의 포르투갈 왕은 중국 군대에게 이 남자들을 선물한 거야. 중국에게 잘 보여 중국에서 가톨릭 선교사업을 하고 마침내는 포르투갈 땅으로 만들려고. 중국군은 조선을 도우러 가면서 이 남자들을 데려갔어. 바다에서 왜선들을 교란시키는 데에 쓰려고. 이 남자들 덕분에 왜선들은 아주 많은 피해를 보았지. 그러니까 조선 땅에서 벌어진 전쟁 때 바다에서 귀신처럼 활동해서 해귀海鬼라고 불렸던 외국인 군인들, 그 해귀들을 가르쳤던 사람은 바로 조선 해녀였던 거야. 알겠어? 난 말이야, 조선 해녀의 아들이기도 하지만 조선 전쟁에 참여했다 간신히 살아 돌아와서 억울하게 돌아가신 인도인 해귀의 아들이

기도 해. 그래서 조선이 좋기도 하고 싫기도 해."

류큐 바닷속에서 만난 귀신들이 들려주는 이야기 같았다. 굽이 굽이 물결치는 바다의 장관 같은 극적인 이야기였다. 내가 주저하면서 말했다.

"그래. 너를 잘 알게 된 거 같구나."

갈색 사부로가 강하게 머리를 저었다.

"아니, 넌 날 알지 못해. 아직 알려면 멀고 멀었어."

자기를 알려면 멀었다고 말하는 갈색 사부로를 바라봤다. 내가 그를 갈색 사부로라고 말하는 까닭은 그가 알면 알수록 닌자 사부로와 겹쳐 보이기 때문이다.

"그래, 그럴지도 모르지. 아니, 내가 널 알게 된다는 것은 네 말처럼 어려운 일일지도 몰라. 그러나 난 너와 비슷한 사람을 알고 있어. 넌 네 삶이 아주 특이하다고 생각하겠지만 그렇지 않아. 조선에서도 바다로 나간 사람들은 있었어. 그들도 타국에서 후세를 두었지. 너 같은 후세들은 행동도 성격도 비슷한 점이 있는 것 같아."

갈색 사부로가 의외라는 듯이 내 말을 자르며 말했다.

"그게 누군데? 말해 봐."

"사부로."

"사부로가 누구야?"

"내 아들을 데려간 닌자."

"닌자라면 왜인이잖아."

"그래. 사부로는 왜인으로 행세하지. 아니, 사부로는 뼛속까지 왜인이 되고 싶어 하는지도 몰라. 사부로의 아버지는 조선에서 왜구에 잡혀 끌려가 닌자 가문에 속하게 되었어. 사부로의 아버지는 닌자 가문에서 정해 주는 왜인 여자와 혼인해서 아들 셋을 낳았어. 세 번째로 얻은 자식이 사부로야. 사부로는 닌자로 길러졌어. 조선인이기보다는 먼저 닌자 가문에 보은을 해야 하는 혼혈아였던 거지. 사부로도 아마 너처럼 이중적인 마음일 거라는 생각이 드는구나. 마음속으로는 조선도 저버리면 안 된다고 생각하는 것 말이야."

왜 갑자기 나는 사부로에 대한 말을 꺼내는 걸까. 사부로를 용서하고 싶은 걸까. 나를 속이고 아들을 데려간 사부로를 용서하지 않겠다고 다짐하지 않았나.

갈색 사부로가 낮게 읊조리듯 말을 이어갔다.

"이중적이라…. 그 말은 맞는 말이 아니야. 중립적이라면 모를까. 나 같은 사람은 조선에도 인도에도 속한 사람이 아니야. 속했다면 바다에 속한 것이 맞겠지. 천신만고 끝에 중국을 거쳐 고아로 돌아왔을 때 아버지는 거의 폐인이 돼 있었어. 풍토병에 걸린 거지. 아버지가 숨을 거두자 얼마 되지 않는 아버지의 재산을 차지하려고 교류도 없던 친척들이 나타났어. 물론 그 재산은 엄니가 벌어들인 거지만. 그들은 아버지를 전통 방식대로 화장해야 한다고 주장했어. 엄니도 아버지를 따라 화장당하는 것이 전통이라고 주장했지. 아버지가 고아로 돌아온 이유는 오로지 어머니 때문이었어. 어머니와 아버지는 이상적인 짝이었거든. 둘은 처음 만났을 때부터 정말 잘 어울리는 해녀와 해귀였대. 둘에게는 바다가 가장 편안한 거처였어. 어머니는 망자와의 세 번째 밤에 내게 작은 주머니를 주며 말했어.

'배를 타렴. 포르투갈 선장을 찾아가. 네 어머니가 누구인지 말해. 어떤 선장도 널 무시하지 못할 거야. 용왕님이 널 보호해 줄 거야. 나중에 네가 늙으면 돌아오렴. 그때까지 바다가 널 지켜 줄 거야.'

그렇게 내게 말했지. 어머니는 아버지를 안고 밤바다로 나아갔어. 나는 어둠 속에서 검은 점이 검은 바닷속으로 사라질 때까지 지켜보았어. 그리고 바닷가에 누워 기다렸어. 하늘이 맑아지며 새벽이 왔지. 바다도 함께 맑아졌는데 수평선에서 어머니의 얼굴이 환하게 웃는 듯하더니 해가 늠름하게 떠오른 거야. 나는 모래를 털며 일어났어. 어머니와 아버지는 바다로 편히 돌아가신 거야. 그때 알았지. 진정으로 바다에 속한 사람들이었던 거야, 내 어머니와 아버지는."

대범하고도 초연한 이야기였다. 천신만고의 여정 끝에 다시 돌아와 자신을 가장 잘 알아주고 사랑해 준 사람 품 안에서 숨을 거둔다니. 숭고한 결말이었다. 완벽하게 서로를 이해한 남녀가 거둔 결실이요 결말이었다.

갈색 사부로의 활달하면서도 자신만만한 태도는 이런 부모를 둔 자부심과 안정감에서 나온 것일까. 이런 조선 혼혈인이 해적선 같은 무역선에 함께 타고 있다는 것이 나쁘지 않았다. 배 안의 완

악한 인간 군상들을 조금이라도 견딜 수 있는 힘이 되니까. 내가
말했다.

"그런데 선장은 여태까지 조선인 노예를 왜 사지 않은 거지? 나
가사키에서 조선 포로 여자들을 보고 혹했다며."

"아, 모르는구나. 선장은 노예상인이 아니야. 포르투갈인들은
포르투갈 왕이 허가하는 노예매매 허가증이 있어야 노예를 살 수
있어. 물론 선장이 원하면 노예상인에게 매매 허가증을 사서 노예
를 살 수도 있지. 그러나 선장은 값을 치르고 노예를 사지는 않아.
얼마든지 다른 방법이 있거든. 선물을 받거나 너처럼 바다에서 주
을 수도 있는데 뭣 땜에 값을 치르고 사겠어?"

갈색 사부로다운 해석이요, 설명이었다.

나는 그에게 아까부터 묻고 싶었던 질문을 했다.

"그런데 그 여자 노예가 뭐라고 했던 거야? 나를 모함한 거야?"

갈색 사부로가 눈을 크게 떴고 여자 노예가 했던 것처럼 내 팔을
붙잡았다.

"그래. 그 여자가 네 팔을 붙잡고 놓지 않았으니 너도 알았겠지.
그 여자는 무녀였을 거야. 아마 자기네 나라였다면 그 여자 말을
믿었겠지. 그러나 선장은 달라. 선장이 믿는 것은 예언이 아니라
이윤이야. 네가 선장에게 은을 벌어 줄 거야. 그래서 선장은 그
여자의 기분 나쁜 예언을 믿지 않은 거야."

나는 다시 묻지 않을 수 없었다.

"그러니까 그 무녀의 예언이 무엇이었는데?"

"네가 선장을 죽이고 이 배를 차지할 거래. 사실 터무니없는 예 언이었지. 그래서 선장이 화를 낸 건데, 평소 같으면 선장은 너와 그 무녀를 함께 바다로 던져 버렸을 거야. 그러나 선장은 너를 해 신이 보내 준 여자라며 네 덕분에 네덜란드 배를 물리쳤다고 네 이 름까지 붙여 주었어. 이건 정말 특별대우야. 하지만 안심은 마. 선장은 변덕스러워 언제 마음이 바뀔지 몰라."

터무니없는 무녀의 예언이었다. 그 무녀가 실현가능성이 없는 예언을 했더라도 내게는 위협적인 말이었다. 선장이 그 말을 무시 했다는 것이 또 한 번의 행운이었다.

갈색 사부로에게 받은 갈색 설탕주머니를 살폈다. 삼실로 촘촘 히 짠 주머니였다. 이걸 차고 있으면 선장의 여자인 줄 알고 배 안 의 무법자인 선원들이 건드리지 않는다니⋯. 다른 여자들처럼 잘 보이게 허리에 찼다.

갑판 위에서는 혼혈인들이 빵과 고기를 나눠 주고 있었다. 하루 두 번 배급되는 식사 중 첫 번째였다. 포르투갈인들에게는 빵과 말린 양고기가 배급되었고, 혼혈인과 왜인에게는 빵과 말린 생선 이 배급되었다. 포르투갈인들은 물통으로 가서 빵을 물에 담갔다 가 젖은 빵으로 얼굴을 닦은 뒤에 그 빵을 먹었다. 말린 고기는 물 에 불리지 않고 잘라 먹었다. 혼혈인과 왜인들은 빵을 물에 담갔 다 꺼낸 뒤에 말린 생선을 젖은 빵 사이에 넣어 두었다가 먹었다.

일확천금을 노리는 부랑자들이나 죄인들을 병사로 모집해 배에 태웠다는 소문에 맞게 포르투갈인들은 혼혈인들과 왜인들보다 더럽고 험상궂었다. 이들이 더럽고 난폭한 까닭이 자기네 나라의 범죄자들이어서 그렇다는 것이다.

멀리 뭍이 보이기 시작했다. 포르투갈인들, 혼혈인들, 왜인들 모두 들뜬 표정으로 뭍을 바라본다. 14년 전, 왜놈들에 끌려올 때 보았던 그 땅이다. 이번에는 감회가 다르다. 뭍에 다가갈수록 가슴이 뛴다. 뭍에 내리면 엄니와 아들이 기다리고 있을 듯한 착각이 든다.

이 얼마나 멋대로의 상상이란 말인가. 알면서도 뛰는 가슴은 진정되지 않는다. 나는 이들이 왜의 땅 어디에 있는지 모른다. 그러나 다시 왜의 땅에 왔다는 것만으로도 엄니와 아들을 만날 것이라는 희망에 눈시울부터 붉어진다.

배가 나가사키를 지나친다. 멀리 보이는 나가사키 항구에는 범선이 여러 대 정박해 있다. 그 배들 중에는 네덜란드 배도 있을 것이고 잉글랜드 배도 있을 것이다. 배는 뭍을 멀리 두고 항해를 계속한다. 아마도 네덜란드 배를 피하려고 다른 항구를 찾는 게 아닐까. 선장은 네덜란드인들이 보는 데서 하역작업을 하다가는 3일 전 네덜란드 배에서 빼앗은 전리품이 들통날지도 모른다는 계산을 한 것일까. 게다가 선장은 네덜란드인들에게 빼앗은 노예들까지 짐칸에 숨겨 놓지 않았던가.

배는 뭍을 옆에 두고 빠르게 나아간다. 전방으로 섬이 나타난다. 산이 보이고 산 위로 공사 중인 성이 보인다. 히라도였다. 배가 정박할 곳은 히라도였다.

배가 오목한 단지 모양의 항구로 들어섰다. 이틀 동안 볼 수 없었던 파블로 돈 까를로스, 그가 갑판으로 나왔다. 선장은 등짐을 진 혼혈인들과 왜인들을 줄을 세워 배에서 내리게 했다. 항구에는 이미 히라도 성주의 사람들이 나와 있었다. 항구를 관리하는 왜인들과 선장, 포르투갈인들이 항구에 부려진 짐을 확인했다. 선장이 다시 배로 올라왔다. 선장이 소리쳤다.

"얀탄!"

갈색 사부로가 어디선가 나타나 선장 앞에 고개 숙였다. 아, 갈색 사부로의 이름이 얀탄이었다. 나는 왜, 그에게 이름을 묻지 않았을까. 선장이 얀탄에게 지시했다. 그의 여자들과 나를 가리키며 말했다. 선장은 '세뇨리따 꼬레아'라고 이름을 부르며 나를 쳐다보기도 했다. 또 선실 밑 짐칸을 가리키며 얀탄에게 지시했다.

짐을 나르던 혼혈인들과 왜인들이 항구를 빠져나가기 시작했다. 선장도 히라도 성의 관리자들과 부두를 빠져나갔다.

순간 배 안에는 괴괴한 정적이 돌았다. 통째로 바다에 던졌을 네덜란드인들의 머리와 남쪽 무녀가 갑판에 있는 듯했다. 이 배에서 살해당한 내가 모르는 수많은 귀신들이 갑판을 꽉 채운 듯 기괴하고 답답한 공기가 흘렀다.

정적을 깬 것은 포르투갈인들이었다. 총을 꺼내 들고 짐칸으로 몰려갔다. 그랬다. 짐칸에는 네덜란드 배에서 약탈한 노예들이 아직 있을 거였다. 선장은 이들 노예들을 어떻게 처리하겠다는 것인가.

갈색 사부로, 아니 얀탄이 "세뇨리따 꼬레아!"라고 나를 불렀다.

"좀 있으면 포르투갈 선교사들이 배에 올라올 거야. 너와 여자들을 조사하러. 그들 중에는 조선말을 하는 선교사도 있어. 너보고 노예냐고 물어보면 아니라고 해. 선장에게 고용된 예술가라고 말해. 언제 고용됐느냐고 물어보면 마카오라고 하고. 더 이상은 아무 말도 하지 마."

"그게 선장의 지시야? 나더러 그렇게 말하래?"

"그래. 그렇게 말하면 아무 문제없을 거야."

나는 얀탄을 노려보았다. 아무 문제없다니. 양인인 나를 바다에서 구해 줬다는 핑계로 선장이 종으로 부리려 하는데 문제가 없다니⋯. 얀탄에게 믿음을 가지려고 한 내가 어리석었다.

얀탄을 노려보며 물었다.

"우린 배에서 언제 내리는 거지?"

"선교사들이 왔다 가고 나서 밤이 되면."

"밤에 배에서 내린다고? 왜?"

"밤에 포르투갈 노예상인의 배가 다가올 거야. 그때 네덜란드 놈들에게서 빼앗은 노예들을 그 배로 옮길 거지. 그런 뒤에 너랑 선장의 여자들은 배에서 내릴 거야. 여기서 선장의 숙소는 그리 멀지 않아."

더는 참을 수 없어 얀탄에게 소리쳤다.

"그러니까, 나와 선장의 여자들은 네덜란드 노예들을 숨기는 미끼인 거네. 선교사들의 눈가림을 위한 미끼 말이야. 근데 우린 실제로 선장의 노예나 마찬가지잖아. 이봐, 얀탄, 난 엄니와 내 아들을 찾아야 해. 난 배에서 내리면 떠날 거야. 난 선장의 종이 아니야!"

얀탄이 한숨을 쉬더니 고개를 절레절레 흔들었다.

"이봐, 세뇨리따 꼬레아. 그래, 네 말대로 넌 노예가 아니야. 그런데 너 작년 봄까지는 포로로 히젠나고야 성에 잡혀 있었다며. 그럼 알 거 아니야. 당장 널 봐주는 왜인이 없으면 넌 의식주도 해결이 안 될 뿐만 아니라 아무것도 할 수 없고 어디도 갈 수 없어. 그런데 나가사키에서는 포르투갈 선장의 종이라면 이건 특권이야. 선장 이름만 팔면 너는 힘 안 들이고 네 어머니와 아들의 소식을 알아볼 수 있어. 왜, 선장의 종을 마다하는 건데?"

"너야말로 모르는 소리 하지 마. 여기 히라도나 나가사키에서 나를 도와줄 조선인들은 얼마든지 구할 수 있어. 14년 전에 조선 사람들이 포로로 잡혀 왔을 때는 쓰시마, 히젠나고야, 구마모토, 사츠마 성마다 왜인보다 조선 사람이 더 많았어. 길에서 만나는 사람이 다 조선 사람이었다고. 조선 사람들이 밤낮으로 모여서 통곡하는 통에 왜놈 사무라이들이 때리고 벌판으로 쫓았지. 또 달래서 논밭으로 데려가 일을 시켰고. 14년 동안 조선 사람은 정말 많이 죽었어. 병들어 죽고, 고향을 그리다 죽고. 그런데도 여전히 조선 사람들은 많아. 많이 살아남았어. 얼마나 많이 잡혀 왔으면 그랬겠니. 그러니까 터를 잡고 자기 논밭도 가지고 양민으로 사는 조선인들도 많다는 말이야, 내 말은. 내가 선장의 종 신분이 아니더라도 도움받을 데는 많다는 말이야."

"모르는구나. 넌 작년에 이곳에 없었잖아. 작년에 규슈에 돌림병이 돌았을 때, 조선인들 때문에 돌림병이 돈다고 소문이 났어. 왜인들이 조선인 마을에 몰려가서 돌을 던지고 난리도 아니었지. 다 너희 나라로 돌아가라고. 돌림병이 잦아들자 성에서 사무라이들이 나와서 타 지역으로 가겠다는 조선인 희망자들을 받아서 이주시켰지. 지금은 히라도나 나가사키에 네가 생각하는 것만큼 조선인들이 많지 않아."

그렇다. 나는 꼬박 1년을 조선에서 보냈다. 그 시간이 마치 꿈만 같다. 조선에 갔던 것이 꿈이고 바다에서 건져져 왜나라로 온 것만 생시 같은데 여기서는 돌림병 때문에 조선인들이 수난받고 이주했단다.

내가 물었다.

"도대체 노예와 종의 차이가 있기나 한 거니? 종을 서양인들이 노예라고 부르는 거잖아. 지금 넌 날 우롱하고 있어. 얀탄, 너는 선장의 생각을 대변하고 있을 뿐이야."

얀탄이 나를 빤히 오래 쳐다봤다. 그리고 천천히 말했다.

"너는 선장이 포르투갈인이니까 포르투갈 노예상인이 조선인을 노예로 끌고 갔던 것처럼 너를 대할까 봐 무서운 거야. 그런데 지금은 달라. 우선 포르투갈 선교사들이 이곳 나가사키에서 노예매매를 금지하고 있어. 이제 노예상인이라면 가톨릭에서 파문당해. 그래서 선교사들이 포르투갈 왕의 명령에 따라 입항하는 배마다 노예매매를 하는지 조사하는 거야. 그러니까 내 말은 너는 노예가 아니고 선장의 종이라는 거야. 종은 노예보다 모든 면에서 신분이 나아. 종은 생각만큼은 자유롭게 할 수 있지. 그리고 주인에게 값을 치르면 자유를 얻을 수 있어."

네덜란드인들에게 빼앗은 남녀 노예들이 있는 갑판 밑의 짐칸을 내가 가리켰다.

"그럼, 저 밑의 노예들은 뭐야?"

얀탄이 혀를 찼다. 그리고 비웃었다.

"하, 그건 선장의 해상전투 전리품이야. 네가 그것까지 상관할 거야? 네 몸 하나 보전하지 못하는 주제에?"

나는 대꾸할 말이 부족했다. 선교사들이 내게 노예냐고 물을 때 어떤 방법으로든 짐칸에 노예들이 있다는 것을 알릴 수 있기를 바랄 수밖에 없다. 바다에서 건져 줬다고 자기 종으로 만들어 버린 선장이라면 나 또한 노예로 팔아 버릴지 모를 일이었다.

파블로 돈 까를로스. 도대체 그자는 어떤 인간이란 말인가.

해가 기울어질 때쯤 선교사 세 명이 배로 올라왔다. 얀탄이 그들을 안내했다. 선교사들은 갑판을 둘러보며 곧장 여자들에게 다가왔다. 풍랑에 해진 치마저고리 대신 기모노를 입은 내게 세 명의 선교사 중에서 가장 젊어 보이는 선교사가 질문했다.

"니혼진데스까にほんじんですか?"

"아닙니다. 조선인입니다."

내가 조선말로 대답하자 선교사는 바로 조선말을 했다.

"그래요? 나가사키에는 조선 사람 교인이 많습니다. 아버지 하나님은 서양 사람이나 동양 사람이나 모두 공평하게 사랑합니다. 아버지 하나님께서는 조선 사람들을 사랑으로 보호합니다. 당신

184

은 선장에게 잡혀 있습니까? 아니면 고용된 하인입니까?"

나는 선교사를 쳐다보기만 했다. 대답할 수 없었다. 옆에 서 있던 얀탄이 대답했다.

"여기 있는 여자들은 모두 고용된 하인입니다."

내 주위에 서 있는 선장의 여자들은 모두 멀거니 서 있었다. 선교사들은 갑판을 둘러보기 시작했다. 그중 나이 지긋한 선교사가 얀탄에게 왜국말로 물었다.

"여기 여자들만 남기고 모두 하선한 거죠?"

얀탄이 명료하게 대답했다.

"네."

선교사들이 선실 문을 열고 짐칸으로 내려가는 계단을 살피며 물었다.

"짐칸의 짐들은 다 내린 상태죠?"

얀탄이 재빨리 선실 문 앞을 막으며 대답했다.

"네."

세 명의 선교사들이 얀탄 앞으로 바짝 다가섰다.

"그럼 한번 살펴봅시다."

"짐칸을 조사한다는 말은 못 들었습니다."

얀탄이 고집스럽게 막아서서 대꾸했다. 나이 지긋한 선교사가 얀탄의 팔을 잡으며 설득하듯이 부드럽게 말했다.

"그럼, 형제여, 같이 내려가 봅시다. 우리를 안내해 주시오."

얀탄이 하얗게 질렸다. 짐칸의 노예들보다 총을 가진 포르투갈인들이 걱정일 터였다. 그들은 총으로 모든 것을 해결하는 부류들이다. 얀탄이 먼저 내려갔고 뒤이어 세 명의 선교사가 내려갔다. 나와 여자들은 갑판에 꼼짝 않고 서 있었다.

숨을 죽이고 기다렸다. 총소리가 언제쯤 들릴까. 귀 기울였다. 조용했다.

이윽고 선실로 올라오는 발소리가 들렸다. 노예와 포르투갈인들, 그리고 얀탄과 선교사들이 올라올 터였다. 선장은 파문당할 것이다. 선교사들은 배에 노예들이 있다는 정보를 입수하고 배로 올라온 듯했다.

선실 밖으로 사람들의 모습이 드러났다. 얀탄 그리고 세 명의 선교사였다. 뒤따라 올라오는 노예들과 포르투갈인들은 보이지 않았다. 얀탄이 선교사들을 향해 말했다.

"다 보셨지요? 배 안에는 여기 여자들밖에 없습니다."

세 명의 선교사는 아쉬운 듯한 표정으로 머뭇거렸다. 처음 내게 질문했던 선교사가 다시 나를 보고 말했다.

"나가사키에는 예배당이 있어요. 거기 조선 사람들이 많아요. 도움이 필요하면 언제든지 오세요."

나는 고개만 끄덕였다.

노예들과 포르투갈인들이 어디에 숨었을까. 짐칸에 그 인원이 모두 숨을 데는 없을 것이다. 선교사들이 배에서 내렸다. 얀탄이 홀가분한 표정으로 손뼉을 치며 여자들을 쳐다봤다.

"자, 이제 우리도 숙소로 가야지."

숫처녀, 포로 그리고 사무라이

얀탄을 따라 뭍으로 올라가니 해는 이미 낮은 산 쪽으로 기울고 있었다. 1년 만에 다시 밟은 왜국의 땅이었다. 12년을 잡혀 있었던 곳이다. 이 섬 히라도는 사부로의 흔적을 찾아 4년 전에 지나갔던 곳이기도 했다. 그러나 얀탄을 따라 선장의 숙소로 이동하면서는 전혀 모르는 낯선 세상에 들어가는 기분이 들었다. 마치 시공이 다른 낯선 공간에 당도한 듯한 믿을 수 없는 기분이었다.

포르투갈 선장의 손아귀에 있다는 것이 나를 이렇게 만드는지도 몰랐다. 얀탄의 말대로 오히려 선장의 종 신분이라면 엄니와 아이를 찾기에 더 편할 수도 있을까.

선장의 다섯 명의 여자들과 얀탄은 안개가 낮게 깔린 봄날의 저녁 들판을 미끄러지듯 나아갔다. 여자들은 이곳이 익숙한 듯했다. 이들이 선장의 종노릇을 한 지는 몇 해나 됐을까. 또 지금 당도할 숙소에서는 무슨 일이 벌어지고 있을까. 두서없는 의문에 발걸음이 느려졌다.

전혀 모르는 서양인과 혼혈인들의 도움을 받아 엄니를 찾고 아들을 찾겠다는 것은 어쩌면 헛된 희망일지도 모른다. 이 여자들의 마음속에도 나와 같은 헛된 희망이 한 가지씩은 있지 않았을까. 선장의 종이 된 까닭이 저마다 간직한 어떤 기구한 바람 때문이었으며 해가 지날수록 그 바람은 흐려지고 낡아진 것일지도 모른다. 이들의 기구하고도 헛된 희망이 마침내는 먼지 정도로 작아져 흩어져 버린 것일지도.

그래서 이렇듯 봄날의 저녁들판을 아무 생각 없는 표정으로 가볍고 경쾌하게 미끄러질 수 있는 것이 아닐까. 그렇다. 나는 다시 던져진 이 낯설기만 한 땅으로 인해 이 여자들이 못마땅한 것이다.

류큐 바다에서 선장에게 구해졌을 때부터 나는 생경함과 두려움과 놀라움으로 떨면서도 나를 다잡으려고 기를 썼다. 그러나 이제부터는 이 여자들처럼 행동해야 하는지도 모른다.

이제부터 내가 보는 세상은 이전의 세상이 아니지 않나. 새로운 세상의 나는 조선의 기녀도 아니고 왜놈의 포로도 아니다. 류큐 바다에서 해신이 보내 준 여자라는 포르투갈 선장이 만든 내 운명에 오히려 감사해야 할지도 모르겠다.

배가 히라도에 정박한 뒤에 내가 본 세상은 12년 전 피로인被擄人으로서 보던 왜국의 세상이 아니다. 이곳은 성주와 사무라이들, 서양인 선장과 상인들, 선교사들이 만들어 내는 새로운 이국의 세상이다.

12년 동안 포로로 잡혀 있으면서 무엇을 보았던 것인가. 내가 보았던 세상은 끌려온 땅에서 고국으로 돌아가겠다는 열망을 안고 죽어 가는 모습이었고, 끌려온 땅에 엎드려 살기 위해 순종하는 모습이었다. 조선 포로들에게는 조선과 왜의 땅, 이 두 가지 선택뿐이었다. 돌아가거나, 남거나.

그러나 여기 다른 세상이 있다. 바다를 통해 다른 세계와 접촉하는 혼혈인들이 있다. 두렵지만 도대체 어떤 사람들인지 알아내야 할 포르투갈 선장과 선원들이 있다. 이 낯선 세상의 끝에 엄니가 기다리고 있고 내 아들이 기다리고 있다면 나는 어떤 위험을 무릅쓰고서라도 이 세계에 발을 디뎌야 하는 것이다.

여자들과 얀탄을 쫓아 걸음을 빨리 했다. 멀리 늘어선 지붕이 보이기 시작했다. 성 아래 마을이었다. 다가갈수록 사람들이 북적이고 있었다. 길은 땔감과 식재료를 나르는 왜인들로 분주했다. 또 말끔히 씻고 왜식 옷을 입은 포르투갈인들이 보였다. 해적이나 다름없었던 그 포르투갈 선원들이 맞는지 다시 보았다.

아무래도 내가 잘못 본 것일까 의심이 들었다. 그들은 배의 짐칸에 있지 않았던가? 네덜란드 배에서 빼앗은 노예들을 지키고 있었는데 언제 우리보다 먼저 배를 빠져나와 마을로 왔던 것일까?

맞다. 선교사들이 짐칸으로 내려갔을 때 이미 포르투갈 선원들과 노예들은 배를 빠져나가고 없었던 것이다. 선교사들이 배로 올라오기 전에 이미 이들은 노예들을 옮겼던 것이다. 총과 노예에 관한 한 신출귀몰한 놈들이었다.

놈들은 왜놈들을 따라 조선에 들어와서도 노예사냥을 해 간 전력이 있었다. 인간사냥꾼인 포르투갈 노예상인들. 그들이 끌고 간 조선인들 소식은 알 길이 없다. 조선인들은 왜국과 포르투갈 사이의 교역품이었다. 왜국의 승인 아래 포르투갈이 무제한으로 무상으로 포획할 수 있었던 교역품이었던 것이다.

지금 이 포르투갈 선원들은 자기네 왕의 허가를 받은 노예상인이 아니라고 하지만 하는 짓은 바로 노예상인이다. 무력을 앞세워 네덜란드 배를 불태우고 노예들을 빼앗아 팔아넘기고, 이제는 말끔히 씻고 선량한 선원인 척하고 있는 것이다.

이 해적이며 노예상인이며 무법자이며 선원인 이들의 배후에 왜국의 성주들이 있고 선교사들이 있는 것이 아닐까. 그렇지 않다면 이들이 어떻게 이렇게 뻔뻔하게 선량한 선원인 척하며 성 아래 마을에서 휴식을 취할 수 있을까.

성주도 선교사들도 이들의 인간사냥 짓거리를 알고서도 이들을 인정하고 있는 것이다. 말끔하게 씻은 이 무법자들의 당당한 모습에서 선교사와 성주의 묵인을 느낀다.

얀탄이 마을 중앙의 울타리가 있는 집으로 들어갔다. 다시 나와 여자들에게 들어오라고 손짓했다. 비질을 깨끗이 해놓은 뜰이 보였고 곧바로 본채의 마루가 보였다. 마루 한가운데 왜식 옷으로 말끔하게 갈아입은 선장이 앉아 있었다.

가부좌跏趺坐 다리를 하고 떡 하니 어깨를 펴고 앉아 있는 모습은 서양인 선장이 아니라 왜장倭將 같았다. 이 포르투갈인 선장은 이미 왜국의 풍습에 완벽히 적응된 듯해 보였다. 아니, 바다의 거친 생활과 왜국의 안락한 생활을 바꾸기 위해 교역품을 가지고 배에서 내리기라도 한 분위기였다.

선장의 여자들이 마루로 올라갔다. 스스럼없었다. 예정된 절차에 따른 태도 같아 보였다. 내가 머뭇거리자 선장이 손가락으로 나를 가리켰다가 자신의 등 뒤를 가리켰다. 다른 여자들처럼 자신의 뒤에 앉으라는 명령 같았다. 마루로 올라갔다. 병풍처럼 둘러앉은 여자들 옆에 그들의 간격을 염두에 두고 앉았다.

선장이 나를 주시하더니 만족한 듯이 고개를 끄덕였다. 배 위에서 보았던 사납고 야만적인 모습은 사라졌다. 왜식 옷 사이에 드러난 노란 털이 부숭한 다리로 인해 외설적이며 호색적인 모습만

도드라졌다. 이제부터 선장은 무엇을 하려고 하나?

　선장과 여자들의 시선은 뜰을 향해 있다. 뭔가를 기다리는 듯한 표정이다. 울타리 밖을 보니 왜인들이 모여들었다. 남자들도 있었고 여자들도 있었다. 나이 든 남자들과 소녀들이었다. 이들이 뜰로 줄지어 들어왔다. 모종의 심사나 평가가 있을 것 같은 예감이 들었다.

　왜인 남자들과 왜인 소녀들이 둘씩 짝을 지어 섰다. 선장과 선장의 여자들은 기다리던 일을 처리하듯 뜰에 늘어서는 왜인들을 주시했다. 아, 이들이 등급을 매기고 심사할 대상은 물품이 아니었다. 이들 왜인들이었다. 노예들인가?

　나도 뜰에 늘어선 왜인들을 살폈다. 나이든 남자와 소녀들. 둘씩 짝지어 선 왜인들은 닮아 있었다. 부녀지간이었다. 행색으로 보아 노예들은 아닌 듯했다.

　소녀들의 기모노는 화려했다. 15세 전후의 여자애들이었다. 소녀들은 20명이었다. 단단한 몸집에 노련해 보이는 왜인 남자가 대열 앞으로 나오더니 20명의 소녀들을 하나하나 앞으로 나오게 했다. 선장에게 이름을 말하게 하고 인사시켰다. 선장은 연신 고개를 끄덕이며 소녀들 하나하나를 집중해서 보았다.

　왜인 남자가 말했다.

　"모두 어김없는 숫처녀들입니다. 농부인 아비들이 보증합니다. 그랑 마에스트로께서 이번 체류기간 동안 몇 명의 처녀를 살지 정해 주십시오. 그리고 순서를 정해 주시면 거기에 따라 대기시키겠습니다."

선장이 서툰 왜국말로 대답했다.

"전부. 20명 다."

중매인이 놀라 단단한 몸을 뒤로 젖혔다. 바로 한쪽 무릎을 꿇고 허리를 굽히며 말했다.

"그랑 마에스트로, 감사합니다!"

놀란 것은 병풍 역할을 하는 선장의 여자들도 마찬가지였다. 눈과 입을 크게 벌렸고 서로 쳐다보며 고개를 끄덕였다. 이 여자들이 또 배에서처럼 '그랑 마에스트로 파블로 돈 까를로스'를 반복해서 외치는 게 아닐까 바라보았다. 그러나 그러지 않았다. 여자들도 선장만큼 분위기가 달라져 있었다. 왜식 습속을 따라 하는 것에 익숙해 보였다. 이 여자들 머릿속에는 대체 어떤 생각이 들어 있는 걸까 … .

늘어섰던 소녀들이 다시 한 명, 한 명 앞으로 나왔다. 선장 앞으로 나와 좀 전처럼 인사했다. 선장이 옆에 놓인 주머니를 한 명, 한 명 손에 쥐여 주었다. 갈색의 설탕주머니였다. 배 안에서도 여자들이 가지고 있던 주머니. 내게도 얀탄이 가져다주었던 주머니. 선장의 여자라는 징표였다.

설탕주머니 증정식이 끝나자 이번에는 소녀의 아버지들이 줄지어 선장 앞으로 나와 머리를 조아리고 인사했다. 아버지들의 표정으로 보아 선장은 그들에게 큰 은혜를 베푼 듯했다. 선장이 중매인과 아버지들에게 말했다.

"2년에 한 번씩 여기 왔다. 다섯 번 왔다. 항해는 다섯 번 다 순조로웠다. 하늘이 이곳에 다섯 번 오도록 허락했다. 하늘이 내게 내려 준 은혜다. 나는 하늘의 은혜에 보답하고 싶다. 너희들 모두에게 40스쿠도씩 주겠다. 결혼지참금으로는 충분할 거다. 내가 떠나는 11월까지 딸들을 집에 잘 데리고 있어라. 내가 떠나고 나면 내가 준 지참금으로 딸들의 남편감을 구해라.”

선장의 말을 들은 아버지들은 그 자리에서 모두 꿇어 엎드려 '아리가또 고자이마스ありがと うございます'를 여러 번 외쳤다.

선장은 마치 이들의 주군이라도 되는 양 늠름하고도 만족스런 표정이 되었다. 그리고 아버지들에게 그만하라고 손을 들었고 옆에 놓아 둔 궤짝을 열었다. 선장이 말한 포르투갈 동전인 스쿠도가 가득 쌓여 있는 궤짝이었다.

며칠이 지나도 얀탄은 보이지 않았다. 어디로 갔는지 나타나지 않았다. 얀탄이 나타나기를 기다렸다. 선장을 통해서 엄니와 아들을 찾으라고 말한 것은 얀탄이었다.

언제까지 넋 놓고 기다릴 수 없었다. 알고 있던 조선인 마을을 가보았다. 빈집들이었고 다 기울어지고 무너졌다. 조선인들은 어디로 갔단 말인가. 얀탄 말대로 조선인 마을의 사람들은 모두 강제이주당한 것일까.

성안에 가보면 종노릇을 하는 조선인들이라도 만날 듯해 발길을 돌리는데 들일을 하는 사람들 사이에서 '세뇨리따 꼬레아!'라고 부르는 소리가 들렸다. 그쪽에서 누군가 달려왔다. 가까이 오는 것을 보니 얀탄이었다.

"거기서 뭐하고 있었던 거야?"

"씨 뿌리고 있었지."

"선장한테 받은 돈은 뭐하고?"

내가 얀탄에게 물었다. 얀탄은 한숨을 쉬었다.

"그 돈으로는 여기서 겨울까지 겨우 먹고살 수 있을 정도야."

놀라웠다. 그럼 항해를 하고도 수중에 남는 돈이 없다는 말이었다. 내가 물었다.

"포르투갈 선원들하고 너희들하고 노임 차이가 많이 나?"

"말할 것도 없어. 포르투갈 선원들이 우리 혼혈인들보다 서너 배는 더 받을 걸. 왜인 선원들은 혼혈인들보다 더 적게 받아. 혼혈인들과 왜인 선원들이 이번에 좀더 돈을 달라고 했는데도 선장은 꿈쩍도 안 했어. 그러면서 숫처녀를 사는 데 돈 궤짝을 다 썼지."

얀탄은 선장을 원망했다.

"포르투갈 선원들은 이번에 얼마 받았는데?"

"알 수 없지. 선장 마음대로니까. 포르투갈 선원들이 네덜란드 배에서 빼앗은 노예들도 팔았으니 임금 말고도 더 받았을 걸. 처녀 아버지들인 왜인 농부들에게 나눠 준 스쿠도 궤짝도 네덜란드 배에서 빼앗은 거야."

"스쿠도는 포르투갈 돈이잖아."

"그래. 그 돈 궤짝은 포르투갈 배에 있던 건데 네덜란드 배가 빼앗은 것을 다시 선장이 빼앗은 거라고."

그 돈 궤짝은 큰 바다를 네 번 건너야 나타난다는 포르투갈의 리스본에서 배에 실린 것이랬다. 그 뒤 돈 궤짝은 감옥과 교수대 대신 일확천금을 꿈꾸는 자들의 동반자가 되었다. 국적이 다른 무법자들의 손을 거쳐 선장의 선심 쓰는 손으로부터 농부들의 수중으로 들어갔다.

왜인 농부들의 입장에서 보면 배를 타고 온 서양인들의 숫처녀 사들이기는 일종의 자선사업으로 받아들여지는 면이 없지 않았다. 숫처녀 사들이기와는 별개로 포르투갈인 선장과 상인들이 마카오로부터 명주실, 비단, 후추, 정향나무 등의 무역 물품을 실어 오면 성주들은 물품결제 비용으로 은을 내놓는다. 선장과 상인들, 선원들은 성주에게 받은 은의 약간을 6, 7개월 동안의 거주비용으로 민간에서 쓴다.

서양인들은 4, 5월에 와서 11, 12월까지 7, 8개월을 머물다 떠난다. 남풍을 타고 와서 북풍이 불 때 배를 띄우는 것이다. 히라도나 나가사키의 민간경제는 이들 서양인들에 기대서 활기를 띠고 있었다.

얀탄이 이제야 생각났다는 듯이 자기 머리를 치며 말했다.

"안 그래도 숙소로 너를 찾아가려고 했어. 선장이 오늘 저녁에 성주의 부하들을 불러 연회를 연다는데 너보고 가야금 연주를 할 수 있느냐고 물어보래."

"할 수 있어. 근데 가야금이 어디 있는데?"

"선장이 성주의 부하에게 받아 놓은 것이 있다나 봐. 좀 있다 숙소로 가져갈게."

"선장은 어디 있고?"

얀탄이 비아냥거리듯 어깨를 으쓱거렸다.

"20명의 숫처녀들을 샀잖아. 농부들의 집을 순례하고 있겠지."

배에서 내린 지 열흘째 되는 날이었다. 얀탄 말대로 선장은 숫처녀 탐닉에 골몰하고 있는가 보았다. 오랜 전쟁에 시달리며 지배층을 떠받쳐 온 이 왜인 농부들. 이 왜인 농부들에게 자녀들은 재산이다. 그중 딸은 매매 가능한 자본이었다.

선장이 왜인 딸들의 처녀성을 사는 행위는 민간경제를 이롭게 하는 자비였다. 거래는 선장의 은혜에 힘입어 성공적으로 끝난 것이었다. 이 경제행위를 부당하게 여기는 사람은 없었다.

농부의 딸들도 서양인들에게 팔려 갔었다고 해서 이후 혼인할 수 없는 것이 아니었다. 아니, 이것이 유일하게 결혼지참금을 손에 쥘 수 있는 방법이었다. 그러니까 선장이 농부의 딸 20명의 7, 8개월의 시간을 40스쿠도씩에 샀다고 하는 것은 농부와 농부의 딸들에게는 최고의 자비이며 선행이었던 것이다.

조선이라면 당치도 않은 일이 왜국에서는 태연히 벌어지고 있었다. 왜국은 대륙의 학문인 유교儒教의 영향을 조선보다 덜 받았다. 또 백 년이 넘는 전쟁의 시대를 겪었다. 성주의 처나 딸도 정략에 의해 재혼당하거나 혼인해야 했다. 전쟁의 인질로 끌려다녀야 했다. 성이 함락되면 민간의 여자들은 더구나 노예 신세를 면할 수 없었다. 조선과 달리 여자들에게 순결과 정절을 강요할 요건이 갖추어지지 않았던 것이다.

얀탄의 말에 따르면 저녁에 연회가 있고 선장을 보게 될 것이라 했다. 선장이 언제 또 숙소로 올지 기약이 없을 듯했다. 오늘 저녁 엄니를 찾고 아들을 찾을 수 있게 약속을 받아 내야 할 터였다.

숙소로 돌아가니 조용하던 아침과는 분위기가 완전히 달라져 있었다. 그동안 숙소에는 선장의 외국인 여종들에게 음식을 가져다주는 왜인만 한둘 출입했을 뿐이다. 부엌에는 숯불이 피워졌고 야채와 생선과 양고기를 찌고 볶고 무치고 지지는 왜인들로 북적였다.

선장의 외국인 여종들은 배에서 보았던 쇠피리를 꺼내서 연습하고 있었다. 바다가 아닌 뭍에서 들으니 쇠피리 소리는 매우 강했다. 이들이 바다에서 불던 곡은 저녁의 연회에는 어울리지 않을 듯했다.

얀탄이 왔다. 가야금과 치마저고리를 가져왔다.

"가야금과 조선옷은 어디서 얻은 거야?"

"선장이 히라도 성주의 휘하 사무라이에게 얻었다나 봐. 조선에 갔다 다시 돌아온 여자가 있다는 선장의 말에 가야금과 옷을 가져왔대. 선장이 오늘 그 사무라이를 초대한다고 말했어."

조선에 관심 있는 사무라이 …. 가야금과 옷은 어떻게 손에 넣었을까. 조선인을 통해 손에 넣었을 것이 틀림없다.

숨통이 트이는 기분이 들었다. 그 사무라이에게 조선인들 소식을, 그리고 엄니와 아들의 행방에 대한 작은 실마리라도 얻을 수 있을 거였다.

얀탄이 건네준 무명천에 싸인 가야금을 펼쳐 보았다. 가야금은 오래전부터 보관만 한 상태의 것이었다. 줄은 늘어졌고 안족雁足은 쓰러져 있었다. 조선에서 직접 빼앗아 온 것일까.

소리를 낸 지 족히 10년은 됐을 듯했다. 울지 못해 견고하게 가라앉은 오동나무 몸뚱이는 먼지를 갑옷처럼 뒤집어쓰고 있었다. 안족을 세우고 12줄을 조율했다. 음을 잃어버린 줄들이 팽팽히 당겨지자 오동나무 몸뚱이는 긴장감으로 부풀어 올랐다. 오른손으로 낮은 음에서 높은 음까지 차례로 튕겨 보았다. 오동나무 몸뚱이가 기대에 차 한 음 한 음 반응하는 듯했다.

갑옷처럼 두른 먼지를 털어 내고 기지개를 펴는 듯했다. 제 몸에 묶인 무명 줄들이 튕겨질 날을 너무도 오래 기다렸다. 가야금은 그저 성의 구석방에 세워져 있었던 거였다. 왜국으로 끌려오기 전에 어느 고관대작의 무릎에 놓여 사랑을 받았든, 어느 기생의 어루만짐을 받았든 그것은 그저 한바탕 꿈같은 과거의 영화. 오동나무 몸뚱이는 울려지길 기다렸다.

〈영산회상〉 가야금 곡을 생각나는 대로 튕겨 보았다. 오동나무 몸뚱이가 줄이 내는 소리를 구성지게 받쳤다. 인내의 나날을 뒤로 하고 혼신을 다해 울고 싶어 했다. 울 수 있는 지금 이 시간을 울기 위해 쭉 뻗은 몸뚱이를 더욱 뻗치는 듯했다.

가야금 줄을 세게 들어 올렸다가 잡아 뜯는다.

"뚜당, 땅."

줄을 오래 흔든다.

"응으으으흐흐으 응으으으흐흐으 … ."

오동나무 몸체는 흐느낌을 멈추지 않는다. 가야금 한 줄 한 줄의 울림이 아득한 길을 따라 걷는다. 아득하고 아득해서 묘하기만 한 풍류風流의 길이다. 신묘하고도 아름답구나. 천지간의 도리가 풍류로 드러난다.

나는 안족 쪽의 무명 줄을 흔들고 굴리고 들어 올렸다 누르고 굴리고 밀었다. 가야금 줄은 튕겨지며 몸뚱이를 뜨겁게 떨게 했다.

가야금은 들판을 달리고 구릉 같은 산을 넘고 넘어 곡조를 이루며 울었다. 잔잔한 파도를 타고 흐느꼈고 바다를 내달리며 크게 울었다.

가야금 소리가 낸 길을 타고 풍류가 흐르고 한恨이 밀려온다. 피로인被擄人들은 다 어디로 간 것일까. 조선 사람들은 다 죽었단 말인가. 한의 소리가 뻗어나가 닿는 곳이 어딘가. 소리 끝에 엄니가 있고 내 아들이 있을까. 무릎과 손이 가야금의 울음소리에 젖어들었고 내가 흘린 땀 때문에 가야금의 머리가 젖었다. 나는 오동나무 몸뚱이를 부둥켜안았다.

선장과 사무라이 5명, 이들을 위한 연회였다. 선장은 농부들의 집을 순례하며 왜식 음식과 왜식 옷에 더욱 익숙해진 듯했다. 자신의 숙소를 놔두고 농부의 집에 차례로 머물며 농부의 딸들에게 시중을 들게 하고 동침을 한다.

얀탄에게 물으니 선장이 숙소를 떠나 농부의 집에 머물며 농부의 딸들을 산 것은 이번이 처음이라고 했다. 이제까지는 숙소로 데려와 여자들을 머물게 했다는 것이다. 자신의 숙소를 놔두고서

굳이 농부들의 집에 머무는 까닭이 무엇일까. 아무튼 선장은 그 덕에 더듬거리던 왜말이 나아졌다. 사무라이 다섯 명과 왜말로 대화했다. 선장이 말했다.

"당신들이 원한다면 갈 곳은 아주 많습니다."

사무라이 한 명이 공손하게 물었다.

"어디 어디지요?"

선장이 어깨를 펴고 다섯 명을 둘러보더니 설명하기 시작했다.

"우리 포르투갈은 1499년부터 인도의 고아에 상관商館을 설치하고 부왕을 모셨습니다. 그건 알고 계시지요?"

다섯 명의 사무라이들은 얌전히 고개를 끄덕였다. 선장은 붉은 얼굴에 자신 있게 미소를 더하더니 지도를 폈다. 그리고 뭉뚝하고 긴 손가락으로 꼭꼭 짚으며 다시 설명하기 시작했다.

"또 아시겠지만 포르투갈은 1557년에는 마카오에 상관을 설치하고 중국과 교역하고 있습니다. 그러나 이 두 곳은 이미 인력들이 꽉 찼습니다. 여러분에게 권하는 곳은 벵골의 치타콩, 미얀마의 페구, 말레이 반도의 말라카, 이렇게 세 곳입니다. 그쪽 상관은 인력이 부족합니다. 요새를 지키고, 카르타스(해상통행권)를 걷는 인원들이 많이 필요합니다. 급여도 많고 음식도 넉넉하고 무기나 탄약도 풍부합니다. 여러분들은 몸만 가시면 됩니다. 저하고 여러분하고 얘기가 잘되면 제가 카피탄(상관의 책임자)을 소개해 드리겠습니다. 그가 써주는 소개장을 가져가면 됩니다."

다섯 명의 사무라이들은 선장의 말을 신중하게 들었고 고개를 끄덕였다. 이상했다. 이들은 이제까지 내가 보았던 사무라이들과 달랐다. 이들에게는 왜놈 사무라이들이 갖춘 혈기가 빠져 있었다.

선장이 설명하는 동안 서로서로 눈짓을 주고받으며 끄덕였는데 기죽고 맥 빠진 모습이었다. 성주의 핵심 사무라이들이라고 하지 않았던가. 실소가 나왔다.

저들이 14년 전 조선으로 쳐들어왔던 그 사무라이들이란 말인가? 동래성을 무너뜨리고 총으로 쏘고 칼로 베고 후비던 저승에서 온 악귀보다 더한 무법자들이었던 사무라이들. 그 사무라이들은 어디로 간 것일까.

선장 앞에서 얌전히 고개를 끄덕이고 있는 이 사무라이들은 외국인에게 취직을 부탁하러 온 절박한 실직자들일 뿐이었다. 또 배는 얼마나 곯았는지 음식이 나오는 대로 싹싹 비웠다. 그중 한 명이 물었다.

"몇 명까지 지원해도 될까요? 전국적으로 성주들이 돌볼 수 없는 사무라이들이 부랑자가 되어 몸을 맡길 곳을 찾아다니고 있습니다. 도쿠가와 정부가 루손으로 이주할 신청자들을 받고 있지만 대우가 좋지 않아 신청자가 적습니다. 그랑 마에스트로 말씀대로라면 함께 갈 사무라이들을 우리가 모을 수 있을 듯합니다."

선장이 고개를 끄덕이며 안타까운 표정을 지었다.

"그것 참, 도쿠가와 정부가 성주들에게 허락한 사무라이 수가 그렇게 적습니까? 사무라이들이 부랑자가 됐다니 안타깝습니다."

다섯 명의 사무라이들은 도쿠가와 정부가 성주들에게 허락한 사무라이 수가 그렇게 적냐는 선장의 질문에는 대답하지 않았다. 사무라이들은 위축돼 말조심을 하고 있었다.

도쿠가와 이에야스가 세키가하라 전투에서 토요토미 히데요시의 아들 히데요리를 등에 업은 서군을 물리치고 전쟁을 끝낸 지 6년. 도쿠가와 이에야스는 평화의 시기를 지속시킬 방법을 여러모로 고안하며 성주들을 옥죄고 있었다.

성주들 간의 정략결혼은 금지되었고, 일정 수 이상의 사무라이들을 거느리지 못하게 됐다. 많은 사무라이들이 해고됐다. 닌자가 되거나 해결사가 되거나, 탄광으로 가 광부나 탄광업자가 됐다. 그도 아니면 그들의 무력을 구매할 새로운 구매자를 찾아 해외로 나가야 할 처지가 되었다. 사무라이들 중 한 명이 말했다.

"동료들을 모을 수 있는 대로 모아 보겠습니다. 도쿠가와 막부에서도 우리들이 해외로 나가는 것에는 제한을 두지 않습니다. 저희가 드러내 놓고 모집해도 괜찮을 듯합니다. 그랑 마에스트로께서는 마카오까지 가는 데 드는 뱃삯과 마카오에서 말라카나 페구 등의 상관으로 갈 때까지 머물 수 있는 거처 비용과 최종목적지까지 가는 뱃삯 등을 뽑아서 알려 주세요."

선장이 고개를 과장되게 가로저었다.

"우선은 마카오까지 가는 뱃삯만 선불로 받겠습니다. 이후의 비용은 말라카, 페구 상관에서 급료를 받고 나서 후불로 할 수 있도록 조처하겠습니다."

사무라이들의 얼굴이 모처럼 밝아졌다. 그들이 절도 있게 고개를 숙이며 합창했다.

"혼또니 아리가또 고자이마스."

그들이 계속 굽실거리며 정말 고맙다고 인사하자 선장이 손을 저었다.

"아닙니다. 여러분들 같은 전투 인력들이 밭이나 갈아야 한다니 정말 안타깝습니다. 여러분들이 모을 수 있는 만큼 동료들을 모으십시오. 치타콩, 페구, 말라카 말고도 순다 해협과 말루쿠 제도의 티도레 같은 곳도 있습니다. 거기가 크로브와 메이스, 육두구 같은 고급 향신료 산지이지요. 그곳 요새에도 여러분 같은 인력들이 많이 필요합니다. 망설일 필요가 없습니다. 자, 이제 서로 얘기가 잘되었으니 여러분들이 명단을 작성해 오면 나가사키의 포르투갈 상관의 카피탄을 함께 만나러 갑시다."

여기까지 말한 선장이 고개를 돌려 우리를 쳐다보았다. 병풍처럼 뒤에 둘러앉혀 놓은 자신의 외국인 여자 종들. 그들 중 내게 선장의 시선이 멈췄다. 내 앞에 놓인 가야금을 보았다. 선장이 말했다.

"세뇨리따 꼬레아, 악기는 다룰 줄 알겠지? 여기 이 사무라이님이 악기를 보낸 거야. 한번 연주해 봐. 그리고 네가 조선에 갔다왔다고 했더니 너에게 물을 것이 있다고 한다."

나는 그저 가야금을 무릎에 올려놓았다. 천천히 줄을 뜯기 시작했다. 〈영산회상〉은 조선에서 오래전부터 내려오는 풍류음악이다. 한 줄 한 줄에 운치를 실어 튕기고 뜯는다.

가야금의 오동나무 몸체가 울림으로 더워지면 객들의 귀도 열리기 시작한다. '허,' 하고 사무라이들 사이에서 탄식이 터진다. 가야금 가락에 몸을 싣고 놀아 볼 준비가 됐다는 신호다.

가야금 줄을 굴리고 흔든다. 들어 올렸다가 굴리고 밀었다가 누른다. 객들의 몸이 들썩인다. 연주가 끝났다. 선장과 사무라이들은 한동안 어깨를 좌우로 흔들었다. 선장이 감았던 눈을 떴다. 그리고 오늘 아침 가야금을 보냈다는 사무라이에게 물었다.

"저 여자에게 묻고 싶은 것이 무엇입니까?"

사무라이가 나를 쳐다봤다. 나도 눈길을 피하지 않았다.

"사이가 마고이치로라는 사람을 아시오? 혹시 조선에서 그 이름을 들어 본 적이 있소?"

사이가 마고이치로. 아, 이 사무라이의 질문 때문에 가야금 소리가 낸 길을 따라 조선에서 헤어진 사람들이 모두 밀려들어와 내 앞에 서는 듯했다.

이련과 을지를 비롯한 은신처의 여자들. 스스로를 '달'이라 불렀던 호연. 그리고 박 선달. 죽은 이련과 죽은 박 선달의 얼굴이 가장 선명하게 떠올랐다.

"조선에 귀순한 항왜인抗倭人 사야가를 말씀하십니까? 사이가 마고이치로라면 조선에서 사야가라고 부르는 사람이지요."

질문한 사무라이가 놀라며 인상을 찌푸렸다.

"아, 잠깐! 사이가 마고이치로가 조선 정부에 귀순했다니! 그건 말도 안 되는 소리요. 사이가와 부하들은 붙잡혔던 것이오. 당신들 피로인들이 여기까지 끌려온 것처럼 말이오. 사이가가 붙잡혔다는 것은 내가 증명할 수 있소. 바로 그 가야금이 조선에 붙잡힌 내 아우 사이가가 부하를 통해 내게 보낸 증표요. 조선에 붙잡혔지만 살아 있다는 증표로 가야금을 보낸 것이란 말이오."

나는 사무라이를 주시했다.

한때는 전쟁기계였던 이 사무라이의 시력을 가려 버린 것이 무엇이란 말인가? 주인인 성주에 대한 충성심일까? 아니면 권력에 대한 무조건적인 복종일까? 나는 바로 대답하고 싶었다.

"당신 동생은 당신처럼 겁쟁이가 아니야. 전쟁을 벌일 배짱이 있었고 성주를 배반할 배짱이 있었던 거지. 항왜인들은 자기 나라는 배반했지만 자신과 친구들에게는 평화라는 용기를 가져다준 사람들이라고. 그런데 당신은 뭐지?" 이런 대답.

그러나 내 입을 주시하고 있는 저 사무라이가 원하는 대답은 사야가 무리들이 조선에 납치당한 패잔병임을 인정하는 것이다.

해묵은 분노가 화르르 일었다. 피로인들을 개, 돼지보다 못하게 끌고 올 때의 그 혈기방장했던 사무라이들의 종말이 내 앞의 이 처량한 신세의 사무라이라니 … .

"항왜인의 조선인 처들을 제 눈으로 똑똑히 봤습니다. 조선에 투항하고 귀순한 항왜인들은 조선 여인들과 혼인했고, 조선 정부를 위해 총포 제작을 하거나 서북지방 방비 등을 책임지고 있습니다. … "

여기까지 말했는데 사무라이가 벌떡 일어났다.

"뭐라고! 이 포로 년이! 감히 우리 사무라이들을 비웃어!"

아, 이 사무라이가 억눌렀던 자존심을 내게 세우려 하고 있었다.

이런 결과를 원했던 것인가? 칼을 차고 있지 않았는데 손에 든 것을 보니 젓가락이었다.

갑자기 선장의 손이 날아와 내 뺨을 후려쳤다. 쓰러지지 않으려

했지만 몸이 옆으로 꺾였다. 옷고름에 걸린 가야금 줄이 와르르 무너지듯 울었다.

선장이 일어섰다. 부들부들 떠는 사무라이를 위로했다.

"저년 말은 신경 쓰지 마십시오. 류큐 바다에서 죽다 살아나서 미쳐 버렸습니다."

선장이 어두운 뜰을 향해 소리쳤다.

"얀탄!"

얀탄이 검은 바닷속에서 수면으로 드러나듯 어둠 속 뜰에서 불쑥 나타났다.

"세뇨리따 꼬레아를 데리고 나가. 그리고 술상 다시 봐와."

얀탄은 뜰 뒤의 별채로 나를 데려갔다.

"이봐, 세뇨리따 꼬레아. 너 사무라이들을 잘못 건드렸어. 항왜인에 대한 네 의견을 말하면 안 되는 거였어. 그자들 도움을 받아 네 엄니나 아들을 찾을 수 있었는데 네가 그 기회를 차버린 거야. 넌 오늘 저들 중 한 명의 잠자리 시중을 들기로 돼 있었어."

얀탄은 호롱불을 켜놓고 나가 버렸다.

술상을 다시 들여오라는 선장의 지시를 부엌에 알리고 선장이 부를 때까지 얀탄은 어둠 속 뜰에서 대기할 것이다. 그의 말대로 나는 사무라이들에게 도움받을 기회를 차버렸다. 그들의 무력한 현재가 내게 적대감을 불러왔다. 한낱 피로에 지친 저항할 줄 모르는 노새 같은 인간들일 거였으면서 조선 사람들에게는 지옥에서 온 악귀처럼 굴었던 거였다.

복종만이 전부인 자들은 반항하는 자를 볼 때 폭발한다. 이 자들이 분노할 때는 바로 자신의 실체가 드러났을 때뿐이다.

호롱불 빛에 그림자들이 아우성친다. 단지 젓가락을 치켜든 사무라이라니. 체면을 젓가락 끝에 올려놓은 사무라이. 약할 대로 약해진 악당의 모습에 그림자들이 술렁거린다.

놈은 내게 단지 위협만 가하려고 했다. 왜 찌르지 않았을까. 아마 찔렀다면 놈과 선장과의 관계는 순탄치 않았으리라. 놈은 그것을 고려했다. 적을 빼앗긴 이들에게 바다를 건너 적을 찾으러 가는 일이야말로 살아 있는 이유일 것이다. 놈들은 선장에게 전적으로 의존하고 있었다.

방문이 왈칵 열렸다. 호롱불이 질겁하며 비명을 질렀다. 예상했던 대로 선장이다. 식욕이 왕성한 호색한인 그의 손에는 술병이 들려 있다. 그가 다다미 바닥에 털썩 주저앉는다. 술잔 하나를 내 앞에 던지듯 놓는다. 술을 넘치게 따랐다. 그러고는 나를 내려다보았다.

마치 사무라이들 앞에서 내 뺨을 때린 것은 너를 보호하기 위해 그랬다는 듯 너무도 당당한 눈빛이다. 어둠 속에서 눈만 빛난다.

나는 눈빛을 믿지 않는다. 가장 변덕스러운 것이 사람의 눈빛이기에.

선장의 변덕이 고개를 쳐들기 전에 넘치는 술잔을 들어 한 번에 다 마신다. 빈 술잔에 술을 따라 선장 무릎 앞에 놓는다. 지금 이 방에는 선장과 나 둘뿐이다. 이 기회를 놓치고 싶지 않다. 내가 말했다.

"그랑 마에스트로. 엄니와 아들을 찾을 수 있게 도와주시오."

선장이 술잔을 들어 목을 젖히고는 단숨에 마셨다.

류큐 해상에서 나를 건져 올린 자. 내 목숨을 살린 자.

연이은 네덜란드 배를 상대로 전투에서 이기고 나를 해신이 보내 준 여자라며 호들갑을 떨었던 까닭은 선원들의 사기를 올리려는 목적보다 자신이 구해 낸 여자를 통해 자신의 행위를 신격화하기 위한 것이었을지도 모르겠다.

그가 설탕주머니를 꺼냈다. 넓은 손바닥에 설탕을 조금 부었다. 내게 그 손바닥을 내밀었다. 나는 선장이 원하는 대로 머리를 기울여 손바닥을 핥았다.

그가 내 저고리의 고름을 당기며 말했다.

"내일, 이 조선옷을 지은 여자가 있는 곳에 가봐."

살아남은 자들

푸주간과 떡집을 지나자 주점과 여관 거리가 나왔다. 허드렛일을 하는 혼혈인들이 가게마다 보였다. 점포 앞에 앉아 있는 혼혈인 아이들도 꽤 됐다. 다음 길로 들어서자 대장간과 숯 파는 집, 목재상 등이 늘어서 있었다. 선장은 그 다음 길에 조선인 침모가 사는 집이 있다고 했다.

뒷길로 들어섰다. 왜인 아이들이 몰려다니고 있었다. 집집마다 마름질한 천들을 툇마루에 길게 걸어 놓았다. 그 길에 있는 집들이 모두 옷 짓는 집들인 듯했다. 마름질한 천들을 보니 모두 기모노나 하오리 같은 왜인 옷본이었다. 적당한 집에 들어가 주인을 찾았다. 왜인 여자가 방에서 나왔다. 조선옷을 짓는 집은 어디냐고 물었다. 여자는 세 집 건너에 조선 여자가 산다고 말했다. 맨 끝 집이었다.

툇마루에 여자가 보였다. 여자는 해바라기를 하며 바느질에 골몰하고 있었다. 흰 무명저고리 깃 밖으로 길게 드러난 목덜미가 햇볕을 받아 하얗게 빛났다. 허리띠로 단정히 모양을 낸 치마 맵시, 그 밑으로 빳빳한 무명 버선 수눅이 햇빛을 받아 날렵하게 빛나 보였다.

머뭇거렸다. 얼핏 보기에도 예사로운 여자는 아닌 듯했다. 다시 살폈더니 머리는 쪽을 지었고 나무비녀를 꽂고 있었다. 조선에서는 지체 높은 양반집 여자였을까. 왜, 조선으로 돌아가지 않았을까. 의문이 꼬리를 물다가 자책했다. 돌아갈 수 없는 것이 당연하지 않나.

한양에서 이근 어머니에게 수모를 당한 것이 어제 일처럼 떠올랐다. 조선으로 돌아갔다면 여자는 설 자리가 없었을 것이다. 끌려온 곳에서 삯바느질을 하며 세월을 보내는 것이 방법일지도 모른다. 여자의 해바라기를 방해하고 싶지 않아 멀찍이 비켜서며 물었다.

"저, 이 옷을 직접 지으신 게 맞지요?"

여자가 바느질감에서 고개를 들었다. 햇빛 때문에 인상을 찡그리며 나를 쳐다봤다. 여자는 내가 상상했던 대로였다.

피로인被擄人들이 갖고 있는 근원적인 수심悲心과 설움에 깎인 얇은 살갗. 벗을 수 없는 신분상의 격식이 멍에처럼 얼굴을 덮은 표정. 왜인들이라면 이런 모습을 좋아할 것이다. 슬픔과 우수에 싸인 가녀린 모습에 귀족적이기까지 하다고. 그러나 어딘지 여자는 이미 속세를 벗어날 채비를 하는 사람 같아 보였다.

여자의 입에서 들릴락 말락 한 작은 탄성이 흘러나왔다. 자신이 지은 옷을 내가 입고 있다는 걸 알아본 것이다.

"조선 사람이오? 난 이 옷을 히라도 성주의 여자에게 부탁받고 지어 준 것인데 어떻게 …."

여자가 말을 끝까지 잇지 않고 내 얼굴을 찬찬히 살핀다. 조심성과 엄격함까지 갖춘 여자다. 여자는 왜인에게 지어 준 치마저고리를 입고 나타난 나를 의심의 눈초리로 본다. 나는 찾아온 까닭을 곧장 털어놓아 여자를 누그러뜨린다.

"저는 사실, 작년에 사명대사를 따라 동래에 갔다가 우여곡절 끝에 다시 히라도로 왔어요. 왜나라에서 헤어진 엄마가 동래에 가 있는 줄 알았는데 가보니 없어서 다시 왔지요. 또 여기서 잃어버린 아들도 찾아야 하기에 ⋯ ."

여자가 놀랐는지 무릎의 바느질감을 움켜쥐었다.

"아니, 조선으로 갔다가 왜나라로 다시 왔단 말이오? 이 사지로
다시 오다니 ⋯ . 우선 마루로 올라와 좀, 앉으시오."

서두르면서도 격조를 잃지 않은 말투였다. 여자가 권하는 대로
마루에 올라앉았다. 여자가 궁금증을 품은 표정으로 물었다.

"이 옷은 누구한테 받은 것이오?"

나는 미적거리지 않고 바로 대답했다.

"포르투갈 선장에게서요."

"그럼 지금은 포르투갈인들과 함께 있소?"

"네. 포르투갈 선장이 히라도 성 사무라이에게 이 옷을 선물받
아 제게 줬지요."

여자가 의문이 풀린다는 듯이 고개를 끄덕이며 또 물었다.

"그럼, 포르투갈 선장에게 매인 몸이오?"

다시 왜나라 땅에 와서 처음 만난 이 조선 포로 양반 여자와 거
리를 두고 싶지 않았다. 해소되지 않은 의문은 오해를 낳고 서로
를 떼어 놓는 걸림돌밖에 되지 않는다. 숨김없이 모두 털어놓고
싶은 마음이 들었다.

"행주산성 근방 임진강 나루에서 배를 계약해 탔는데 류큐까지
밀려가 죽다 살아났어요. 뱃사공이 세 명의 남자들을 서양인에게
팔려고 했는지 그건 확실치 않은데 모두 다 풍랑에 휩쓸리고 저만
살았어요. 저는 포르투갈 무역선에 건져졌지요. 선장이 작은 배
를 타고 와 나를 직접 건져 줬어요. 내 목숨을 구해 주고 종으로

삼은 거죠. 배가 히라도에 정박하고 도망칠 수도 있었지만 포기했어요. 헤어진 엄니와 잃어버린 아들을 찾기에는 선장의 도움을 받는 것이 더 나을 듯해서요."

내 상황을 짐작하고도 남는다는 듯이 여자가 강하게 고개를 끄덕였다. 내가 관기官妓였다는 것, 아들을 낳았는데 닌자가 데려갔다는 것도 담담히 털어놓았다.

"낳아준 어머니도 아닌데 그 어머니를 찾아 죽을 고비를 넘기며 다시 왜놈의 땅으로 오다니, 그대의 용기가 참 대단하오."

여자는 같은 말을 여러 번 되뇌었다. 자신의 어머니를 생각하기라도 하는 걸까. 회한에 젖은 슬픈 낯빛으로 한동안 먼 산을 바라봤다. 그리고 자신의 이야기를 꺼냈다.

"우리 일가는 전라도 나주 사람들이오. 정유년 난리 때 왜놈들을 피해 일가가 모두 배를 타고 서해로 도주했다오. 그런데 왜놈들이 바다를 지키고 있다가 장대로 배를 뒤집어 다 물에 빠트려 놓았소. 왜놈들은 우리가 물에 빠져 살려달라고 아우성칠 적에 어른만 건져 올렸소. 지금도 꿈을 꾸면 그때 물에 빠져 살려달라고 허우적대다가 죽어 간 애들 울음소리가 귓전에 생생해 울부짖다 깬다오. 간악한 왜놈들이 애들을 구하게 해달라고 울부짖는 어른들을 오라에 한데 묶어 놓고 외면했소. 나는 그때 애들과 같이 죽었어야 했지요. 그러나 남편이 내가 죽으면 자신도 죽을 거라고 엄포를 놓는 통에 죽지도 못했던 거요. 남편이 죽어 집안에 대가 끊기면 나는 죽어서도 얼굴을 들지 못할 거라고 생각했던 거요."

여자는 지금 혼자다. 아마 남편이 죽은 것이 아닐까. 단단하게 여민 치마 속 여자의 내부는 폐허와 같으리라. 여자의 처참하고 서글픈 경험이 아스라이 그려졌다. 그 뒤의 포로생활은 어땠을까.

"처음 잡혀 온 곳이 히라도였나요?"

정유년에 히라도나 나가사키로 잡혀 온 조선 포로들은 모두 남만의 노예로 팔려 나갔다는데 어떻게 여자의 일가는 피할 수 있었을까.

"맞소. 우리 일가를 잡은 것이 히라도 성주였소. 성주는 남편이나 숙부가 유학자儒學者라는 것을 알고 나서는 특별대접을 했다오. 처음 1년은 배를 구해 조선으로 도망갈 궁리를 했었소. 실패했지요. 2년 되던 해부터는 히라도 성주가 마을에 우리 일가가 모두 모여 살 수 있게 집도 내주었소. 남편과 숙부는 본격적으로 왜인 중에 유학을 공부하겠다는 사람들을 받아 강학을 시켰소. 그렇게 6년을 지냈다오. 그런데 작년 사명대사가 왔을 때, 남편은 조선으로 돌아가자고 하고, 숙부는 여기 남자고 해서 의견이 갈렸던 거요. 남편과 나만 사명대사를 찾아갔는데 가는 도중에 남편이 도적의 칼에 맞아 급사했지요. 남편이 쓰러지자 도적놈은 그냥 달아났고. 나는 어떤 생각도 할 겨를 없이 가슴에 품고 다녔던 단도를 꺼내 오랜 염원이었던 손목을 몇 차례 긋고 쓰러졌던 거요. 그런데 죽지 못했소. 다시 깨어났던 거요. 누군가 나를 이 집에 데려다 놓았다오. 천주교회에 다니는 왜인 여자였소. 손목의 상처를 낫도록 돌봐 준 것이 그 왜인 여자였던 거요."

왜놈들에게 포획돼 끌려오게 된 끔찍한 사연은 저마다 다르다.

왜놈의 땅에서 살아남은 처절한 사연 또한 모두 다르다. 그러나 이 한 사람 한 사람의 살아남기 위한 몸부림을 누가 알아주고 누가 기억이나 할 것인가.

눈물로 젖은 부인의 얼굴이 햇볕에 안쓰럽게 빛났다. 그 모습에 참았던 눈물이 터졌다. 우리는 한동안 마주 앉아 눈물만 흘렸다.

"아, 그 여자가 히라도 성주의 여자로군요. 마님께서 치마저고리를 지어 주신 …."

부인이 끄덕였다. 부인은 다시 무엇에 살아갈 힘을 얻었을까.

"그렇다오. 나는 마리아에게, 그 여자 세례명이 마리아요, 남편을 죽인 도적놈을 잡아 달라고 사정했소. 인상착의와 목소리 등을 다 말해 주었지요. 마리아가 성주에게 부탁하면 도적놈을 잡는 것은 어렵지 않을 줄 알았는데 …. 어찌된 일인지 성주는 도적놈을 잡으라는 명령을 내리지 않았지요. 그렇게 1년이 지나간 거요. 나는 남편을 죽인 도적놈을 잡아 원수를 갚아야 눈을 감을 수 있을 듯하오. 원수를 갚고 죽어야 저승에 가서 떳떳이 남편도 보고 조상님도 볼 수 있지 않겠소."

눈물을 닦는 부인의 저고리소매 밑으로 흉터로 울퉁불퉁한 손목이 드러났다.

뭔가 석연치 않은 점이 있었다. 금품을 빼앗는 도적이었다면 칼부터 휘두르지 않았을 터. 또 히라도 성주는 집까지 하사한 조선 유학자 포로가 죽었는데 범인을 잡거나 조사조차 하지 않았다. 의심스러웠다. 부인 남편 죽음에는 뭔가 석연찮은 구석이 있었다.

내가 물었다.

"그런데 양반마님이 도적을 맞닥뜨린 곳이 어디였나요? 산중이었나요? 들이었나요?"

"들이었다오. 히라도 성을 벗어나 반나절을 가서였소. 느닷없이 달려와 찌른 거요. 은전을 내놓으라고 한마디 하더니만 우리가 너무 놀라 우물쭈물 하는 사이에 바로 남편을 찔렀소. 날 이곳으로 데려온 마리아의 말로는 자기가 마침 그곳을 지나다가 쓰러진 나를 데려왔다고 합디다."

들을수록 더 석연치 않은 내용이었다.

마리아라는 성주의 여자는 왜 부인을 이곳으로 데려왔을까. 여자의 폐허에는 안개까지 잔뜩 끼어 있었다. 그래도 여자의 폐허 속으로 발을 들여놓았다.

"그럼, 양반마님 장사는 치렀나요?"

부인이 푹 젖은 얼굴을 닦으며 말했다.

"숙부가 시신을 찾아와 장사를 치르고 성 밖 공동묘지에 매장했다오."

숙부에 대해 말하는 부인의 표정이 굳어졌다. 사이가 좋지 않을 수도 있을 듯했다. 조선에 돌아가지 않고 이곳에 남기로 했다는 숙부와 사명대사를 만나기도 전에 중도에서 죽은 남편. 그들 사이에서 부인은 숙부를 원망하고 있을 수도 있다.

"마님은 이전에 살던 곳으로 가지 않고 여기 계속 사시나 봐요."

"우리가 살던 곳은 서당 같은 곳이라 남편이 없는 내가 거기 가봤자 있을 곳이 못 되오. 마리아가 그런 사정을 알았는지 계속 여기 살아도 된다고 해서 눌러살며 삯바느질로 연명하고 있소.”

부인과 남편이 사명대사를 만나 조선으로 가는 배에 탔다면 나와 함께 부산까지 갔을 터였다. 그런데 숙부란 사람은 왜 조선으로 가지 않겠다고 한 걸까. 넌지시 물었다.

“마님 혼자 도적놈을 찾기에 힘이 부치실 터인데 숙부께서 도움을 주시나 봅니다.”

부인이 완강하게 고개를 저었다.

“숙부는 우리가 조선으로 돌아간다고 했을 때부터 우리와 사이가 틀어졌다오. 남편 장사를 치른 뒤, 숙부는 왜인 선사의 초청으로 나가사키의 사찰에 가서 조선유학을 강론 중이오.”

같은 일가로 끌려올 때부터 생사를 함께 했지만, 결정적으로 관점이 달라 사이가 틀어졌다. 그렇더라도 조카의 억울한 죽음을 풀려고 하지 않는 숙부의 행동은 정상을 벗어나 있었다.

하기는 포로로 끌려온 조선 사람들에게 정상적인 삶이란 따로 있는 것이 아니다. 포로의 생존에는 이유가 아니라 당위만이 있는 것이다. 다만 숙부가 조선 유학자라면서 표리부동한 생존방식을 가지고 있다면 그것이 이상하기는 했다.

“그럼, 양반마님께서는 왜 숙부님의 만류에도 조선으로 돌아가시려고 했나요?”

“왜 돌아가다니, 조선이 고향이니 돌아가는 것이지. 수구초심首丘初心이라고 고향이 우리를 반기지 않더라도 고향으로 돌아가려고 하는 것이 인지상정이지 않소?”

“예, 마님의 말씀이 맞지요. 그러나 조선으로 돌아갔다면 매우 실망하고 후회하셨을 거예요."

부인이 정색을 했다.

"후회하다니, 어떤 점에서 말이오?"

부인이 실망하더라도 할 말은 해야 했다.

"마님, 조선은 흉년까지 겹쳐 전쟁 복구가 매우 더디게 진행되고 있습니다. 조정에서는 전쟁의 상처를 치유하는 데에 정신 계몽이 먼저라고 생각하고 그것에 집중하고 있어요. 전쟁 중에 왜놈들에게 저항한 충신, 효자, 열녀를 마을마다 모아서 포상하고 있지요. 그러니 쇄환된 피로인들은 어떻겠습니까. 충신, 열녀, 효자 축에도 못 낄뿐더러 왜나라에 끌려갔다 왔으니 오염된 자들이지요. 충(忠)에 어긋난 사람들이고요. 또 나라에 대한 정절과 지아비에 대한 정절을 잃은 죄인들인 것이지요."

내 말을 듣고도 부인은 놀라지 않았다. 이상할 정도로 차분했다. 부인은 그런 취급을 받아도 당연하다는 듯한 표정이었다. 만약에 조선으로 돌아갔다면 자신들이 어떤 취급을 받을지 이미 알고 있었던 것일까.

"숙부께서도 그렇게 말했다오. 그러나 남편은 그것이 나라에 충성하지 못한 피로인들의 운명이라면 감수해야 한다고 했소. 무엇보다 고향으로 돌아가 조상님들이 묻힌 선산을 지켜야 한다고 했지요. 조선 유학자라면 어떤 조건에서라도 당연히 돌아가 왜나라에서 본 것을 조정에 알리고 나라 부강을 위해 자기 한 몸 희생하는 것이 당연한 일이라고 말이오."

부인은 숙부를 원망하고 있었다.

남편의 말을 대신해 숙부는 조선 유학자도 아니고 조선을 배신한 자라고 에둘러 말하고 있는 것이다. 그런데 부인은 조선으로 돌아갔다면 자신이 어떤 취급을 당할지는 정말 알고 있었던 것일까. 내가 말했다.

"또 조선에서는 전쟁 중에 왜놈에게 몸을 맡긴 여자들을 찾아 처단한다는 핑계로 여자들을 보이는 대로 사냥하는 무리들도 횡행하고 있습니다. 놈들이 본보기를 보인다고 여자들을 효수해 사람들 다니는 길목에 걸어 놓아도 관아에서는 범인을 잡는 시늉만 했지요. 쇄환인刷還人 여자들이 첫 번째 놈들의 먹잇감이 되었어요. 그래서 저와 함께 살던 쇄환인 여자들도 신분을 숨기고 뿔뿔이 흩어졌어요."

부인이 이 말에는 놀랐는지 입을 다물지 못했다. 그리고는 나를 보며 말했다.

"우리네 같은 양반 여자들이야 삼강오륜이 뼛속에 박혔기 때문에 전쟁 중에 정절을 지키지 못한 여자들을 효수한다 한들 당연히 죽어야 한다고 생각한다오. 그런 무리들을 비판해야 한다고 생각해 본 적도 없소. 나 역시 조선으로 돌아가면 조상님들 묘에 제사를 올린 다음 죄 많은 인생을 깨끗이 끝낼 작정이었다오. 근데 지금까지 살아 있으니 …. 보아하니 자네는 양반들의 노리갯감 노릇이나 하는 기생은 아닌 듯하오."

부인은 탄식을 하다 내게 관심을 보였다.

본디 양반 여자들은 가문 안의 양반 남자에게 딸린 점과 같이 흩어진 존재들이다. 양반 여자들에게는 수직적인 상하관계만 있을 뿐 수평적인 관계는 없다. 문밖을 나와 수평적인 관계를 만든다는 것은 정절을 포기하는 것이다. 양반의 지위를 스스로 포기하는 것이 된다. 이 양반 포로인 부인은 관기였던 내게 마음을 터놓으려 하고 있었다. 외톨이가 된 부인에게 필요한 것은 자신의 처지를 위로할 친구였다.

"자네 엄니 행방이나 아들을 데려간 닌자에 대해 내가 알고 있는 바가 없어 실망스럽겠지만 나는 말동무가 생겨서 기쁘다오."

부인이 희미하게 웃었다. 나도 따라 웃었다.

"이렇게 격의 없이 대해 주시니 제가 오히려 고맙지요."

부인은 절개를 지키지 않은 숙부를 원망한다. 또 조선에 돌아갔다면 정절을 지키지 못한 죄를 죽음으로 씻으려 했다고 태연히 말한다. 그러면서도 기생이었던 나를 말동무로 삼겠다고 한다. 부인의 처지가 스스로의 생각과 태도를 뒤죽박죽으로 흔들어 놓은 것이다. 그런 중에도 훼손되지 않은 어질고 자애로운 품성이 호감을 갖게 한다.

부인과 나 사이의 허물 수 없는 벽은 오히려 내가 느낀다. 이 양반 부인에게 어제 포르투갈 선장과의 잠자리를 털어놓는다면 혐오감에 치를 떨 것이다.

어젯밤 선장은 절벽 끝에 사람을 세워 놓고 절벽 쪽으로 밀어붙였다. 절벽 밑 까마득한 낭떠러지까지 떨어뜨렸다 끌어올리기를 반복했다. 서양인들이 본래 야만스러운 건지 선장 개인이 야만스러운 건지는 모르겠다. 선장의 성교 방식은 상대자인 여자의 영역을 아예 없애 버리는 정복자의 무지막지한 태도였다. 적극적인 방

어도 섬세한 기교도 다 필요하지 않았다. 야만적인 정복자에게 그
저 항복을 외칠 수밖에 없었다.

어젯밤 선장을 보면 성경험도 없는 왜인 소녀들이 선장을 어떻
게 감당하는지 상상하는 것이 두려울 정도였다.

부인이 다시 말을 이었기에 어젯밤 기억에서 빠져나왔다.

"히라도에 있던 조선인들이 최근에 사가 번佐賀藩의 조선 도자기
를 굽는 가마터로 대거 이주했다오. 그곳은 조선 도공들이 끌려온
곳이오. 그곳에 가면 엄니 소식을 혹시 들을 수도 있을지 모르겠
소. 또 나가사키 천주교회의 조선인 신자들을 만나 보면 혹시 소
식을 들을지도 모르겠고⋯."

부인은 차근차근 엄니의 소식을 알 수 있는 방법을 꼽았다. 나
가사키 천주교회에는 가볼 참이었다. 부인이 다시 물었다.

"아들은 어떻게 찾을 생각이오?"

아들을 데려간 닌자 사부로는 찾는다고 찾아지는 자가 아니다.
내가 다시 왔다는 소문이 나면 스스로 찾아올지도 모른다. 맞다.
그 방법밖에 없다.

"그자는 제가 다시 왔다는 소문을 내서 제 발로 찾아오게 할 수
밖에 없어요."

부인이 뭔가를 생각하는 듯하더니 말했다.

"그렇다면 자기네들끼리 부대를 이루고 무술을 연마하는 조선
인들을 만나 보는 것도 방법이겠소. 그들이 혹시 닌자에 대해 알
수 있지 않겠소?"

무술을 연마하다니, 처음 듣는 내용이었다.

"그들은 어디에 있습니까?"

"사츠마로 잡혀 왔던 이들이오. 그들도 최근에 옮길 거처를 찾아 수소문 중인 듯하오. 나가사키와 히라도에 와서 살 방도를 찾고 있다니 만나 보겠다면 내가 편지를 보내 보리다. 우리 문중의 노비가 잡혀 왔다가 그 부대에 끼어 있다오."

나주 사람 정씨 부인. 우리는 봄의 끝에 만나 비와 풍랑의 계절을 함께했다. 부인은 자신의 죄가 이 세상보다 커서 왜놈의 땅에 있는 대나무를 모조리 캐서 죽간으로 만들어도 적기에 모자란다고 했다. 자신의 죄가 이 세상보다 크다니….

왜놈들이 저지른 극악한 죄까지 자신의 죄로 여기는 것인지, 내가 모르는 어떤 죄를 저지른 것인지 구분할 수 없었다.

정씨 부인은 제사상을 차려 놓고 곡哭을 했다. 생일상을 여러 번 차려 놓고 곡을 했다. 남편 제삿날이라고 했고, 남편과 시부모님의 생일날이라고 했다. 정씨 부인은 제사음식과 생일음식을 소반과 놋그릇에 따로 담아 놓았다가 내가 가면 내놓았다. 큰 비가 몇 번 왔고 강변의 집들은 비바람에 지붕이 날아갔고 홍수에 가라앉기도 했다.

양반 여자와 기생이 공유한 것은 시와 글과 그림이었다. 부인은 단가短歌를 잘 지었다.

조운선漕運船을 만든 이 누구인가.
차라리 배란 것을 만들 줄 몰랐으면.
섬과 뭍이 서로 모르는 사이였을 터인데.

이런 시도 지었다.

친구가 은합자銀盒子에 배를 담아 왔네.
입안 가득 차는 배즙에 사래가 들려
기침과 눈물이 그치질 않네.
내 고향 나주 배나 왜나라 배나 같은 배이거늘
이리도 기침과 눈물이 그치지 않구나.

나는 주로 듣는 편이었다. 때로는 부인이 지은 단가의 문구를
이것보다는 저것으로 권하기도 했다. 부인은 바느질감을 손에서
놓지 않고 시를 지었다. 쓰는 것은 내 몫이었다. 선장의 것인 종
이와 벼루와 먹을 가져가 썼기에 때로 같은 글과 그림을 두 장 만
들어 선장에게 가져다주었다.

부인이 권한 대로 엄니를 찾으러 사가 번의 도자기 굽는 마을까
지 갔었다. 부인 말대로 그곳에는 조선인들이 집단적으로 모여 살
며 도자기를 굽고 있었다. 모두 전쟁 때 끌려온 사람들이었다. 위
로 도공陶工으로부터 아래로 도자기 가마에 숯을 넣는 지게꾼까지
위계가 단단히 잡혀 있었다. 남자가 더 많았지만 여자들도 꽤 됐
다. 그러나 엄니를 아는 사람도, 엄니와 비슷한 사람을 봤다는 사
람도 없었다. 실망해 돌아왔다.
다시 정씨 부인을 찾아갔을 때 부인은 의외로 가는 붓을 잡고 글
을 쓰고 있었다. 종이가 두툼했고 변색돼 있었다. 예전부터 이미

써놓은 글이 많은 듯했다. 부인이 종이묶음을 감췄다. 나는 묻지 않았다.

"내게 무슨 일이 일어나면 내 글 묶음을 그대가 가져가 보관해 주게. 훗날 조선으로 돌아가게 되면 내 고향 정씨 가문에 전해 주오."

서늘한 기운이 전해졌다. 그것은 부인의 일기였다.

그럼 부인은 떠나기로 결정했단 말인가. 나는 부인을 말릴 수 있을까. 아니다. 섣불리 삶을 끝낼 사람은 아니었다. 부디 떠나는 것이라면 삶이 아니라 어딘가에서 새 삶을 사는 것이리라.

"왜, 그런 말씀을 하세요 …."

이 같은 의례적인 말은 하지 않았다. 부인의 수난일기라면 신분에만 갇혀 있지 않은 자비심慈悲心 같은 것이 담겨 있을 것이다, 그렇게 생각했다.

사람들은 죽음을 겸허하게 받아들이는 순간 자신이 영원히 사는 방법을 찾으려 한다. 글을 쓸 줄 안다는 것, 글을 남길 수 있다는 것, 누군가 자신의 글을 읽을 수 있다는 것, 이것이 어떤 악조건 속에서도 글을 남기는 이들의 마음이다.

1592년부터 포로로 끌려와 규슈 지방을 가득 채웠던 조선인들. 이제 살아남은 이들은 고향 조선으로 돌아가지 않는다. 왜나라가 고향이 됐고, 조선이 타향이 됐다. 도자기에 쓰일 좋은 흙이 있는 가마터로 집단이주를 했거나, 부대를 이뤄 용병傭兵으로 팔리길 희망하기도 했다. 또는 배에서 내리기 전 얀탄이 말했던 것처럼 자의든 타의든 포로라는 신분을 감출 수 있는 곳으로 이주했다.

　조선 포로들의 수난기는 이제 다른 내용으로 채워지고 있었다. 이 변화의 근원에는 도쿠가와 이에야스가 있다. 히데요시가 포르투갈인들의 자극을 받아 중국 중심의 책봉冊封과 조공朝貢의 질서에 균열을 가했다면, 지금 1606년, 이에야스는 히데요시 이전의 오다 노부나가가 추구했던 세상으로 돌아가려 했다. 이에야스는 서양의 기술은 받아들였지만 온 나라를 휘젓고 다니는 선교사들을 눈엣가시로 여겼다. 선교사 추방 명령이 멀지 않았다는 유언비어도 돌아다녔다.

　이에야스는 포르투갈과 스페인의 선교사들이 상인들과 악명 높은 노예상인들을 데려왔다고 여겼다. 크리스트교 신자가 많아지면 나라가 위태로워질 것이라고 여겼다. 이에야스는 불교신자다. 사찰마다 고르게 시주를 하며 사찰 간에 균형을 유지한다고들 했다. 정씨 부인의 숙부가 왜인 선사의 초청으로 나가사키의 사찰에 가서 조선유학을 강론 중인 것도 이런 시류와 무관하지 않다.

　정씨 부인은 이런 시류에는 관심이 없다. 남편을 따르려고 결정했으나 남편은 비명횡사했다. 숙부는 살아 있다. 부인은 현실을 바꿀 수 없다. 숙부를 따라야 한다고는 생각하지 않는 듯했다. 유교儒敎라는 종교가 부인을 조종했고, 부인은 여필종부女必從夫라는 윤리에 휘말려 죽은 남편의 망령 옆에서 옴짝달싹하지 못했다. 바로잡기에는 늦었다고 부인 스스로도 깨닫고 있었다.

　나가사키의 천주교회에서 만난 신자인 조선 포로들도 고향으로 돌아가기에는 너무 늦었다고 생각했다. 전쟁 기간 동안 조선의 남녀노소들이 왜놈들과 포르투갈 노예상인들에게 사냥당해 왜나라와 포르투갈의 교역품으로 전락했을 때, 노예로 팔려 가는 포로들을 빼내 준 것은 선교사들이었다. 전쟁 기간 동안 포르투갈 노예상인들의 손에서 해방시켜 준 선교사들이 조선인들에게는 구세주였다. 또 선교사들은 노예상인들을 파문破門함으로서 중국과 조선에서도 신뢰를 얻어 선교활동을 할 수 있기도 했다.

구원받은 조선 포로들은 천주교인이 되기에 준비된 자들이었다. 이들의 자유에 대한 열망은 예수 그리스도의 신비와 기적을 만나 뜨겁게 달궈졌다. 인신의 구속과 강제노동이 오히려 이들을 성경 이야기에 열렬히 매달리게 했고, 고양된 상태의 신앙심을 유지하게 했다. 이들에게는 기도하는 시간과 천당이라는 공간이 행복이요, 희망이었다. 굳건하고 진실한 천주교 신자들이 되었다.

왜인들의 압박과 박해에는 순교자적인 태도로 인내했다. 종교적 지식과 도덕을 가르치는 선교사, 신부들이 이들의 보호자였고 관리자였다. 왜나라에는 1천 명이 넘는 선교사가 활동한다고 했다. 조선 포로 중에 스페인 국왕의 허락을 받은 선교사도 나왔다.

신자인 조선 포로들은 비신자인 조선 포로들과 왜인을 상대로 적극적인 포교활동을 했다. 이들은 종교적 열의를 가지고 나를 대했고 열성적으로 엄니를 수소문해 주었다. 또 엄니와 내 아들을 위해 기도해 주었다. 그러나 엄니를 안다는 사람도, 보았다는 사람도, 엄니의 소문을 들었다는 사람도 이들 중에는 없었다.

이들은 내가 신자가 될 것이라고 여겼다. 이들은 계속해서 기도를 권했다. 그러나 나의 시간과 공간을 채워야 할 것은 기도도 천당도 아니었다. 엄니와 아들을 찾는 것이다.

정씨 부인 문중의 노비였다는 사내를 만났다. 사내는 지리산에서 나무 하다 왜놈에게 잡혔고, 길 안내를 강요당하다가 끌려왔다고 했다. 정유년 난리를 피해 지리산으로 들어간 주인집 양반마님이 정씨 부인의 작은 숙부라고 말했다.

사내는 자기가 잡히지 않았으면 주인집 사람들이 모두 잡혔을 것이라고 말했다. 자신이 잡혀 왜놈들을 다른 길로 유인했기 때문에 그들이 살았다는 이야기였다. 사내가 말했다.

"지금도 눈에 선해요. 길이 양 갈래로 나뉘어 있었지요. 하나는 주인양반들이 숨어 있는 곳으로 연결된 길이었고, 다른 하나는 마을로 내려가는 길이었어요. 첫 번째 길로 가면 내가 왜놈들로부터 도망갈 방법이 많았어요. 그러나 주인집 양반들이 왜놈들의 눈에 띄어 잡힐 수 있었지요. 두 번째 길은 옆으로 낭떠러지가 계속되고 있어 도망갈 수 없는 길이었어요. 그런데 그 길 밑의 마을은 이미 빈 마을이어서 왜놈들을 위해 길 안내를 하더라도 죄를 지을 것이 없었죠. 빈 마을로 내려가는 두 번째 길을 선택했던 거죠. 지금도 생각해요. 내가 첫 번째 길로 왜놈들을 안내했다면 어떻게 됐을까. 아마 나는 도망갔을 테고 주인집 양반들이 여기에 잡혀왔겠죠."

내가 물었다.

"그럼, 주인양반의 맏형이 정씨 부인의 시아버지인가요?"

"네. 제 주인은 사실, 정씨 부인의 시부님이에요."

사내는 자신은 정씨 부인 시아버지 소유의 노비라고 했다. 정씨 부인 시아버지가 자신을 첫째 동생의 사랑방 시중을 들도록 보냈고, 첫째 동생은 몇 년이 지나자 자신을 다시 둘째 동생의 사랑방 시중을 들도록 보냈단다. 둘째 동생은 건강이 좋지 않은 부인을 데리고 남원 처갓집으로 지내러 가며 사내를 데리고 갔단다. 그때 전쟁이 났다. 사내는 지리산에서 땔나무를 하다 사츠마 번주 시마즈 요시히로의 부하들에게 잡혀 사츠마로 온 것이다.

내가 다시 물었다.

"그런데 댁은 사츠마로 잡혀 와 군사훈련을 받고 총술, 검술을 익혔다던데, 어찌 히라도까지 와서 정씨 부인의 숙부를 다시 모시게 된 건가요?"

사내가 내 질문에 쓴웃음을 지었다.

"누군들 종놈의 생활이 좋아서 또 노비가 되겠소?"

전국이 통일돼 싸움이 없는 나라가 됐다. 이미 많은 사무라이들이 번주藩主에게 해고됐고, 남만 등지로 살길을 찾아 떠났다. 무작정 무력을 길러 조선 포로들이 할 수 있는 일이 무엇이란 말인가. 사내가 다시 종살이를 선택한 것은 이런 배경 때문일까. 궁금했다.

"사츠마 부대원이 노비보다 못합니까?"

사내가 불편한 표정이 돼 나를 바라봤다.

"사츠마에 있는 부대원은 본래 오륙천 명이 넘었지요. 그러나 지금은 반으로 줄었소. 부대원 가운데 대장들이 번주 시마즈 씨에게 제주도를 노략질하자고 청했다가 번주가 야단쳐 허락하지 않은 일이 있었어요. 그 후 번주는 부대원 1천여 명을 오사카 성으로 이송했다오. 또 부대원 중 5백 명 정도는 조선으로 가 총검술로 나라에 복무하겠다며 귀국한다고 대마도로 갔지요. 그런데 조선에서 부대원들을 데리러 온 관리에게 사츠마에서 꾸몄던 제주도 노략질 모의가 들통났지요. 그 바람에 귀국했다가는 모두 처벌받을 것 같으니까 5백 명이 다 흩어지고 말았소. 지금 남아 있는 부대도 언제까지 유지될지 앞날이 매우 불안한 형편이라오."

안타까운 이야기였다.

무술 단련에 희망을 걸었던 포로들이 의탁할 곳 없이 떠돌고 있었다. 전쟁의 시대는 지나갔고, 이제 평화의 시대였다. 해고된 사무라이들이나 닌자들도 다른 일거리를 찾아야 하는 판국이었다. 다시 종살이를 하는 이 사내가 현명할지도 몰랐다.

"정씨 부인의 숙부를 계속 모실 생각인가요?"

"사실, 주인양반들이 히라도에 있다는 소문을 몇 년 전에 들었다오. 사실 주인양반을 찾아간 까닭은 나가사키 절에서 유학을 가르치신다니 시중을 들며 불교에 귀의할 생각이 있어서였소. 왜나라의 승려들은 천출이든 양반이든 출신을 따지지 않는답디다. 지금은 스님들 시중드는 법부터 배우고 있소."

사내에게 그런 뜻이 있었다니 ….

내게 말하지는 않았지만 아마 사내는 귀국하려고 대마도까지 갔다가 흩어졌다는 5백 명 중의 한 명일 터였다. 이제 사내는 끌려온 땅에서 승려가 되겠다는 포부를 품었다. 포로들로서는 품을 수 없었던 새로운 도전이다. 사내가 말했다.

"닌자 사부로는 부대원들에게 수소문해 보리다. 부대원들 중에는 무술을 신출귀몰하게 익혀 닌자들과 비슷한 일을 맡아서 하는 이들도 있다오. 소문에는 오사카 성의 히데요리 모친인 요도가 닌자와 사무라이들을 많이 모으고 있다고 하오."

"애써 주신다니 고맙습니다. 그런데 소문대로라면 앞으로 히데요리와 요도가 도쿠가와 가문과 싸우게 된다는 건가요?"

"글쎄요⋯. 소문뿐인지, 아니면 도쿠가와 쪽에서 일부러 그런 소문을 만드는 것인지는 모르겠소만, 우리 부대원 1천 명도 소환이라는 형식으로 시마즈 씨가 오사카 성으로 데려간 것을 보면 히데요리의 모친 요도도 적극적으로 오사카 성을 지킬 생각인 듯하오. 아무튼 덕분에 우리 부대원 1천 명이 할 일을 찾은 것이지요."

만약에 도쿠가와 가문과 오사카 성의 히데요리와 요도가 운명을 건 전투를 치른다면 조선 포로 1천 명은 어떻게 될 것인가. 자신들과는 무관한 전투에서 목숨을 잃을 것이다. 상상만 해도 섬뜩했다. 내가 말했다.

"하지만 그 싸움은 조선 사람들과는 관계없으니 그 1천 명은 오사카 성을 빠져나와야 하는 것 아닙니까?"

사내가 벌컥 화를 냈다.

"무슨 말이오? 우리 부대원들이 무술을 익힐 때는 언젠가는 쓰일 때가 있을 것이라는 희망을 가지고 있었소. 게다가 왜놈과 싸울 수 있는 것 아니오? 어찌됐든 왜놈을 죽일 수 있는 기회요. 그 기회를 놓치면 안 되지요."

사내는 불교에 귀의하겠다면서 아무리 왜놈들이라지만 살생을 의심 없이 주장하고 있었다.

"스님이 되시겠다면서 부대원들을 전투에 휘말리지 않도록 설득해야 하는 것이 아닌가요?"

"아닙니다. 왜놈들에게 자비를 베푸는 것이지요. 번뇌에 가득 차 서로 싸우는 이들에게 죽음을 선사하는 것은 불교의 자비심의 표현이지요."

말을 하는 사내의 눈빛이 번쩍였다. 왜놈들에게 자비를 베풀기 위해 죽인다. 그 말은 앞뒤가 맞지 않을뿐더러 내가 아는 불교 교리가 아니었다.

"그건 불교 교리가 아닌데요. 부처님은 어떤 경우에도 살생을 반대하셨습니다."

사내가 차갑게 웃었다. 그리더니 나직이 말했다.

"이 나라 절에서 가르치는 불교 교리대로 말하는 것입니다. 이 나라 불교는 힘없는 조선 불교나 중국 불교와는 다릅니다."

사내가 믿는 것은 가짜 불교였다. 살인을 찬미하는 섬뜩한 불교. 왜나라에는 이미 이런 불교가 독처럼 퍼지고 있었다.

사내와 같이 교련敎鍊했다는 부대원들의 생각이 이 사내와 같다면 그들은 위험한 존재들이다. 어쨌든 사내는 사찰로 서둘러 가야 한다며 일어나 버렸다.

뱃사람들의 계절인 가을이 다가왔다. 북풍이 불기를 기다렸던 선장과 포르투갈 선원들이 부둣가로 나와 북쪽을 바라봤다. 이제

234

배를 수리해야 했다. 광적으로 사대던 왜인 숫처녀들과도 작별할 시간이 다가온 것이다.

왜나라에서 머무는 7, 8개월 동안 선장과 선원들은 어떤 일도 하지 않았다. 이들에게 바다는 일터이고 뭍은 놀이의 장소였다. 포르투갈 선장과 선원들은 이 놀이를 하늘이 준 은혜라고 생각하고 최대한의 기회를 활용했다. 이 놀이에 집중했고 열중했다. 포르투갈 선원들 또한 왜인 중매인을 통해 숫처녀들을 샀다. 몇 시간? 몇 밤? 며칠? 몇 개월? 상관없었다. 거기에 따라 계약된 값을 치렀다. 시간에 따라서 쌀 한 가마닛값인 3, 4스쿠도. 15세 전후 숫처녀의 값이다. 싫증이 나면 원래 집으로 돌려보내면 그만이다.

이들 선장과 선원들은 자기네들이 여기 왜나라 땅에서 성적 쾌락을 추구하는 것은 왜나라의 풍습이 그렇기 때문이라고 변명했다. 자기네 나라에서는 그렇지 않다고 했다. 왜나라가 다른 어떤 나라보다도 성적 쾌락을 추구하기 때문에 자신들이 그런다는 것이다. 태연하게 사람들 보는 데서 성행위를 하는 저 도련님들을 보라고 손가락질을 했다. 사람들 보는 데서 부끄러움도 없이 저러는 것은 짐승이나 마찬가지라고 했다.

그러면서도 자신들의 놀이를 위해 약탈한 돈 궤짝을 숫처녀들의 아비들에게 푼 것이다. 이들은 왜나라의 성적 관습을 깔보면서도 매우 즐겼다.

왜인들에게 남녀의 성욕은 질겁할 일이 아니었다. 이들에게 호색은 질타거리였지 범죄가 아니었다. 육지에 갇혀 있는 사람들이 규제와 규범으로 서로를 옭아맬 동안 이들은 무한한 바다에 둘러

싸여 성적性的 상상과 자유를 누려 왔다.

또한 오랜 전쟁으로 민간에서는 인간을 믿기보다 정령精靈을 더 믿었다. 지배층은 불교를 믿었지만 민간에서는 자연을 믿었다. 구르는 돌 하나, 들에 핀 꽃 하나에서 자신들과 같은 운명을 보았다. 그것들과 자신을 동일시했고 감정을 불어넣었다. 왜인 소녀들이 자신들의 이런 운명에 순응하고 체념하는 데에는 이런 배경이 있다.

부둣가 깃발들이 일제히 남쪽으로 펄럭였다. 기다리던 북풍이었다. 얀탄은 나에게 남을 것인지, 함께 배에 탈 것인지 자꾸 물었다. 선장은 묻지 않았다. 나의 거취에는 관심 없는 듯 행동했다.

정해야 했다. 떠날 것인가, 남을 것인가.

고대하던 엄니와 아들에 대한 소식을 전혀 듣지 못했다. 초조해지기 시작했다. 정씨 부인도 마찬가지였다. 정씨 부인도 나도 결정을 내려야만 했다. 남아야 하나, 떠나야 하나. 스스로 결정할 수 없어 우리는 서로가 필요했는지도 모른다.

남을 수밖에 없었다. 설사 포르투갈 선장의 배가 떠나고 나서 엄니나 사부로가 마카오나 고아에 있다는 소식을 듣는다고 하더라도 다른 배를 이용할 수 있다고 생각했다. 우선은 어떤 소식이라도 들어야 했다.

그들은 살아 있다. 죽었다면 이미 어떤 방식으로라도 꿈에 나타나 내게 자신들의 죽음을 알리지 않았을까. 펄럭이는 깃발을 보며 그들의 소식을 들을 날이 머지않았다는 예감이 들었다. 엄니의 향

236

기인 은은하고 쌉쌀한 냄새가 바람에서 맡아졌고, 아들의 살갗 단 내가 바람 속에서 느껴졌다.

엄니와 아들에 대한 소식을 들을 수 있을까, 나가사키의 천주 교회에 다시 찾아갔다. 규슈, 오사카, 에도에 포교하러 다녀온 신자인 조선 포로들이 있었다. 새로운 얼굴들이었다. 그들은 엄 니나 사부로를 모른다고 고개를 가로저었지만, 열흘 뒤면 인도 고아까지 팔려 갔다가 돌아오는 조선 여자가 온다고 했다. 선교 사와 함께 교회로 올 터이니 다시 오라고 했다. 그 말에 왠지 기대 가 됐다.

신자들이 말한 소식도 전할 겸, 이른 아침 부인의 거처로 출발 했다. 집 안으로 들어서며 부인을 불렀으나 대답이 없었다. 덜컥 겁이 났다. 근면한 부인이었다. 이미 깨어 있을 시각이었다. 갑자 기 부인의 목소리가 귓전에 울렸다.

"내게 무슨 일이 일어나면 내 글 묶음을 그대가 가져가 보관해 주게."

저절로 비명이 터져 나왔다. 방문을 급히 열었다.

부인이 서까래에 매달려 있었다. 달려가 몸을 만졌다. 차갑게 식었다. 얼굴을 올려다보았다. 밀랍처럼 흰빛이었다. 눈이 힘주 어 감겨 있었다. 의지로써 숨이 끊어지길 기다렸던 것일까.

"꼭 이렇게까지 하셨어야 하나요?"

부인의 결정이 원망스러워 풀린 다리를 일으킬 수 없었다. 한동 안 부인의 시신 아래서 멍한 눈물만 흘렸다. 주위를 살폈다. 부인 의 일기 묶음이 보였다. 그 외에는 아무것도 없었다. 바느질감도 없었다. 부인이 깨끗이 방안을 치워 놓은 것이다.

부인의 시신을 서까래에서 풀어 눕히는 것이 우선이었다. 나가사키 절에 머물고 있는 숙부에게 연락을 취해야 했다.

시신을 혼자 두고 나가사키 절로 갈 수는 없었다. 부탁할 사람은 얀탄밖에 없었다.

해가 지자 밖에서 웅성거리는 사람 소리가 들렸다. 문이 덜컹열렸다. 흰 도포에 갓을 쓴 골격이 크나 파리해 보이는 양반이 찬바람을 안고 들어왔다. 곧바로 부인에게 씌워 놓은 홑겹 이불을젖혔다. 부인의 얼굴을 확인했다. 그가 몸을 떨기 시작했다.

숙부라지만 정씨 부인보다 네댓 살 위로 보였다. 억누른 감정이폭발하는지 목이 메어 꺽꺽거렸다. 그리고는 부인의 식은 몸을 덥석 안았다. 숙부의 뜨거운 눈물이 죽은 부인의 얼굴을 적셨다. 부인의 시신이 숙부의 품 안에서 마구 흔들렸다. 숙부란 사람은 옆에 내가 있다는 것을 의식하지 못하는 듯했다.

숙부와 조카며느리인 정씨 부인이 서로를 특별하게 생각하게된 것은 바다에 빠져 왜놈들에게 건져지고 나서부터였다고 한다.물을 많이 먹어 정신을 못 차리는 남편을 숙부가 돌봤고 부인까지도 건사했다. 양반 신분에 유학자라는 것을 안 왜인들이 특별대접을 했지만 끌려온 첫해는 남편이 어지럼증으로 계속 누워 있었다.숙부는 왜인에게 부탁해 어지럼증을 낫게 할 약재를 구했고, 배를구했고, 지도를 구했다. 남편이 몸을 일으키면 바로 바다로 나가조선으로 갈 계획을 세웠다.

바닷가까지 갔는데, 왜인들에게 탄로가 나서 이미 배에 타고 있던 사람들은 참살당했다. 배를 버리고 달아났다. 숙부가 남편을 업고 부인은 뒤에서 남편을 추스르며 다시 돌아왔다. 남편은 까무러쳐 쓰러졌다.

있는 돈을 다 들여 조선으로 가려던 계획이 수포로 돌아간 절망감이 원인은 아니었다. 그렇다고 희망 없는 곳에서 지푸라기를 잡는 심정이나 유희의 감정은 결코 아니었다. 도덕과 도리 이면에 도사린 제압할 수 없는 서로에 대한 끌림 때문이었다. 참을 수 없는 이끌림, 죽음과 같은 끌림 때문이었다. 그것은 가야만 하는 세상으로 함께 달아나는 행위였고, 가지 못한 세상을 함께 갈망하는 행위였다.

시공을 초월한 단 한 번의 행위. 숙부와 조카며느리는 남자와 여자가 되어 서로를 탐했다. 그날 이후, 그들은 숙부와 조카며느리라는 서로의 위치를 벗어나지 않았다. 단단한 우리 속에 시공을 초월했던 그 시간을 가두었다. 그러나 마음속에서 올라오는 균열의 소리까지 막아 내지는 못했다.

부인의 남편은 이상한 기류를 눈치챘다. 조선으로 돌아갈 계획을 다시 세웠다. 남편은 조선으로 가서 부인을 단죄할 생각이었다. 부인은 남편의 계획을 알았지만 복종했다. 사명당을 따라 배를 타려던 날 남편은 도적에게 살해됐다.

부인은 자신의 일기에 이 사실을 고백했을까. 쓰지 않았기를 빈다. 부인은 내게도 말하지 않았어야 했다. 왜인 여자들처럼 우리도 초연하고 체념하고 순응했어야 했다.

숙부의 울음이 잦아들었다. 때늦은 후회였다. 차라리 죽기로 도망갔다면 …, 신분을 숨기고 남자와 여자로 살았다면 …, 부인은 죽음을 택하지 않았을까. 그러나 그런 일은 일어나지 않았을 것이다. 유학자에게 욕망과 감정이란 억제하고 제압해야 할 대상인 것이다. 나는 방을 나왔다. 숙부가 부인 곁에서 지내는 처음이자 마지막 밤을 방해하고 싶지 않았다.

날이 밝았다. 새소리가 무거운 공기에 잔물결을 일으켰다.

조용히 방문이 열렸다. 어두워서 제대로 알아보지 못했던 남자의 모습을 볼 수 있었다.

의관을 잘 갖춘 조선 유학자. 흰 도자기로 빚은 듯 홍조 없는 얼굴에 준수한 풍채. 외모에서 풍기는 품격과 운치가 왜인들이 두려워하고 존경할 만해 보였다. 도포나 갓은 분명히 정씨 부인이 짓고 만든 것이리라.

조선 포로들 중에 저런 양반이 있었다니, 어떤 높은 자리의 왜인들도 조선 포로라 업신여기지 못할 듯했다. 도자기처럼 매끈하고 고고한 이성理性의 이면에는 조카며느리를 여자로서 사랑한 열정이 숨어 있다. 그러나 자기 안에 사랑과 열정이 숨어 있다는 것을 인정할 리 없었다.

유학자들이 이성의 이면이라고 말하는 것은 사랑도 열정도 아니고 기氣이다. 유학자들은 사람의 정신을 이理와 기氣로 분리해서 성리학性理學이라는 학문을 만들었다. 책상물림인 사대부들의 정치수단이 성리학이라는 학문이다. 그래서 조선은 2백 년 동안 문약해졌고, 왜놈들에게 7년 동안이나 짓밟히지 않았던가.

240

백성들을 지배하기 위한 사대부들의 호화로운 지적 놀음이 성리학性理學이라는 것을 나는 기생을 탐하는 사대부-양반들을 통해 깨달았다. 이제 평화의 시기를 맞은 왜나라도 공리공론하기에 적당한 성리학이라는 사치스런 학문에 넋을 빼앗기고 있었다. 그래서 저 깨질듯 위태로운 숙부가 왜인들에게 필요한 까닭일지도 모르겠다.

정씨 부인은 성문 밖 공동묘지에 묻혔다. 숙부는 조카 묘 옆에 조카며느리의 묘를 새로 만들었다. 부인 일기를 보관할 사람은 내가 아니라 숙부라고 생각했다. 나는 일기묶음을 숙부에게 건넸다. 부인의 일기를 가슴에 품은 숙부가 다시 눈물을 일렁였다.

"참으로 아름답고 선한 사람이었소. 고귀한 혼을 포기하지 않고 간직한 이였다오. 저승에서도 아마 좋은 곳에서 이곳을 지켜보고 있을 것이오."

잔금이 퍼져 나가는 도자기 같아 보였다. 언제 와르르 부서질지 모른다. 숙부 또한 머지않아 부인을 따라 삶을 끝낸다고 하더라도 놀랄 일이 아닌 듯했다. 나는 그저 고개를 끄덕이는 것으로 답할 뿐이었다.

며칠 후, 숙부의 종인 사내가 뜻밖의 소식을 내게 알렸다.

"어제 부대원 둘이 나를 찾아왔다오. 그들에게 신출귀몰한 닌자가 있다는 말을 들었소. 그자가 혹시 사부로일지도 모르겠소."

사내의 이야기를 요약하자면 이랬다.

작년에 마카오에서 있었던 일이다. 부대원들 중에 10여 명이 포르투갈인 배에 선원으로 팔려 갔는데 배가 마카오에 닿자마자 부대원들을 금궤를 훔친 도둑으로 몰았다고 한다. 부대원들은 해명해 줄 사람도 없이 감옥에 갇혔는데 한 달이 지나자 재판도 없이 무조건 마카오 왕의 명령이라며 처형날짜가 잡혔단다. 부대원들은 말도 통하지 않는 곳에서 누명을 벗지도 못하고 어이없이 죽게 되는 처지에 몰렸다.

울부짖는 것밖에 할 수 있는 일이 없었는데 처형이 며칠 남지 않은 어느 날 왜나라 닌자 복장의 남자가 나타났다. 그가 포르투갈 간수들을 처치하고 부대원들을 모두 탈옥시켰고, 광동으로 탈출할 수 있도록 도와줬단다.

"그런데 그 닌자가 어찌 사부로 같다는 겁니까?"

사내는 바로 그런 질문을 기다렸다는 듯이 말했다.

"그 닌자가 아이를 데리고 있었다 하오. 예닐곱 살쯤 되는 사내아이인데 마치 거미처럼 닌자 목에 착 달라붙어 있었다고 하오."

숨이 탁 막혀 버리는 듯했다.

'예닐곱 살쯤 되는 사내아이 ⋯ .' 그 말이 귀에 들어오는 순간 피가 더워지고 가슴이 부푸는 듯했다. 마치 거미처럼 닌자 목에 착 달라붙어 있었다니! 아, 살아 있었구나.

그런데 마카오라니 ⋯ . 그럼 아직도 마카오에 있는 것일까 ⋯ . 마카오로 떠나는 선장의 배를 타야겠다 ⋯ . 생각이 생각을 물고 부풀어 올랐다. 사내에게 물었다.

"그럼, 그 닌자가 지금은 어디에 있는지 그 부대원들이 들은 것

242

은 없답니까."

"글쎄요. 그들도 전해 들은 것이니 그 닌자가 마카오에 아직도 있는지, 나가사키로 다시 돌아왔는지는 알 수 없지요."

이 정도 풍문 갖고는 아들이 살아 있다는 것 말고는 알 수 있는 것이 없었다.

닌자 사부로. 대체 마카오에서 뭘 하고 있었던 것이냐. 부대원인 조선 포로들을 도왔다니 …. 그렇다고 조선 포로들을 위해서 일을 하지는 않았을 거고 ….

그럼 포르투갈인들과 반대되는 일을 꾸미고 있었단 말인가? 그렇게 위험한 일을 하면서 내 아들을 데리고 다녔다니 …. 내 아들을 닌자로 키우겠다는 것인가? 목숨을 걸고 보호한다고 해놓고 사지死地에 동행하다니 ….

닌자 사부로, 만약에 네가 스스로 한 약속을 지키지 않는다면 죽어서도 널 용서하지 않을 것이다 ….

두서없는 생각이 끓어올라 온몸을 뜨겁게 적셨다. 마카오로 갈 것인가, 말 것인가. 배가 떠나는 날 아침까지 고민했다. 남는 것이 맞는 듯했다. 사부로는 찾는다고 찾아지는 사람이 아니다. 기다린다면 찾아오리라. 정씨 부인 무덤을 찾아가는 일로 마음에 위로를 받으며 엄니와 아들의 소식을 기다리고 싶었다. 실은 다시 바다로 나아가기가 두려운지도 몰랐다.

선장의 여자들이 숙소를 떠나고 나자 숙소는 텅 비게 됐다. 나도 비워 줘야 했다. 얀탄은 내년에 다시 히라도로 오겠다며 숙소를 관리하는 왜인에게 내 행방을 말해 놓으라 했다. 대답하지 않았다.

얀탄이 약속을 지킬 수 있을 것이라고 생각하지 않았다. 바다에서 살아가는 자에게 내일과 내년이 정해져 있을까. 자연의 팽창에 맞선 무수한 우연이 바다에서의 삶을 생과 사로 갈라놓는다. 거기에 인간의 약탈이 또 우연을 더한다. 얀탄이나 나나 그 우연의 티끌일 뿐이다.

숙소를 나서 나가사키 천주교회로 향했다. 인도 고아까지 팔려 갔다가 돌아온 조선 여자가 나가사키 천주교회로 올 것이라 한 것이 열흘 전이다. 안개가 걷히지 않은 아침이다. 이 정도 안개라면 먼바다로 나가는 부두의 배들은 영향을 받겠지만 나가사키로 건너가는 내해內海에는 여전히 작은 배들이 다닐 것이다. 서둘렀다. 얼른 나가사키로 건너가는 배에 몸을 실어 마카오로 떠나는 배에 대한 미련을 버리는 것이 우선이었다.

푹 젖은 안개 사이로 덜거덕거리는 삿대소리가 일정하게 들려왔다. 해안가 접안시설에 사공들이 배를 갖다 대는 소리였다. 바닷바람에 안개가 날렸다. 배들이 안개 속에서 나타나 다가왔고 고물을 보이며 안개 속으로 사라졌다.

조선옷을 입은 여인 둘이 뭍으로 내려서는 것이 보였다. 둘 중 한 여자가 낯이 익었다. 천주교회에서 만난 여자였다. 여자가 먼저 나를 알아봤다.

"여기서 만나다니! 길이 엇갈릴 뻔했소. 정현을 만나려고 아침 배를 탄 것이라오. 그런데 왜 나와 계시오?"

어리둥절해서 물었다.

"저도 교회로 가려고 배를 타려던 중이었어요. 절 만나려고 배를 타셨다니요?"

"이렇게 만났으니 다행이오. 이분이 바로 고아까지 끌려갔다 돌아온 여수댁이라 하오. 우리는 정현이가 마카오로 가는 배를 이미 탔을까 봐 걱정했다오."

점점 의아스러워졌다. 서둘러 나를 찾아왔다면, 급하게 전해 줄 소식이 있는 거였다.

나는 인도 고아까지 끌려갔다 돌아왔다는 여수댁을 바라봤다. 얼굴빛은 갈색이었고 조선옷 매무새는 어딘지 어색했다. 나이는 엄니보다는 적어 보였고 나보다는 많아 보였다.

"정현이라고 했소? 내가 고아에서 댁의 엄니를 만났었소. 애타게 엄니를 찾고 있다길래 마카오로 출발하기 전에 말해 줄려고 온 것이라오."

"아, 우리 엄니를 고아에서 보셨다고요? 어떻게요? 엄니가 지금까지 고아에 잡혀 있는가요?"

"댁의 엄니 이름이 수향이 아니오?"

"맞아요!"

"수향은 나가사키에서 붙잡혀 인도 고아로 끌려왔다고 하드라오. 나처럼 말이오. 나는 포르투갈 주인이 작년에 죽는 바람에 다시 나가사키로 오는 배를 탈 수 있었소. 운이 좋았던 거요. 그때까지 수향은 고아에 있었으니 지금도 거기에 있지 않겠소."

"건강은 어때 보였어요? 엄니 건강은 괜찮았나요? 주인에게 핍

박당하지는 않나요?"

두서없이 마구 물었다. 여수댁이 이해한다는 듯이 고개를 끄덕이며 대답해 주었다.

"너무 걱정 마오. 여기 왜나라보다 못하겠소. 고아는 물자도 풍부해서 노예들도 굶지 않는다오. 주인의 미움만 사지 않는다면 여기 왜인들보다 대접이 낫다오."

급히 내가 물었다. 아니, 아는 것을 확인했다.

"고아로 가려면 마카오에서 가야 하나요?"

여수댁이 당연하다는 듯이 설명했다.

"고아도 포르투갈 사람들이 차지한 곳이기 때문에 마카오에 가면 고아로 가는 배가 많다오."

나는 서서히 안개가 걷히는 바다를 바라봤다. 아직 포르투갈 선장의 배는 출발하지 않았을 것이다. 마침 배가 출발하는 아침에 여수댁이 나를 찾아와 엄니 소식을 전한 것이다.

마카오로 떠나라는 운명인가?

나는 자문해 보았다. 마카오에 사부로와 내 아들이 있을지도 모른다. 불확실성 때문에 나는 헤어진 곳에서 기다린다고 결론지었지만 지금 여수댁으로 인해 생각이 달라졌다. 여자들을 보고 재빨리 말했다.

"이렇게 오셨는데 죄송해요. 저는 가봐야겠어요."

"어디로요?"

"포르투갈 배가 정박해 있는 부두로 가봐야겠어요. 안개 때문에 아직 출발하지 않았다면 배를 타게요. 마카오로 가는 배니까 거기서 고아로 가는 배를 타야겠지요."

여자 둘이 크게 끄덕였다.

"그래요. 어서 가요. 학수고대하던 엄니 소식을 알았는데 여기 있으면 안 되죠."

나는 뛰기 시작했다. 산을 넘어야 했다. 조바심이 났다. 산마루에 오르니 먼바다로 나가는 단지 모양의 항구가 내려다보였다. 어느새 안개가 갠 것이다. 배가 보였다! 아직 떠나지 않았다.

쉬지 않고 내려갔다. 눈앞에서 배를 놓치고 싶지 않았다. 공사 중인 성 아래부터는 그나마 넓게 닦여 있었다. 산기슭에 이르자 턱에 받친 숨을 가다듬고 골랐다.

배 위 선원들의 소리가 들렸다. 순간 돛이 펴졌다. 바람을 받을 준비가 끝난 듯했다. 다시 달렸다. 배 위 사람들의 모습이 구별됐다. 선장이 달려오는 나를 보며 손가락질했다. 선장 옆에 얀탄이 있었다. 얀탄이 소리치는 것이 작게 들렸다.

"세뇨리따 꼬레아! 세뇨리따 꼬레아! 빨리 달려!"

배 위의 선원들도 나를 보고 있었다. 힘을 다해 달렸다. 배 아래에 이르자 사다리가 내려왔다. 위에서 얀탄이 손을 잡아 주었다. 배에 오르자 바닥에 주저앉았다. 둘러선 선원들이 껄껄댔다. 선장의 여자 종들이 나를 보며 박수를 쳤다. 터질 듯한 숨을 고르며 나는 웃고 있는 그들을 올려다보았다.

선장은 멀찍이 팔짱을 끼고 서서 어깨만 으쓱거렸다. 선장이 키잡이를 향해 '파르치다!'(partida, 출발) 라고 소리쳤다. 배가 움직이기 시작했다. 돛을 다루는 선원들이 분주해졌다. 짐을 나르던 선원들은 멈춰 서서 뭍과 바다를 번갈아 보았다. 새로운 항해에 대한 희망과 두려움이 그들 눈빛에 어른거렸다.

얀탄이 돛을 펴는 작업을 도와주다 내게 급히 다가왔다. 흰 종이를 허리춤에서 꺼내며 말했다.

"세뇨리따 꼬레아, 네가 갑자기 나타나는 바람에 너무 놀라서 너한테 전해 준다는 것을 잊어버렸어. 자, 여기 있어."

나는 종이를 받아 펴면서 물었다.

"이게 뭐야?"

"펴봐. 왜인 남자가 너한테 전해 주라고 했는데…."

급히 펴보았다. 아, 사부로의 글씨였다.

이게 무슨 조화인가. 배가 마카오로 떠나는 날 엄니와 아들의 소식이 밀어닥치다니. 얼른 읽었다.

오사카 성에서 너의 소식을 들었어.
동래로 돌아갔다가 엄니와 아이를 찾아 다시 여기로 오다니!
니가 어디에 있든 아이가 20세가 되면 너에게 돌려보낼 거야.
그러는 편이 아이에게 좋은 것은 알고 있겠지?
만약 그 전에 내게 연락하려면 오사카 성에 와서 사쿠에몬을 찾아.
그가 내게 연락할 거야. ―사부로 오하치로

이게 무슨 망발인가. 아이를 훔쳐가 놓고 이제 와서 자기가 키우는 것이 아이에게도 좋다니. 그렇다면 1601년 아이를 데리고 사라지기 전에 나와 의논했어야 하는 것이 아닌가. 게다가 아이를 온갖 위험에 노출시키면서 저가 키우는 게 낫다니. 이 무슨 헛소리인가. 옆에 서 있는 얀탄에게 물었다.

"이걸 언제 전해 받은 거야?"

"아까 부두에서 왜인 남자가 널 찾았어. 선원들한테 이 배에 조선 여인이 있느냐고 물었어. 내가 다가가서 혹시 당신이 사부로냐고 물었더니 그 왜인은 대답하지 않더라고. 이 편지를 건네면서 조선 여인에게 전해 달라고 했어. 그리고 바로 사라졌어. 내가 널 찾으려면 선장의 숙소로 가보라고 그 왜인의 등에 대고 말했는데 내 말은 들은 척도 하지 않았지."

주저앉아 있던 나는 남은 힘을 다해 일어났다. 갑판 난간으로 달려가 항구를 바라보았다. 이미 배는 항구를 벗어나려 하고 있었다. 뭍을 바라보았다.

아, 있었다. 이쪽 배를 바라보는 낯익은 닌자의 모습. 아이를 목말 태운…. 점, 점, 작게 보였다.

"아, 아… 나 내려야 해! 아, 나 내려야 한다고! 내려 줘!"

소리쳤다. 바다로 뛰어내리려는 나를 얀탄이 잡았다. 선장이 쫓아왔다. 얀탄이 발버둥치는 나를 잡으며 말했다.

"지금 뛰어내리면 배 밑으로 빨려 들어간다고!"

나는 아들을 놓치고 싶지 않았다.

"내 아들이 저기 있단 말이야! 항구에 있다고!"

선장이 내 어깨를 우악스럽게 잡았다.

"세뇨리따 꼬레아! 태워 달랠 때는 언제고 또 내려 달래? 넌 마카오까지 우리와 같이 가는 거야."

선장의 손아귀에 저항하는데 포르투갈 선원의 주먹이 날아왔다. 바윗덩이가 머리를 깨고 눈의 혈관이 터지고 코가 뭉개지는 듯한 통증이 차례로 이어졌다.

순간 이상하게도 내 눈 앞에는 돛을 다 편 아름다운 범선이 보였다. 바람을 받아 팽팽해진 돛이 하늘로 떠오르고 있었다. 푸른 조각보를 이어붙인 듯한 하늘, 하얀 뭉게구름 속으로 범선이 미끄러지고 있었다. 갑판에 쓰러진 나도 보였다. 그리고는 암전暗轉이었다.

마카오, 고아 9년

1

여기가 어디인가? 사부로는 어디에 있나? 어디서부터 일이 어긋
난 것일까. 아니, 사부로가 일을 이렇게 만든 것이다. 흩어진 기
억 속에서 사부로에 대한 분노를 확인한다.

너는 내 아들을 일부러 눈앞에서 놓치게 만들었다. 너는 내가
히라도 포르투갈 선장의 숙소에 머물고 있다는 것을 알고 있었다.
내가 배를 타리라는 것도 넘겨짚고 있었다. 내가 엄니를 찾아 나
가사키의 천주교회로 갔던 것도 너는 이미 알고 있었겠지 ⋯.

증오! 선명한 증오가 분명하게 떠오른다. 사무치는 분노 덕분
에 정신이 또렷해진다.

"오사카 성에서 너의 소식을 들었어. 동래로 돌아갔다가 엄니와
아이를 찾아 다시 여기로 오다니! 니가 어디에 있든 아이가 20세
가 되면 너에게 돌려보낼 거야. 그러는 편이 아이에게 좋은 것은
알고 있겠지? 만약 그 전에 내게 연락하려면 오사카 성에 와서 사
쿠에몬을 찾아. ⋯"

너의 편지는 상냥하고 친절하구나. 윽박지르고 핍박하는 것보
다 더 섬뜩하구나. 냉혹한 닌자 사부로, 너는 내 아들을 훔쳐 갔
다. 히젠나고야 성에서 너는 나를 감쪽같이 속였다. 너의 말이 맞
을 수도 있다. 나는 아들을 키울 수 없었을 것이다. 허나 그것은
어미인 내가 내 아들을 너에게 부탁한 뒤의 일이겠지. 매끈한 변
명 대신 네가 할 일은 나와 아들을 만나게 해주는 것이었다.

흐릿한 시야에 사람들이 들어온다. 그렇다. 이 배는 마카오로 향하고 있다. 선장이 보인다. 그랑 마에스트로 파블로 돈 까를로스. 자부심으로 가득 찬 이름. 이 긴 이름이 다 외워지는 것을 보면 충격에도 내 머리가 제 기능을 하고 있는 것일까.

모두가 보인다. 사부로만 없다. 여우같은 사부로만 없다. 사부로가 있을 리 없다! 보이는 건 악당들인 포르투갈 선원들. 놈들이 선장 옆에 몰려 서 있다.

이자들은 뭍에서는 얌전히 굴었다. 저자들 중 한 명이 바다로 나오기 무섭게 내 머리를 몽둥이 같은 주먹으로 친 것이다. 다시 주먹의 충격이 느껴진다. 저 무뢰배들 중 한 명이 가격한 것이다. 히라도에서 눌러 참았던 완력을 바다로 나오자마자 터트릴 데를 찾는 중에 마침 내가 저들의 눈에 띄었다.

포르투갈 상인들, 혼혈 선원들도 선장 옆에 서 있다.

뭉쳐 있는 이들의 얼굴에 긴장감이 흐른다. 앙다문 입매들. 분위기가 심상치 않다. 다시 보니 모두 칼을 잡고 있다. 네덜란드 배라도 나타난 것일까. 나는 얀탄을 찾는다. 얀탄은 보이지 않는다.

갑판 저편 선미에도 사람들이 뭉쳐 서 있다. 왜인들이다. 사무라이들과 왜인 선원들. 저들도 칼을 치켜들고 있다. 활과 화살을 잡은 자들도 있다.

선장 쪽에 서 있는 포르투갈 선원이 왜인들을 향해 칼을 치켜들고 허공을 찔러 댄다. 그리고는 왜국말로 소리친다.

"머리를 때린 놈만 나와! 나한테 다리를 걸어차인 놈도 아닌데 내 머리를 때린 놈! 나오라고!"

소리친 포르투갈 선원은 금방이라도 선미에 몰려 있는 왜인들에게 달려들어 칼을 휘두를 기세다.

왜인 쪽에서 활에 화살을 매긴 자가 앞으로 나섰다. 그가 소리쳤다. 몸집은 작았지만 소리는 선장이 있는 쪽에까지 왕왕 울렸다.

"나를 걷어차다니, 오늘 나는 너를 죽이고 나도 죽는다! 용서할 수 없다! 네 머리 한 대 때린 것으로는 절대 앙갚음이 될 수 없다! 에잇! 어디 피할 수 있으면 피해 보아라!"

왜인 선원은 화살을 쏘고 소리쳤다. 말이 다 끝나기도 전에 포르투갈인들 쪽에서 신음소리가 터졌다. 발길질을 했다는 포르투갈 선원이 가슴에 화살을 맞고 고꾸라졌다. 왜인 선원의 화살은 정확했다.

발로 걷어차는 것이 왜인에게는 최대의 모욕이다. 포르투갈 선원은 이걸 몰랐을까. 모멸감을 참지 못하는 왜인의 성격을 저 고꾸라진 포르투갈 선원이 몰랐던 것일까. 아니다. 히라도에서는 왜인들의 눈치를 보던 포르투갈 선원들이었다. 억눌렀던 광포함이 바다로 나오면서 터진 것이다.

내 머리를 가격한 것처럼 즉흥적인 분풀이였을 것이다. 모욕 앞에 똘똘 뭉치는 왜인들의 성격을 얕잡아 보았다. 포르투갈 선원은 일어나지 못했다.

이번에는 선장이 흥분해 소리쳤다.

"감히 내 배에서 내 허락도 없이 내 선원을 죽여? 이건 반역이야! 저 반역자를 붙잡아라!"

선장이 심복인 포르투갈 선원들에게 명령했다. 바다의 움직이는 영토, 이 포르투갈인 선장의 범선에서는 인종 서열의 사다리가 분명했다. 맨 위가 포르투갈인, 다음이 포르투갈 혼혈인, 그 아래가 인도 고아나 마카오 출신의 혼혈인들이다. 왜인 선원들은 그 밑이다. 맨 밑바닥에는 조선인 급사나 종이 있다.

포르투갈인 선장은 왕처럼 사다리의 꼭대기에서 아래를 굽어보았다. 자신이 특권을 부여한 포르투갈 선원이 왜인 선원에게 화살을 맞고 즉사했다. 왜인 선원의 도전은 범선帆船 안의 서열에 반역을 꾀한 것이다.

범선의 갑판은 비록 논 1마지기 정도 넓이지만 바다에서는 절대적인 영토이며, 움직이는 국가라고 선장은 선언했다. 당장 반역자를 처단하라고 명령하고, 모든 주도권은 자신에게 있다고 명시했다.

상황은 선장의 선언처럼 난동에 대한 진압으로 전개되지 않았다. 전선은 분명하게 나뉘었다. 포르투갈인들과 왜인들의 대결. 양쪽의 힘은 팽팽했다. 선장의 패착은 포르투갈인들의 기질에서 비롯된 것이다. 자신들의 나라에서 너무 먼 바다, 큰 바다를 세 번 건너와서도 남의 바다와 땅을 호시탐탐 정복하고 군림하려는 그들의 기질. 정복하려는 자들이 감안해야 할 정탐과 참작 따위의 요소가 그들에게는 부족했다.

선장이라는 인종이 줄곧 가지고 있는 위력은 총과 대포였다. 하지만 이 바다 사람들도 총과 대포 만드는 기술을 이미 습득했다. 명나라, 조선, 왜국. 이 삼국의 바다에서 이 사람들을 압도하기에는 선장이라는 인종이 가지고 있는 재주가 별로 뛰어날 게 없다는 점을 고려해야 할 시점이다.

이제 선장이 믿고 기대야 할 것은 편견이다. 바로 자기네 인종이 탐험과 정복에서 압도적으로 힘이 세다는 편견.

배 안의 왜인들은 이 편견이 이들을 멸망의 길로 이끌길 바란다. 아니, 무엇보다 선장이라는 인종은 너무 오랫동안 배 위에서 썩은 담수淡水를 식수食水로 마셔 왔다. 이것이 이들을 날뛰게 하는 근본요인이다.

포르투갈 선원들이 칼을 휘두르며 앞장섰고, 그 뒤로 포르투갈 상인들이 내달았다. 왜인들 쪽에서도 당하고 있지 않았다. 그들도 칼과 활을 치켜들고 달려왔다. 와르르, 돌 구르는 소리가 갑판을 가득 채웠다. 이어서 칼 부딪히는 소리와 고함과 외마디 비명이 뒤범벅됐다.

칼과 화살이 몇 시간 전까지 큰 바다로 범선을 띄우기 위해 협동하던 두 인종들의 몸을 가르고 찔렀다. 범선도 패이고 갈라졌다. 갑판에는 핏물이 흥건하게 괬다. 키잡이도 돛잡이도 전부 자신들의 위치를 떠나 칼을 잡고 싸우고 있었다.

갑자기 돌풍이 불었다. 돛잡이 없는 돛이 바람을 받아 한껏 부풀었다. 돌풍의 방향은 배가 나아가던 반대 방향이었다. 배가 선미 방향으로 달려가고 있었다. 키 부러지는 소리가 들렸지만, 칼과 고함소리에 묻혔다. 배가 왼쪽으로 기운 채 속력을 냈다. 돛 찢어지는 소리가 날카롭게 이어졌다. 전투의 비명과 고함에 또한 묻혔다. 배가 이제는 오른쪽으로 기울기 시작했다.

눈앞의 전투에 몰두한 자들은 갑판의 왼쪽에서 오른쪽으로 구르며 칼을 휘둘렀다. 선상 전투는 지상 전투와 달리 바다가 절대적 요소다. 이 전투에서 어느 쪽이 이 점을 고려할 것인가.

배의 파산破散보다 경멸에 대한 복수, 목숨보다 명예가 우선이라는 어리석음이 전투를 계속하게 했다.

"파 빠람빠! 파 빠람빠!"

쇠나팔의 날카로운 소리가 모든 소음을 덮고 위급하게 귀를 찔렀다. 피 칠갑을 하고 싸우던 자들이 이 날카로운 소리에 집중했다. 선장의 외국인 여종들이었다. 이들이 쇠나팔을 분 거였다. 여자들 앞에 선교사들이 서 있었다. 선교사들이 쇠나팔을 불게 한 것이다.

풍랑 속의 전투. 모두를 죽음으로 몰아넣는 배 위의 혈투를 멈추게 하는 힘이 선교사들에게는 있었다.

얼굴이 흰 수염으로 덮인 선교사가 쇠나팔을 계속 불고 있는 선장의 여종들에게 그만 불라고 손짓했다. 그리고 피 칠갑을 한 갑판의 싸움꾼들 중 어딘가에 있을 선장을 향해 소리쳤다.

"선장! 배가 위험하오! 칼을 거두게 하시오! 이러다가는 배가 뒤집히겠소! 선장! 모두 싸움을 멈추고 자기 자리로 돌아가라고 명령해 주시오!"

흰 수염의 선교사가 말을 마치자 배가 더 흔들렸다. 풍랑은 이 흰 수염의 선교사를 넘어뜨리고 말겠다는 듯이 무섭게 배를 때렸다. 배는 다시 평형을 잃고 흔들렸다. 선교사 발치에서 무릎을 꿇고 기도하던 왜인 교인들이 균형을 잃고 먼저 쓰러졌다. 흰 수염의 선교사도 이리저리 흔들리며 무릎을 꺾었고 부딪쳤다. 그러나 노인은 돛의 하단을 붙잡고 다시 일어섰다.

마카오로 가는 배는 교역품보다 사람들이 더 많다. 포르투갈 상인, 왜인 사무라이들을 비롯한 남자들이 배의 무게를 늘렸다. 이들의 최종목적지는 인도의 고아, 벵골의 치타콩, 미얀마의 페구, 말레이 반도의 말라카 등이다. 상관과 요새에 투입되는 포르투갈, 왜국 또는 국적 불문의 남자들이었다. 상관과 요새를 상대로 물품을 조달하는 포르투갈 상인들이었다.

배가 요동치는 대로 좌우로 구르는 이 걸어 다니는 교역품들 무게 때문에 배가 더욱 균형을 못 잡고 흔들린 거였다. 남쪽의 상관과 요새에 취직하기 위해 선장과 계약하고 마카오를 경유하는 왜인 사무라이들까지 한데 엉겨 포르투갈인들과 전투를 벌인 것이다. 포르투갈 선교사와 왜인 교인 12명만이 전투에 합세하지 않았다. 비까지 쏟아지기 시작했다.

서로를 찌르고 가르느라 돌풍에 관심조차 두지 않았던 투견鬪犬들. 배가 좌우로 흔들리는 대로 이리저리 구르면서도 칼을 놓지 않고 찔러 대던 투계鬪鷄들. 쏟아지는 비를 맞고는 그제야 배를 구해야 한다는 것을 깨달은 투견과 투계들이 인간으로 돌아왔다. 피투성이가 된 선장이 싸움꾼들 사이에서 불쑥 나타났다. 날카롭게 소리쳤다.

"휴전이다! 모두 자기 자리로 가라! 어서 어서! 돛을 잡아라!

키를 잡아라!"

선장은 말을 마치고 쓰러졌다. 선장의 배와 다리에는 피가 흥건했다. 돛잡이와 키잡이들이 자기 자리로 달려가 부서진 돛과 키를 손보기 시작했다.

어디선가 얀탄이 나타났다. 얀탄은 피 흘리는 선장을 업었다. 선실로 향하며 내게 소리쳤다.

"세뇨리따 꼬레아! 선장실로 빨리 따라와!"

얀탄은 무엇을 알고 있었던 것일까. 얀탄은 나에게 닥쳐 온 위험을 어떻게 감지한 것일까. 아니, 이 배와 선장의 운명, 나아가 자신의 운명을 이미 예측하고 있었던 것이다. 내 운명까지도 말이다. 바다에서 잔뼈가 굵은 그의 삶이, 바다에서의 경험이 바로 앞을 내다보는 지혜의 원천이었다.

명예를 믿는 자들과 신을 믿는 자들. 용맹야만을 과시하는 무법자들과 섬나라의 독특한 문화를 고집하는 자들. 서양인 악당, 무뢰배들과 삶과 죽음마저도 쉽사리 던져 버리는 동양인의 혈투. 이들이 타협점을 찾으려면 극적인 제물이 필요하다는 것을 얀탄은 감感으로 미리 알았다. 얀탄의 촉觸과 감은 이미 앞날을 예견하고 있었던 것이다.

내가 쓰러져 일어나지 못하자, 얀탄은 선장을 업은 채로 달려와 내 허리를 잡아 일으켜 또 달렸다. 선장실 안으로 뛰어들어 문을 잠글 때까지 아무도 우리를 제지하지 못했다. 그들이 방해하기 전에 얀탄이 선수를 친 것이다.

어두운 선장실에서 한순간 정적과 맞닥뜨렸다. 심장 세 개가 헐떡이는 소리가 네 벽에 부딪쳤다가 달라붙었다. 배는 여전히 좌우로 흔들리고 있었다. 검은 벽 뒤에 갇힌 기분이 들었다.

얀탄은 선장을 침대에 눕히더니 나에게 말했다.

"누가 두들겨도 문 열어 주면 안 돼. 널 찾아도 절대 나오지 마! 알아들었어?"

확신에 찬 명령이었다. 내가 위험해졌다는 확신. 얀탄은 나를 구할 수 있다는 것일까? 미심쩍을 뿐이다.

얀탄의 목소리가 웅 웅 울렸다. 실내가 비었다는 뜻이다. 선장실이 빈 벽에다가 최소한의 가구만 있다는 뜻이다. 실내의 어둠에 익숙해지자 벽 쪽의 침대와 방 안 가운데 덩그마니 놓인 책상이 눈에 들어왔다. 선장이 숨을 헐떡였다.

얀탄이 급히 책상 밑에서 궤짝을 끌어냈다. 실내를 잘 아는 익숙한 동작이다. 궤짝에는 붉은 가루가 가득 들어 있다. 궤짝은 배가 좌우로 번갈아 기울어져도 움직이지 않았다. 보통의 무게로는 어림없는 상황이다.

얀탄이 붉은 가루 한 주먹을 집어 옷자락에 감쌌다. 선장의 옷을 찢고 피가 흐르는 배와 다리에 붉은 가루를 뿌렸다. 상처에서 지지직, 피가 졸아드는 소리가 났다.

"이아아 …."

선장이 신호를 보내는 듯한 괴상한 신음소리를 냈다. 얀탄이 이불보를 찢었다. 환자의 신음에도 상처를 단단히 묶었다.

이제 내가 얀탄에게 질문할 차례였다. 이들의 싸움 중에 왜, 내가 위험해진 것인지. 이 붉은 가루는 뭔지 ….

"얀탄, 뭐 어떻게 돼가는 거야? 이제 설명해 줘."

얀탄은 대답은 않고 다시 서둘렀다. 책상 위의 궤짝을 힘겹게 내려 문 앞으로 끌었다. 궤짝을 열었다. 수정처럼 반짝이는 붉은 돌조각이 궤짝에 가득 담겨 있었다. 이 붉은 돌 궤짝만 문 앞에 가져다 놓으면 만사형통이란 말인가? 돌이 나를 구해 주기라도 한다는 것인가? 그의 행동이 수상쩍게만 보였다.

얀탄은 문밖으로 나가기 전에야 나에게 급히 말을 이었다.

"모르겠어? 풍랑 때문에 싸움이 중단됐고, 선장이 다 죽게 생겼잖아. 배가 정말 위험해지면 포르투갈 놈들은 바다에 제물을 바칠 거야. 네덜란드 배에서 잡힌 무녀巫女 기억 안 나? 네가 선장을 죽이고 이 배를 차지할 거라고 했었잖아. 놈들은 그걸 기억하고 이용할 거라고. 놈들이 만약 문을 부수고 들어오려고 하면 이 돌을 문 앞에 쏟아 놔."

"이게 무슨 돌인데? 폭탄이라도 되는 거야?"

"시나브리우! 진사辰砂! 때로는 폭탄보다 더 효과가 있 …."

문이 쾅 닫혔다. 다음 말은 들리지 않았다.

돌 이름이 시나브리우, 진사라니. '시나브리우'는 포르투갈 말이고, 우리말로는 '진사'라는 뜻인가? 얀탄이 그런 뜻으로 말한 듯했다.

진사라면 들어 본 적 있다. 진사, 진사 …. 기억이 날 듯해 입 속에서 외웠다. 돌이지만 귀한 돌이기에 선장이 따로 보관하고 있을 터. 그럼 선장의 상처에 뿌린 붉은 가루는 무엇인가.

붉은 돌, 붉은 가루…. 아, 떠올랐다! 18년 전, 붉은 가루를 먹었던 기억!

엄니는 자신의 반짇고리에서 붉은 주머니를 꺼냈고, 그 안에서 붉은 가루 한 숟갈을 꺼내 물에 개었다. 나와 애기 기생들에게 약 그릇을 돌렸다.

"한 모금씩 마셔라."

바로 기생이 되는 날이었다. 입속에 남은 붉은 가루는 차고 달 았지만 녹지 않았다.

"귀한 약이다. 뱉지 말고 씹어 삼켜라."

엄니의 명령에 모두들 하는 수 없이 돌가루를 아작아작 씹었다. 입 속에 남은 돌가루 때문에 연회 중에도, 처음이었던 잠자리 시 중 중에도 오래도록 껄끄러웠다. 다리부터 올라오는 뭉근한 열기 와 흥분이 붉은 돌가루 때문이라는 것은 알 수 있었다.

약재로 쓰이는 돌가루. 경면주사鏡面朱砂.

엄니가 말했던 돌가루의 이름이다. 엄니는 가루가 되기 전 돌을 '진사'라고 불렀다. 엄니는 많은 약초의 성질을 잘 알았다. 기생들 의 웬만한 병증도 엄니가 처방해 주는 약재로 다 나았다.

부산 동래 은신처에서 꽃술을 화장품으로 내다 판 것도 엄니에 게 배운 것이었지만, 그뿐만이 아니었다. 엄니는 많은 꽃과 꽃잎 의 성질 또한 잘 알았고 알맞게 쓸 줄 알았다. 약이 되는 것은 독毒 이 될 수 있다는 것도 엄니에게 배웠다. 경면주사의 원재료인 진 사가 그랬다. 엄니는 진사를 센 불에 구워 독으로 사용했다.

독이 필요했던 까닭은 흡혈귀吸血鬼라 불렸던 변태 때문이었다. 그 변태는 부인과 첩이 있는 세도가의 자제였다. 과거시험에 계속 낙방하던 중에 또 낙방하고 나서 기생 세 명의 음부를 잇달아 씹어 상처를 내고 피를 빤 자였다.

엄니는 수청을 들겠다고 자원한 노련한 기생의 음부에 독을 끼워 두었다. 센 불에 구워 독이 된 진사 가루를 다시마 풀로 만든 얇은 봉지에 집어넣은 것이었다. 다시마 풀 봉지는 그 변태의 침에 녹았고, 다량의 독을 먹은 변태는 아침에 집에 돌아간 뒤 피를 토하고 쓰러져 다시는 일어나지 못했다. 엄니는 그 변태가 아침에 집에 돌아가 쓰러지도록 독의 양을 조절했던 것이다.

내가 아는 진사였다. 궤짝째로 지금 눈앞에 있는 것이다.

침대가 삐걱거리며 요동쳤다. 배가 좌로 우로 심하게 기운다. 풍랑이 잦아들기는커녕 거세지고 있었다. 바닥에 고정해 놓은 침대 다리가 빠지면 정신을 잃은 선장의 몸도 침대에서 떨어질 것이다.

상황이 얀탄의 말대로 돌아가고 있다는 뜻일까? 나는 궤짝 속의 붉은 돌덩어리들을 내려다봤다. 온갖 잡물들이 응축된 울퉁불퉁한 모양이다. 얀탄은 포르투갈인들이 문을 부수고 쳐들어오면 이 돌들을 문 앞에 쏟아 놓으라고 했다. 이 돌이 스스로 열이 나 터지지 않는 이상 포르투갈인들이 이 붉은 돌을 왜 두려워한다는 것일까. 엄니가 이 돌을 다뤘던 것을 생각하면 진사는 불에 들어가기 전에는 위험하거나 두려울 것이 없다.

엄니가 우리들에게 경면주사鏡面朱砂 가루를 물에 개어 마시게 할 때, 한 줌을 여럿이 나누어 마시게 한 것을 보면 경면주사 또한 조금만 쓰면 약이지만 많이 쓰면 독이 될 것이었다.

궤짝에서 붉은 진사를 집어 들여다봤다. 군데군데 박힌 빨간 유리처럼 반짝이는 결정체. 경면주사가 온갖 잡스런 광물질들을 끌어당겨 품고 있다. 피처럼 빨갛고 매끄러운 표면에 혀를 대본다. 혀를 졸아들게 할 만큼 차고 달다. 원한을 풀지 못한 포로들의 피의 맛이 이럴까. 확실한 독의 맛이다. 내가 살아서 뭍을 밟을 묘수는 이 돌 속에 있는지도 모른다.

책상 밑의 또 다른 궤짝을 살폈다. 얀탄이 선장의 상처에 뿌렸던 붉은 가루, 곱게 빻은 경면주사였다. 궤짝 가득 들어 있었다. 선장이 따로 선장실에 숨겨 둔 것을 보면 경면주사는 최고가의 교역품일 것이다.

궤짝을 책상 밑에서 끌어냈다. 혼자서는 들 수 없는 무게에 밀어서 문 앞에 가져다 놓는 중에도 몸을 가눌 수 없을 정도로 배가 요동쳤다. 죽어 가는 환자가 마지막 힘을 쥐어짜내 근육을 수축하기라도 하듯 선채가 소리 내어 부르르 떨었다.

대체 갑판에서는 무슨 일이 벌어지고 있나. 자연의 거센 힘 앞에서는 속수무책인 인간들이 들개 무리들처럼 갑판을 이리저리 몰려다니며 싸움질을 했던 것이다.

배가 솟구쳐 오르다가 와지끈 가라앉았다. 배의 한 부분이 떨어져 나가는 소리가 났다. 부디 배의 중심부는 아니었으면 하고 바랐다. 궤짝 두 개가 한꺼번에 몰렸고 그 사이에 몸이 끼었다. 그 순간 폭풍 속 우레인지 광분한 인간들의 발자국 소리인지가 와르르, 울렸고 다급하게 밀려왔다. 나는 문을 노려보았다. 쿵쾅거리며 문을 두드리는 소리가 나더니 바로 문을 부수고 있다.

포르투갈 선원을 비롯한 선장의 사람들임이 틀림없다. 얀탄의 말처럼 바다에 던져진 무녀의 예언을 끄집어내 나를 제물로 쓰려고 저러는 것일까. 광분한 이들에게 자비를 바라는 것은 상상도 할 수 없는 일이다.

얀탄이 하라는 대로 진사궤짝을 문 앞에 쏟아부었다. 돌덩이들이 바닥을 찍으며 굴러 흩어졌다. 가루궤짝의 경면주사를 치마에 쏟아 담아 쥐었다.

문이 부서졌다. 놈들이 사납게 달려들었다. 놈들의 눈을 향해 경면주사 가루를 뿌렸다. 마침 다시 성난 파도가 배의 옆구리를 가격했다. 폭탄이 터지는 소리와 함께 놈들과 나는 선실의 벽으로 던져졌다.

이어서 수직垂直낙하落下하는 새처럼 선체가 세워졌다. 구석에 처박혔던 몸들이 떠올랐다. 놈들은 떠오르면서 눈을 붙들고 비명을 질러 댔다. 배 안의 모든 것이 영원같이 솟구쳤다가 바닥으로 내리쳐졌다. 선장의 책상, 침대, 붉은 돌덩이 진사 같은 것들이 놈들의 몸뚱이를 강타했다.

다행스럽게도 배가 뒤집어지지 않고 물의 표면으로 안전하게 미끄러지고 있다는 증거였다.

나는 어떤가. 감각이 없다. 맷돌 구멍에 빨려 들어가듯 눈앞에 암흑이 찾아왔다. 차라리 편했다. 아들도 엄니도 없는 세상이라면 암흑으로 떨어지는 것이, 암흑으로 끝나는 것이 마땅하다며 한숨을 크게 쉬었던 듯하다. 아니, 암흑 속의 꿈의 내용이 그랬다는 말일까.

체념의 세상에는 생명이 살 수가 없다. 사그라지다 꺼져 간다. 생명이 없으니 죽을 걱정도 없다. 공포도 느끼지 못한다. 공포가 없으면 죽음도 없는 것이다.

공포와 죽음도 없는 암흑의 세상. 거대한 무無의 세상. 빛도 소리도 없는 무구無垢의 세상.

내가 암흑의 심연深淵으로 빨려들어 갈 때 무無는 서서히 하나의 점으로 졸아들었다. 영원의 시간이길 바랐다. 암흑이 점으로 졸아들 것이라면 영원의 시간 동안 그런 일이 벌어졌으면 하는 바람의 시간.

암흑은 나의 바람을 저버리고 어느 순간 분명한 점이 되었다. 점이 내게 다시 빛과 소리를 가져다주었다. 불안과 공포 또한 본래의 자리로 돌아오려고 자세를 잡는 것이 보였다. 마침내 암흑으로부터 응축된 검은 점이 무수한 작은 점들로 쪼개졌다.

흐릿한 시야에 배의 갑판이 들어왔다. 폐허였다. 풍랑은 잦아들었다. 암흑은 나를 빛의 세계로 다시 쫓아냈다. 내 앞에 드러난 것은 불안과 공포가 쏟아지는 삶의 세상이었다. 무수한 작은 점들이 사람의 형상으로 변한다. 무리지어 누워 있는 사람들 … 불을 피우고 부서진 선미를 수리하는 사람들. 그 사이를 바쁘게 움직이는 선교사와 왜인 신자들. 전투가 끝난 전장과 흡사한 그림이다.

옆으로 두 수레분의 시체들이 보인다. 부러진 돛대들과 갑판을 수리하는 자들도 보인다.

어찌된 일일까. 모든 것들이 아래로 내려다보였다. 고개를 돌리니 하늘은 기워 놓은 푸른 보자기처럼 팽팽했다. 차갑고 시린 하늘로 손을 뻗으려 했다. 움직일 수 없다. 밧줄로 몸을 동여매 놓았다. 돛대 꼭대기에 묶여 있었던 거다.

나는 내려다보이는 갑판에서 얀탄을 찾는다. 이 상황 또한 얀탄이 예견할 수 있었다면 벗어날 방법도 알고 있을까. 바다의 제물이 되려고 내가 다시 빛의 세상으로 끌려 나왔다니. 신음소리를 들은 것인지, 흰 수염의 선교사가 돛대 아래로 다가왔다. 위를 쳐다보며 나를 살폈다. 정신이 들었다고 판단했는지 왜국말로 내게 말했다.

"저들이 풍랑을 멎게 하겠다며 당신을 바다에 던지려고 했소. 당신을 잡으러 선장실로 달려갔을 때 내가 이제까지 바다에서 본 가장 큰 파도가 배를 덮쳤던 거요. 당신을 끌고 갑판으로 나오자 거짓말같이 풍랑이 잦아들었소. 또 당신이 선원들에게 뿌린 붉은 가루가 선원들의 상처의 피를 멎게 했던 거요. 선원들은 당신이 배에 타서 배가 위험해졌다고 떠들어 댔소. 남쪽의 무녀가 그런 예언을 했다고 했소. 그러나 자신들의 상처가 낫는 것을 보고, 파도도 잦아드는 것을 보고, 저희들끼리 의견이 분분해서 당신을 바로 던지지 못한 거요."

선교사가 위를 쳐다보며 말하는데 포르투갈 선원이 다가왔다. 히라도에서 배가 출발할 때 내 머리를 때린 놈이었다. 선교사가 선원을 막아서며 말했다.

"더 이상의 살인은 안 되오."

놈이 선교사를 보고 히죽 웃었다. 두 손을 모아 선교사에게 예의를 갖추었다. 이제까지의 살인과 폭력을 웃음 한 방으로 무마시키려는 터무니없는 자였다. 놈이 나를 향해 손가락질을 했다.

"신부님! 우리도 생각이 바뀌었답니다. 이제 저 여자를 바다에 제물로 던질 생각은 없습니다. 저 여자를 데리고 갑판으로 나오니 풍랑이 멈추었지요. 신부님! 선장이 지난 항해에서 저 여자를 류큐 바다에서 건져 올려서는 해신海神이 보내 준 여자라고 말했죠. 또 저 여자 덕분에 네덜란드 배를 두 번 물리쳤다고 말했을 때 우리 선원들은 솔직히 믿지 않았습죠. 그러나 오늘 보니 선장의 말이 빈말이 아닌 줄 알았습니다. 저 여자는 인어人魚이거나 마녀魔女이거나 둘 중 하나인가 봅니다. 그러나 저 여자가 뿌린 가루 덕분에 선원들의 상처가 나은 걸 보면 마녀는 아닌 듯도 합니다. 우리 선원들은 저 여자를 끌어내려서 다친 사람들을 치료하라고 할 겁니다요."

흰 수염의 선교사가 고개를 끄덕였다. 또 가로저었다. 나를 돛대에서 풀어 주는 것은 동의하지만 인어니 마녀니 하는 놈의 미신적인 말은 부정하는 것이리라.

마카오까지는 20여 일을 가야 한다. 갑판에 내려지면 도대체 이 20여 일 동안 무슨 일이 벌어질까. 나는 무엇에 의지해 이 시간을 견딜 수 있는 걸까. 갑판의 무리들을 내려다본다. 선교사와 왜인 교인들. 포르투갈 선원과 상인들. 왜인 선원과 이주가 목적인 사무라이들. 목표가 다른 세 무리와 20여 일을 같은 공간에서 견뎌야 한다.

경면주사鏡面朱砂 덕분에 살아났지만 내게 신기神技가 있다고 믿는 자들은 포르투갈 선원과 상인들 무리뿐일 것이다. 이들이 나를 바다에 공물貢物로 던지려 했고, 이제 또 살려 주려 한다. 네덜란드 배에서 약탈한 노예 여자의 예언을 기억했다가 나를 바다에 던지려 했던 것이다.

이들에게 네덜란드인은 적이지만 같은 인종이다. 다른 인종인 중국인이나 왜인들과는 비교할 수 없이 가까운 적이다. 포르투갈인들은 중국과 왜의 것을 믿기보다는 네덜란드 것을 믿고야 만다. 나는 이질적인 세 무리에게 잡힌 것이다. 선교사들, 포르투갈인들, 왜인들.

몸이 셋으로 찢어지거나, 세 무리를 내 쪽으로 당기거나….

20여 일 동안 해야 할 일은 그것이다. 포르투갈 선원들이 돛대 위 내가 매달린 지점까지 능숙하게 올라와 동아줄을 풀었다. 놈들의 손길이 닿자 울컥, 공포보다는 분노가 앞섰다. 놈들이 양발을 돛대에 붙이고 양쪽에서 동시에 미끄러져 내려갔다. 놈들 손에 단단히 붙잡힌 내 몸이 허공에 붕 떴다.

갑판에 닿자 먼저 얀탄을 찾았다. 어디선가 재빨리 모습을 드러낼 듯했다. 그러나 모여드는 것은 선원들이었다. 그들이 피가 흐르는 상처를 내게 보였다. 빨리 치료해 달라는 것이었다. 나는

"시나브리우! 진사!"를 외쳤다. 그들이 저희들끼리 끄덕이고는 우르르 선장실로 달려갔다.

이윽고 경면주사가 가득 담겼던 궤짝을 가져왔다. 얀탄도 궤짝과 함께 나타났다. 나를 보더니 놀라지도 않고 말했다.

"선장이 위독해. 이 돌가루를 먹여야겠는데, 얼마나 먹어야 하지?"

얼마나 먹여야 효과가 있을지 그것까지 내가 알 턱이 있나. 그렇다고 선원들이 듣고 있는데 모른다고 할 수도 없는 노릇이었다. 조선말로 했다.

"그걸 내가 어떻게 알겠어? 나도 조선에서 엄니가 물에 개서 한 모금씩 주는 걸 한 번 먹어 본 기억밖에 없는데. 너는 진사 효능을 어떻게 알고 쓴 건데?"

"선장이 등을 다쳤을 때 이 돌가루를 내게 발라 달라고 했어. 만병통치약이라며. 선장이 보석보다 귀한 돌이라고 말했어. 마카오에 가면 중국인들에게 비싸게 팔 수 있다고 했지. 중국인들은 이 돌가루를 불로장생不老長生 약으로 먹는대. 먹으면 머리가 맑아지고 몸에 활기가 도는 약이라나."

"이 가루 궤짝에 대해 포르투갈 놈들은 모르고 있었던 거야?"

"선장이 선원들에게는 비밀로 했지. 약탈한 궤짝인데 선장이 숨긴 거지. 나는 놈들이 이 돌의 가치와 효능에 대해서 알고 있다고 생각했어. 그래서 문 앞에 쏟아 놓으라고 했던 거야. 돌의 가치를 알면 돌을 줍느라 어수선한 순간에 네가 도망칠 수 있도록 말이야. 그런데 더 잘된 거 아니야? 이놈들은 이 돌에 대해 아무것도 모르고 있었잖아. 넌 살았고 이놈들이 널 믿고 있잖아. 적당히 뿌리고 적당히 먹여 봐."

"먹이는 건, 용량을 알아야 해. 많이 먹이면 바로 죽을 수도 있어. 엄니가 독으로 쓰는 걸 봤었어."

"그럼, 일단 선장에게 한 줌만 먹여 볼까?"

"안 돼. 한 줌은 너무 많아. 바로 죽을지도 몰라. 반 숟가락만 먹여 봐. 그것도 많을 것 같아."

"알았어."

얀탄이 바로 선장실로 뛰어갔다.

나는 경면주사가 담긴 궤짝 앞으로 갔다. 꽃가루처럼 곱게 간 붉은 경면주사가 가득 든 궤짝.

선장은 도대체 이 많은 양의 경면주사 궤짝을 어느 바다 어느 배에서 약탈해서 숨겨 놓은 것일까. 왜국 바다도 아니고 조선 바다도 아니다. 중국 바다는 더더욱 아니다. 마카오에 가서 중국인들에게 판다면 선장 말대로 금은보화의 몇십 배는 받을 것이다. 선장이 만약 회복돼서 빈 궤짝을 본다면 어떤 반응을 보일까.

갑자기 목표가 생겼다. 나는 이 궤짝 속의 경면주사를 마카오에 닿기 전에 모두 소비하리라 다짐했다. 둘러선 포르투갈 선원들에게 말했다.

"이 가루는 당신네 말로는 시나브리우! 진사! 라는 돌로 만든 경면주사라는 매우 귀한 약이오. 그릇과 식수와 천을 가져오시오. 상처에도 양을 맞춰 뿌리고 물에 개서 먹도록 나눠 주겠소. 열이 있는 자는 열이 내릴 것이고, 체온이 내려간 자들은 몸이 따듯해 질 것이오. ”

포르투갈 선원과 상인 무리들이 얌전해졌다. 주인에게 배를 드
러내고 꼬리를 흔드는 강아지들처럼 상처를 내보였고, 입을 벌려
경면주사 갠 물을 한 숟가락씩을 받아먹었다. 경면주사로 상처를
덮고 경면주사를 먹은 자들이 여기저기서 픽 픽 쓰러졌다.

놈들이 다시 내게 눈을 부라렸다. 경면주사로 피처럼 붉어진 손
을 치켜들며 말했다.

“기다리시오! 죽은 게 아니오!”

달려가 살펴보니 당연히 죽은 것이 아니었다. 경면주사를 먹고
죽었다면 혈관이 터져 피를 토할 것이다. 그 정도로 많은 양이 아
니다. 쓰러진 자들이 숨을 쉬고 있었다. 반듯이 눕히자 점점 숨소
리가 안정돼 갔다. 깊은 잠에 떨어진 거였다.

좋은 현상이다. 깊은 잠 뒤에 깨어나면 어찌 되었든 나아져 있
을 것이다. 인간의 회복력은 서양인이라고 해서 다르지 않을 테
니까.

왜인들이 눈을 반짝이며 내 행동 하나하나를 쳐다보고 있었다.
의심스러운 사태의 파국을 기다리는 눈빛이었다. 그러나 이미 고
비를 넘겼다. 파국은 없다. 아무도 피를 토하지 않았다. 적당한
양을 복용시킨 것이다.

얀탄의 말에 단서가 있었다. 또 단 한 번 먹어 본 기억에 의지해
양을 가늠한 것이 나를 살린 것이다. 나는 바다에서 죽을 운명은
아니다. 엄니를 찾고 아들을 만나기 전에는 죽지 않는다. 진사처
럼 반짝이는 단단한 믿음이 생기기 시작했다.

경면주사 조금을 입에 넣었다. 차고 단 맛이 머리를 식히고 마음을 안정되게 하리라. 꿀꺽 삼켰다.

주검을 쌓아 놓은 수레 앞에서 소란이 일었다. 포르투갈 선원들이 시체를 바다에 던지려 했다. 왜인들이 막아서며 반발했다.

"우리 동료 시신을 당신들 마음대로 바다에 던진단 말이오? 마카오에 닿으면 우리 손으로 묻어 줄 것이오. 건드리지 마시오!"

다시 전투가 시작될 분위기였다. 하지만 포르투갈 선원들은 뜻밖에 호소조로 나왔다.

"우리도 우리 동료들을 바다에 수장시키고 싶지 않소. 뭍에다 묻어 주고 싶소. 하지만 마카오에 닿아서 우리 왕과 카피탄에게 배에 희생자들이 있다는 것과 선상의 전투가 알려지면 모두 조사받을 것이오. 조사기간 동안 배도 물품도 억류될 것이고, 당신들도 무사하지 못할 것이오. 그러느니 마카오에 닿기 전에 우리끼리 수습하는 것이 어떻겠소."

앞장선 왜인이 물었다.

"어떻게 수습한단 말이오?"

포르투갈 선원들은 이미 저희들끼리 합의한 듯이 말했다.

"선상의 전투는 마카오에 닿기 전에 없던 일로 입을 맞춥시다. 양쪽 모두 희생이 있었으니 서로 주고받을 것도 더 이상 없소. 마카오에 닿으면 빨리 흩어져야 하오. 마카오 관리들이 냄새를 맡기 전에 말이오. 배에서 있었던 전투 증거를 없애는 것이 중요하오. 시신이 증거가 되니 마카오에 닿기 전에 처리하잔 말이오."

274

이럴 거였으면 왜, 전투를 했단 말인가? 서로를 찌르고 죽인 결과가 이런 것이란 말인가.

바다의 거지 떼들. 해적들의 도깨비놀음에 희생된 주검들도, 도깨비놀음에 놀아난 자들도 한낱 지옥문 앞을 들락거리는 악귀들일 뿐이었다.

"당신네 시신은 바다에 빠트리거나 말거나 마음대로 하시오. 그러나 우리 시신은 우리가 가져갈 것이오."

왜인들이 쉽게 설득될 리 없었다. 선장이라면 왜인들이 혹할 조건을 달았을지도 모른다.

이때 선교사들과 왜인 교인들이 이들에게 다가왔다. 다시 흰 수염의 선교사가 나섰다. 왜인들을 향해 왜국말로 했다.

"우리에게 맡겨 주시오. 마카오에 닿으면 시신들을 모두 빼놓지 않고 매장하겠소."

여기까지 말하고 선교사는 나를 돌아보았다.

"세뇨리따 꼬레아! 당신에게 부탁하겠소. 여기서 시신을 맡아 장례를 치르고 무덤을 돌볼 사람은 당신밖에 없을 듯하오."

선교사의 의중을 알 수 없었다. 나는 마카오에 내리면 어디로 가야 하는 걸까. 고아에서 보았다고 여수댁이라는 여자가 말해 줬다. 오사카로 가야 할까. 고아로 가야 할까. 마카오에서 배를 다시 타야 할까.

머릿속이 뒤죽박죽되어 선교사에게 아무 대답도 할 수 없었다. 선교사가 다시 나를 향해 말했다.

"세뇨리따 꼬레아, 당신은 엄니도 찾아야 하고 아들도 만나야 하지 않소?"

나는 다른 선교사들과 왜인 교인들을 바라봤다. 그들의 얼굴이 이상하게 비슷비슷해 보였다. 홀린 듯이 고개를 끄덕였다. 흰 수염의 선교사는 내가 동의했다는 듯이 다음 말을 이었다.

"세뇨리따 꼬레아, 당신은 선장의 상처가 나아야 어디로든 갈 수 있을 것 아니오? 고아로 가든지, 다시 히라도로 가든지 선장이 회복해야 움직일 수 있을 거요. 그때까지만 매장한 묘를 봐주시오."

"신부님, 신부님들과 교인들은 어디로 가십니까?"

무덤을 돌보라니…. 그런 일은 선교사와 교인들 몫이 아닌가? 떠돌이인 내게 그런 일을 시키다니…. 물어볼 수밖에 없었다.

선교사가 대답했다.

"우리들은 마카오에 도착하면 바로 명나라 광동으로 출발해야 하오. 광동으로 들어가려고 3년 가까이 명나라 관리에게 공을 들였다오. 이번 명나라 관리와의 약속이 어긋나면 언제 다시 광동으로 들어갈 허락을 얻을지 기약이 없소. 명나라에서의 선교가 성공적이면 우리 중 몇 명은 다시 나가사키로 가기 위해 마카오로 나올 것이오. 그때 무덤 조성이 잘 되었는지 확인하겠소. 내가 부탁하는 바는 선장이 다 나을 때까지만 우리가 지정한 묘지에 주검들을 묻어 주고 돌봐 달라는 거요. 알겠소? 세뇨리따 꼬레아."

둘러선 사람들을 보았다. 모두가 비슷한 얼굴에 비슷한 표정으로 보였다. 마치 돛대에 매달았다 풀어 준 까닭이 묘지기라도 시키기 위해 그랬다는 표정들이었다. 나는 끄덕거렸다.

그래, 살아 있는 악귀들인 해적들을 상대하는 것보다 주검을 돌보는 것이 오히려 나을지도 모른다.

교역품으로 실었던 배 안의 물품들을 나눠 갖는 일이 일사천리로 진행되었다. 마카오에 도착하면 흩어지기로 약속한 이상 상인, 선원, 왜인 급사, 이주 사무라이 순으로 자기 물품 이외의 더 많은 물건을 챙기려고 혈안이 됐다. 선장이 혼수상태만 아니라면 모두 선장의 동의하에 이루어져야 할 일들이었다. 이들은 이미 선장을 죽은 사람으로 여기고 있었다. 그래서 남김없이 나누어 갖고 달아나려고 하고 있겠지. 포르투갈 선원들은 선장의 다국적 여종들도 나누어 가졌다.
이들이 두려워하는 것은 무엇인가? 마카오의 포르투갈 관리들인가. 아니면 선장이 깨어나는 것인가. 헷갈렸다. 선장의 소유물을 가지고 서로에게 후하게 선심을 쓴 것이다. 선장이 깨어나지 않는 것이 모두에게 좋은 바였다. 선교사들도 말리지 않았다. 이렇게 수습되는 것이 자신들의 일정에도 좋았다.
나와 얀탄에게는 두 수레분의 주검과 혼수상태인 선장만 남았다. 포르투갈 선원들은 뭍이 보이기 시작하자 수레 위 주검들을 정리했다. 차곡차곡 쟁여서 천으로 덮었고 선장의 물품이라고 말하라 했다. 선장을 주검 위에 눕혔다. 무거운 수레를 얀탄에게 맡겼고 내게는 가벼운 수레를 맡겼다.

2

마카오는 성벽도 요새도 없는 조그만 도시였다. 해안가로 긴 갯벌이 이어졌다. 배가 항구에 닿자 배 안의 사람들은 예행연습을 한 대원들처럼 일사천리로 뭍으로 내려갔다. 포르투갈 관리들에게 세금을 계산했고, 앞서 계획한 대로 각자 갈 길을 향해 거침없이 흩어져 버렸다.

얀탄과 내가 마지막으로 배에서 수레를 내렸다. 우리가 작업을 끝내자 본 적 없는 포르투갈인들이 배에 올라갔다. 수리공들이라 했다. 배는 이미 팔렸고, 수리가 끝나면 인도 고아로 항해할 것이라 했다. 선장 다음으로 힘이 셌던 포르투갈 선원의 짓이었다. 선장이 깨어난다면 때아닌 복수극이 펼쳐지리라.

한밑천 단단히 잡은 포르투갈 선원들은 함께 움직였다. 행선지는 공개하지 않았다. 얀탄의 말에 따르면 놈들은 남쪽의 섬들로 숨을 것이라 했다. 말라카의 남쪽 섬일 수도 있고, 바타비아보다 더 아래쪽의 섬일 수도 있다고 했다. 적어도 인도 고아로 가지는 않을 것이라 했다. 혹시 선장이 깨어나 추격한다면 고아에서는 그들이 쉽게 법적인 제약을 받을 것이라 했다.

포르투갈 관리들은 수레에 눕힌 선장을 살피더니 더는 묻지 않고 우리를 보내 주었다. 아마도 선교사들과 선원들이 이미 관리들에게 세금과 뇌물을 넉넉히 주었을 것이라고 얀탄이 말했다.

우리는 항구에서 도심을 지나쳐 도시 바깥의 선교사가 가르쳐

278

준 집까지 수레를 끌고 갔다. 수레가 무겁기보다 도심을 통과하며 부딪친 사람들 때문에 혼이 나갔다. 반은 중국인들이었고 반은 포르투갈인들과 혼혈인들과 남쪽의 사람들이었다.

포르투갈풍의 삼거리 광장, 카피탄과 관리들이 산다는 2층의 석조 건물, 대리석 성당, 병원, 중국인 거리와 시장, 중국인 상인과 포르투갈 상인들이 북적거리는 상인회관, 중국 사원들이 즐비한 도심을 통과해야 했다.

바닥은 단단한 돌바닥이었다. 특히 삼거리 광장의 도로는 형형색색의 자갈을 촘촘히 박은 화려한 바닥이었다. 주변의 포르투갈식 건물들과 잘 어울렸다. 포르투갈의 도시를 떼어다 옮겨 놓은 것이 아닐까, 상상했다.

얀탄이 수레를 빨리 몰아 도심을 지나치고 있었다. 부지런히 얀탄을 쫓아갔다. 도시 바깥, 갯벌 가까이에 선교사가 말한 집이 있다고 했다. 멀리 키 큰 너와집이 보였다. 얀탄이 '성당'이라고 했다.

30년 전쯤에 나병환자들을 위해 지어진 성당이라고 했다. 지금은 피부가 썩는 항해병航海病에 걸린 선원들이 묵고 기도한다고 했다. 선교사들은 선장에게 맞는 적당한 숙소를 구해 준 거였다.

썩은 피부의 선원들이 기도하는 도심 바깥의 외딴 성당, 그곳과 가까운 해안가가 죽어 가는 선장이 묵을 곳이었다. 나 또한 도심이 아니어서 안심이 되었다.

밀물과 썰물이 드나드는 펄의 경계에 집이 있었다. 개흙이 다져진 터였다. 그 집 밖에 주검들을 묻었다. 바로 그곳이 바다에서 혼이 빠져나간 주검들을 누일 공간이었다. 서로를 찌르고 가르다 죽은 이들은 공평하게 썩을 것이었고, 공평하게 구원받지 못할 것이었다. 두 수레분의 주검은 단단한 개흙 속에 몸을 풀었다.

인간은 갯벌에서 태어났다. 육골이 진토가 돼 갯벌로 돌아간다면 선교사들이 말하는 하나님의 부활보다 완전한 결말이리라.

선장은 대나무 침대에 누혀진 채로 깨어날 줄 몰랐다. 들숨과 날숨이 일정하다는 것이 신기할 정도였다. 얀탄은 하루 한 번 경면주사를 개어 선장의 입에 넣었다.

도심 삼거리 광장, '자비의 성채'라는 이름의 병원에서 환자들을 간호하는 중국인 여인을 불렀다. 여인은 선장의 환부를 보더니 상처가 아무는 것이 기적이라고 했다. 종이를 꺼내 몇 가지 약재를 적어 주었다. 중국인 시장에서 약재를 구해다 끓여 주라 했다.

때아닌 비바람이 몰아쳤다. 이례적인 날씨라 했다. 마카오의 겨울은 조선의 쾌청한 가을 날씨와 비슷했다. 그러나 겨울비가 오래도록 내렸고, 그 끝에 하늘이 남은 습기를 쥐어짜듯 천둥과 번개를 퍼부었다.

천둥과 번개가 번갈아 하늘을 찢던 밤, 썰물이 개흙을 걷어 가자 광막한 밤의 갯벌에 하얀 뼈들이 드러났다.

단단한 개흙에 묻힌 주검들이 밀물에 몸을 뒤챘고, 썰물에 바다를 향해 몸을 굴렸던 것이다. 바다가 주검들을 아득한 펄 밭 깊숙이 끌어들였다. 넓디넓은 갯벌에 흩어진 주검들은 바다의 간질임

280

에 몸을 녹여 개흙이 되었고 조개껍질 같은 뼈들을 드러냈다.

그 밤, 드러난 뼈들은 번개를 맞아 푸르게 빛났고 하얗게 쪼개졌다. 빠작! 번개가 뼈를 쪼개는 소리가 들렸다. 대나무 침대 위의 선장이 헉! 하고 숨을 몰아쉬었다. 선장의 얼굴이 푸르게 빛났다. 부릅뜬 눈이 보였다. 얀탄이 다가갔다. 선장이 얀탄의 팔을 붙잡았다. 그리고 다시 숨을 헐떡였다. 얀탄이 소리쳤다.

"세뇨리따 꼬레아! 남은 경면주사 좀 줘!"

나는 마지막 남은 경면주사를 조심스레 얀탄의 손바닥에 쏟았다. 선장이 입을 우물거려 경면주사를 씹었다. 그리고 눈을 감았다. 얀탄과 나는 선장이 눈을 다시 뜨기를 기다렸다. 이윽고 선장은 다시 눈을 떴고 다시 감았다. 중얼중얼 정확하지 않은 말도 뱉었다. 깨어난 것이다.

천둥과 번개가 가져온 완전한 주검들의 결말이었고, 천둥과 번개가 가져온 불완전한 선장의 재생이었다. 이때 얀탄과 나는 왜, 달아날 생각을 하지 않았을까. 장기瘴氣의 독을 뿜어내는 선장의 광기가 다음 날부터 시작된다는 것을 알아챘다면 상황이 달라졌을 수도 있었을까.

아니다. 흰 수염 선교사의 주문이 우리를 풀 수 없는 인연으로 묶어 놓았다. 얀탄과 나는 두 수레분의 주검과 의식을 잃은 선장을 수레에 싣고 갯가의 집으로 오면서 수레바퀴가 덜컹일 때마다 칭칭 엮여 버렸다. 수레를 앞으로 한 번 밀 때마다 바퀴가 한 번 구를 때마다 끊을 수 없는 동아줄이 한 번씩 감긴 것이다.

얀탄과 나는 선장의 광기를 고스란히 받아 낼 운명이었다.

엄니를 찾아 고아로 가려면 바로 떠나야 한다. 더 지체하면 바람의 방향이 바뀐다고 했다. 봄이 되면 바람은 나가사키 쪽으로 분다. 오사카 성으로 아들을 찾으러 다시 나가사키로 가려면 봄까지 기다려야 한다.

고아로 가야 하나. 나가사키로 가야 하나. 바로 떠나야 하나. 봄까지 기다려야 하나.

배를 탈 방법을 강구하는 것이 먼저였다. 하릴없이 초조했다. 얀탄은 꿈을 꾸는 듯이 중얼거렸다.

"우리에겐 진사 몇 덩어리가 있어. 선장이 깨어났으니 이걸 팔아 고아로 가자."

몇 덩어리? 아, 진사가 남았다니! 그것으로 충분한 여비가 될까? 풍랑 속 선장실에서 마구 구르던 돌덩어리, 진사가 떠올랐다. 얀탄은 진사를 얼마나 챙겼던 것일까?

"얀탄! 보여 줘. 진사가 얼마나 되는데?"

얀탄이 선장이 누운 대나무 침대 밑 흙을 긁었다. 호롱불 불빛에 울퉁불퉁한 돌들이 드러났다. 경면주사鏡面朱砂를 만들어 낸다면 설탕주머니 두세 주머니는 될 양이었다. 그러나 진사에서 어떻게 경면주사를 뽑아낸단 말인가.

"얀탄, 진사에서 경면주사를 뽑아내는 방법을 알아?"

"몰라. 어차피 진사나 경면주사나 선장을 통해서 팔 수 있어. 우리가 이걸 가지고 시장에 팔러 나가 봤자 의심만 받을 거야. 또 선장이 경면주사 만드는 법을 알고 있을지도 모르잖아."

엄니가 가마솥에 돌을 볶던 장면이 아련히 떠올랐다. 그것이 진사였을까. 모르겠다. 만약에 볶는 방법과 불의 세기도 모르면서 볶았다가 독이 되어 버린다면 사단이 날 것이었다.

선장은 다음 날부터 고열에 들떠 헛소리를 질렀다. 중간중간 어눌한 말로 묻기 시작했다. 자신의 배는 잘 정박돼 있는지, 선원들은 어디에 있는지, 또 외국인 여자 종들은 어디 있는지, 마카오에서 팔 상품들은 잘 보관돼 있는지.

얀탄은 정확히 답하지 않았다. 그저, "예, 예"라고 대답했다.

보다 못한 내가 대답했다. 배는 선원들이 선장이 쓰러진 걸 보고 팔아 버렸다. 선원들이 어디로 갔는지 우리도 모른다. 여자 종들과 상품들도 다 나눠 가지고 사라진 것이다.

여기까지 들은 선장이 어디서 힘이 났는지 얀탄의 멱살을 잡고 소리치기 시작했다. 선장은 얼굴이 붉어지고 몸이 붉어지고 상처에서 다시 피가 나도록 소리를 질러 댔다. 선장의 그치지 않는 괴성이 갯벌을 흔들어 펄 속의 갯것들을 기어 나오게 했다. 흩어지고 쪼개진 뼈들도 여기저기 굴렀다.

얀탄 탓이 아니었다. 선장 또한 알고 있었다. 그러나 정신이 나면 얀탄에게 화풀이를 했고, 소리를 지르다 까무러쳤다. 갯것들을 걷어다 끓여 죽을 먹였으나 나아질 기미가 보이지 않았다.

"얀탄! 얀탄!" 소리치다 얀탄이 없으면, "세뇨리따 꼬레아! 세뇨리따 꼬레아!" 고래고래 소리치며 나를 불렀다. 언제까지 누워

서 광기를 부릴지 암담했다. 얀탄은 경면주사 독 때문에 저러는 것이 아니겠냐고 혼잣말을 했다.

선장이 하루는 열에 들떠서 떨면서 중얼거렸다. 누구를 데려오라고 반복해 말하고 있었다. 눈빛을 보니 정신은 돌아와 있는 듯했다. 또 중얼거렸다.

"중국인 시장 거리에 가서 매란이라는 여자를 찾아와. 도자기 상점에 들어가서 물어봐."

이 말을 반복하고 있었다. 얀탄이 여자를 찾으러 시장으로 갔다. 포르투갈인들은 히라도와 나가사키에서 왜국 여자들을 탐했듯 마카오에서는 중국 여자들을 탐했다.

마카오는 포르투갈인들이 명나라에게 거류를 인정받은 땅이다. 1557년에 복건성福建省 근해에 출몰하는 해적을 토벌하고 명나라에게 도시건설 허락을 받았다.

주강珠江 삼각주 연안에서 금, 비단, 아편, 사향, 도자기를 자신들이 싣고 온 설탕, 수은, 은 등과 바꾸거나 사들이던 포르투갈 배들은 이후 마카오 항구로 모두 모였다.

매년 마카오의 포르투갈 상인 대표가 가격을 결정해서 광주廣州의 상품을 구매했다. 4, 5월에는 나가사키로 가는 상품을, 9, 10월에는 인도 고아로 가는 상품을 구매하는 시장이 열린다. 매년 고아의 포르투갈 부왕은 카피탄과 관리들을 마카오로 파견했고, 명나라 해관海關의 관리들에게 거주 승인 비용을 공식, 비공식으로 지불했다.

마카오는 포르투갈 상인들이 중국과 왜나라 사이에서 독점무역을 할 수 있는 보석 같은 땅이다. 명나라 관리들에게도 마카오는 포르투갈인들로부터 뇌물을 받을 수 있는 귀한 땅이다.

마카오에 거주하는 중국인은 1만 명이 넘는다고 했다. 중국 관리들과 중국인들은 마카오에 자유롭게 드나들고 있었다. 많은 수의 포르투갈인들이 중국 여자와 살고 있었다. 또 중국 여자를 아내로 둔 포르투갈인들은 아내를 내세워 배에서 빼돌린 상품들을 중국인들과 흥정했다. 중국인 아내는 이들에게 든든한 밑천이었다. 선장 또한 중국 여자가 있었던 것이다.

어떤 여자일지 궁금했다. 그러나 시장통에 다니는 그 많은 중국 여자들 중에서 바로 연락이 닿을 수 있을까. 아니나 다를까 얀탄이 혼자 왔다. 선장이 눈을 뜨고 어눌하게 물었다.

"찾았어?"

"아니오. 도자기 상점이 한두 곳이 아니던데요. 전부 다 들어가 매란이라는 여자를 아는지 물어봤지만 다 모른다고 하던데요."

선장의 얼굴이 다시 붉어지며 소리치기 시작했다. 선장에게 얀탄은 화를 낼 핑곗거리였다. 그러나 이번에는 오래가지 않았다. 기운을 다 써버린 것인지 금방 잦아들었다.

다음 날부터 선장은 풀이 죽어 아이처럼 칭얼댔지만 떠먹이면 반은 흘리던 죽을 다 받아먹었다. 얀탄 말대로 경면주사 독이 어느 정도 빠져나간 것일까. 회복되는 기미가 보였고 나가사키에서의 모습까지 언뜻언뜻 보였다.

중국인 시장에 가서 그랑 마에스트로 파블로 돈 까를로스 선장의 이름을 대고 식료품을 얻어 오라고 했다. 시장에는 온갖 인종의 사람들이 오갔다. 인도와 남쪽의 사람들도 많았다. 조선 남자들도 간간이 보였다. 노예로 팔려와 누구의 종이거나 배에서 노역을 하는 행색들이었다.

조선 여자들은 보이지 않았다. 나가사키나 조선 남쪽 해안에서 악명 높은 포르투갈 노예상인들에게 잡혀간 포로들은 분명 마카오를 거쳤을 것이다. 짧게는 10년 전 일이고, 길게는 15년 전 일이다. 조선 여자들은 한 명도 볼 수 없었다. 다 어디로 끌려갔단 말인가.

시장에서 눈에 띄는 여자들을 자세히 보았다. 옷은 중국옷을 입었거나 서양옷을 입었더라도 조선 여자일지도 모른다. 얼굴을 뜯어보는 나를 이상하게 여겼다. 서양 여자들은 나를 노려보고 갔고, 중국 여자들은 나를 훑어보다가 어깨를 밀치고 지나갔다.

두려웠다. 마카오에 끌려온 조선 여자들이 남아 있지 않다면 고아라고 다를 게 있을까. 히라도에서 만난 여수댁의 말을 믿어야 하는지 점점 자신이 없어졌다.

그러던 어느 날 키가 크고 깡마른 중국 여인이 나타났다. 여자는 나와 얏탄에게는 눈길도 주지 않고 곧장 선장의 침대로 가 걸터앉았다. 여자가 말했다.

"명도 기네. 안 죽고 살아나니. 선원들이 배도 팔고 물건들도 다 넘겨 버리고 달아났다고 소문이 파다하던데."

선장이 여자를 노려보며 가래 끓는 소리를 냈다.

"놈들이 어디로 갔대? 소문에는?"

"소문에는 바타비아 밑에 있는 섬이라지 아마. 그런데 관청에서는 놈들을 왜 그냥 놓아 준 것이지?"

선장은 여자의 물음에 힘을 짜내면서도 고분고분하게 답했다.

"배에서 왜놈들과 전투가 있었어. 일종의 반란이었지. 나는 찔려서 쓰러진 뒤로 기억이 없어. 내가 죽을 줄 알고 노마리오소 신부의 승인 아래 모든 물품을 나누었다나 봐."

여기까지 말한 선장의 입에서 부드득 이를 가는 소리가 들렸다. 여자가 가볍게 몸을 떨었다. 또 배에서의 일을 믿을 수 없다는 듯이 어깨를 으쓱하고는 대답하지 않았다. 선장도 여자를 따라 몸을 떨었다.

여자가 반응이 없자 선장이 목소리를 낮추며 말했다.

"내게 불로장생약이 있어. 가루약 말이야. 내가 그거 먹고 살아났지. 여기 이놈이 나한테 다 먹였지만 좀 남았어. 그걸 팔아 줘."

여자가 선장의 내부를 들여다보듯이 선장의 얼굴로 고개를 숙였다.

"많이 먹으면 죽는 건데 어떻게 살아 있어? 내가 환약을 보낼 테니 그것부터 먹어 봐."

여자는 일어서 나가며 움막 안을 쓱 둘러보았다. 얀탄을 지나쳐 나를 훑어보고는 가버렸다.

방향은 정해졌다. 얀탄, 나, 선장이 함께 고아로 가는 것이다.

고아에서 엄니를 찾아 엄니와 함께 나가사키로 간다. 선장은 자기 배를 찾으러 고아로 간다. 선원들이 팔아 버린 배를 어떻게 돌려받을지 모르겠지만 선장의 계획은 그렇다.

먼저 선장이 몸을 추스르는 것이 관건이었다. 선장은 겨우 일어나 앉았다. 얀탄이 중국 의원에게 가서 여자가 부탁해 놓은 환약을 가져왔다.

"그게 무슨 약이래?"

내가 물었다.

"경면주사鏡面朱砂 독을 빼는 약이래. 사내아이 오줌에 담갔던 짚을 태운 재도 들었대."

"누가 그래?"

"그 중국 여자가 그랬어. 의원과 함께 있더군. 다 먹이고 다시 오래."

얀탄이 한 보따리의 환약을 내놓았다. 따져 보니 석 달 치였다. 그럼 선장이 회복되려면 얼마나 걸린다는 것인가?

겨울도 지나고 봄이 다가오고 있었다. 마카오에서 고아로 가려면 11월부터 2월까지 인도印度로 부는 바람을 기다려야 한다. 봄, 여름, 가을, 세 계절을 기다려야 했다. 고아까지는 나가사키에서 마카오로 오던 기간의 두 배가 걸린다고 했다. 50일이다.

먼저 바다에서 버틸 만큼 선장이 몸을 추스르는 것이 관건이었다. 조금씩 나아졌다. 얀탄에게 퍼붓던 짜증도 줄었고, 내 이름을 고래고래 부르는 닦달도 줄었다. 그러나 선장은 히라도에서 보여 주던 권위와 패기를 다시는 갖추지 못할 것이다.

선장은 낡은 궤짝처럼 침대 위에서 머리를 감싸 쥐고 생각에 잠겼다. 선장은 선상에서 있었던 전투를 애초부터 막았어야 했다. 포르투갈 선원 편을 들 일이 아니었다. 선상에서는 자신들이 우세할 것이라고 판단했다. 근본적으로 왜인들을 얕보았다. 또 포르투갈 선원들이 자신을 버리고 원칙 없이 왜인들과 타협할 것이라고는 꿈에도 생각지 못했다.

한 보따리의 환약을 다 먹어 갈 즈음, 선장은 얀탄에게 수레를 가져오게 했다. 목발을 짚고도 걸을 수 없던 선장이 수레에 실려 관청으로 탄원을 하러 떠났다.

개펄은 살아 움직였다. 조각난 뼈들을 바다로 끌어갔다. 뼈들이 태어난 곳. 포르투갈이나 왜나라로 뼈들은 가고자 했을까. 나는 동북쪽을 바라보았다. 그곳에 조선이 있고 왜나라가 있다.

마카오에서 떠올리는 조선은 죽은 조선이 아니었다. 내가 쫓겨난 조선이 아니었다. 살아 있는 조선이다. 엄니를 찾아 모시고 갈 고향 산천이고 내 아들을 데려가 보여 줄 땅이다.

사부로에게 업힌 내 아들을 떠올렸다. 너무 멀어 아이라는 것만 구분할 수 있었다. 그 아이에게 먹일 갯것들을 잡았다. 조개, 낙지, 게가 펄 속에서 기어 나왔다. 집 밖에 불을 피우고 솥을 걸었다. 갯것들을 삶는 구수한 냄새가 퍼져 나갔다. 멀리 키 큰 너와집 성당에서 피부가 썩은 뱃사람들이 몰려나왔다. 눈가가 녹았고, 벌린 입에서 피가 나오는 이들이었다.

다가오는 이들의 손에 나무그릇들이 쥐여 있었다. 그들이 양껏 먹도록 갯것들을 삶았다. 나무그릇을 내미는 이들이 이가 없는 헌 잇몸을 드러냈다.

흩어지고 조각난 뼈들이 다시 모아지고 맞춰져 퇴적물로 된 살을 입는다. 개흙색의 사람들이 녹아내리는 살을 추스르며 나무그릇을 받아 들고 줄을 선다.

"드시오. 마음껏 드시오. 갯것의 단단한 살을 먹고 다시 살아나시오. 빨판으로, 여러 발로 생을 거머쥐는 갯것들처럼 살아나시오."

내 중얼거림과는 아랑곳없이 일단의 산 사람들과 살아나는 사람들이 구수한 냄새를 풍기는 솥 앞에 줄을 섰다. 갯가로 내려가 더 많은 갯것들을 긁어다 끓여야 했다. 개흙이 온몸에 묻었다. 나 또한 개흙 속의 뼈들과 다를 바 없었다. 편안했다. 힘이 났다. 솥 앞에 줄을 선 사람들을 배가 터지도록 먹일 수 있다면 쉬지 않고 갯것들을 잡아 끓이리라.

몸을 제대로 추스르지 못한 선장은 어떤 이유에서인지 관청의 카피탄과 관리들에게도 믿음을 얻지 못했다. 배를 팔아 버리고 떠난 선원과 일당을 관청에서는 수배했으나 그뿐이었다. 그들을 어디 가서 잡는단 말인가. 관청은 선장이 내지 않은 세금을 탕감해 주는 조건으로 사건을 마무리 지으려 했다. 선장은 화병으로 더욱 회복이 더뎠다.

겨울이 다가오고 있었다. 광동에서 인도 고아나 남쪽으로 가는 상품이 항구에 도착했다고 했다. 항구에서는 고아와 동남아로 떠날 배들이 상품을 싣고 있다고 했다. 선장은 여자를 기다리고 있었다. 진사를 빨리 팔아도 안 되었다. 밀수품으로서는 단위가 큰 물건이었다. 포르투갈 관리들이 아는 날엔 선장의 입장이 더욱 나빠질 것이었다. 또 중국 관리들에게 소문이 난다면 뇌물로도 통하지 않을 수도 있었다. 중국 내륙으로 경면주사가 들어간다면 불로 장생약으로 어마어마하게 값이 뛸 것이었다. 밀수품 자체를 통째로 빼앗길 것을 감수해야 할지도 몰랐다.

오늘인가. 내일인가. 여자가 나타나길 기다렸다.

바람이 서늘한 저녁이었다. 일단의 중국인들이 나타났다.

아, 일이 잘못되었구나 생각한 순간 우르르 집안으로 들어왔다. 인상들이 관리들은 아닌 듯했다. 몸집이 서양인들처럼 컸고 거칠게 생긴 것이 전문 밀수꾼들처럼 보였다. 그중 하나가 대나무 침대에 앉아 있는 선장에게 물었다.

"진사 어딨어?"

선장이 이들을 둘러봤다. 그리고는 포기했다는 표정으로 바닥을 가리키며 말했다.

"여기 바닥에 묻어 놨다."

놈들이 우르르 몰려들어 바닥을 파기 시작했다. 집 밖의 솥에서는 갯것들이 끓었다. 멀리 성당에서 넝마를 입은 선원들이 나무그릇을 들고 이쪽으로 오고 있었다. 놈들이 말했다.

"빨리 파. 문둥병 귀신들이 몰려오고 있다."

놈들은 집 안 바닥을 다 파헤쳤다. 진사는 없었다. 놈들 중 하나가 선장의 멱살을 잡았다.

"진사가 없잖아. 없으면서 사기 친 거야?"

선장의 얼굴을 때리고 넘어뜨리고 몰려 나갔다. 놈들은 솥 주위에 몰려 있는 얼굴이 녹아내리는 뱃사람들을 멀리 피해 달아났다. 이상했다. 분명히 선장의 침대 밑에 묻어 두었다고 얀탄이 보여 주기까지 했는데 진사는 어디로 갔단 말인가.

어둠이 내리자 얀탄이 침대가 있는 벽 밖을 팠다. 그곳에 있었다. 얀탄과 선장은 펄 흙 위의 집이 조금씩 움직이고 있다는 것을 알고 있었다. 그러나 소문이 난 이상 이 돌을 끌고 배를 탈 수는 없었다. 선장이 조용히 말했다.

"솥을 안으로 가져와서 불을 피워. 오늘 밤에 경면주사鏡面朱砂를 만들어라. 내일 아침에 고아로 가는 배를 탄다."

선장의 지시에 따라 얀탄과 나는 밤새도록 솥을 저었다. 뭉근한 불에 잡석과 경면주사가 분리되는 요령을 터득했다. 경면주사 덩어리들을 잘게 부쉈다. 긴 주머니에 집어넣어 세 명이 나누어 허리에 찼다.

이미 날은 밝았다. 선장을 수레에 태웠다. 얀탄이 끌고 나는 옆에서 걸었다. 항구에 다다르자 역시 어제 본 중국인 밀수꾼들과 여자가 있었다. 놈들이 다가와 수레를 확인했다. 가진 것 없는 세 명의 도망자를 확인하자 물러났다. 여자가 말했다.

"진사도 없으면서 팔아 달라고 했던 거야?"

"진사와 경면주사가 두 궤짝이나 있었어. 그게 있었으면 내가 중국을 샀을지도 모르지. 너는 내 발을 핥았을 테고."

선장이 말했다. 여자가 흥, 코웃음을 쳤다.

"장강長江의 물이 바다로 들어가면 돌아오지 않는 법이야! 너는 여기가 끝이야!"

여자가 의미 있는 소리를 내질렀다. 그리고 밀수꾼들에게 "보내 줘!"라고 덧붙이고는 휑 가버렸다.

얀탄이 막 인도 고아로 떠나려는 배에 수레를 올렸고 선장을 업 어 올렸다. 그 배의 선장이 물었다.

"배 삯은 어떻게 치르실 것인지?"

수레에 앉은 선장이 말했다.

"고아에 가면 대포 주조자에게 맡겨 놓은 돈이 있소. 고아에 가 서 지불하겠소."

"후불이면 1.5배를 내야 하는 것 아시지요?"

"고아까지 잘 데려다 주기나 하시오. 후하게 쳐드릴 테니."

배가 항구를 빠져나가자 숨을 돌렸다. 뭍 쪽이나 바다 쪽이나 하늘은 맑았다. 뭍에서 바다 쪽으로 찬바람이 불었다. 배는 기다 렸다는 듯이 수면 위를 달렸다. 멀리 산등성이 성벽 앞에 사람들 이 모여 있었다. 보나마나 관리들일 거였다.

포르투갈 관리들은 성벽을 쌓고, 중국 관리들은 성벽을 부쉈 다. 진흙, 모래, 볏짚, 자갈, 귤껍질 등을 섞어서 포르투갈인들 은 성벽을 쌓았다. 빌린 땅, 마카오를 지키기 위해서였다. 바다로

부터 이 보석 같은 땅을 호시탐탐 노리는 네덜란드인이나 영국인들을 방어하기 위해서라고 했다. 중국 관리들은 자신들의 땅에 성벽을 쌓는 것을 허락하지 않았다.

마카오에는 나가사키나 히라도와는 다른 긴장감이 상존했다. 땅주인과 임차인 사이의 긴장감은 모든 사람들에게 영향을 미쳤다. 선장과 중국 여인 사이의 긴장 또한 이와 비슷했다. 마카오의 중국인들은 포로로 잡혀 온 조선인들이나, 우여곡절 끝에 흘러 들어온 이들에게 눈길조차 주지 않았다.

중국인들의 시선이 향한 곳은 자기네 땅, 강이 용틀임을 해서 하늘과 만나는 지점이었다. 이들은 자신들의 땅과 문화에 도취되어 있었다. 자신들처럼 외국인들도 똑같이 자신들의 땅과 문화를 무한히 감동해서 우러러볼 것이라 여겼다.

마카오에 머무른 2년 동안 나는 철저히 밑바닥이었다. 펄에서 살다시피 했다. 이가 빠지고 얼굴이 녹아내리는 이들이 나와 같은 처지였고 나였다. 뱃사람들. 그리고 바다가 개펄에 퍼뜨린 죽은 이들의 뼈.

이런 생각에 잠기자 수평선에 바닷가 성당이 신기루처럼 나타났다. 뱃사람들이 걸어 놓은 솥에 갯것들을 잡아다 끓이고 있었다. 항해병에는 갯것이 좋다는 것을 뱃사람들도 이제 알고 있다.

바닷가 성당이 수평선 밖으로 밀려났다. 바다색이 달라졌다. 더 깊고 넓은 바다가 앞에 열렸다. 드디어 인도 고아로 가나? 엄니를 찾을 수 있을까. 허공에 뜨는 기분이었다.

"고아에 가기 전에 말라카에 먼저 닿을 거야. 그리고 큰 바다를 하나 더 건너야 고아야. 히라도, 마카오 항해의 두 배의 시간이 걸리지."

눈치 빠른 얀탄이 이미 내가 두려워하는 것을 알아채고 말했다.

"그럼, 고아까지 며칠 걸리지?"

"40여 일 걸리겠지. 말라카에서 며칠을 정박하느냐에 따라 더 걸릴지도 모르지. 선장이 말라카 공관에 소개시켜 준 왜인들 소식을 알아보려고 벼르고 있으니 말이야."

얀탄이 말하는 왜인들이란 히라도에서 같이 떠난 전직 사무라이들을 말하는 거였다. 그들이 과연 선장의 소개대로 말라카 상관商館에 있을까. 포르투갈 선원들과의 전투 전력이 밝혀져 위험해질지 모르는데 말라카 상관으로 갔으리라고는 생각되지 않는다.

얀탄은 태도가 달라져 있었다. 어깨도 펴졌고 목소리도 가벼워져 있었다. 고향에 간다는 것이 얀탄을 기대에 들뜨게 한 것인가?

"고아는 포르투갈 식민지야. 거기는 마카오와는 달라. 포르투갈인, 혼혈인, 아프리카인, 아메리카인, 인도인들이 섞여 있어. 조선 사람은 정말 없어. 그러니까 엄니가 있다면 눈에 띌 거야. 찾기 아주 쉬울 거야."

그럴듯한 말이다. 엄니가 그곳에 있다면 얀탄 말대로 바로 찾을 듯하다. 얀탄이 내 걱정을 해주고 있었다.

"얀탄, 고향에 가면 여자를 찾아. 선장 일을 봐주더라도 너도 이제 네 마음에 드는 여자를 만나 사랑하고 살림을 차려야지."

얀탄이 나를 이상한 표정으로 바라봤다.

"내가 선장과 너를 돌봐야지, 어떻게 다른 여자와 따로 살림을 차릴 수 있겠어?"

엄니가 조선 사람이어서 얀탄의 눈동자는 밤색이다. 얀탄의 소년 같은 눈을 한참 바라봤다. 사부로에게 업힌 내 아들이 자라면 저런 눈을 가질까….

"안 돼. 고아에 도착하면 꼭 네 마음에 드는 여자를 구해. 네가 선장을 돌봐야겠다면 네 여자와 함께 다 같이 살면 되잖아."

얀탄의 구릿빛 얼굴이 검게 변했다.

"난, 조선 여자가 좋아! 조선 여자는 노랗고 자그마하고 단단해."

어이가 없어서 피식, 웃었다.

"얀탄, 그럼 고아에 가서 조선 여자를 구해 보자. 알았지!"

"세뇨리따 꼬레아, 넌 내가 싫어?"

"얀탄, 나는 너보다 열 살이나 많아. 봐, 네 피부는 팽팽하고 내 피부는 주름이 졌잖아. 난, 네 여자가 되기에는 너무 늙었어. 넌 너처럼 젊고 건강한 여자를 만나야 해."

얀탄의 얼굴색이 더욱 검게 변했다.

"아니야! 우린 누가 봐도 같은 나이라고 할 거야. 다른 사람한테 물어보자고."

얀탄이 억지를 부리며 주변을 둘러보았다. 얀탄과 나를 쳐다보고 있던 사내가 있었다.

사내가 다가왔다. 상투를 틀었다. 검은 색의 바지저고리를 입고 있었다. 분명 조선인이었다. 그가 내 앞에 멈추더니 물었다.

"조선 사람이오? 어디로 끌려가는 중이오?"

"네. 조선 사람입니다. 고아로 가는 중이에요. 끌려가는 것은 아니고 인도 고아에 포로로 잡혀간 엄니를 찾아가는 중이랍니다."

사내가 놀랍고 반가운지 눈을 크게 떴다.

"엄니를 찾아 고아로 간다고요?"

사내는 옆에 있는 얀탄을 힐긋 보았다.

"그럼, 마카오에는 끌려왔던 거요? 마카오에 며칠 머물면서도 조선 여인들은 보지 못했는데 배에서 만나다니. 나는 11년 만에 조선 여인을 본 것이오. 고향 사람을 만난 것처럼 반갑소."

사내는 정말 반가운지 내 얼굴을 뚫어져라 쳐다보았다. 내가 물었다.

"그럼, 11년 동안 어디에 계셨습니까?"

"나는 본래 군산 사람인데 정유년 난리 때 노예상인한테 잡혀서 많은 조선 사내들과 함께 마카오로 끌려갔었소. 거기서 포르투갈 상인에게 팔렸소. 그 상인은 나 말고 여러 인종의 종들을 부렸소. 다행히 상인의 눈에 들어 급사가 되었다오. 그때부터 줄곧 상인을 따라다니고 있소. 아프리카 모잠비크에서 인도 고아까지 상인이 지시하는 대로 물품을 사고팔고 하다 보니 고향을 떠난 지 무려 11년이 지났구려. 이렇게 배에서 조선 여인을 만나다니! 꿈만 같소. 소저는 어떻게 고향을 떠나게 된 거요?"

사내에게 내 이력을 말할 동안 얀탄은 가까이 서서 떠나지 않았다. 사내가 물었다.

"그럼, 고아에서 엄니를 못 찾으면 다시 아들을 찾으러 오사카로 갈 생각이구려."

나는 고개를 끄덕였다.

"네, 선달님 말씀대로 오사카로 가야겠지요."

"참, 의지가 대단하오. 어찌 엄니를 찾으러 끌려갔던 왜국으로 다시 가겠으며, 또 마카오로 고아로 엄니를 찾으러 다니겠소? 내가 보건대 그대는 꼭 엄니도 찾고 오사카로 가서 아들을 찾을 것이오."

"선달님 말씀처럼 그렇게 다 되었으면 하는 바람입니다."

"아니, 바람으로 그치는 것이 아니라 그대의 의지로 이루고 말 것이오."

어느새 얀탄도 군산 사람 이인규와 친해졌다. 이 선달은 조선인들을 끌고 간 포르투갈 노예상인들이 이득을 보지 못했다고 했다. 11년 전 조선인들을 너무 많이 끌고 가 노엣값이 폭락한 것이 원인이라고 했다. 조선 남해안이나 나가사키에서 끌고 가서 마카오에서 팔았고, 또 고아에서 팔려고 끌고 갔지만 운임에도 못 미치는 노엣값에 고아에서 노예들을 풀어 주고 달아난 노예상인들도 많다고 했다. 나는 엄니도 고아에서 해방되지 않았을까 상상했다.

이 선달이 말했다.

"고아에서 해방된 노예들은 몇 해 살지 못했어요. 말도 통하지 않고 문화도 다른 곳에서 뭘 해서 밥을 버나요? 집도 없는데. 다시 포르투갈인들이나 인도인 귀족들 집에 제 발로 종으로 들어가

298

는 것이 목숨을 부지하는 방법이지요. 거리의 부랑자가 되면 한 해나 두 해 만에 다 사라졌지요."

이 경우 노예 해방이 자유가 아니고 죽음이라는 뜻이었다. 조선인들을 끌고 간 노예상인들은 비싸게 팔릴 가망이 없어서 조선인들을 풀어 준 것이다. 그렇게 버려지고 죽은 조선인들이 얼마나 많았다는 것일까.

히라도에서 만난 여수댁은 엄니가 인도 고아의 포르투갈인 종이라고 했다. 종인 것이 그나마 살아 있을 수 있어서 다행이란 말이 되나?

이 선달은 매우 특수한 경우였다. 상인에게 실력을 인정받아 급사가 되었고, 상인을 따라 3년 전에는 리스본까지 다녀왔다고 했다. 그가 말했다.

"전쟁을 일으켜 조선인들을 노예로 끌고 간 왜놈들이 악랄하게 나쁜 놈들이고, 바다를 건너와 마구잡이로 조선인들을 끌고 간 포르투갈 놈들이 악귀 같은 놈들이지만, 백성들을 지키지 못하고 이 먼 땅에 노예로 끌려가게 한 조선 왕이 못나고 가장 나쁜 놈이지요. 나는 이렇게 포르투갈 상인의 급사로 고아나 모잠비크나 소팔라 같은 곳을 전전하다 늙어 죽을 것이오. 그대는 엄니와 아들을 찾아 고향에 돌아가 바다 건너 먼 땅에서 스러져 간 조선인들에 대해 말해 주시오. 가엾은 조선 포로들의 이야기를 꼭 전해 주오."

이 선달은 마을사람들 중에 죽임을 당하지 않은 사람들은 모두 끌려왔고 마카오에서 모두 헤어졌고 다시는 보지 못했다고 했다.

이 선달의 이야기를 듣는 동안 배는 바람을 타고 순항했다.

20일 뒤, 배가 말라카에 정박하자 포르투갈 상인과 이 선달은 마카오에서 산 도자기와 비단을 가지고 배에서 내렸다. 이 선달은 순다, 보르네오, 바타비아 등지를 돌아 1년 뒤 인도 고아로 온다고 했다. 포르투갈 상인의 계획대로 크로브, 메이스, 육두구 같은 남쪽의 고급 향신료를 최대한 많이 사가지고 고아로 온다는 것이다. 그때 나와 얀탄을 수소문해 찾아오겠다고 했다. 우리가 오사카로 떠나지 않았으면 말이다.

선장은 항구에 나와 있는 상관 관리에게 사무라이들에 대해 물었다. 관리는 그들은 나타나지 않았다고 했다. 약속을 어긴 선장을 질책했다. 선장은 자초지종을 설명했고 관리는 선장의 배와 사라진 선원들을 보면 인도 고아의 관청으로 보고하겠다고 약속했다. 항구에서 식수와 식료품을 보급받은 배는 말라카를 떠났고, 계절풍을 따라 끝도 없는 바다를 순항했다. 이때 나는 거대한 용광로와 같은 고아가 바다 너머에서 기다리고 있으리라고는 상상조차 할 수 없었다.

3

인도양 해역의 항구도시. 백 년 전쯤에 포르투갈의 식민지가 된 도시. 인도 고아는 1510년 포르투갈 선대의 공격을 받고 식민지가 됐다. 동아프리카의 소팔라, 모잠비크, 페르시아 만의 호르무즈 같은 항구도시도 이 시기에 모두 포르투갈에게 정복됐다. 정복된 땅 고아는 항구도시인 히라도, 나가사키와는 전혀 딴판이었고, 마카오와도 다른 세상이었다.

포르투갈인들에게 고아가 어떤 곳인지 선장의 변화를 보면 알 수 있었다. 선장은 수평선에 고아가 보이자 벌떡 일어섰다. 마카오에서는 걷지도 못해 수레를 타고 항구로 갔고 얀탄에게 업혀서 배에 올랐던 선장이었다. 말라카 이후 20일이 넘는 긴 항해에 수레에 누워 해바라기만 하던 선장이었다. 다시는 건강과 배를 되찾을 것 같지 않던 선장이 고아를 보자 살아났다.

그랑 마에스트로 파블로 돈 까를로스라는 자부심 가득 찬 이름이 이제야 기억났다는 듯이 당당하게 어깨를 폈고 항구로 걸어 내려갔다.

고아는 선장과 같은 포르투갈인들을 위한 쉼터였고 놀이터였다. 포르투갈인들은 고아의 왕이었고 귀족이었고 군인이었고 상인이었다. 이들은 고아에 존재하는 모든 다른 인종들 위에 군림했다. 포르투갈인들을 제외한 다른 인종들은 그들에게 세금을 바쳐야 했고 노동력을 바쳐야 했다.

방탕과 환락이 넘쳐 나는 땅 고아. 포르투갈인들은 바다로 나가지 못하는 5, 6, 7, 8월 4개월 동안 풍랑의 바다 대신 여자를 탐험했다. 장대비와 천둥번개 사이 잠깐씩 파란 하늘이 신기루처럼 내비치는 이 시기 그들은 다른 어떤 일도 하지 않았다.

벵골, 자바, 모로코, 말레이, 타이, 아프리카, 중국, 왜나라 등 세상의 여자들이 모두 인도 고아에 있었다. 포르투갈 남자들을 위해 존재하는 여자들.

포르투갈 남자들은 이 여자들을 소중히 다뤘다. 정식 부인으로도 삼았고 애인으로도 뒀다. 포르투갈 남자들은 이 여자들에게 애정이나 매력이 없어질 때까지 충실했다.

금金 장신구를 주렁주렁 걸친 갈색의 매끄러운 피부를 가진 인도 여인들 그리고 혼혈 여인들. 내가 봐도 매력적이었다. 이들은 대부분 균형적인 몸매를 가졌고 이목구비가 크고 또렷했다. 이들 피부는 기본적으로 갈색이었지만 포르투갈인의 피가 얼마나 섞이냐에 따라 피부색은 옅어졌다. 피부색이 하얄수록, 포르투갈인들의 피부색에 가까울수록 대접받았다.

포르투갈인들은 자신들을 순혈인, '카스티소'라고 불렀고, 혼혈인들을 '메스티소'라고 불렀다. 메스티소는 대부분은 포르투갈인을 부계父系로 삼아 태어난 사람들이다. 모계母系는 벵골, 자바, 모로코, 말레이, 타이, 아프리카, 중국, 왜나라 여자들이다. 심지어 페루 여자들을 모계로 한 메스티소들도 있었다.

포르투갈인들은 메스티소를 놀랍도록 세밀하게 분류했다. 카스티소와 메스티소의 혼혈, 메스티소와 메스티소의 혼혈, 메스티소와 식민지 본토인과의 혼혈 등을 매우 꼼꼼하게 분류해서 차등을 두고 대우했다. 고아의 포르투갈인들, 순혈 카스티소들은 메스티소 여자와 결혼도 했고 애인도 두었다. 메스티소 여자들도 결혼도 했고 애인도 두었다.

카스티소 남자들은 질투심이 심했다. 메스티소 여자들의 질투심도 그에 못지않았다. 이들은 서로의 바람기를 잠재울 수단으로 영원히 잠들게 하는 방법을 썼다. 식사 중에 서로 독이 든 음식을 권했다. 누구누구의 부인이 독이 든 음식을 먹고 죽었다는 풍문은 새로울 것 없는 소문이었다.

그러나 남편이 독살당하는 경우는 특별했다. 미망인은 죽은 남편과 함께 순장殉葬당하는 것이 인도 고아의 풍습이었다. 남편을 독살한 부인이 이 풍습을 따르지 않으려면 엄청난 사회적 비난과 경제적 피해를 감수해야 했다. 그래서 남편을 독살했을 경우 부인들은 죽은 남편의 시체를 집에 두고 화장火葬하지 않았다. 또 들통났을 경우 부인들은 화장하는 폐습을 따르지 않으려고 그랬다고 둘러댔다.

풍문이나 소문거리도 아니게 독살당하는 경우는 거의 남편의 애인인 여자들이었다. 남편에게 특별대접을 받는 첩들을 부인은 독이 든 음식이나 설탕에 절인 과일로 독살시켰다. 식탁에 둘러앉은 사람들이 독살할 대상인 여자에게 독이 든 요리를 계속 먹으라고 권했다. 그런 다음 아무개의 애인은 이것저것을 먹고 죽었다고 죄의식 없이 말했다.

이런 경우 독살당한 여자들은 발견되지 않았다. 죽은 여자들은 발견의 대상이 되지 못했다. 때문에 고아의 카스티소와 메스티소 부부들이 조심하는 것은 복잡하게 얽히는 것이다.

남편, 부인, 애인이 서로서로 충실하되 질투심을 경계하는 것, 이것이 과연 가능한 일이었을까? 어불성설이었다. 그래서 파국은 우기雨氣처럼 반복됐고, 살인 사건은 사람들이 바라는 대로 장대비 소리에 덮여 버렸다.

장엄한 포르투갈 성당들과 부왕의 궁전은 금과 보석으로 장식되어 있었다. 귀족들, 군인들, 상인들의 저택 또한 금으로 된 문패와 장식을 경쟁했다. 이들의 사치와 방탕은 물론 바다와 항구를 정복해 얻은 이득에서 나왔다.

청아한 건기乾期와 같은 신부들과 수사, 수녀들에게 이들의 죄는 비탄거리였고 대속의 대상이었다. 이들은 성당에 가서 성대한 의식을 치름으로써 자신들의 죄를 용서받으려 했다. 성당에서 치러진 성대한 결혼식, 그 뒤의 신랑과 신부, 하객들의 대행렬은 고아의 사람들에게는 굉장한 볼거리였다. 또 세례식은 고아의 축제였다. 세례받는 아이는 왕자와 같이 꾸며 코끼리 마차에 앉혀 성당까지 행진했다. 고아 본토인들은 힌두나 이슬람을 버리고 시내로 나와 가톨릭으로 개종했다.

선장이 고아의 땅을 밟자 처음 한 일은 저택을 세낸 것이다. 그곳에서 시내의 귀족들과 군인들을 초대해 경면주사鏡面朱砂를 중국의 불로장생약이라고 속여 팔았다. 사간 자들이 경면주사에 열광했다. 심장에 이롭다며 효능을 선전해 댔고 완판됐다.

고아의 귀족들은 건강에 관심이 높았다. 향신료는 이들에게는 의약품이었다. 이들에 따르면 인간의 신체는 건습열한乾濕熱寒의 대립된 두 가지 조합으로 이루어진단다. 아이는 열과 습으로 이루어졌고, 젊은이는 열과 건, 노인은 한과 습이라는 것이다. 남성은 열과 건이고 여성은 한과 습이라는 것이다. 이들은 사람이 건강하려면 이 4가지 요소의 특성과 반대의 특성을 가진 식물 섭취가 중요하다고 생각했다.

소고기는 열과 건이고 돼지고기는 한과 습이니 열과 건의 체질을 가진 젊은이는 한과 습이 특성인 돼지고기를 섭취해야 신체 조화를 유지할 수 있다는 것이다. 또 한과 습이 특성인 육류를 소화하려면 열과 건의 요소를 가진 향신료를 첨가해야 좋다고 생각했다. 이들에게는 건습열한의 조화를 유지하는 것이 중요했다.

그래서 열과 건의 성질을 가진 향신료들이 이들이 생각하는 건강음식을 만드는 데 필수였다. 뱃멀미, 불면증, 호흡 곤란, 배탈이나 설사에 육두구肉荳蔲를 찾았고, 구토, 치통, 기억력 회복에 크로브가 묘약이라고 여겼다. 시나몬은 소화와 임신에 좋다 했고 후추는 남성의 기능 향상에 좋다 했다.

이들에게 중국의 불로장생약이라는 경면주사는 향신료보다 월등한 신비의 명약이었다. 또 가장 확실하게 사용할 수 있는 독약이기도 했다.

선장은 얼마 지나지 않아 저택을 구입했다. 선장은 수많은 향신료와 무역품을 싣고 수없이 많은 항구를 오가 이제는 수명이 다한 폐선廢船 같은 모습이었지만 배에 새겨진 칼자국 수만큼 많은 경험을 머릿속에 새기고 있었다. 선장은 새 목재로 덧대어져 부활하고 싶어 하는 노회한 폐선이었다.

조선 여자가 왔다고 하면 고아의 포르투갈인들이 엄청나게 흥미 있어 할 것을 잘 알고 있었다. 그가 내게 주문한 것은 한 가지였다.

"세뇨리따 꼬레아, 내가 너한테 바라는 건 한 가지야. 조선 귀족여자 연기를 해."

"조선 귀족여자라니요?"

"여기 여자들처럼 굴지 말라는 이야기야. 남자를 모르는 처녀처럼, 아니, 순결을 지키는 여자처럼 행동하라고. 네가 다루는 악기는 구해 줄 테니까. 순결한 예술가…그 뭐냐, 그래! 순결한 기생으로 처신하라고."

선장이 원하는 것은 먼 땅에서 잡혀 온 순결하고 지적이며 예술을 아는 귀한 여자 노릇이었다. 이들이 어떡해서 조선 여자들에 대해 이런 호기심을 갖게 된 것일까. 이 배경에는 왜놈들과 포르투갈 노예상인들에게 양반 여자나 평민 여자나 마구잡이로 붙잡혀 팔려 온 역사가 있었다.

7년 전쟁은 벌써 20년 전의 일이 되었다. 끌려온 조선 여자들이 외간남자에게 저항하며 정절을 지키는 처신이 오히려 이들에게는 흥밋거리였던 것이다. 얼마나 많은 조선 여자들이 이 낯선 땅에서 죽었을까. 알 수 없었다. 단지 이들에게 조선 여자는 비싼 값을 치르고도 만나 봐야 할 재밌거리였다. 웃음을 팔지 않아도 된다니

오히려 고마울 지경이었다. 정절의 연기라니 … . 이들에게는 다른 나라의 문화가 그저 색다른 놀이의 대상이었다.

선장은 귀족들과 군인, 상인들을 식사에 초대했다. 선장은 나를 식탁에 앉히지 않았다. 차 마시는 시간에 이들 앞에서 가야금 연주를 하게 했고, 먹과 벼루를 가져다가 꽃을 그리게 했다. 이들은 시나몬, 메이스, 육두구 같은 고급 향신료를 잘게 썬 은제 향료 상자에 코를 갖다 대고 킁킁대며 "꼬레아, 꼬레아"라고 중얼거렸다. 이들은 꼬레아가 어디에 있냐고 물었다.

선장이 중국과 왜나라 사이에 있다고 하니 신기한 듯이 고개를 흔들었고 엄지와 검지를 붙이며 아주 작은 나라, 아주 작은 나라에서 끌려온 선장의 장난감이 그린 그림이라며 내 그림을 보고 웃었다. 그러면서도 돌아갈 때는 그림을 챙겨 갔다.

선장은 내가 들으라고 그들에게 엄니에 대해 물었다. 그들은 조선 여자들은 몇몇 봤지만 다 비슷해서 구분이 가지 않는다고 말했다. 또 꼬치꼬치 사정을 묻는 자들도 있었으나 모두 결론은 지금 고아에는 조선 여자가 나밖에 없다는 것이었다.

히라도에서 숫처녀 사냥에 몰두했던 선장은 고아에서는 다른 사냥감을 찾아다녔다. 자신을 배반한 선원들을 찾아야 했고, 배를 되찾아야 했다. 그러나 이 두 가지 사냥감만을 찾으러 다니고 있다 하기에는 다른 꿍꿍이가 있어 보였다. 무슨 일을 꾸미고 다니는지 알게 된 것은 고아에 온 지 2년이 되던 해 리스본에서 왔다는 선교사 두 명을 초대했을 때였다.

선장과 선교사들의 대화에 오사카, 요도 도노, 히데요리, 대포 주조, 큰 대포 같은 단어가 있었다. 선장이 배를 찾게 되면 나가사키나 히라도로 갈 것이라는 예상을 했지만 이처럼 확실한 계획을 들은 것은 그때였다.

아, 이제 아들을 찾으러 갈 수 있겠구나 하는 기쁨과 함께 고아까지 와서도 엄니를 찾지 못했다는 자괴감이 동시에 들었다. 나도 모르게 가야금을 타며 눈물을 흘렸다.

경면주사를 너무 많이 먹은 탓인지, 아니면 해독제로 먹은 사내아이 오줌 환약 때문인지 마카오부터 시커멓게 얽은 선장의 얼굴이 나를 향했다.

"이봐, 세뇨리따 꼬레아! 여기 신부님이 그러시는데 네 엄니는 고아에 있다가 포르투갈 주인을 따라 리스본으로 가는 배를 탔대. 그런데 그 배가 네덜란드 군함의 공격을 받아서 다 붙잡혔나 봐. 네덜란드 놈들이 혼 곳을 거쳐 미들버그 섬으로 끌고 갔다는구만."

"그럼, 지금 엄니가 미들버그라는 섬에 잡혀 있다는 말입니까?"

나는 신부들을 쳐다보았다. 제발, 엄니가 미들버그 섬에 살아 있기를 바랐다. 선장이 고개를 가로저었다.

"아니, 이 신부님들도 네 엄니가 살아 있는지는 모르신대. 거기서 네덜란드 놈들이 우리 사람들은 다 죽이고 신부님들만 놓아 줬대. 미들버그 섬을 탈출한 신부님들이 리스본으로 돌아와 기행보고서를 작성한 것을 읽은 적이 있다고 하시네. 보고서에 미들버그에 잡혀 있던 여자가 '조선 기생 수향'이라고 이름까지 정확하게 적혀 있었대. 그 보고서가 작성된 것은 4년 전 일이고."

"그럼, 미들버그에 갈 수는 없나요?"

내 말에 선장과 신부 둘이 고개를 가로저었다.

"미들버그는 고아에서 리스본으로 가다가 다른 큰 바다를 건너야 나오는 섬이야. 일본 히라도에서 여기 고아까지의 항로는 거기에 비하면 아기요람이나 마찬가지지. 게다가 그곳은 네덜란드 놈들의 기지야. 죽으러 가기 전에는 갈 수 없어."

갈수록 첩첩산중이었다. 순간의 판단 잘못으로 이 고아까지 밀려 온 것이다. 4년 전이라면 내가 히라도에서 아들을 눈앞에서 보고도 놓친 때다. 그해 아들도 놓치고 엄니도 놓친 것이었다. 저승사자 같은 포르투갈 선원 놈에게 머리를 맞고 정신을 잃었고 마카오까지 흘러간 해였다.

히라도 항구에서 본 사부로의 목말을 탄 아들의 모습이 어제 일처럼 생생하게 떠올랐다. 혹시라도 잊을까 하루에 한 번은 떠올리는 그 모습. 애간장이 녹는 듯했다.

내가 이렇게 살아 있는데 나보다 강한 엄니가 죽었을까. 상상할수 없었다. 기회가 있을지도 몰랐다.

미들버그. 히라도에서 고아까지보다 더 멀고 먼 섬. 그곳에 가혹한 현실을 이기고 있을 엄니가 있다. 나도 살아 있는데 삶에 유능한 엄니가 죽었을 리 없다. 이것이 현실이 아니라면 현실을 부정하겠다. 그런 생각뿐이었다.

초조해졌다. 고아에 엄니가 없다면 내가 여기 있을 이유가 무엇인가. 선장이 도대체 언제 히라도로 떠날까. 온 신경이 쏠렸다.

우리가 헤어진 곳, 히젠나고야. 그곳에 가면 과거를 돌릴 수 있을까. 그때 엄니를 따라나섰다면 아들을 사부로에게 빼앗기지도 않았고 엄니도 지켰을지도 모른다. 온갖 후회가 밀려왔다.

아니 그때는 절박하게 이근을 지키려 하지 않았나. 현실의 사랑을 지키려 했고, 현실의 사랑을 부정하는 엄니에게 보여 주고 싶었다. "기생이 사랑이라니?"라며 "기생이 사랑을 하면 죽는다"고 단정짓는 엄니에게 증명하고 싶었다. 기생이 사랑을 하고 나서도 꿋꿋하게 살아갈 수 있다는 것을 말이다. 그때 나는 단지 엄니에게 인정받으려고 애를 썼던 것일까.

얀탄이 내 곁에서 삶을 허비하고 있었다. 나는 얀탄을 속이고 싶지도, 나를 속이고 싶지도 않았다. 내 가슴은 너무나 크게 비어 버렸다. 얀탄의 날렵하고 단단한 몸으로는 히라도에서 고아까지 늘어난 내 가슴을 채울 수 없었다.

선장은 놀랍게도 선원들이 버린 자기의 여자들을 찾아왔다. 그들을 수소문해 고아까지 데려온 것도 놀랄 일이지만, 선장의 집요함이 더욱 놀랄 일이었다. 선장은 배반한 선원들을 찾아낼 것이었고, 배도 되찾을 것이었다. 선장은 여자들을 잘 먹였고 잘 꾸미게 했다. 여자들은 다시 오색 빛깔의 장식품이 되었다.

선장은 주일이면 여자들을 교회에 데려갔다.

비단 드레스에 머리는 꽃으로 장식한 서양 여자들. 또 행운을 상징하는 사자 발톱과 호랑이 발톱, 용기의 상징인 코끼리 꼬리를 호박 빛 순금과 엮어 만든 장신구들. 이것을 목과 팔과 발목에 주렁주렁 친친 감고 두른 선장의 여자들. 이들이 선장과 함께 교회까지 행진하면 사람들이 눈이 휘둥그레져 바라보았다.

　여자들은 교회에서는 정숙했고 선장의 저택에서는 돌변해서 매력을 뽐냈다. 여자들은 선장이 흡족해 할 정도로 신앙심이 있었고 융통성이 있었다. 여자들은 선장에게 진정한 장식품이었고 교역품이었다. 반대로 선장은 여자들에게 신과 같은 존재였다. 선장의 손님들은 여자들을 대환영했다.

　말라카에서 내린 군산 사람 이인규에게 물었었다.
　"고아는 어떤 곳이지요?"
　"고아는 리스본과 비슷하게 생긴 도시라오. 포르투갈인들이 고아를 리스본처럼 만들어 놓았지만 거기 살고 있는 사람들은 리스본 사람들과 다른 사람들이라오. 아니, 리스본 사람들도 고아에 오면 다른 사람이 된다는 것이 맞는 말이겠지."
　이 선달의 이 말이 무슨 뜻인지 몰랐었다. 하지만 이제는 안다. 이곳 고아는 메스티소가 만들어 놓은 해방공간이었다. 자신들의 나라에서는 관습상 해볼 수 없는 방탕과 무절제, 자기방임이 통하는 일시적인 해방공간. 이런 행동이 오히려 본토인의 식민지에서의 태도쯤으로 여겨지고 조장되었다.
　선장의 손님들. 직업은 군인집단에 속하며 대포를 주조할 능력을 가진 자들. 혈통은 메스티소들인 자들. 이들은 자신들이 리스본에서 익히 들어 온 대로 여자들을 대했다. 소팔라, 모잠비크,

호르무즈, 벵골, 자바, 모로코, 말레이, 타이, 넓게는 아프리카, 중국, 왜나라 여자들. 이 여자들 여럿이 얼마든지 자신의 하룻밤 성적 환상의 조연이 되리라 확신했다.

수많은 여자들을 식탁 위의 음식처럼 대했다. 수많은 여자들을 피부 색깔별로만 파악하려고 했다. 이 여자들 하나하나가 자기 문화와 관습과 성격을 가진 인간이라고는 생각하지 않았다. 예전부터 들어 온 대로 그저 상투적인 편견을 가지고 여자들을 대했다. 여자들도 이들을 최고의 성적 접대만을 원하는 수컷으로만 파악했다. 이렇게 서로에 대해서 관심 없는 사람들이 만발한 꽃들 사이에서 욕망과 생존을 거래했다.

관습과 도덕을 말하는 관리자들은 멀리 본토에 있었고, 선교사와 신부들은 훼방꾼 정도였다. 서로서로 독毒을 먹이는 어제의 살인이 오늘의 살인으로 덮여지고, 늘 새로운 인간들로 충원되는 현재만이 있는 항구도시. 금은보화와 고급 향신료를 차지한 자들이 구속받지 않고 방탕할 자유가 넘쳐나는 항구도시. 이곳에서 방탕은 수치가 아니었다. 식민지 고아가 가지고 있는 힘이었다.

1년 뒤 고아로 온다던 이 선달은 4년이 지나도 소식이 없었다. 항구를 하릴없이 헤맸다. 혼 곳이나 미들버그로 가는 배가 있을지도 몰랐다. 국적에 상관없는 해적들이 항구에 숨어들 수도 있었다.

하루는 외출했던 선장이 화가 나서 씩씩거리며 들어왔다. 선장의 여자들이 그에게 몰려들었으나 여자들을 물리치고 내게 다가와 다짜고짜 따귀를 때렸다.

그림자같이 선장을 따라다니며 시중을 들던 얀탄이 선장의 손을 붙들었다. 선장은 얀탄을 때렸다.

"세뇨리따 꼬레아, 넌 얼마나 바보냐! 네가 리큐 바다에 빠졌던 이유가 뭐야? 아들을 찾으러 나가사키로 가다가 그런 거잖아! 그런데 미들버그로 가겠다고 배를 찾고 다녀?"

얀탄에게 분을 푼 선장이 소리친 말이었다. 항구의 동향은 메스티소들에게 모두 공유되고 있었다. 선장의 말은 사실이 아니었다. 미들버그로 가려고 한 것은 아니었다. 내가 과연 오사카로 갈 수나 있기는 한 것인지 불투명하기만 했다.

얀탄이 선장의 시중을 들며 대포 주조상황을 내게 말해 줬지만 하루하루 이 화려한 땅 고아에서 삭아져 먼지가 될 날을 기다리고 있는 듯했다. 선장은 부활을 꿈꾸는 폐선이었지만, 나는 낡아 부서지는 뗏목이었다.

몇 번의 우기와 건기가 지나갔다. 선장은 손님들과 여자들, 얀탄과 나 모두를 인적이 드문 해변으로 데려갔다. 그곳에 보통 보던 대포의 열 배쯤은 돼보이는 어마어마한 크기의 대포가 있었다. 그리고 멀리 해변에 사람들이 묶여 있었다. 너무 멀어서 손가락 크기 정도로 보였다.

선장은 대포 포신에 일꾼 몇 명이 함께 들어야 할 무게의 포탄을 넣게 했다. 우리는 물러섰다. 포탄이 날아가자 해변이 흔들렸고 파도가 몰아쳤다. 사람들은 형체도 없이 사라졌다. 선장을 배반한 선원들이었다. 어디에선가 모두 잡혀와 대포 성능을 시험하는 데에 쓰인 것이다.

선장은 해적들에게서 자신의 배도 되찾았다. 선장의 배는 끔찍할 정도로 낡아 있었다. 유령선이라 해도 될 정도였다. 선장은 폐선이 돼버린 자신의 배를 앞서 대포의 성능을 시험한 해변에 정박시켰다. 사람들을 다시 모아 놓고 거창한 장례식을 치렀다. 쓸 만한 부속품들을 모조리 떼어 낸 배가 파도에 떠밀려 수평선 앞에서 수장될 때까지 선장의 여자들이 쇠나팔로 예식을 치른 것이다.

이후 선장은 저택을 팔았고 새 선박을 건조했다.

새 갑판의 한복판을 모두 차지한 검은 거포는 적을 향해 달려들려고 웅크린 맹수 같았다.

새 대포는 히라도든 나가사키든 오사카든 가서 물어뜯고 파괴할 힘을 응집시킨 거대하게 검은 맹수였다.

얀탄이 사카이堺가 도착지라 말했다. 사카이와 오사카는 야마토 강大和川을 끼고 양쪽에 있었다.

고아에서 7년. 아들은 이제 15세다. 9년 전 히라도 항구에서 사부로의 목말을 탔던 어린 아들. 그 아들이 나를 알아볼 수 있을까. 알 수 없는 손아귀가 심장을 옥죄고 있었다. 불안감에 숨을 몰아쉬며 얀탄에게 종용했다.

"얀탄, 제발 이곳에 남아. 네가 있을 곳은 고아야. 고아에서 새 일을 찾아."

"난 이미 고아 사람이 아니야. 봐, 그동안 내가 사는 곳이 어디였어. 난 시내에서 선장의 일을 돕고 있었잖아. 그리고 세뇨리따 꼬레아, 너와 함께 살았잖아. 그런데 어떻게 고아 사람들이 사는 시골로 갈 수 있단 말이야. 거긴 내 엄니를 죽이려고 했던 친척들만 남아 있다고."

"그럼, 시내에서 새 주인을 찾아 봐. 널 위해서 그러는 거야. 선장이 사카이로 대포를 가지고 간다는 것은 거기에 대포를 쓸 전투가 있다는 거잖아. 고아에 남기 싫다면 다른 배의 일자리를 알아 봐, 제발."

얀탄은 막무가내였다.

짐을 다 실었고 세 개의 돛이 모두 활짝 펴졌다. 선장, 선장의 여자들, 선원들 모두 갑판에 서서 멀어지는 항구를 바라봤다. 나는 갑판 위의 거대한 맹수만을 바라봤다. 기름칠을 한 포신이 번쩍였다. 배가 앞으로 나가는 것 같지 않았다. 맹수의 무게 때문인지도 몰랐다.

사람들이 갑판에서 흩어지자 그제야 나는 고아를 돌아보았다. 착각이었다. 거대한 채소 광주리같이 생긴 고아가 수평선에 걸려 멀어지고 있었다.

꽃이 지는 뜻은

1617년 엄니를 모시고 동래로 돌아왔다. 엄니는 25년 만에 고향땅을 밟은 것이다. 조선통신사 정사 오윤겸을 따라 돌아온 쇄환인刷還人은 엄니와 나를 포함해 3백 명 정도 됐다. 엄니가 정신이 온전했다면 쇄환인을 바라보는 고향 사람들의 은근한 냉대에 충격을 받았으리라. 나는 11년 전, 이미 고향의 분위기를 알았기에 조금의 기대도 하지 않았다.

동래성은 내가 사명대사를 따라 돌아왔었던 11년 전보다 부속 건물들이 여럿 증축됐다. 전쟁의 시대는 지나간 것이다. 바야흐로 평화의 시대였다.

전쟁 관련자들은 시대에 맞게 변했다. 전쟁을 일으킨 히데요시 가문은 멸족됐다. 도쿠가와 가문은 자신들은 전쟁과는 무관한 평화시대의 정권이라 광고했다. 조선을 통해 중국과의 관계를 회복하려 했다.

도쿠가와 정권의 요청에 따라 파견된 조선통신사들은 납치됐던 백성들을 데려오는 것이 가장 큰 임무였다. 전쟁의 시대든 평화의 시대든 끌려온 백성, 피로인被擄人들은 시대를 좇아 변하지 못했다. 변하지 못한 백성들에게는 자의보다 타의가 우선되었다. 남의 뜻에 따라 끌려가고 끌려와야 하는 처지. 차라리 전쟁의 와중에 죽은 자들은 선택의 두려움에서 벗어나서 그나마 운이 좋은 것일까.

다시 변한 세상에서 고향으로 돌아가자고 강요하는 통신사들은 쇄환刷還된 뒤의 생활에 대해서는 관심이 없었다. 끌려온 왜나라에서 터를 잡고 사는 조선 사람들. 이들의 고향으로 돌아가지 않으려는 태도가 오히려 가증스럽고 간사하다고 탓했다. 20년 전에 끌려간 백성들한테 나라에서 오라고 하면 일사불란하게 돌아오는 것이 마땅하다는 것이다. 살길을 강구하는 것은 백성들의 몫이었다.

시대가 바뀌었지만 통치자들의 태도는 바뀌지 않았다. 그들은 자신들의 요구를 들어주지 않는 백성들에게 어리석다, 간사하다, 가증스럽다며 닦달을 해댔다.

그럼에도 나는 돌아왔다. 내 나이 43세, 58세의 어린 소녀를 업고 돌아왔다. 나를 지켜 주지 못한 땅, 나를 쫓아 낸 땅으로 또다시 돌아왔다.

11년 전과 다른 점이라면 동래도 평화의 시대를 맞아 전쟁의 상처가 잊히고 긴장도 누그러졌다는 점이다. 여자들을 효수해 놓았던 말뚝이나 비밀결사 같은 것은 옛말이 되었다. 왕도 바뀌었다. 아버지가 죽고 측실의 둘째 아들이 왕이 되었다고 했다. 아무래도 좋다. 죽으러 돌아온 여자들, 엄니와 나에게는 태어난 산천이 죽기에 편안하다.

동래부에서 나와 청명한 가을 하늘을 올려다보니 11년 전 사람들이 자연스럽게 떠올랐다. 이런, 을지, 박 선달과 은신처의 여자들. 뿔뿔이 흩어질 수밖에 없었던 11년 전 그날 이후의 은신처는 어떻게 되었을까. 발길이 그곳으로 옮겨졌다.

골짜기를 두 번 넘을 동안 엄니는 동래부에서 나눠 준 떡을 조금씩 떼어 설탕에 찍어 먹었다. 엄니를 놓아준 포르투갈 상인은 조선에 가면 아마도 비싼 값을 받을 것이라며 설탕 자루를 주었다. 내다 버릴 심산이었던 엄니에게 설탕 자루까지 끼워 주었다. 상인의 심경에 변화가 있었던 것은 엄니와 나의 사연을 듣고 나서 였다.

엄니는 설탕과 튤립 화분 때문에 시간과 공간이 더 헷갈리는 듯 했다. 설탕을 핥으며 몇 마디 포르투갈 말을 읊었고, 튤립 구근이 들었다는 화분을 들여다보며 네덜란드어도 아닌 알아들을 수 없 는 말을 뱉었다. 미들버그 섬의 원주민 말인가 짐작할 뿐이었다.

아이가 된 엄니는 줄곧 혼잣말을 했다. 그러나 그것은 혼잣말이 아니었다. 나와 헤어진 뒤, 19년 동안의 수많은 고초와 신산辛酸 의 무간지옥, 그날들을 내게 풀어놓는 방식이었다. 나도 엄니처 럼 혼잣말을 했다. 엄니 방식대로 엄니에게 나의 파란곡절 나락의 날들을 풀어놓았다.

보따리에서 얀탄에게 받았던 설탕주머니를 꺼냈다. 엄니 손바 닥에 든 설탕을 주머니에 넣어 주었다.

"이게 뭐야?"

"엄니, 설탕을 이 주머니에 덜어 넣고 드시오."

나는 설탕을 주머니에서 조금씩 손바닥에 흘리는 방법을 엄니 에게 보여 주었다. 엄니는 설탕주머니를 건네받고는 오물오물 떡 을 불려 먹으며 끄덕였다. 나도 엄니와 다를 바 없었다.

설탕주머니를 눈앞에서 놓치지 않으려 하는 것은 얀탄을 기억 하기 위한 것이었다. 또 얀탄과 설탕주머니를 통해 그랑 마에스트 로 파블로 돈 까를로스, 가짜의 냄새가 가시지 않으면서도 자부심으로 가득 찼던 선장을 떠올리기 위한 것이었다. 엄니가 포로와 노예로 살았던 25년을 기억하고 자신을 위로하기 위해 남은 생을 다 바쳐 혼잣말로 중얼거리듯, 나도 남은 생을 다 바쳐 오사카에서 사라져 간 사람들을 애도해야 했다.

히라도에서 19년 만에 엄니를 만났을 때 나도 엄니처럼 정신이 무너진 상태였다. 아무 희망도 남아 있지 않았다. 2년 전인 1615년 5월, 오사카 성의 여름전투에서 내가 아는 사람들은 다 죽었다. 얀탄, 선장, 용병으로 참전했던 조선인 포로들, 닌자 사부로까지.

이들은 도쿠가와 가문이나 히데요시 가문과는 상관없는 사람들이었다. 세력과 권력에 떠밀려 다니는 낭인浪人일 뿐이었다.

시대의 톱니바퀴에 뛰어든 헛된 죽음들. 밝은 곳을 찾아 질주하는 부나방처럼 자기 몸을 불사른 죽음들. 이들에게 마지막 순간 오사카 성을 빠져나올 기회는 있었다. 도쿠가와 쪽은 도망자들은 잡지 않았다. 그런데도 이들은 죽음을 택했다. 불타는 성城을 빠져나오지 않았다. 오사카 성과 함께 재가 되는 길을 택했다. 이들은 자신들의 끝을 오사카 성으로 정한 것이다.

선장은 요도에게 팔 거포ㅌ砲를 사카이를 거쳐 오사카로 운반하려 했지만 사카이에서 선장을 기다린 것은 도쿠가와 가문 쪽이었다. 오사카 성으로 통하는 길목은 모두 도쿠가와 가문의 장수들이 지키고 있었다. 거포는 도쿠가와 가문에 팔 수밖에 없었다. 오사카 성으로 들어간 선장은 자신이 만든 거포를 방어해야만 했다. 선장은 도쿠가와 쪽에 서지 않았다. 히데요리와 요도 쪽에 서서 침몰하는 오사카 성과 함께 가라앉기를 주저하지 않았다. 왜 그랬을까.

조선 포로 용병들, 닌자 사부로, 심지어 얀탄도 성을 버리면 살려 주겠다고 한 도쿠가와 쪽의 마지막 설득을 받아들이지 않았다.

이들이 마음 둘 곳은 요도와 히데요리였다. 이 모자母子의 벌벌 떨며 지르는 허약한 저항에서 자신들을 보았다. 궁지에 몰린 쥐는 고양이를 물어야 한다. 강자에게 끌려다니며 파괴되어 왔던 자신들의 삶이 닻을 내릴 곳은 오사카 성이었다. 불타는 오사카 성에서 나는 미친 여자처럼 사부로와 아들을 찾아다녔다. 칼에 베이고 화살이 꽂힌 채 죽어 가는 사부로를 찾아낸 것이 기적이었다.

사부로가 한 마지막 말을 믿고 싶었다.

"조선으로 돌아가! 네 아들은 성인이 되면 널 찾아갈 거야."

믿을 수 없는 말이었다. 사부로는 내게 희망을 남겨서 삶을 이어가게 하려는 속셈이었다. 나에 대한 배려가 아니었다. 나를 시험에 들게 하는 희망고문이었다. 아들의 주검이 발견되지 않았기 때문에 희망은 더욱 부풀려졌다.

나는 조선으로 돌아가지 않았다. 다시 사카이, 교토에서 아들의 흔적을 찾아다녔다. 찾을 수 없었다. 아들도 닌자가 되었다는 말인가? 사부로처럼 움직이는 거처에서 자신의 흔적을 지우는 법을 배웠단 말인가? 그렇게 살아 있다면 아들은 내가 모르는 사람이 되어 있다는 거였다.

닌자는 번주藩主에게도 쇼군에게도 속하지 않은 자들이다. 그믐
밤 어둠 속에서만 산을 내려와 사그락, 소리도 내지 않고 움직이
는 자들이다. 칼의 마음이 닌자의 마음이라는 계율은 어둠 속의
자객들에게나 어울리는 말이다. 아들이 사부로의 손에서 그런 닌
자로 키워졌다면, 죽었는지 살았는지도 모르는 아들과 내가 과연
어떤 공통점이 있을까.

"사부로, 사부로! 너와 나의 악연이 대체 어디에 닿아 있기에
나와 아들을 떼어 놓고 나를 이렇게 괴롭히는 것이냐."

절로 흐느낌이 흘러나왔다.

"엄니, 어디 계시오! 나의 고통을 이해할 엄니, 엄니. 살아 계
시다면 내 귀에 들리도록 대답해 주오. 내 앞에 나타나 내 고통을
어루만져 주오."

만사가 모두 무의미해졌다. 내가 애타게 찾던 내 아들은 내 마
음속에서 이미 죽은 것이 아닐까. 엄니와 아들을 찾아 헤맨 세월
이란 내 목숨을 부지하기 위해 엄니와 아들 핑계를 대며 발버둥친
것이 아닌가! 내가 싫어졌다.

죽을 일만 남았다 … 생각에 빠져 헤매던 순간에 히라도에서 엄
니를 만난 것이다.

"엄니, 엄니. 동래로 갑시다. 죽어도 거기서 죽어야지요."

다 포기한 순간 하늘이 열린 것처럼 엄니가 내 앞에 나타난 것이
다. 무너진 엄니를 보면서 내가 무너졌다는 것을 알 수 있었다.

아들은 내가 어떤 영향도 미칠 수 없는 영역이 되어 있었다. 사부로 말이 맞는다면 아들은 내가 동래에 돌아가 있으면 찾아온다는 것이 아닌가. 받아들여야 했다. 받아들이지 못했기에 무너진 것이다. 다시 일어나야 했다.

엄니를 동래로 모시고 와서 마지막 날들을 살아 내자. 더는 의심할 여지가 없는 결론이었다.

불에 탄 목재들이 그대로 있지 않을까 생각했다. 잡초 무성한 평평한 빈터가 집터였다는 것을 알 수 있게 할 뿐이었다. 은신처에 불을 지르고 피할 때의 절박함이 떠오를 줄 알았는데 덤덤했다. 박 선달의 죽음이 아리게 떠오를 뿐이었다.

11년 전 함께 달아났던 여자들 중에 이곳에 다시 와본 이들은 없을까. 누군가는 다시 와보았을 듯했다. 은신처에서 해바라기 꽃을 키우며 박 선달과 18명의 여자들이 만들어 냈던 설렘과 긴장감, 짧았던 넉 달의 기억을 이후 삶에서 떠올리지 않은 여자들이 있을까.

여자들을 데려다 효수하는 비밀결사의 첩자가 박 선달이었다는 것이 드러났을 때, 여자들은 박 선달의 계략에 빠졌던 것을 알게 됐지만 마지막 순간에 박 선달을 단죄했다. 달아날 때는 박 선달에게 독을 먹여 죽였다는 두려움과, 죽이지 않았다면 우리가 죽었을 것이라는 분노 사이에서 헤맸다.

11년이 지난 지금은 다만 꽃을 키우던 넉 달의 기억이 아름답고도 매혹적으로 떠오른다. 18명의 여자들 각자의 마음속에 숨겨 놨던 사랑의 방식을 절박하게 드러냈던 한때. 그때 이곳에 세상과 단절된 환상의 시간이 있었다. 여자들은 이련과 을지의 싸움에 매달렸고 이어진 이련의 죽음에 세상이 전부 끝난 것처럼 반응했지만, 지금 생각해 보면 모두가 이 은신처의 생활이 계속되리라고는 생각하지 않았던 것이다.

전쟁이 끝나고 적과 간통한 여자들을 색출해 죄를 묻는 살벌한 상황에서 여자들의 사랑은 끼어들 자리가 없는 거였다. 그런데도 여자들은 절박하게 사랑을 꿈꿨고, 마지막에는 믿음과 유대라는 사랑의 결실에 도달했다. 박 선달이라는 식인귀, 매혹의 식인귀가 없었다면 깨달을 수 없는 일이었다.

그때는 엄니가 옆에 있다면 얼마나 말하고 싶었나. '기생이 무슨 사랑이냐'고 내게 면박을 주고 떠난 엄니에게 은신처 여자들이 깨달은 사랑의 승리를 보여 주고, '이래도 사랑을 믿지 않을 것이냐' 맞서고 싶었다.

이제 엄니는 내 옆에 있다. 떡을 오물거리는 엄니에게 말한다.

"엄니, 엄니는 아직도 기생은 딱 한 번 사랑하고 죽어야 한다고 생각하오?"

아무 대답이 없다. 엄니는 자기 세계에 갇혀서 끌려다닌 25년을 해석 중이다. 해석할 수 없는 굳은 상처들을 녹여내고 펼쳐내 거미줄 가닥처럼 날려 보내려면 얼마나 많은 시간이 필요할까. 그 일이 이승에서 할 수 있기나 한 일일까. 나는 모른다.

이승에서 못다 할 일이라도 시도하겠다는 의지를 가진 자와 가지지 못한 자는 전혀 다른 세상을 만든다. 굳은 상처를 풀어내는 데에는 사랑뿐이다.

엄니와 딸의 사랑은 내리사랑이기에 엄니의 등을 쓸며 말한다.

"엄니, 엄니. 엄니가 내 딸 하시오. 이제부터 엄니는 내 딸이오. 튤립보다 해바라기보다 어여쁜 내 딸이오."

갑자기 엄니의 등이 굳어지더니 내게 묻는다.

"해바라기가 무어야?"

엄니는 해바라기를 기억하지 못한다.

동래성에서 히젠나고야 성으로 잡혀갔을 때 요도가 키우던 꽃. 조선에는 없는 해바라기가 너무 예뻐 엄니와 함께 몰래 씨앗을 받아 놓았었다. 아, 그게 지금 와서 무슨 소용이란 말인가.

엄니는 해바라기를 기억하지 못하고 내 물음에는 답을 하지 않는다. 나는 그저 엄니의 등을 쓰다듬는다. 엄니가 혼잣말처럼 말했다.

"정현이는 이 사람도 사랑하고 저 사람도 사랑한다고 했어. 사랑은 함부로 하는 게 아니야. 그런 건 사랑이 아니야. 내가 혼냈었지. 기생은 평생 한 번 사랑하고 죽는 거라고."

사랑은 함부로 하는 것이 아니라니! 그건 사랑이 아니라니!

엄니는 포로로 노예로 세상 반대편까지 끌려갔다 왔으면서도 여전히 양반들을 위한 노리개로서의 기생 행동강령을 외우고 있단 말일까. 사랑은 생기生氣와 같은 것이다. 사람은 죽어도 사랑은 죽지 않는다. 사람이 사랑을 죽일 뿐이다. 나에게서 너로 옮겨 다니며 생기를 불어넣고는 떠났다가 다시 찾아오는 것이 사랑 아닌가.

이근, 박 선달, 선장, 얀탄, 심지어 사부로까지 차례로 떠올랐다. 설렘이 처음에 오든 마지막에 오든 사랑은 한 번도 같은 얼굴이 아니었다.

기생은 단 한 번 사랑을 하는 것이라며 사랑을 기생의 삶과 분리시킨 것은 기생의 삶을 보호하기보다 접대받는 양반들의 편의를 위한 강령일 뿐이다. 엄니는 어떻게 해서 25년이 지난 지금까지 현실과 과거를 오락가락하는 중에도 허울뿐인 그 강령을 잊지 않고 있는 것일까. 기생교육을 받았던 우리보다 기생교육을 했던 엄니가 가장 큰 피해자였다.

"엄니, 그럼 엄니는 아직 사랑을 안 했는가 보오. 죽지 않았잖소. 안 그러오?"

"응? 나는? 했었지. 나는 사랑을 했었어. 아주아주 예전이야. 딱 한 번이야. 그리고 죽은 거야."

"엄니, 그런데 엄니는 지금 나도 사랑하고 튤립 화분도 딸처럼 사랑하고 있지 않소. 그런데 죽었다니? 죽은 사람이 어떻게 또다시 사랑을 하오? 딱 한 번 사랑하고 죽는다는 것은 말이 안 되는 것이잖소."

"아니야. 죽었어."

엄니는 계속 떡을 오물거리면서 고개를 가로저었다. 아, 안쓰러운 엄니. 불쌍한 엄니….

은신처가 내려다보이는 앞산 언덕에 불탄 자리에서 구르던 목재를 가져다 움막을 지었다. 솥을 걸었다. 떡을 만들어 장에 내다 팔았다. 향신료 중에 가장 흔한 계피를 넣어 만들었다. 조선 사람들 입맛에는 계피가 맞다. 계피떡 맛을 본 동래 사람들은 신기한 맛이라며 너도나도 사갔고 금세 동이 났다. 계피가 어디에서 나는 재료인지 궁금해 했다.

"계피는 남쪽 나라에서 많이 나는 향신료요."

"아지매는 이 약재를 어디서 얻었소?"

"인도 고아요. 고아 사람들은 음식에 향신료를 많이 써요. 향신료를 음식에 넣어 건강을 도모하지요."

"고아? 고아라는 곳이 어디에 있소?"

"고아는 중국 바다 끝에 있는 마카오를 지나고 말라카를 지나고 또 큰 바다를 지나야 나오는 땅이오. 포르투갈인들이 백 년 전에 차지한 땅이라오."

"그럼, 포르투갈인들이 사는 곳이오?"

"원래는 두모포처럼 인도인들의 항구였는데, 포르투갈인들이 백 년 전에 무력으로 차지했어요."

"그럼, 아지매는 그 고아라는 항구에 끌려갔던 것이오?"

동래 사람들은 계피보다 고아에 더 관심이 많았다. 나에게 어디 사람이냐고 물었다. 조선 사람 같지 않다고도 했다. 왜인이나 양인 혼혈이냐고도 물었다. 그 물음 때문에 헛웃음이 나왔다.

20년 넘게 물을 갈아 먹었다는 것이 피까지 달라 보이게 하는 것일까. 숨길 필요 없었다. 동래성 전투에서 살아남아 끌려갔다 돌아와 다시 왜로 마카오로 고아로 떠돌다 돌아온 것이 25년이란 내 말에 사람들은 반신반의했다.

떠돈 까닭이 엄니와 아들을 찾으려다 보니 그렇게 되었다는 말에 이르러서야 몇몇은 고개를 주억거렸고 몇몇은 더듬거렸다.

"그게, 가능한 이야기인가요? 마카오나 말라카까지 끌려갔다 돌아온 남자들이 있다는 말은 들었어도 여자의 몸으로 인도 고아라는 곳까지 갔다 살아 돌아왔다는 것이! 게다가 큰 바다를 몇 번 지나야 나오는 땅이라니! 아지매 참, 뻥도 심하오!"

모여 있던 자들이 웃음을 터트렸다. 고개를 가로저으며 한심하다는 듯이 나를 쳐다보았다. 이들에게는 중국, 왜나라, 류큐, 말라카 정도가 세상의 전부였다. 어딘지 모르는 바다 끝에서 왔다는 양인들의 땅을 추가해 생각하는 사람은 그나마 몇 명 되지 않았다. 동래 사람들의 상상력은 그 정도였다. 인도 고아는 그들의 상상력 밖이었다.

상상 이상의 것은 믿지 않으려는 분위기. 동래는 본래 이렇지 않았다. 패전의 기억이 삶의 성질도 바꿔 놓았다. 의기소침하고 풀이 죽은 이들에게 상상과 모험은 위험하고 위협적인 것이다. 이들은 내가 허언을 일삼는 머리가 돈 여자 정도로 치부했다. 그렇게 하는 것이 이들에게 편했다.

그런데도 내가 만든 계피떡이나 후추조림은 시장에 내놓으면 동이 났다. 이것을 어떻게 이해해야 할까. 내 말은 믿지 않지만 내가 만든 음식은 사간다? 자기들이 받아들일 수 없는 것에는 귀를 막고 득이 되는 것은 취하는 것이다. 눈감고 귀를 닫음으로써 스스로 안정을 취하는 행동을 하는 것이다.

겉으로 보기에 동래는 11년 전 사명대사를 따라 돌아왔을 때보다 안정을 찾았지만, 사람들의 정신은 전쟁의 폐허 속으로 점점 더 빠져들고 있었다. 동래 사람들의 정신적 폐허보다 왜놈의 땅으로 끌려갔던 사람들, 노역에 시달리다 병들어 죽은 사람들, 오사카 성에서 몰살당한 몇천 명이 넘는 조선 포로 용병들의 정신적 폐허가 더욱 비참하고 황폐할 것이었다.

그런데도 이 동래 사람들의 폐허가 더 옹색하고 빠져나올 수 없는 늪처럼 여겨졌다. 답답했다. 대체 이들의 폐허에 재건의 가능성은 있기나 한 것일까.

시장에서 소문을 듣고 움막으로 찾아오는 이들이 있었다. 아픈 아이들을 데리고 온 여자들이었다. 배가 올챙이처럼 부풀어 오른 아이들이었다. 변변한 약재 한 번 먹이지 못한 젊은 엄마들이었다. 먼저 옻물을 달여 먹였다. 몸속의 벌레들을 옻물로 죽이고 며칠을 살핀 뒤 계피죽을 먹였다. 산비탈에 넉넉한 품을 펼친 뽕나무 열매, 오디도 따놓고 불에 익혀 먹였다. 젊은 엄마들은 아이들이 점점 회복되자 늙은 두 여자의 삶에 관심을 두기 시작했다.

전혀 들어 보지 못한 약재, 육두구, 크로브, 후추 같은 고급 향신료들이 거래되는 항구도시 고아에 대해 들려주었다. 여자들을 피부색으로 구분하는 양인 남자들이 있다는 것을 들려주었다. 그들의 조선 여자에 대한 환상에 대해서도 말이다. 젊은 엄마들은 여름비를 품은 푸른 뽕잎차를 마시며 빨려들듯이 이야기를 들었다. 바다 너머의 항구도시와 그 너머의 혼 곳과 미들버그 섬 그리고 튤립이란 꽃이 한 바구니의 보석보다 비싸게 팔렸다는 네덜란드의 암스테르담에 대해서도 들려주었다.

정신적 폐허에는 상상력의 큰 기둥들을 새로 박고 터를 넓혀야 재건의 가능성이 보이는 것이다.

젊은 엄마들은 활기가 어디에서 나오는지 알아차렸다. 오늘 아이들에게 밥을 굶겨 희망이 없었던 것이 아니라, 내일과 모레에 대한 낙관의 의지가 없어 비관적이었다고. 한 점의 모래알 같은 인간이 자신이 몸을 담근 넓은 바다를 알고 염두에 둘 때 낙관의 의지는 생긴다. 젊은 엄마가 이런 말을 했다.

"아지매 이야기를 들어 보니 그 넓은 세상을 가보지 않았어도 마치 다 가본 것 같소. 바다 너머에 그런 세상이 있다니 …. 우리야 동래에 갇혀 살았지만 우리 애들이 자라면 아지매가 말한 포르투갈 선장처럼 류큐, 마카오, 말라카, 고아 같은 곳으로 조선의 특산품들을 수출하는 무역선 선장도 되고 선원도 되겠지요? 그런 날이 오겠지요?"

활기를 얻은 젊은 엄마들은 대범해졌다. 들일도 갯일도 솔선했다. 활기가 젊은 엄마들을 너그럽고 부지런한 어른으로 만든 것이다. 소박하고 건강한 아름다움이었다. 소문을 듣고 움막으로 찾아오는 젊은 엄마들에게 내가 알고 있는 지식이라면 모두 알려 주고 싶었다. 싱그러운 일이었고 생전에 할 수 있는 의미 있는 일이었다.

그러나 마음 한쪽에는 11년 전, 여자들을 효수해 대던 비밀결사들의 행방에 대한 두려움이 없다면 거짓말이었다. 비밀결사에 대해 드러난 정황이 없었기에 두려움은 숨어 있을 뿐이었다.

저고리에는 꾸덕꾸덕 마른 피가 덮여 있었고, 잔금 같은 생채기가 얼굴에 퍼져 있었다. 치마가 다 찢어진 것으로 보아 며칠을 산과 숲을 해맨 모양이었다. 그런데도 이 여자가 누구인지 금방 알아보았다. 호연이었다! 11년 전 호연이란 진짜 이름을 숨기고 제 스스로 '달'이라고 불렀던 여자. 이런 몰골로 움막으로 들어와 모두를 놀라게 하다니!

11년 전, 박 선달에게 독을 먹여 모두를 구해 냈던 호연이 왜, 넋이 다 나간 행색으로 나타났을까. 숨어 있던 불안감이 엄습했다. 젊은 엄마들을 돌려보냈다.

"당분간은 움막으로 오지들 말게나. 혹시 앞으로 날 보지 못하더라도 내가 들려준 세상 이야기를 아이들에게 전해 주게."

"아지매, 할매를 데리고 어디를 간다고 그러오? 혹시 무슨 일이 생기면 마을로 내려와 저희들을 찾으시오. 저희들한테 밖의 넓은 세상에 대해 이야기를 들려주시고 밝게 살아갈 힘을 주셨는데 이제, 저희가 아지매와 할매를 돌봐야지요."

나는 끄덕였다. 이들의 구김살 없고 따뜻한 마음에 힘이 났다. 전쟁을 겪은 이들이 잃어버린 밝고 순진한 마음이 여기 있었다. 가보지 않은 세상에 대한 호기심과 상상만으로도 긍정적인 감정이 일어나 생활을 생동할 수 있는 능력, 젊은 엄마들의 능력이었다.

그러나 옆에는 움막을 찾아와 단말마斷末魔를 뱉고 정신을 놓은 호연이 누워 있다. 달빛 아래 뒤엉켜 푸른빛을 뿜던 박 선달과 호연의 나신이 어제 일처럼 떠오른다. 전쟁터의 주검들을 밟고 살고자 달아나 보지 않았다면, 죽음을 넘어 살고자 갈망해 보지 않았다면 박 선달과 호연의 광기 어린 정사를 이해하지 못했으리라. 그것은 의식 저 밑바닥에서부터 올라온 생을 붙잡으려는 거역할 수 없는 충동이었다. 은신처 여자들도 알고 있었다. 자신을 집어삼키려고 호시탐탐 노리는 죽음이라는 괴물과 싸우기 위해서는 괴물보다 강한 충동을 불러와 생을 붙잡아야 한다는 것을.

그날 밤 호연은 우리와 함께 떠났었다. 동래를 벗어나서 쇄환인 여자들은 뿔뿔이 흩어졌었다. 그런데 11년이 지난 지금 거짓말처럼 그날로 시간을 돌려놓듯 호연은 죽은 박 선달을 대신한 모습으로 나타난 듯했다. 섬뜩해졌다. 움막을 나와 둘러보았다. 숲에서 박 선달이 다가오고 있는 것은 아닌가. 들리는 것은 바람소리와 늙은 세 여인의 숨소리였다.

보관했던 약간의 경면주사를 물에 개어 호연의 얼굴이며 손발을 소독하는 데 쓰고 상처에 붙였다. 호연의 맥이 일정하게 돌아왔다. 다음 날에서야 호연은 일어나 앉았다. 자존심 강하고 당당했던 호연. 이제는 낡고 구멍 난 문풍지처럼 보였다. 11년의 세파가 호연을 그렇게 만들었다.

호연의 남편은 그 후 호연을 다시 찾았을까. 죽지도 않은 호연의 열녀문을 집안에서 세우는 것에 반대도 하지 못한 호연의 남편. 그 책임을 호연에게 떠넘기려 했던 행태로 봐서는 또다시 호연을 찾아내서 괴롭혔을 것이 틀림없을 듯했다.

"남편은 사랑을 핑계로 저를 학대했던 거예요. 남편은 자신을 믿지도 사랑하지도 못했던 거지요. 자신을 믿지도 사랑하지도 않는 자가 어찌 타인을 사랑할 수 있겠어요. 순전히 핑계였어요. 사는 이유를 찾기 위해 나를 사랑한다고 핑계를 댔던 거예요. 자신의 불행을 달아나는 나를 쫓아 전가하려 했던 거지요. 달아나고 쫓는 집요한 미로를 만들어 놓고 나와 자신을 가두어 놓으려 했던 거예요. 아, 11년 전 그날, 삼월 삼짇날 남편도 죽었어야 했어요. 그게 제 운명이었던 거예요. 사랑하는 남자들을 죽여야 하는 운명!"

엄니와 내가 세상을 떠돌 동안 호연은 남편을 피해 이 성, 저 성으로 이 마을, 저 마을로 떠돌았던 것이다.

전쟁은 20년 전에 끝났다. 평화의 시대라지만 여전히 전쟁을 겪고 있는 자들은 누구인가. 자의에 따라 살 수 없는 사람들. 타의에 따라 끌려다녀야 하는 사람들.

평화를 누리는 자들은 아직도 전쟁 중인 자들에게 어리석다, 간사하다, 가증스럽다, 손가락질하면 그만이지만 우리들은 어떻게 전쟁을 끝내야 하나.

광포한 맹수가 호연을 물고서 25년을 놔주지 않았다. 맹수의 입에 붙어 버린 기괴한 그림. 호연은 이 전쟁을 끝내야 했다.

"마지막에 절로 숨었어요. 흔적을 남기지 않고 절로 들어가면 찾지 못하리라 생각했지요. 공양주로 들어가 있는 절까지 찾아내리라고는 예측하지 못했어요. 공양간 문턱을 막아선 남편을 본 순간 이제 더는 달아날 곳이 없다, 결정했어요. 절 앞이 강이었고 절 뒤가 산이었는데, 강에 면한 바위로 올라갔어요. 남편이 보는 앞에서 강으로 뛰어내려 끝내려고 했던 거예요."

호연은 이곳에 꼭 한 번은 다시 와보고 싶었다고 했다. 돌로 꾹 꾹 눌러 두었던 삶의 허기가 무제한으로 채워졌던 곳. 정말 있었던 일이었는지 확인해 보려고 했단다. 움막을 발견하고 또 나를 발견하고 여기가 저승이려니 하고 쓰러졌다. 이미 뒤엉킨 정신 줄을 붙잡고 산과 숲을 헤매며 찾아온 일이 기적이었다. 그런데 이곳에서 나를 만났으니 엉킨 실타래 같았던 정신 줄이 바짝 졸아들듯 쓰러져 버렸던 것이다.

호연이 남편에게 쫓겨 올라가 멈춘 곳은 호랑이 아가리처럼 생긴 바위였다. 정한 대로 절벽에서 뛰어내리려 했다. 남편이 달려와 호연을 잡았다. '뛰어내리려면 나를 죽이고 뛰어내려라'며 품에서 갑자기 칼을 꺼냈다. 호연은 남편의 손아귀에서 벗어나려고 몸을 뒤챘고 실랑이를 벌였다. 칼끝이 호연을 향했다가 남편을 향했다가 했는데 호연이 팔로 칼등을 치는 순간 칼이 남편의 목을 벴다. 절벽으로 기우뚱 쓰러지는 남편을 붙잡았다. 남편이 호연을 바위 쪽으로 밀쳤다.

사고였다. 호연은 자신이 남편을 죽였다고 했지만 사고였던 것이다. 호랑이 아가리처럼 생긴 바위 끝에 앉아 호연은 벌벌 떨었다. 강물이 붉게 번지고 있었다. 호연은 멍하니 강물을 바라봤다. 떠내려가는 남편을 바라봤다.

남편이 호연을 찾아온 것을 본 사람들이 있었다. 불공을 드리러 온 마을 여자였고 절의 중이었다. 호연이 사고였다고 고집한다고 이들이 호연의 말을 믿어 줄까. 남편의 주검은 타살로 받아들여질 것이었다. 떠돌이 여자의 말보다 죽은 남자의 상처가 이들에게는 물증이었고 믿음일 뿐이었다.

그때 불현듯 호연의 뇌리에 동래의 숲속이 떠올랐다고 했다.

"그래, 가자."

호연은 중얼거렸다.

호연은 그 마을로 돌아가 자수한다고 했다. 말릴 수 없었다. 호연의 운명이 우리의 운명이었다. 그가 우리의 죄까지 짊어지고 있을 뿐이었다.

여름 내내 산비탈에 앉아 넉넉하게 품을 내주던 뽕나무가 노랗게 물들었다. 가을이 지나가고 있었다. 뽕나무 검은 가지를 잘라 달였다. 제법 찬 기운이 도는 아침, 엄니는 산비탈에 앉아 뽕나무 가지차를 마시며 붉게 물드는 숲을 내려다보았다.

먼 길을 가야 할지도 몰랐다. 엄니에게 겨울 움막생활은 무리다. 어디로 가야 할까. 어디로 간단 말인가!

"조선으로 돌아가! 네 아들은 성인이 되면 널 찾아갈 거야."

피투성이의 사부로가 간신히 뱉던 말이 귀에 울렸다. 사부로의 마지막 말이 족쇄였다. 나는 동래를 떠나지 못하리라.

호연을 떠나보낸 일이 연쇄적인 사건의 시작 같아 이곳을 떠나야 한다고 마음을 졸이고 있는지도 몰랐다. 11년 전의 화재사건을 문제 삼는 비밀결사조직이 어디선가 나타나는 게 아닌가, 불길한 상상도 들었다. 픽, 웃음이 나왔다.

엄니를 모시고 동래로 죽으러 귀향했으면서도 또 생을 붙잡으려고 두려움에 싸여 있었다. 움막과 주위 숲을 둘러보며 숨을 골랐다. 그래도 어쨌든 사는 동안은 애써 보는 것이 내가 할 일이었다.

"엄니, 우리 유람을 가면 어떻겠소? 어디 가고 싶은 데는 있소?"

엄니는 뽕나무가지차를 홀짝이며 눈을 반짝였다.

"응, 있어. 한양."

아, 박홍렬 대감. 전쟁 전에 엄니가 늘 말하던 남자가 생각났다. 엄니는 그를 보러 가겠다고 하는 것이다.

"엄니, 박홍렬 대감을 아직 잊지 않으셨던 거요?"

엄니가 고개를 갸웃거리며 몸을 꼬았다. 잠시 뒤 까르르 웃더니 중얼거렸다.

"마리오 오아쿤도 도아쿤도 도잔니. 스테파노 페라라 라페라라 노파테스도아 아도르오 도쿤아도 도아쿤도 니잔도."

포르투갈 말도 아니었다. 박홍렬 대감과의 시간을 기억해 내려다 잘못 짚은 것이다. 알아차리려 했는데 이미 기억이 엉켜 버린 뒤였는지도 몰랐다. 까르르 웃은 엄니는 자신을 놓았다. 과거의 시간으로 홀가분하게 유람을 나서며 중얼거린 것이다.

한동안 약초를 달였다. 엄니와 나는 수시로 약차를 마셨다. 갓쓴 작달막한 남자가 숲으로 들어서 움막으로 올라오는 것이 보였다. 한낮이었고 햇볕도 좋았다. 엄니와 나는 비탈에 앉아 약차를 마시고 있었다. 그는 자신을 동래부 이방이라고 했다.

"무슨 일로 여기까지 오셨소?"

"소문 못 들었소? 장에서 큰 싸움이 났는데 ···."

"누가 싸움을 했단 말이오?"

"얻어맞은 젊은 여자들이 아지매와 할매한테 계피떡 찌는 법을 배웠다고 했는데 ···."

"아니, 젊은 엄마들이 왜 얻어맞았단 말이오?"

"젊은 여자들이 잘못한 것은 없소. 한양에서 유명한 대학자께서 제자들을 데리고 온정溫井에 욕행浴行하러 오셨는데, 그 시종들이 장을 보러 나왔다가 여자들이 파는 계피떡을 먹고 벌어진 일이오. 시종들이 독이 든 떡이라며 발로 차고 값도 치르지 않고 그냥 가려고 했던가 보오. 여자들이 시종들에게 떡값을 내놓으라고 따졌는데 그 시종들이 '동래 촌것들이 한양 사람 무시한다'며 여자들을 마구 팼나 보오."

"아니, 장에 나와 있는 동래부 감독관은 뭐한 거요?"

"감독관이 형리를 불러 그 시종들을 가뒀소. 내가 여기 온 까닭은 그 싸움 때문이 아니라 동래부사와 한양의 대학자께서 아지매를 보고 싶어 해서요."

"동래부사와 한양의 대학자께서 나같이 미천한 여자를 뭐 때문에 보려고 하시오?"

"장에서 젊은 여자들에게 들으니 할매와 아지매가 마카오, 고아또 뭐라더라 암스테르담까지 끌려갔다 돌아왔다면서요? 그게 사실이요? 동래부사가 우선 사실인지 확인해 보라고 했소. 사실이면 동헌으로 와서 낱낱이 그 이야기를 고하라는 거요. 거짓이면 유언비어 날조 죄를 받을 터이고."

"이방 생각은 어떻소? 내가 허언虛言을 지껄이는 것 같으오?"

"솔직히 나도 믿기 어렵소. 나가사키나 규슈 같은 곳도 아니고 또 말라카 정도라면 모를까. 말라카에 포로로 끌려갔다 살아 돌아온 장정들은 나도 봤소. 그런데 여자 몸으로 우리도 모르는 바다를 몇 번 건너고서야 나오는 다른 땅으로 잡혀갔다 다시 돌아왔다니! 이걸 어떻게 믿겠소?"

"젊은 엄마들이 한 말은 모두 사실이오. 젊은 엄마들이 내게서 들은 이야기들은 모두 사실이란 말이오. 동래부사와 한양 대학자께서 내가 끌려갔던 인도 고아나 우리 엄니가 끌려갔던 미들버그 섬, 암스테르담에 대해 듣고 싶다면 관아로 가 이야기를 들려 드리겠소. 그러나 보다시피 우리 엄니가 잘 걷지도 못하고 정신도 맑지 못하오. 엄니를 두고 내가 어디를 가겠소?"

이방이 내 말을 듣더니 이해했다는 식으로 고개를 주억거렸다. 움막 주변을 둘러보며 말린 약초들을 살폈고 효능을 물었다. 그리고는 우선 '아지매가 한 말을 부사에게 전하겠다'며 구르듯 언덕을 내려갔고 숲을 빠져나갔다.

이방이 조랑말을 끌고 다시 나타나기까지 삼일 동안 이방의 방문이 길한 것이든 불길한 것이든 판단하지 않고 기다리기로 마음먹었다. 달리 어떻게 할 수 있단 말인가. 이방과 조랑말이 숲에 나타났을 때, 나는 이방을 따라 관아로 가면 움막으로 다시 돌아올 수 없을 것이라는 예감이 들었다. 자기처럼 통통하고 작달막한 조랑말과 함께 움막을 올려다보던 이방이 언덕 아래에서 밝게 소리쳤다.

"아지매, 황 부사께서 오늘 저녁 향교에서 열리는 잔치에 나오라고 말을 보내셨소. 할매를 태우고 오랍니다."

심란했다. 움막 쪽으로 올라오는 이방과 조랑말을 보며 짐을 꾸리기 시작했다. 동래부사가 오랍다고 하니 가야겠지만 향교에 모인 양반들 중에 예전의 비밀결사 패거리들이 없을 거라고는 단정할 수 없었다. 동래 양반들 중에 비밀결사 잔당들이 남아 있다면 그들에게 11년 전 사라진 여자들과 박 선달은 수수께끼일 것이다. 이방에게 물었다.

"오늘 모이는 양반네들은 어떤 분들이오?"

"한양에서 내려온 대학자와 제자들을 위해서 황 부사께서 성대한 술자리를 마련하는 것이외다. 동래가 왜놈들 때문에 전쟁 이후로 예절과 예모가 무너진 것은 아지매도 알고 있지요?"

대답하라고 묻는 것이 아니었다. 이방은 바로 또 줄줄 읊었다.

"동래 양반들은 왜놈들한테 물들어 삼강오륜도 모른다, 주자가례朱子家禮가 어떻게 생긴 글자인지도 모른다, 한양까지 그렇게 소문이 났나 보오. 황 부사께서 '우리 동래가 이래선 안 되겠다' 이렇게 안타깝게 여기셨는데, 마침 대학자께서 제자들을 이끌고 동래 온정으로 욕행을 오신다는 소문을 듣고 대학자를 모실 새 집을 짓지 않았습니까. 대학자를 정중하게 모셨지요. 동래 관아에서 내로라하는 양반들과 제자들이 모두 모여 대학자가 보는 앞에서 퇴계退溪선생 예의답문禮疑答問을 정사正寫하는 집회를 열지 않았소이까. 또 대학자가 그에 대한 화답으로 강론도 하시고요. 그렇게 훌륭한 광경은 아마 동래 역사상 처음 있는 일이었을 거요. 동래 역사에 길이 남을 장관이었지요. 이번에 장에서 종들이 그런 불상사를 벌이지만 않았다면 더 좋았겠지만 뭐, 종들 곤장을 치는 것으로 마무리됐고⋯."

이방은 내가 향교 잔치에 불려 나가기 전에 내 언행을 단속하고 싶은 듯했다. 이방의 말을 잘랐다.

"그래서 내가 가서 해야 할 말이 무어요? 나는 예절도 모르는 기생 아지매요. 내가 부사와 대학자 앞에 불려나가 묻는 대로 답하면 되는 것이지, 삼강오륜과 주자가례에 맞게 답을 지어 말할 수도 없는 노릇 아니오?"

"참, 아지매도 기생이었다면서 무슨 말을 그렇게 무뚝뚝하게 하오? 내 말은 한양 대학자나 제자들은 중국을 하늘로 아는데 혹시 아지매가 끌려갔다 온 인도 고아나 암스테르담이 더 좋은 곳이다 뭐 이렇게 말하다 잔치 분위기를 깰까 봐, 미리 말해 두려 한 것뿐이오. 만약 분위기를 깨면 대학자를 모시고 동래에 유학풍儒學風과 문풍文風을 일으키고자 한 우리 황 부사는 뭐가 되겠고, 심부름 한 나는 또 뭐가 되겠소. 그러니 아지매가 분위기를 봐서 적당히 답하오."

향교 대청마루에는 20명이 넘는 양반들이 잔치 상을 앞에 두고 둘러앉아 있었다. 풍악패들이 마당 한쪽에서 장단을 고르고 있었다. 짐은 조랑말에 얹어 두고 이방을 따라 대청 아래 마당에 앉았다. 엄니가 내 치마꼬리를 잡고 붙어 앉았다. 이방이 대청마루를 올려다보며 아뢨다.

"나으리, 포로로 양인洋人들의 땅까지 끌려갔다 25년 만에 돌아왔다는 모녀를 대령했습니다."

중앙에 앉은 두 명의 양반 중에 수염이 하얗고 날카롭게 생긴 양반은 한양 대학자인 듯했고, 어깨가 넓고 수염이 검은 양반이 동래부사 같아 보였다. 검은 수염의 양반이 말했다.

"자네들이 동래 관아 관기였다는데, 맞는가?"

짐작이 맞았다. 그가 황 부사였다.

"예, 벌써 25년 전 일이네요. 엄니와 저는 임진년에 동래성 전투 뒤에 히젠나고야 성으로 끌려갔습니다."

"25년을 끌려다니다 돌아왔다니 참 뭐라고 위로의 말을 할 수도 없네 그려. 다 우리 탓이네."

나는 그저 고개를 숙였다. 옆에 앉은 엄니가 대청마루 위의 양반들을 둘러보더니 일어섰다.

"박 대감. 박 대감."

엄니는 흰 수염 양반을 향해 박 대감이라 부르며 대청마루로 올라갔다. 이방이 당황하며 엄니를 붙잡고는 황 부사에게 말했다.

"나으리, 이 할매는 정신이 온전치 못하니 물러가 있으라 할까요?"

"그래라. 데리고 나가 따뜻한 밥과 국을 주거라."

엄니는 이방의 옷자락을 잡고 바깥채로 물러났다. 황 부사가 엄니의 뒷모습을 지켜보며 한숨을 쉬었다. 옆에 앉은 양반들을 둘러

보며 말했다.

"백성들이 모진 고생을 했던 것이지요. 우리 문인은 너무 안일했고 무인들은 너무 게을렀습니다. 우리 동래부에서도 대학자님을 모시고 강론을 들었으니 앞으로 문풍과 무풍이 도도해지도록 노력하겠습니다."

황 부사가 말을 마치며 옆의 흰 수염 양반을 공손하게 바라봤다. 그가 대학자였다.

"그렇소이다. 우리 문인들은 왜구들의 침략을 교훈삼아 이제 더욱 춘추대의春秋大義를 바로 세워야 할 것이오. 작년에 도성에서 있었던 일을 거울삼아야 하오. 작년에 임금께서 원구단圜丘壇을 짓고 중국의 천자가 지내야 할 교제郊祭를 한양에서도 지낸다고 독단적으로 결정하신 일이 있었소. 우리가 상소를 올려 교제를 반대하고 막아 낸 까닭은 바로 이 중화中華의 대의를 바로 세우기 위해서였소. 중화를 중심으로 오랑캐와 왜구를 막아 내야 나라의 의義가 바로 서는 것이지요. 명분이 바로 서야 도道를 이룰 수 있는 것 아니겠소."

힘찬 저음이었다. 백발에 흰 수염이었지만 대학자의 목소리는 결코 늙지 않았다. 저렇게 늙어도 늙지 않는 사대부들이 나라 정치를 좌지우지하고 있었다. 왜구들에게 그렇게 당했으면서도 여전히 중국만을 섬기면서 중국 이외의 나라는 오랑캐, 왜구라고 업신여기며 그들의 문물은 알아보려고도 하지 않고 있었다. 황 부사가 대학자의 말에 동의한다는 듯 몸을 크게 앞으로 굽혔다.

"예. 지당하신 말씀입니다. 대의명분이 바로 서야 부국강병이 이루어지는 것이지요."

황 부사가 술을 따른 잔을 이방에게 건넸다.

"이방. 여기 이 술을 여인에게 권하게."

이방은 마당에 앉은 내게 술이 찰랑이는 잔을 가져와 조심스레 건넸다. 술잔을 단번에 비웠다. 술맛은 썼다. 황 부사가 말했다.

"그래, 자네가 끌려갔던 곳이 어디란 말인가?"

나는 잠시 고민했다. 어디까지 말해야 하나. 낱낱이 고할 까닭이 없었다. 묻는 말에만 대답하면 될 뿐이었다. 11년 전 사명대사를 따라 동래로 돌아왔던 일은 숨기리라 결정했다.

"예, 히라도, 나가사키에서 마카오로 끌려갔다가 인도 고아까지 끌려갔었고, 엄니는 혼 곳 너머의 미들버그 섬, 네덜란드 암스테르담까지 끌려갔다가 다시 나가사키로 끌려왔습니다."

내 말에 대청마루에 둘러앉은 20명의 양반들이 모두 어깨를 젖히며 놀라는 시늉을 했다. 대학자가 물었다.

"허, 양인洋人들은 잔인무도하고 금수禽獸만도 못한 것들인데 그놈들한테 끌려다니면서 어떻게 살아 있었는가?"

"양인들도 사람이더이다. 그들 세상도 우리처럼 반상班常의 구별이 있고 그들의 법도가 있소이다. 그들의 법도를 알고 행동하면 살아남을 수 있는 것이지요."

내 대답에 좀 놀란 듯이 양반들이 서로 쳐다보았다. 황 부사가 다시 물었다.

"그럼, 자네들은 그들에게 종으로 부려졌는가? 기생으로 부려졌는가?"

"기생으로 부려지기도 했고, 양반 처자들과 같은 대접도 받았소이다. 그러나 끌려갔으니 그들의 포로이며 노예였던 게지요."

이번 대답은 마음에 들었는지 20명의 남자들이 고개를 주억거렸다. 대학자가 물었다.

"자네가 본 양인들은 어떤 사람들인가?"

"이윤과 탐험을 좋아하는 자들입니다. 또 모험심이 승勝한 자들로서 언젠가는 중국 땅도 침략할 가능성이 있습니다."

대학자가 술상을 쳤다.

"허, 못하는 소리가 없구나! 공자께서 군자는 의리에 밝고 소인은 이익에 밝다고 했다. 그런 소인배들은 왜구와 같다. 구석에서 준동하다 결국에는 중화에 예禮를 갖추게 될 것이다."

대학자의 말이 끝나자 대청마루의 양반들이 모두 "맞다"고 고개를 크게 끄덕였다.

"그만 물러가거라. 이방, 여인들에게 겨울을 날 양식을 내리게."

황 부사가 말했다. 뜰을 지나 밖으로 나오자 이방이 내 곁에 바짝 붙더니 조용히 말을 전했다.

"아지매, 저쪽 담장 뒤 은행나무 아래로 가보소. 황 부사께서 따로 좀 보자시오."

아직 끝난 것이 아니었다. 또 물을 것이라도 있단 말인가.

반쪽인 채로 서 있는 은행나무였다. 임진년 전쟁의 흔적이 너무도 뚜렷한 은행나무였다. 가슴부터 다리까지 칼탕을 당해 반쪽이 잘려나간 사람처럼 처절하게 서 있었다.

"그래, 이러고도 살아 있구나. 이렇게 칼탕을 당해 반쪽인데도 살아 있구나. 대견하다. 대견하다."

나무를 쓰다듬으며 중얼거렸다. 노란 은행잎들이 대답이라도 하는 양 우수수 바람에 흔들려 흩날렸다. 황 부사가 다가왔다.

"정현이라고 했소. 기적妓籍에는 그렇게 나오던데."

은행잎만 바라봤다. 황 부사도 바람에 날리는 은행잎을 바라봤다. 뜸을 들이더니 말을 이었다.

"산에 젊은 여자들을 모아 놓고 양인들의 나라에 대해 공상 같은 얘기를 퍼뜨린다는 소문이 있소. 앞으로 동래에서는 왜구와 양인들에 대한 이야기는 금할 참이오. 우리 동래부는 내실을 강하게 만드는 것이 급선무요. 그래서 말인데 … . 움막을 비우고 좀 떠나있는 것이 좋겠소. 너무 섭섭하게 생각하지는 말고."

내 예감이 맞았다. 향교 잔치에 불려 나온 것이 불길한 호출이었다. 그나마 11년 전 일이 드러나지 않은 것만으로도 다행인 것인가.

"어디로 떠나라는 말입니까?"

나는 한숨 같은 말을 뱉었다.

"기적妓籍을 확인하니 수향이 박홍렬 대감을 따라 동래로 왔다가 남은 것이던데 맞소?"

"예. 엄니는 한양에서도 유명한 예기藝妓였습니다. 박홍렬 대감이 임금님의 명으로 다시 한양으로 불려 올라갈 때 따라가지 않았답니다. 그 까닭은 모르겠지만 엄니는 어쨌든 동래에 남아서 새끼

기생들 교육을 담당했지요. 저도 엄니 밑에서 3년을 배우고 머리를 얹은 지 얼마 지나지 않아 전쟁을 만났습니다."

"그 박홍렬 대감이 동래에서 멀지 않은 양산 금정산에 산막을 짓고 기거하고 계시오. 그리로 가시오. 내가 편지를 써주리다."

"박홍렬 대감이라면 한양에 계시는 분이 아닙니까?"

"맞소. 그 박홍렬 대감을 말하는 거요. 박 대감은 임진년 전쟁 때 고향으로 내려가 의병을 일으켰지. 고향 마을의 종들과 작인作人들을 이끌고 왜놈들을 엄청나게 죽였소. 박 대감은 전투를 수도 없이 치렀소. 그 때문에 선왕先王이 살아 계실 때 선왕께 미움을 참 많이 받았지."

"의병을 이끄신 분이 선왕께 미움을 받으셨다니요? 이해가 안 됩니다. 의병장義兵將이셨다면 전쟁이 끝나고 큰 벼슬을 받으셨을 터인데요."

"허허. 이보게, 정현이. 자네가 25년 동안 양인의 땅까지 끌려다니며 세상 구경을 했다지만, 자네가 본 것은 그저 소인배들의 아귀다툼일 뿐이야. 군자가 나라를 다스리는 일은 그렇게 간단치가 않다네. 정치라는 것이 그렇게 간단치가 않은 게야. 박 대감도 아셨어. 자신이 선왕께 거치적거리는 돌부리라는 것을 말이야."

"의병장이 돌부리라니요? 의병장을 돌부리라고 생각하는 이런 나라라면 누가 다시 나라를 위해 의병을 일으키겠습니까. 누가 다시 나라를 위해 목숨을 바친다는 말입니까?"

"맞는 말이네. 그래서 더욱더 나라를 튼튼히 해서 다시는 절대로 오랑캐나 왜구의 희롱감이 되면 안 되겠지. 그랬다가는 아무도 목숨을 바쳐 나라를 구하려 하지 않을 테니 말일세. 허허. 그 전에 동래부 부민府民이라도 합심하도록 노력을 해야겠지. 그래서 안됐지만 자네들 거처도 옮기도록 하려는 거고."

"엄니와 저만 거처를 옮기면, 왜구나 양인들의 세상에 대한 호기심이 없어지고 부민이 합심을 한단 말입니까?"

"허허. 정현이, 따지지 말게. 자네와 엄니가 숨어 버리면 양인들 세상에 대한 헛된 호기심은 금방 사라질 거야."

"예. 가지요. 가겠습니다."

나는 황 부사의 조처에 실망했기에 대들 듯 말했다. 황 부사는 그러는 나를 제지하지 않았다.

"그런데 박 대감이 산으로 들어가신 것은 언제입니까?"

내가 좀 누그러져 물어보자, 황 부사는 자신의 명대로 금정산으로 떠날 것이라 생각했는지 장황하게 답했다.

"언제? 그러니까 … 금정산 산막으로 들어가신 것이 벌써 17년 전 일이네 그려. 박 대감은 시대를 먼저 사시는 분이시네. 유학자라기보다 도인道人이시지. 다 내다보셨어. 선왕이 박 대감 자신을 만나면 전쟁 초반에 싸우지 않고 의주義州까지 달아났던 수치심이 되살아날 것을 말이야. 선견先見이 대단한 분이시지. 그래서 선왕도 박 대감이 거북했지만 살려 두신 것이고. 선왕과 박 대감 두 분 사이에 무슨 대화가 있었는지는 모르지만, 박 대감이 선왕을 뵌 뒤로 바로 산으로 들어가셨어. 그렇게 된 게지."

황 부사는 조랑말을 한 필 더 내주었다. 겨울 양식을 주렁주렁 매단 조랑말 고삐와 엄니를 태운 조랑말 고삐를 양손에 잡았다.

황 부사는 박 대감이 산으로 들어간 지 17년이라 했다. 엄니는
온전치 않은 정신에도 박 대감의 기억만은 꼭 붙잡고 있었다. 박
대감은 엄니의 사랑을 독차지할 만한 그런 남자였던 것이다. 유학
자가 아닌 도인이라 했다. 한때는 나도 그런 남자와 사랑했다고
자신한 적이 있었다. 이근. 왜놈의 땅에서 빛났던 괴물 이근. 귀
향해서는 가족의 굴레에 자신을 매몰시켜 버린 남자. 신선도 도인
도 되지 못한 점쟁이 괴물 이근.

그와 박 대감을 견준다는 것은 당치 않은 일이라는 것을 나도 안
다. 하지만 나에게는 이근의 기억이 있고, 엄니에게는 박 대감의
기억이 있다. 11년 전 내가 그랬던 것처럼 과거의 사랑을 기억하
러 엄니는 금정산으로 간다. 생에 단 한 번만 한다는 엄니의 사랑
을 기억하러.

완벽한 사랑이어야 하기에 엄니는 박 대감을 따라 한양으로 가
지 않았던 것일까. 엄니는 정점에서 사랑을 멈추게 하려고 사랑의
내리막길을 없애 버렸는지도 모른다. 내리막이 없는 사랑이기에
엄니의 사랑은 벽에 걸린 수묵화처럼 영원히 아름답다.

11년 전, 쫓겨나듯 이근의 집에서 물러나올 때의 참담함이 생생
하게 떠오른다. 박 대감과 엄니의 사랑은 전쟁 전의 사랑이었고,
이근과 나의 사랑은 전쟁 중의 사랑이었다. 전쟁이 사랑을 위협했
고, 헐벗게 만들었고, 잔인하게 짓밟았다. 잔인하게 짓밟힌 사
랑. 이근과 나의 사랑.

그렇다면 닌자 사부로의 사랑은 무엇이었단 말인가. 닌자 사부

로는 사랑으로 나를 헐벗게 만들었고 위협했다. 닌자 사부로, 그를 사랑하지 않았다. 그래서 복수심에 내 아들을 데려갔다.

나는 그렇게 내 자신을 속여 왔다. 그러나 이제는 솔직해지자. 내내 인정하지 않았던 엄니의 사랑의 방식을 이해하려 하니 외면하고 피하기만 했던 닌자 사부로의 사랑까지 햇빛 아래 내놓으려고 하고 있다.

닌자 사부로는 남자가 아니다. 여자다. 하지만 그는 여자이기도 했고 남자이기도 했다. 사부로의 아버지는 딸까지도 셋째 아들, 사부로라고 이름 붙여서 닌자 가문에 보냈다. 사부로는 성별의 구분에 따라 키워진 것이 아니라 닌자로 키워진 것이다. 닌자에게 성별은 중요하지 않다. 의뢰인의 요구를 쥐도 새도 모르게 해결해 줄 능력이 중요했다. 사부로는 여자로 태어났지만 닌자로 키워졌기에 여자이기도 했고 남자이기도 했다.

히데요시가 죽자 히젠나고야 성에 머물던 요도는 자신과 아들의 안전이 위태롭다는 것을 잘 알았다. 수십 명의 닌자를 고용했고 열도列島 각지의 정보를 입수했다. 사부로는 그 닌자 중 한 명이었다. 사부로의 아버지를 받아 주고 사부로를 맡아 키워 준 닌자 가문에서 닌자를 필요로 하는 요도에게 사부로를 보낸 것이다.

엄니도 없고 이근도 없는 히젠나고야 성. 마음 둘 곳 없는 내게 먼저 다가온 것은 그였다. 숲속에서 바람소리를 벗 삼아 승무僧舞를 추며 외로운 마음을 달래곤 했다. 발자국 소리도 없이 다가와 어깨를 만지는 이가 있었다. 놀라 돌아보는 내게 씩 웃던 사부로. 그 전에 요도의 거처에서 서로 지나치며 본 적은 있었다.

"무슨 춤? 참 요염하게 추네."

"승무僧舞. 스님들의 춤이야. 내가 잘 못 춰서 그렇게 보인 걸 거야."

"아닌 걸. 원래 종교적인 춤이 억누르면서 구하듯이 추니까 더욱 요염해 보이는 것 아닌가?"

나는 피식, 웃었다. 얼토당토 않는 의견을 던지는 나른한 음색의 사부로가 밉지 않았고 왠지 서로 통할 것 같았다.

"그럼, 배워 볼 테야?"

대숲의 소리를 장단 삼아 승무를 췄고, 승천무昇天舞를 췄다. 흰 피부에 날렵한 몸집. 고운 모래가 바람에 날리는 맵시로 사부로는 춤을 따라 췄다. 혼자 남아 외롭고 두려웠던 나는 사부로의 친절에 의지했다. 내 처지를 털어놓았다. 믿을 만한 친구가 되어 줄줄 알았다. 요도의 거처에서 닌자들을 봐온 터라 본래 검은 연기 자락 같은 닌자들 중 한 명이라고만 생각했지 여자라고는 꿈에도 생각하지 않았다.

"내가 아무리 기생이지만 이건 아니야. 난 남자와 사랑을 나누지 여자와는 못해."

사부로가 달떠 자신의 뜨거운 가슴과 음부를 벗은 내 몸에 붙였다. 구역질이 났다. 사부로가 떨면서 반복해 말했다.

"날 받아 줘. 날 받아 줘 … ."

미친 사부로. 역겨운 사부로. 이를 악물고 밀어냈다.

"괴물 이근이 널 사랑했다면 그렇게 가버렸을까? 널 포로상태로 버려두고 가버렸겠냐고? 왜놈들 눈을 피해서 어떻게든 고향으로 데려갔겠지. 괴물 이근은 널 버린 거야! 괴물 주제에 네 동정심을 이용한 거라고!"

사부로가 소리치자 그의 알몸이 화염에 휩싸인 듯 붉어졌다. 나도 지지 않고 소리쳤다.

"넌 몰라! 이근과 나의 사랑을 이해 못해. 엄니나 너나 똑같아! 이근을 동정 받을 괴물로만 여기는 거지. 사람으로 여기질 않아. 난 후회하지 않아. 이근은 혼자 떠날 수밖에 없었다고! 그를 비난하지 마."

"비난하지 말라고? 너를 좀 봐. 맹수한테 쫓기는 표정의 너를 좀 보라고! 뱃속의 아기는 또 어떻게 키울 거야?"

사부로와 나는 화염에 휩싸인 두 덩어리의 불씨처럼 노려보았다. 하지만 다음 날부터 사부로가 거짓말처럼 냉정을 찾았다. 나는 자매처럼 돕고 살 수도 있을 것이라 생각했다.

아들을 낳고 난 뒤, 성주의 술자리에 불려 나갔다. 성주가 아들을 성 밖의 농부에게 맡기라고 명했다. 성주의 명을 어기려면 죽음을 무릅써야 한다. 그때 사부로가 아들을 데리고 사라졌다. 나도 히젠나고야 성을 탈출했다. 아들을 데려간 사부로를 찾아내려고. 나가사키, 교토, 오사카, 사카이. 사부로의 흔적을 찾아다녔다. 내가 찾은 것은 고작 한두 번의 사부로가 떠난 자리였다. 그 다음부터는 흔적조차 알 수 없었다.

요도가 오사카 성으로 옮겨 간 뒤에도 사부로는 요도에게 충성했다. 닌자답지 않은 결정이었다. 닌자였으면서 사무라이처럼 충성을 다한 것이다. 오사카 마지막 전투에서 사무라이들은 성과 요도를 지푸라기 버리듯 했다. 마지막까지 성과 요도를 버리지 않은 것은 조선 포로들이었고, 닌자였고, 외국인 선장이었고, 외국인 선원 얀탄이었다.

닌자가 된 사부로는 자신의 성별이 중요하지 않았듯이 사랑 대상의 성별도 중요하지 않게 여겼다. 대숲에서 오래도록 승무를 추던 여자, 그 여자가 사부로의 눈과 가슴에 들어찼고 이후 죽을 때까지 그 여자를 내보내지 못했다.

사부로가 내 아들을 데려간 까닭은 내게 가장 소중한 것을 지켜주기 위함이었다. 이것이 진실이라는 것을 나는 전부터 알고 있었다. 자신을 받아 주지 않는 짝사랑을 위해 아들을 키워 주고 떠난 사부로. 화살과 총탄에 피투성이가 된 사부로. "아들은 조선에 돌아가 있으면 찾아갈 것"이라는 말을 간신히 더듬거리고 눈도 감지 못하고 죽은 사부로. 그러나 인정할 수 없다. 여자이면서 남자처럼 나를 지켜주려 했던 사부로를 사랑할 수도 인정할 수도 없다.

조랑말의 목을 꼭 끌어안은 엄니를 바라보며 물었다.
"엄니의 사랑을 이제는 이해한다면서 닌자 사부로의 사랑은 이해할 수도 인정할 수도 없다고 한다면 엄니는 뭐라고 하겠소?"
엄니는 조랑말의 목을 끌어안고 말이 가는 대로 흔들리고 있었다. 엄니에게 내 딸을 하라고 했으면서 딸에게 너무 어려운 질문을 하고 있었다. 엄니가 집중할 질문을 해야 한다.
"엄니, 박홍렬 대감 기억하지요? 지금 우리는 박홍렬 대감을 만나러 간다오. 엄니가 만나고 싶어 하는 박 대감 말이오."

"박 대감은 죽었어."

엄니가 단호하게 말했다.

"엄니, 박 대감이 살아 있답니다. 17년 전에 금정산 산막으로 들어가셨답디다."

"어디? 금정산? 지금 금정산으로 가는 거야? 박 대감이 거기 계신다고? 정현아. 내 꼴이 말이 아닌데 금정산으로 가기 전에 장에라도 들르자. 새 옷감을 끊어 변변한 입성이라도 차리고 박 대감을 뵈어야 안 되겠니."

엄니가 급하게 재촉했다. 끊어진 엄니의 기억에 박 대감의 소식이 충격을 준 것일까.

"엄니, 이제 박 대감 기억나지요? 엄니가 박 대감을 뵌다니 정신이 맑게 개는 것 같소."

"응, 데비 띠 다 부다. 다 윙가."

아, 엄니는 잠시 산책을 나왔다 길을 잃은 여인처럼 두리번거렸다. 조랑말의 목을 꼭 껴안았다. 그러다 다시 어깨를 펴고 말했다.

"정현아, 내 딸 데려왔어? 아, 박 대감 드려야 하는데 …."

"튤립 화분 말이오? 천으로 잘 싸서 보따리에 넣었다오."

"어디? 잘 있는지 보여 줘."

보따리를 풀러 고운 흙이 든 작은 화분을 엄니에게 보여 줬다. 엄니는 이듬해 새싹이 올라올 때까지 열흘에 한 번씩 물을 주어야 한다고 했다. 잠자는 튤립 구근이 젖은 흙 속에서 양분을 얻을 수 있도록.

엄니가 작은 화분을 안았다.

"엄니, 보따리에 다시 쌉시다. 떨어뜨리면 어찌하려오."

"아니. 떨어뜨리지 않아. 내가 잘 감싸고 갈 거야."

더는 말리지 않았다. 튤립 화분이 엄니의 정신을 묶어 둔다면 엄니는 더는 과거의 미로 속을 헤매지 않을지도 모른다.

앞뜰과 뒤뜰이 있는 산막은 정갈했다. 인기척이 없었다. 조석朝夕을 끓인 표시도 없었다. 방문을 열어 보니 반닫이 위에 이부자리가 반듯하게 개어 있었다. 박 대감이 머물고 계신 것은 분명해 보였다. 엄니는 튤립 화분을 꼭 쥐고 비질이 되어 있는 마당을 서성였다. 앞산과 뒷산에 부연 이내가 피어오르고 있었다.

키가 큰 흰 수염의 신선神仙이 덩치가 산山만 한 호랑이와 함께 마당으로 들어섰다. 마치 이내가 뭉쳐 조화를 부리는가 싶었다. 신선 같은 노인이 우리를 보더니 더 놀랐다. 호랑이에게 휘파람을 짧게 휙, 불었다. 호랑이는 알아들었다는 듯이 뒤로 물러서더니 곧장 산으로 가버렸다.

속세와 인연을 끊은 지 17년. 박 대감은 호랑이까지 부리는 도인이 돼 있었다. 할매가 되어 나타난 30년 전의 연인을 바로 알아보았다. 다가와 손을 덥석 잡았다. 엄니는 그가 박 대감이라고는 생각하지 않는 듯했다. 신령스런 존재에게 예의를 다하듯 손을 올려 이마에 붙이고 오래 걸려 큰절을 했다.

그리고 가져온 튤립 화분을 바쳤다. 박 대감은 엄니의 행동 하나하나를 애처롭게 살폈고 끄덕이며 모두 받아 주었다.

박 대감은 포로로 끌려갔던 삶에 대해 묻지 않았다. 우리가 살아 돌아왔다는 것이 죽음보다 더한 고통을 감내한 결과라는 것을 듣지 않아도 이미 알고 있었다. 또 우리에게 해줄 수 있는 것은 위로뿐이라는 것도 잘 알고 있었다.

그는 신선처럼 생식生食을 했지만 엄니와 나를 위해서 겨울 동안 밥을 끓여 주었다. 봄이 되자 튤립 화분에서 싹이 나왔다. 연하고 푸른 새의 부리 같은 싹을 보자 엄니가 말했다.

"좀 있으면 꽃이 필 거예요. 제 딸이에요."

박 대감이 끄덕이며 말했다.

"수향을 닮아 예쁘고 향기로운 딸이겠군."

엄니가 대답했다.

"예. 데비 띠 다 부다. 다 윙가."

엄니가 저 말을 어디서 배웠는지는 적어도 박 대감이 알아야 할 것 같기에 내가 덧붙였다.

"인도 고아에서 떠난 포르투갈 배가 해상에서 네덜란드 배와 전투를 치렀는데 다 붙잡혀 혼 곶 너머 네덜란드 식민지인 미들버그섬으로 잡혀갔었나 봐요. 거기 원주민들의 말인가 봅니다."

박 대감은 "그렇군"이라며 오래도록 끄덕이기만 했다. 그의 흰 눈썹이며 흰 수염이 눈물에 젖어 반짝였다.

"이제 봄이 됐으니 수향에게 따뜻한 산바람을 쏘여 줌세."

박 대감이 뜰로 나가 작은 피리를 꺼내 길게 불었다. 어디선가 호랑이가 나타났다. 첫날 봤던 그 호랑이였다. 박 대감이 피리를 낮게 불자 호랑이가 다가와 엄니 앞에 등을 내밀었다. 박 대감은 쭈뼛거리는 엄니를 안아 호랑이 등에 태웠다. 호랑이가 늠름하게 일어서더니 유연하게 앞서 걸었다. 어쩔 줄 몰라 하던 엄니는 조랑말에게 했던 것처럼 호랑이 목을 감쌌다.

박 대감과 나는 천천히 산을 올랐고 엄니를 태운 호랑이는 달려서 멀리 갔다가 우리가 안 보인다 싶으면 다시 돌아왔다, 달려가기를 반복했다. 엄니는 그러는 호랑이와 금방 친해졌다. 호랑이가 속력을 내면 까르르 웃었고, 호랑이가 네 다리를 번갈아 가며 춤을 추듯 천천히 걸으면 호랑이 목을 간질였다.

산마루에 오르니 금정산의 넓은 품이 훤히 들어왔다.

호랑이가 앞다리를 구부리고 뒷다리를 접었다. 박 대감이 호랑이 등에서 엄니를 안아 내렸다. 봄바람이 부는 쪽으로 자리를 잡고 앉았다. 호랑이도 길게 누워 산바람을 맞았다. 몇 겹의 산마루 뒤로 넓은 샘도 보였다. 봄바람은 그 샘에서 솟아나는 듯했다. 따듯하고 달았다.

엄니를 안고 한참을 봄바람에 몸을 적시던 박 대감이 말했다.

"상고시대에는 사람을 털이나 날개 없는 나충裸蟲이라 불렀다네. 호랑이는 대충大蟲, 뱀은 장충長蟲, 기어 다니는 작은 생물은 모모충毛毛蟲이라 불렀지. 나충인 사람들은 천지간 생물의 하나에 불과한 게야. 그런데 부끄러운 줄 모르고 서로 죽이기에 스스럼이 없으니 천지간에 가장 해로운 벌레가 사람인 게지."

나충이라. 그렇구나. 사람은 날개도 털도 없는 벌레다. 그럼 나라를 지키다 죽은 수많은 의병義兵들은 무엇인가. 박 대감에게 물었다.

"그럼, 죽은 의병들은 무엇인가요?"

"의병들은 조선의 호랑이라네. 왜놈들이 조선에서 호랑이를 무수히 사냥해 갈 때 의병들이 들불처럼 일어나 왜놈들에게 끝까지 저항했던 게지. 지금 조선 산에는 호랑이가 거의 없다네."

박 대감은 그렇게 말하며 옆에 길게 누운 호랑이를 돌아보았다. 호랑이가 박 대감의 말에 답이라도 하듯 기세 좋게 그르렁대더니 어흥! 하고 힘찬 소리를 냈다. 호랑이의 울음소리가 앞산에 울려 장하게 돌아왔다.

여름이 되었고 엄니의 튤립이 꽃을 피웠다. 붉고 밝은 핏빛이었다. 엄니는 튤립이 꽃필 동안 다시 살아난 사람처럼 온전하게 말했다.

"옛말에 먼저 깨닫는 것이 어리석음의 시초라고 했지요. 세상 근심과 중생 구제를 위해 노심초사하시더니, 이제 온갖 인연을 내려놓으시고 도인처럼, 신선처럼 사시는 대감을 다시 뵈오니 여한이 없습니다. 제가 살아 돌아온 것이 대감을 뵙고 한을 풀려고 그랬던 것 같습니다."

박 대감은 엄니의 등을 쓸어 주며 말했다.

"도道가 누구의 자식인지는 모르겠지만, 그대가 도의 어머니고 그대들이 도의 조상일세."

내가 바란 것은 엄니가 박 대감의 품에서 잠자는 튤립 구근처럼 삶을 평화롭게 마치는 것이었다. 거세고 어지러운 세파를 넘어 부드러운 티끌처럼 하늘로 날아간다. 엄니의 끝은 이렇게 되려고 고

향으로 돌아왔다. 끝이 좋으면 다 좋다고 엄니는 모질게 응어리진
세파를 다 풀어내고 무無로 돌아가리라.

　다시 겨울이 돌아왔다. 엄니의 숨이 불규칙해졌다. 박 대감이
상투를 풀었다. 흰머리다발이 어깨로 굽이쳤다. 가위를 가져와
머리를 잘랐고 긴 수염도 잘랐다. 무명 실타래 같은 흰 터럭을 한
지에 싸서 엄니의 손에 쥐여 주었다. 숨이 가쁜 엄니가 간신히 대
답했다.
　"대감, 고맙습니다."
　엄니는 박 대감의 머리칼과 수염이 든 두툼한 한지를 가슴에 품
었다. 박 대감은 엄니를 위해 아궁이에 나뭇단을 넉넉히 집어넣었
다. 나는 좀 의아해서 말했다.
　"엄니는 이번 겨울은 넘기실 듯합니다. 돌아오는 봄에 하셔도
될 일을 이 추운 겨울에 … . 머리를 자르시다니요."
　"이보게, 정현이. 수향의 마지막을 잘 살펴 주게. 자네만 믿
네."
　어디로 떠나신다는 말일까?
　다음 날 의문이 풀렸다. 나졸들이 산막으로 들이닥쳤다.
　"박홍렬 대감 맞지요? 역모 죄로 조정으로 압송하라는 임금님의
명이시오!"
　박 대감은 "자고 있는 엄니를 깨우지 말라"고 당부했다. 박 대감
은 순순히 잡혀갔다. 산막에서 떨어지자 나졸들에게 붙잡혀 가는
박 대감을 쫓으며 소리쳤다.

"대감마님! 다 아셨으면서! 다 내다보셨으면서! 왜 달아나지 않으셨습니까?"

박 대감이 나를 돌아보며 말했다.

"그만 들어가게. 사대부로 태어났으니 사대부로 끝을 맺는 것이지. 신선도 도인도 아닌데 그동안 금정산이 나를 품어 주어 잘 쉬었던 게야. 훗날 저승에서 수향과 함께 또 봄세."

나는 다리가 풀려 주저앉아 버렸다.

삶과 죽음 사이에는 양 갈래의 길이 있다. 삶의 길과 죽음의 길. 엄니와 내게는 그 양 갈래의 길이 단 한 길로 붙어 버린 것이다. 죽음의 길로 들어섰으면 겪지 않아도 될 숱한 아수라阿修羅를 죽지도 못하고 겪는다.

들짐승도 오지 않는 겨울 냇가로 나가 긴 울음을 토해 냈다. 내 울음소리에 더욱 서러워져 골짜기가 울리도록 오래 울었다.

박 대감은 선견先見으로 내다봤다. 조정에서 언젠가는 자신을 역모로 엮을 것이라는 것을 알고 있었다. 박 대감은 19년을 도인처럼, 신선처럼 사셨으면서도 여전히 의병장이셨다. 박홍렬 대감이야말로 조선의 호랑이였던 것이다. 조랑말 한 필을 산으로 올려 보냈다. 겨울 산 어딘가에 있는 호랑이가 조랑말을 본다면 산막에 와볼 것이고 박 대감이 떠난 것을 알게 되리라.

엄니가 누워 있는 방으로 들어갔다. 엄니는 숨을 몰아쉬고 있었다. 이제 우리도 우리의 길을 갈 때가 온 것이다.

"엄니, 돌아갑시다. 다시 동래로 말이오. 흙이 돼도 고향 땅 흙이 돼야 안 되겠소."

눈이 온 세상을 삼켜 버리듯 내린다. 엄니를 땅속 깊숙이 단단히 묻었다. 겨울 동안 들짐승도 날짐승도 흙속 깊숙이 묻힌 엄니를 만나지 못하리라. 봄이 되어도 큰짐승들은 엄니를 만나지 못한다. 엄니는 박 대감이 말했던 모모충毛毛蟲들과 몸을 섞으며 자신을 내어 줄 것이다.

눈 쌓인 엄니의 봉분 옆에 누워 있다. 하늘도 하얗고 사방팔방 세상도 모두 하얗고 발밑 황천길도 하얗다. 얼음장 같은 오한惡寒이 척추를 달려 내려가 눈 쌓인 황천길을 열어 놓는다.

아들을 기다린다. 나는 아직도 사부로의 마지막 말, "조선으로 돌아가. 아들은 성인이 되면 찾아갈 거야", 그 말을 믿는 걸까. 지게를 대신 져주었던 헌걸찬 청년은 눈가루가 되어 하얗게 사라졌다. 20년의 세월이다. 헌헌장부가 되어 있을 아들. 오사카 성이 모두 불탄 뒤, 나는 사카이와 교토 주변을 다 뒤지고 다녔다. 아들의 흔적조차 발견할 수 없었던 것은 아들이 사부로와 같은 닌자로 키워졌다는 뜻이다.

이제 용렬한 어미가 아들을 다시 부른다.

"아들! 아들!"

눈송이가 대답이라도 하는 양 기세 좋게 얼굴로 달려와 앉는다. 나는 변명처럼 넋두리를 한다.

"이 어미는 사부로를 받아들이지도 인정하지도 못했다. 그러나 사부로가 진정한 네 어미요, 아비다. 13년 전, 히라도 항구에서 사부로의 목말을 탄 너를 멀리서 보고 놓쳤을 때 나는 분명히 알았지. 사부로가 나보다 몇백 배 나은 어미라는 것을. 그래서 사부로가 더 미웠던 게야. 아들아, 장성한 아들아, 오래전에 헤어진 어미를 찾지 말고 키워 준 어미이며 아비인 사부로를 그리워하거라."

만물이 무無로 돌아가는 무의 시간을 기다린다. 눈송이와 눈송이 사이의 검은 점에 집중한다. 검은 점이 점점 자라 손이 되고 팔이 된다. 준수한 어깨로 뻗더니 당당한 성년의 남자가 되어 눈의 장막 앞에 섰다. 누구인가. 박 선달은 아니다. 선장도 얀탄도 아니다. 사부로인가? 아니다. 건장한 청년이 다가와 언 몸을 안는다. 청년이 다급히 말한다.

"엄니, 나 왔소! 나요! 20년 동안 마음 졸이고 찾아 헤매던 엄니 아들이요."

아, 몸이 얼어 아무 말도 할 수 없다. 그저 나를 안은 청년을 바라볼 뿐이다. 청년은 눈의 장막을 걷어 내고 성큼성큼 눈의 세상 속으로 나아간다.

참고문헌

사료

곽재우 외 지음, 오희복 옮김, 《임진년 난리를 당하매》, 파주: 보리, 2005.

민족문화추진위원회, 《국역 대동야승》, 1985.

_____, 《국역 연려실기술》, 1986.

_____, 《국역 선조실록》, 1987.

_____, 《국역 해행총재》, 1989.

_____, 《국역 광해군일기》, 1995.

이덕형, 〈괴물 이근〉(임형택, 《한문서사의 영토 1》, 서울: 태학사, 2012 수록).

이우성 · 임형택 옮김, 《이조한문단편집 상 · 중 · 하》, 서울: 일조각, 1973, 1978.

이정귀, 〈임진피병록〉(임형택, 《한문서사의 영토 1》, 서울: 태학사, 2012 수록).

정경득 지음, 신해진 옮김, 《호산만사록》, 서울: 보고사, 2015.

단행본

강명관, 《열녀의 탄생》, 파주: 돌베개, 2009.

강재언 지음, 이규수 옮김, 《조선통신사의 일본견문록》, 서울: 한길사, 2005.

김명섭, 《대서양문명사》, 서울: 한길사, 2001.

김충식, 《슬픈 열도: 영원한 이방인 사백년의 기록》, 서울: 효형출판, 2006.

김태준 외, 《임진왜란과 한국문학》, 서울: 민음사, 1992.

김현구, 《김현구 교수의 일본 이야기》, 서울: 창작과 비평사, 1996.

민덕기, 《전근대 동아시아 세계의 한·일관계》, 서울: 경인문화사, 2007.

사단법인 임진란정신문화선양회, 《임진란7주갑기념 임진란연구총서 1, 2, 3, 4》, 2013.

예태일·전발평 편저, 서경호·김영지 옮김, 《산해경》, 서울: 안티쿠스, 2010.

유종현, 《통신사의 길을 따라가다》, 서울: 새로운 사람들, 2010.

윤민구, 《103위 성인의 탄생 이야기》, 서울: 푸른역사, 2009.

이숙인, 《정절의 역사》, 서울: 푸른역사, 2014.

임형택, 《한국학의 동아시아적 지평》, 파주: 창비, 2014.

정재서, 《이야기 동양신화 중국 편》, 파주: 김영사, 2010.

한명기, 《임진왜란과 한중관계》, 서울: 역사비평사, 1999.

_____, 《광해군》, 서울: 역사비평사, 2000.

한일관계사연구논집 편찬위원회, 《임진왜란과 한일관계》, 서울: 경인문화사, 2005.

_____, 《통신사·왜관과 한일관계》, 서울: 경인문화사, 2005.

가와무라 미나토 지음, 유재순 옮김, 《말하는 꽃 기생》, 서울: 소담출판사, 2002.

노르베르트 엘리아스 지음, 박미애 옮김, 《문명화과정 I, II》, 서울: 한길사, 1999.

_____, 박여성 옮김, 《궁정사회》, 서울: 한길사, 2003.

니토베 이나조 지음, 양경미·권만규 옮김, 《사무라이》, 서울: 생각의 나무, 2004.

다시로 가즈이 지음, 정성일 옮김, 《왜관: 조선은 왜 일본 사람들을 가두었을까》, 서울: 논형, 2005.

R. H. 반 훌릭 지음, 장원철 옮김, 《중국성풍속사》, 서울: 까치, 1993.

마이크 대시 지음, 정주연 옮김, 《튤립, 그 아름다움과 투기의 역사》, 서울: 출판사 지호, 2002.

브라이언 다이젠 빅토리아 지음, 정혁현 옮김, 《전쟁과 선》, 서울: 인간사랑, 2009.

_____, 박광순 옮김, 《불교파시즘》, 서울: 교양인, 2013.

시드니 민츠 지음, 김문호 옮김, 《설탕과 권력》, 서울: 출판사 지호, 1998.

알랭 바디우 지음, 조재룡 옮김, 《사랑 예찬》, 서울: 도서출판 길, 2015.

조르주 바타유 지음, 조한경 옮김, 《에로티즘》, 서울: 민음사, 2015.

존 H. 엘리엇 지음, 김원중 옮김, 《스페인 제국사 1469~1716》, 서울: 까치, 2000.

하네다 마사시 지음, 이수열·구지영 옮김, 《동인도회사와 아시아의 바다》, 서울: 선인, 2012.

菊間潤吾, 《マカオ歷史散步》, 東京: 新潮社, 2004.

增田義郎, 《大航海時代》, 東京: 講談社, 1996.

松田毅一, 《豊臣秀吉と文祿·慶長の役》, 東京: 朝文社, 2001.

《ザビエル布敎の道》, 東京: 小學館, 2010.

榎一雄, 《商人カルレッティ》, 東京: 大東出版社, 1984.

渡邊大門, 《人身賣買·奴隸·拉致の日本史》, 東京: 柏書房, 2014.

岩生成一, 《鎖國: 日本歷史 14》, 東京: 中央公論新社, 2005.

財團法人 松浦史料博物館, 《史都平戶 —年表と史談—》, 長崎, 2000.

도록, 도감류

국립진주박물관, 《새롭게 다시 보는 임진왜란》, 서울: 삼화출판사, 1999.

문화재청 현충사 관리소, "난중일기: 전장의 기록에서 세계의 기록으로", 2013.

부산박물관, 《東萊府使 忠과 信의 목민관》, 부산: 부산박물관, 2009.

_____, "임진왜란: 임진왜란 7주갑 특별기획전", 2012.

뿌리깊은나무, 〈한반도의 슬픈 소리〉, 서울: 출판사 뿌리깊은나무, 1989.

임진란정신문화선양회, "임진전쟁, 그리고 420년의 기억", 2012.

_____, "420년을 넘어 다시 보는 임진왜란", 2013.

佐賀縣立名護屋城博物館·韓國國立晉州博物館學術交流記念 特別企劃展, "秀吉と文祿·慶長の役", 2007.

沈壽官窯, 《薩摩燒 沈家歷代作品圖錄》, 鹿兒島, 2005.

논문 및 학술대회

민덕기, "임진왜란 중의 납치된 조선인 문제", 《임진왜란과 한일관계》, 서울: 경인문화사, 2005.

이원순, "壬辰·丁酉倭亂時의 朝鮮俘虜奴隸問題: 倭亂 性格 一", 《邊太燮博士華甲紀念史學論叢》, 서울: 삼영사, 1985.

한명기, "柳夢寅의 經世論 연구", 〈한국학보〉, 67호, 1992.

한음 이덕형 선생 서세(逝世) 400주년 추모 학술대회, "한음 이덕형의 학문과 사상", 2013.

세뇨리따 꼬레아 연표

국내	국외
1426년 삼포 개항	
	1498년 포르투갈의 바스코 다 가마, 　　　 인도 항로 개척
	1509년 포르투갈, 　　　 디우 해전에서 오스만 함대 격파
1510년 삼포왜란	1510년 포르투갈, 인도해 무역 거점, 　　　 고아 식민지 건설
	1511년 포르투갈, 동남아 진출 거점, 　　　 말라카 식민지 건설
	1549년 일본, 스페인에 가고시마 개항 　　　 스페인으로부터 가톨릭 전파
	1550년 일본, 포르투갈에 히라도 개항
	1553년 중국, 포르투갈에 마카오 개항 　　　 이후 포르투갈의 아시아 무역 확대
1567년 선조 즉위	
	1580년 스페인의 펠리페 2세, 포르투갈을 합병
1589년 15세, 기생 됨 　　　 (엄니 30세)	1589년 일본의 도요토미 히데요시, 전국 통일
1592년 임진왜란　1592년 18세, 잡혀감 　　　 (엄니 33세)	
1597년 정유재란　1597년 23세, 이근 만남 　　　 (엄니 38세)	
1598년 24세, 엄니 떠남	1598년 일본의 도요토미 히데요시 사망 　　　 일본군은 한반도에서 철수
1599년 25세, 이근 떠남	
1600년 26세, 아들 낳음	
1601년 닌자 사부로가 아들 　　　 데리고 잠적.	
	1602년 네덜란드, 동인도회사 설립, 　　　 인도네시아 식민지 건설
	1603년 일본, 에도 막부 설립
1604년 30세, 아들 찾으러 　　　 돌아다님.	

국내	국외
1605년 31세, 사명대사 　　　따라 동래로	
1606년 32세, 　　　다시 왜로-마카오로	
1607년 조일 강화,	1607년 네덜란드, 지브롤터 해전에서
교역 재개	스페인 함대 격파
1608년 광해군 즉위　1608년 35세, 　　　　　　　　　　마카오 2년, 고아로	
	1609년 일본, 네덜란드에 히라도 개항
	1612년 일본, 기독교 금지령 선포 　　　이후 에도 막부는 쇄국정책을 강화
1615년 41세, 고아 7년, 　　　오사카로	
1616년 42세, 　　　히라도 엄니 상봉	
1617년 43세, 　　　회답겸쇄환사(回答 　　　兼刷還使) 정사 　　　오윤겸을 따라 귀향 　　　(엄니 58세)	
1619년 45세, 　　　(엄니 졸, 60세)	
1623년 인조반정	
	1624년 일본, 스페인과 단교
1627년 정묘호란	
1636년 병자호란	1636년 일본, 포르투갈인 선교사 추방
	1637년 네덜란드, 암스테르담 튤립 파동
	1639년 일본, 포르투갈과 단교
	1640년 포르투갈, 스페인으로부터 독립
	1641년 네덜란드, 포르투갈령 말라카 점령
	1648년 베스트팔렌 조약 체결 　　　네덜란드, 국제적으로 독립을 인정받음
1649년 효종 즉위	
	1652년 네덜란드, 케이프타운 식민지 건설